妹尾アキ夫探偵小説選

論創ミステリ叢書

55

論創社

妹尾アキ夫探偵小説選　目次

創作篇

評論・随筆篇

凡　例

一、「仮名づかい」は、「現代仮名遣い」（昭和六一年七月一日内閣告示第一号）にあらためた。

一、漢字の表記については、原則として「常用漢字表」に従って底本の表記をあらため、表外漢字は、底本の表記を尊重した。ただし人名漢字については適宜慣例に従った。

一、難読漢字については、現代仮名遣いでルビを付した。

一、極端な当て字と思われるもの及び指示語、副詞、接続詞等は適宜仮名に改めた。

一、あきらかな誤植は訂正した。

一、今日の人権意識に照らして不当・不適切と思われる語句や表現がみられる箇所もあるが、時代的背景と作品の価値に鑑み、修正・削除はおこなわなかった。

一、作品標題は、底本の仮名づかいを尊重した。漢字については、常用漢字表にある漢字は同表に従って字体をあらためたが、それ以外の漢字は底本の字体のままとした。

創作篇

十時

「ねえ、巣守君」と私が云った。「僕のただ一つの願いは、刺戟が欲しいということだ。僕は余りに平和な人生に退屈した。人情小説にあるような感激や、探偵小説にあるような緊張味は、現実の人生にはないものだろうか？」

「あるともあるとも、大ありだ。現実には小説以上の感激や、緊張味が、至る処に転がっているのだが、ただそれを一般の人が要求しないから、従ってその扉が開かれないだけだ。この扉は人生を芸術化することを知った非凡な人にのみ、開かれるのだ」

ある四月の朝、巣守と私は、大阪の灘満《なだまん》ホテルの六階の食堂で、朝食を取っていた。開け放した窓からは、露台の手摺をすかして、春の朝日を浴びた中之島が見え、直ぐ下の浪花《なにわ》橋の上を引っ切りなしに通る電車や自動車の音は、矢釜《やかま》しいばかりに響いて来る。巣守は、今しがた給仕が運んで来たオートミールの皿に、牛乳《ミルク》を打掛《ぶっか》けながら、

「たとえば、この皿だって牛乳や砂糖を加えなかったら、頗る無味なものとなろだろう。人生とても同じこと、ある時は人生の皿に塩を入れ、ある時はトマトケチャップを入れ、アンチョヴィーソースを入れして初めて面白いものとなるのだ」ここで巣守はちょっと言葉を切って、私の顔を見入りながら、仔細らしく微笑して、「よし！　君がそんなに人生に退屈しているなら、今日は僕が現実のシャーロック・ホームズとなって、素晴しい探偵小説の一幕を御覧に入れよう」それから彼はポケットから時計を出して見て、「今七時四十八分だ、この時計の短針が一廻りして、夜の十時を指ざすまでに、僕は君の手に冷汗を握らせるような緊張味と興奮を味わせることを約束する。けれども、もし僕がそれに成功したら山下君、君もその報酬として、何か僕に約束してもらいたいのだ」

「よし！」と私が頷いた。「君が今夜の十時までに、緊張味と興奮を味わしてくれたら、僕はその報酬として、美人に御馳走を奢らせることを約束しよう」

　私は別に心当りがあって、こんな約束をしたのではない。ただ、巣守が不可能なことを約束したから、それに対して、冗談半分に、私も不可能なことを約束したまでである。

「十時だよ？」と私が微笑しながら、念を押すと、

「よし、十時……」と巣守が真面目な顔で頷いた。

　折から食堂の扉《ドア》が開いて、吉川夫人が入って来た。髪を七三に結って黒っぽい地味な着物に、派手な大きい帯を締めた、痩方のすっきりした色白の婦人で、私たちとはこの食堂で時々顔を合して、話をしたこともある。いつもすきとおるほど白い彼女の顔は、何故だか今朝は、蒼白いほど血色が悪くて、眼のふちに灰色の輪さえ現れている。夫人は人気ない食堂に私たち二人きりいるのを見ると、いつものように微笑しながら軽く会釈して、私たちの隣りの卓子《テーブル》に腰かけた。

「奥さん、お顔色が悪いようでございますね？」と巣守が云った。

「そうでございますか？　心配なことがあるのです」

「金をお盗まれになったのでしょう？」

　この意外な言葉に私がはッと驚いて巣守の顔を見たが巣守は真顔だった。

「はあ。どうして御存じなんです？」

「さっき煙草を買いに降りた時、帳場でひそひそ噂しているのを聞きました」と巣守がちょっと微笑して直ぐまた真面目になり、「奥さん、立入った事を訊くのは失礼かも知れませんが、それは大金だったのですか？」

「百円札が十枚です」

「犯人の見当はつきませんか」

「つきません」

「警察へはお届けになったんでしょうね？」

「いいえ。後で騒いだ処が、どうせ無駄ですし、それに僅かの金で他人《ひと》に迷惑かけるのも嫌ですから、警察にはとどけないことにいたしました」

「奥さん」と巣守が云った。「犯人の捜索を私たち二人にお任せ下さいませんか？　私たちは、興味を目的に犯人を捜索してみたいのです。そして、奥さんが公表をお嫌いになるなら、誰にも迷惑かけないように秘密に探しましょう。素早く捜索すれば、千円の金がまるで帰らないまでも、一部分は必ず戻るでしょう。まず、昨夜盗難

におかかりになった時の様子から詳しく話して下さいませんか?」

吉川夫人が食事しながら話したことは、大体こうだ。今朝の四時頃、夫人が猛烈に頭痛がするので目を醒してみると、異様な匂いのするハンケチが枕頭に落ちていて、床の上は、鞄から出して掻き散らした着物で一杯になっている。夫人は直ぐ起きて、呼鈴《ベル》を押して給仕を呼んで二人で調べてみたが、着物は一枚も紛失していないで、ただ枕の下の手提袋《バッグ》の中に入れといた百円札十枚がなくなって、空の手提袋だけ寝台《ベッド》のそばに投げ棄ててあった。泥棒の遺留品は一枚のハンケチの他には卓子の上の小さい薬瓶が一つで、それにはクロロフォームが半分ばかり残っていた。廊下に通ずる扉も、露台に通ずる扉も、中から掛金をかけておいたのだから、犯人は露台に向いた窓から忍び込んだに違いない。その窓は夫人が寝る時に半分開けて、窓掛《カーテン》をかけておいた。朝になって、夫人の隣の部屋の客が行方不明になっているのが発見された。

以上の話を聞き終ると、巣守が夫人に向って、

「で、その隣の客というのはどんな男です、見たことがありますか?」と訊いた。

「いいえ、隣の客は昨夜十二時頃に泊りに来たのだそうです。ですから給仕より他にその男を見た者はございません」

「それア、きっと隣の客が泥棒だったのですよ」

「ええ、私もそう思っています」

「イヤ、奥さんのお話を承わったら大体の見当はつきました。隣の客の行方を探せば、奥さんの金の行方も解るでしょう。時に捜索の第一歩として、奥さんのお部屋を拝見したいのですがいかがでしょう」

夫人は笑いながら、

「いいですとも、どうか御遠慮なくおいでになって、調べて下さい」

夫人の食事が済むと、私たち三人は夫人の部屋に行った。巣守と私の部屋は四階だが、夫人の部屋は五階の河に面した処にある。扉を開けて中に入ると、左手の壁際に寝台と、化粧台と手洗場、右手の壁際に洋箪笥や長椅子《ソファ》、正面の露台に面した窓際には書物机、それから真ん中に円卓子や数脚の椅子や安楽椅子がある。部屋は綺麗に片付いていて、数時間前に泥棒が入ったものとは見えない。

巣守は部屋の隅々を一通り見終ると、円卓子の上に置いてある薬瓶を取り上げてみた。指紋も残っていないし

紙札も貼ってないが、瓶の硝子《ガラス》には、羅馬《ローマ》字のホップという字が浮き出させてあった。

「ホップと云ったら何のことだろう?」と私が訊くと、

「神戸の独逸《ドイツ》人の薬屋の名だよ」と巣守が小い声で答えた。

「すると――」私が慌てて声を高めると、巣守が「シッ!」と制して、静に瓶を卓子の上に置き、それから私をうながして露台に出た。露台は隣の部屋に続いていて、その間を高さ三尺ばかりの手摺でしきってあるが越せば越されぬことはない。

「泥棒はきっとこの手摺を跨いで、隣の部屋から忍び込んだのだよ」

云いながら、巣守が指紋や足跡を探したが、そこには何も残っていなかった。

けれども河に向った手摺の処まで来ると、その下の、掃除の行きとどいた綺麗な漆喰の上に、少しばかりの塵が落ちているのが見えた。

巣守は吉川夫人を振向いて、

「この塵は昨日から落ちていましたか?」

「さア、どうですか――毎日掃除はしているのですけれど」

「乾いた植物の繊維らしいね」と私が囁くと、巣守が微笑して、

「それア、植物の繊維には違いない」と云って、それを拾って紙片《かみきれ》に包んで、ポケットに仕舞った。

巣守は暫らく露台の手摺に凭れて、眼の下の河を見下していたが、やがて夫人を振り向いて、

「クロロフォームの付いたハンケチはどうなさいました」

「ございます」

私たちは夫人について部屋に入った。夫人は化粧台の抽斗《ひきだし》から一枚のハンケチを取り出して、

「これでございますの」

「なるほど」

頷きながら、巣守がそれを手に取って見入ったが、まだ新しい木綿のハンケチというだけで、別に手掛りになりそうなものは見えない。巣守はそれを夫人に返すと、

「奥さん、今すぐに犯人を探すことは出来ませんが、暫らく考えたら解るだろうと思います。今日中に考えた結果をお知らせしますから、それまでお待ち下さい」

二人は夫人に篤く礼を云って、階段を降りて四階の部屋に帰ると、私は卓子の上にのせてある新聞を取って、

長椅子に凭れかかって読み始めた。

　巣守は新聞なぞには眼も呉れず、難かしい顔をして、頻りに部屋の中を行きつ戻りつしていた。

　私が新聞から顔を起して笑いながら、

「おい、シャーロック・ホームズ。犯人の見当がついたかい?」と云うと、巣守も蒼白い顔に微笑を浮かべて、

「僕がホームズなら、君は差し詰めワトスンだね。それから『青色ダイア』で云ったら僕がソーンダイク博士で、君がジャーヴィスという処だ」

　二人がからから笑った。

　けれども巣守は直ぐまた真面目な顔になって、

「山下君、とにかくこれから帳場に降りて、行方不明になった隣りの客について調べてみよう」と云った。

　私は新聞を置いて、彼について部屋を出て、昇降機《エレベーター》にのって帳場に降りた。帳場には頭の髪を綺麗に分けた若い書記が一人坐っている。

　巣守はその書記に向って笑いながら、

「おい、昨夜泊りに来たお客が夜中に逃げ出したと云うじゃアないか?」

「ええ、今朝給仕が部屋に入ってみたら、鞄を一つ残したまま逃げ出していたのです」

「君、面倒だがその客の受持の給仕をここに呼んでくれたまえ。僕がお客の化の皮を剝がしてやるから」

「承知しました」

　書記が電話を掛けると、間もなく眼のくりくりした可愛らしい給仕が姿を現した。そして巣守の問いに対して、彼が述べたことはこうである。

「昨夜十二時頃に表の鈴《ベル》が鳴るので、私が扉を開けてみますと、雨外套に鳥打を着た、年頃三十四五の人が、片手に鞄を一つさげて立っていました。それで私がこの帳場に連れて入り、宿帳を書かして直ぐ五階の部屋に通したのです。その人は部屋に入ると直ぐ寝床に入った様子でした」

「鞄の外には何も持っていなかったのか?」巣守が訊いた。

「はあ、鞄だけです。それから妙な形の手套《てぶくろ》を持っていました」

「どんな形?」

「来た時には手套ははめていませんでしたが、部屋に入ると、雨外套のポケットから、飛行家の使うような、手頸が開いて長くなった皮の手套を出して、卓子の上に置きました」

「どんな顔の男だった?」

「背の高い、痩せた、色の白い顔の男でした」

「髭を生やしていたか?」

「なかったように思います」

「ははあ」と頷いて巣守が暫く黙って考えていたが、今度は帳場の書記に向って、

「で、その客が置いて帰った鞄は、どこにあるんだ?」

「ここにございます」

云って書記は後から鞄を取り出してカウンターの上に置いた。

それは長さ三尺ばかりの皮製のスートケースだが、新しいから札も何も貼ってない。巣守は中を開けて見ると、意味ありげに微笑して、私を振り向いた。よく見るとその鞄の隅の方に、先刻露台に落ちていたと同じ植物の繊維のようなものが少しばかり残っている。

「有難う!」巣守は鞄の蓋をして書記に渡し、「今度は宿帳を見せてくれたまえ」

書記はカウンターの上に拡げてあった大きな宿帳を巣守の方に押しやって、

「これですよ」云っていろんな手で書いたペン文字の最後の行を指差した。

そこには「神戸市北野町三ノ五二、山川三郎」それから職業の欄にブローカーと書いてある。

「無論。これは出鱈目だろうね?」と巣守が訊いた。

「さっき神戸に電話をかけて訊ねてみましたら北野町にそんな男はないということでした」

「そうだろう」

巣守は鷹揚に頷いて、それから書記と給仕にお礼を云って、また四階の部屋に帰った。

午前中は巣守が新聞を読んだり、部屋にある卓上電話で神戸に電話を掛けたり、電話帳を繰ったりまた電話を掛けたりして、頻りに何やら考えているらしかったが、私に向っては捜索上のことは何も云わなかった。ただ私に漏らしたことは、「薬瓶に神戸の商会の名が書いてあったこと、それから仮令《たとい》出鱈目にせよ、とにかく宿帳に神戸と書いたこと、この二つを綜合して考えて、どうも犯人は神戸から来たものらしい」という一事であった。

巣守は昼食を少し早目に食べると、「ちょっと出て来る」と云って、帽子とステッキを持ってぶらりとホテルを飛び出したが、どこに行ったのか、それは私には解らなかった。彼がいつにない喜色を浮かべてホテルに帰ったのは、午後三時頃のことであった。

彼は部屋に入って帽子とステッキを椅子の上に置くと、いきなり私の肩に両手をかけて、

「おい、山下君！」と低いが興奮した声で云った。「犯人はやっぱり神戸だよ。十中八九までは捕えることが出来そうだ。さア、用意したまえ、これから吉川夫人と三人で神戸まで出掛けることにしよう。今、夫人の部屋に寄って話したら、私も一緒に神戸に行くと云った。夫人は直ぐ着物を着替えて下に降りるから君も早く用意したまえ」

「どうして犯人が解った？」

「質問は止めて、ただ僕の云う通りにしたまえ」

こう云った巣守の言葉には凛とした威厳があった。用意と云っても、帽子とステッキを持つぐらいのものだ。私は拳銃《ピストル》は持たなかったが、巣守は「あるいは格闘の段になるかも知れぬ」と云って、抽斗から黒い自動拳銃を出して、ズボンのポケットに忍ばした。

二人が昇降機で下に降りて、帳場の処で待っていると、間もなく夫人が降りて来た。三人はホテルを出ると、直ぐその前の電車の停車場に立ったが、丁度夕方の込み合う時刻だったので、二三の電車を遣り過ごさなければならなかった。三人が電車の釣皮にぶらさがって梅田に着いたのは六時頃であった。梅田から快速力の阪神電車に乗って、千舟や杭瀬を通る時には、開け放した窓から、菜の花の香が流れ込んだ。車中、巣守がつとめて捜索上の話を避けるようにするので、自然、三人の話題は文学に落ちた。巣守は現代の日本の文学を、口を極めて罵倒した。夫人は外国の通俗文芸雑誌は毎月読んでいるが、日本の「創作」という奇妙なものは殆ど読まないと云った。何故日本のものを読まないのか、それを私は不思議に思って訊ねようとしたが、恰度その時、電車が神戸の終点に着いたので、惜しいかな、夫人の説明は聞かずにすんだ。

神戸の終点で電車を降りると、私たちは直ぐそばの居留地の方に歩いて行った。日本の六大都市の中で、道路の一番好いのは神戸である。それは元来の地質が好いばかりでなく、重《おも》なる道路にアスファルトが敷いてあるからで、実にどちらに歩いて行っても気持が好い。

もう会社や事務所の退けた後だったので、柳並木のある居留地には人通りが稀であった。幾つかの街角を曲ると赤煉瓦造りのホップ商会の前に出た。私たちがその前に立止ると、折から表の扉が開いて、詰襟の服を着た、給仕らしい一人の少年が姿を現した。

「もしもし！」と巣守が呼び止めた。「ホップさんはまだいらっしゃいますか？」

郵便物を片手に持った給仕は、立止ってしげしげ私たちを見入りながら、

「はあ、まだいらっしゃいます。いつもならもうお宅にお帰りなんですが、今船が着いたのでお忙しいのです」

「今日は何時ごろお宅にお帰りになるのでしょう？」

「もう直ぐお帰りになります」

巣守は表に乗り棄ててある自動車を指差して、

「これがホップさんの自動車ですね？」

「そうです」

「運転手は？」

「裏の控所にいます」

「そう。どうも有難う」

給仕は郵便物を持って、すたすた郵便局の方に歩いて行った。

少年が姿を隠すと、巣守がポケットから小刀《ナイフ》を取りだして、いきなり、しゃがんで小刀の先で道路のアスファルトをほじくり、それを自動車の踏段《ステップ》になすくり付けた。白い護謨《ゴム》の踏段が、漆のように黒いアスファルトで汚れた。

それを見ていた夫人は訝しげに、

「巣守さん、どうしてそんな事をなさるの？」と訊いた。

「貴方がたに好いものを御覧に入れるためです。一時間ばかりお待ちになると解りますよ」それから彼は小刀をポケットに仕舞って、「これから北野町のホップの屋敷に行ってみましょう」と云った。

私たちは何が目的でホップの屋敷に行くのか、それを訊きたかったが、訊いても無駄だと覚って、黙って巣守に従うことにした。居留地を出て、鉄道線路を越えると、正面にトアホテルのある真っ直ぐい坂道に出た。三人はその坂道を歩いて登ったが、もうその頃には両側にずらりと立並ぶ外人相手の美術店や食糧店に明るい電燈が点っていた。長い長い坂道を登り切って、トアホテルの直ぐ下を右に折れて五六丁来ると巣守が足を止めて、左手の家を仰ぎながら、

「これがホップの家だ」と低い声で呟いた。

チョコレート色に塗った垣根から、真っ黒に繁茂した夾竹桃《きょうちくとう》の枝が覗いて、高い二階の窓から明りが漏れている。その垣根に続いて、大道に面した処に車庫《ガレージ》がある

が、自動車がまだ帰らぬと見えて扉が締り、人通りの少ない街は、ひっそり静まり反っている。

「もう直ぐ自動車が帰って来るから、あすこで待っていよう」

私たちは巣守に従ってホップの屋敷から少し離れた処に立って、空の星を眺めながら、いろんな話をしていた。

十分間ほど経って、トアホテルの下に怪獣の二つの目のような自動車の電燈が現れて、それが段々こっちに近づいて、ホップの屋敷の前まで来ると、はたと止まった。と、中からホップらしい人影がひらりと飛降りて、直ぐ門を入って石段を走り上り玄関に姿を消した。次に運転手が飛び降りて車庫の大きい扉をぎいと両方に押し開け、パッと度の強い電燈を点して、また自動車に乗って後退りさせて車庫の中へ入れた。運転手が掃除を始めるのを見とどけると、巣守が私たちに向って、

「行ってみよう」と囁いた。

車庫のそばに寄ってみると、背の低い肥った二十五六の青年が、山羊皮の片《きれ》で車体を拭いている処だった。

「もしもし、貴方がホップさんの運転手ですね?」と巣守が訊いた。

「はあ」運転手が顔を起して私たちを見た。

「貴方のお家に北山芋太郎という男が泊っているそうですね?」

「ああ! 貴方ですか、さっきから二三度電話を掛けてあの人のことをお訊ねになったのは?」

「いいえ、貴方に電話をかけたのは私の友人で商業学校の教師をしている河合という人です。私があの人に頼んで訊いてもらったのです」

「北山芋太郎は横浜から私方に遊びに来て、一ケ月ばかり逗留していましたが、二三日前に私方を出ました」

「今どこにいますか?」

「北長狭通三ノ二四の楊福明《ヤンフウミン》という支那人の二階を借りています」

「今行っても会えるでしょうか?」

「はあ、夜分は大抵います」

「電話でもお願いしたと思いますが、私があの人の事を訊いたことは、あの人に知らせないで下さい」

「承知しました。芋太郎が何か悪い事でもやったのですか?」

「いや、そういう訳ではありません」

暫らく話が途絶えた。

私たちが見ていると運転手は車体を拭き終ると、棚か

ら小さい瓶を出して、その中の液を布片《きれ》に浸《し》まして、先刻巣守がつけた踏段のアスファルトを拭き始めた。アスファルトは一度付いたらなかなか落ちないものだが、不思議にもその液で拭くと直ぐ綺麗に落ちた。

「その液は何ですか？」と巣守が呆《とぼ》けたような顔をして訊くと、

「クロロフォームですよ」と運転手が無造作に答えた。

三人がちらと眼と眼を見交わした。

「貴方はその液を誰かに別けてやりましたか？」

「いいえ。別けてやった覚えはありませんが、主人から瓶を一つ貰って、この棚に置いときましたら二三日前に無くなりましたので、また先日一つ貰ったのです」

「いろいろ有難う。ではこれから北長狭通三ノ二四楊福明の家に行ってみましょう。左様なら」

私たちは巣守に従って、トアホテルの坂道をまた下りはじめた。坂道を下り切って右に曲って、何度も人に道を訊いてやっと北長狭通三丁目に来た時には、早や時計が九時を廻っていた。三丁目は解っても二十四番地はなかなか解らなかった。まるで迷路のように細い道がからみ合っていた。狭い路の角のある米屋で訊いたら、楊福明の家はその角を奥に入って、溝に突当ると右に折れて五六間《けん》行き、それからまた右の小路を入ると左側に支那の雑貨店が三軒並んでいる、その一番先の家が楊福明の家だと教えてくれた。私たちは教えられた通りに真っ暗い小路に入った。そして溝から右に曲ると、果して支那の雑貨店らしい穢ない二階造の家が三軒並んでいて、店の硝子窓から暗い小路に明りが漏れている。硝子窓越しに内を見れば、乾魚や、茶や、日用品やいろんな商品を並べた店で、奥の部屋で四人の男女が四角な卓子を囲んで頻りにパチパチ麻雀《マジャン》を戦わしている。

巣守が赤いペンキで楊福明と書いた硝子扉を開けて中に入ると、今まで麻雀を戦わしていた番頭らしい若者が出て来た。

「北山芋太郎という人はこの家にいませんか？」と巣守が訊いた。

すると若者が奥の部屋を振向いて、何やら二口三口早口の支那語で問答していたが、また巣守の方に向いて、

「北山さん、二階――」云いながら店のすぐ傍にある穢ない階段を指さした。

「上っても可《い》い？」

「よろしい」

巣守が私たちを手招ぎして靴を履いたまま階段を上る

と、私たちも続いてどやどや上った。

階段を上って狭い廊下を突当って左に折れると向うに扉がある。私たちがその扉の方に行きかけると、唐突《だしぬけ》にその扉が開いて、中から背の高い痩せた男が、雨外套《レインコート》を着て片手に鞄をさげて姿を現した。

「北山さんは貴方ですか?」

一番前にいた巣守が、こう訊いた。

雨外套を着た男は返事はしないで、扉のそばに立ちふさがったまま、じろじろ巣守の頭から足の先まで見詰めていたが、その顔は物凄いほど蒼白い。

「貴方が北山さんですね?」

暫くしてまた巣守が訊いた。

雨外套の男はそれでも返事をしなかった。やがて彼は低いが興奮した声で、

「お前たちに用はない!」云いながら巣守の横を通り抜けて出ようとしたが、隙《す》かさず巣守が彼の肩に手を当てて部屋の中に突き入れた。

絨氈《じゅうたん》も何もしかぬ狭い部屋の中央には、四角な紫檀《したん》の卓子と椅子、それから黄色い紙を貼った壁際には、支那風の寝台、片一方の半分開けた窓からは、星の輝く夜の空に、隣りの黒い屋根が見える。

雨外套の男は突き飛ばされると、鞄を卓子の上に置いて、壁を背にして立ったまま、怒気を含んだ眼で巣守を睨んだ。

巣守は彼と向って卓子の前に立ちながら、

「お前の方で用がなくても、こっちに用があるんだ!」

「何用だ? 失敬なッ!」烈しく息使いしながら雨外套の男が喘いだ。

「昨夜の灘満ホテルの盗難に就いて、お前に訊きたいことがあるんだよ」冷静な巣守の声には、少しも取り乱した処がなかった。

「そんな事は、俺ア知らない。帰れッ!」

「知らない? よしッ! 知らなきゃア、教えてやろう。昨夜、灘満ホテルのこの夫人の部屋に泥棒が入って、千円の金を盗んで露台の手摺から綱をぶらさげ、それをすべり下りて逃げたんだよ」

「綱をぶらさげて?」

「うん」

「お前見ていたのか?」訝しげに彼が訊いた。

「見ていなくたって解る。犯人は鞄に長い綱を入れて来て、その鞄だけはホテルに棄てて逃げ出したのだ。その証拠には鞄の中と露台の手摺の処に、綱の埃《ごみ》が残って

いる。そして綱だけ河に棄てて神戸に逃げて帰ったのだ」

「神戸ということが何故解る?」

「犯人は羅馬字が読めなかったかも知らんが、クロロフォームの瓶に羅馬字で神戸のホップ商会の名が書いてあった。それからまた彼は宿帳に神戸と書いている。犯罪が目的で泊り込んだのだから宿帳に本当の処を書くはずはないのだが、彼は入ると直ぐ宿帳を書く西洋のホテルの習慣を知らなかったので、宿帳を出されると面喰って、つい慌てて神戸と書いてしまったのだ。誰でも準備が出来ていない時に唐突に訊ねられると、嘘を吐《つ》き得たとしても、その嘘が事実と余り離れていないものだ」

「しかし神戸に逃げたという事が解っただけでは、何にもなるまい? 神戸には数十万の若い男がいるんだから」

「ところがその男の職業が運転手だということも解っているのだ」

「何故?」

「給仕の言葉によれば、その男は飛行家が使うような手頸の開いた皮手套を持っていたそうだ。ところが日本であの手套を使うものは、飛行家の外には運転手ぐらいのものだ。犯人は五階の高い露台から綱をすべりおりる時の用意にこの手套を持って来たのだ。現場に指紋が残っていないのも、この手套をはめていたからだ」

雨外套の男がヒイヒイ咽喉《のど》を鳴らして、烈しく息使いをしだした。彼は暫く巣守を見つめたまま黙っていたが、やがて皺涸れた声で、

「手套だけで運転手ときめることは出来ない」

「犯人は夫人を眠らせるためにクロロフォームを使っている。ところがクロロフォームは劇薬だから一般の人は持ってないが、外国の医者や化学用品店の主人や薬屋の主人はよく自分方の運転手にクロロフォームを与えるものだ。何故と云うに、暑い時なぞアスファルトの上を歩くと靴の裏にアスファルトが密着《くっつ》く。その靴で自動車の踏段を踏むと、白い護謨の上に黒いアスファルトが着く。ところが護謨をいためないようにアスファルトだけ洗い落すには、何よりもクロロフォームが一番好いのだ。一番早いのだ。だから横浜や神戸の外人は、よく運転手にクロロフォームを与える。しかもそのクロロフォームの瓶にはホップ商会の名が書いてあった。だから犯人は運転手であるということばかりでなく、ホップ商会の運転手に関係があるということも解っているのだ」

「ホップ商会の運転手に関係がある男は沢山ある」

「沢山あっても、背が高くて、色が白くて、痩せていて、年頃が三十四五の男は一人しかない。しかもホテルの給仕の話によれば、この雨外套と、この鳥打帽を着《つけ》ていたそうだ！」

こう云いながら巣守が一歩前に近づいて、若者の雨外套と、鳥打帽を指さした。

そこに五秒の沈黙があった。

と、唐突に若者が身をかわして窓際に走り寄り、窓縁に両手と片足をかけて、今にも隣の屋根に飛び降りそうな身構えをしたが、突嗟に巣守が後から彼を抱きかかえて元の処に帰らした。

「静にしろッ！　逃げようたって駄目だ。ちょっとでも身動きしたら、これで撃ち殺すぞッ！」

こう云いながら、巣守がズボンのポケットから黒光りのする拳銃を取り出した。

周囲《あたり》は静だった。

窓の硝子扉と硝子扉の間にはさまった一匹の小さい蛾が、ぱたぱた羽ばたきするのが聞えた。

「まア！」と微かに喘いで、吉川夫人が私の後ろに身を隠した。

暫くの沈黙の後、巣守が低い落着いた声で云った。

「さア、早く盗んだ金を出せッ！　千円の金をこの夫人に返せッ！」

若者は物凄い目差で巣守を睨んだまま、唇を動かそうとしなかった。

「さあ、早く金を返せッ！　返せば逃がしてやるが、返さなければ警官を呼んで来るぞ！　またみだりに身動きすれば、この拳銃の引金を引くまでだ」

若者は暫らくヒイヒイ息をしながら巣守を見ていたが、「よし、返してやるから、その拳銃を引っ込めろ」と顫声で云って、雨外套の胸の釦《ボタン》を外しはじめた。

「ははは！　金を返すなら引っ込めてやらア！」

巣守はこう云いながら拳銃を卓子の上に置き、ポケットから巻煙草を出して、口に銜《くわ》え、パッと燐寸《マッチ》をすって火を付けた。

と、その途端に若者が電光の早さでさッと右手を伸ばして卓子の上の拳銃を取ったかと思うと、ひらりと飛び退いて壁を背にして立って、

「こらッ！　三人ともちょっとでも身動きしたら直ぐ撃ち殺すぞッ！」

こう若者は顫声で言って、三人を順々に拳銃で狙った。

私の胸の鼓動が一時に止ったかと思うと、次の瞬間に早鐘のような早さで波打ちだした。額から氷のように冷たい汗がじりじりとにじみ出した。私の後ろで夫人がガタガタ胴顫いするのが聞えた。

ああ、巣守は拳銃を卓子の上に置くなんて、何という手抜かりをしてくれたのだ！

「こらッ！　身動きしたら最後、ズドンと撃ち殺すぞッ！」

静な部屋に彼の顫声が凛と響いた。

ぶるぶる顫える拳銃は、私の直ぐ目の前に黒い口を開けている。今にも死の爆音が耳をかすめはしないかと思うと、私は眩惑《めまい》がするような気がした。三人とも立像のように立ったまま、少しも身動ぎしない。硝子の戸のそばで、一匹の小さい蛾がぱたぱた羽ばたきした。死のような沈黙があたりを領した。するとこの時、巣守がぷッと紫色の煙を天井に向いて吐いたと思うと、深い沈黙を破って大声でカラカラ笑い出し、

「撃てるなら撃ってみろッ！　さア、弾丸《たま》のない拳銃で撃てるなら撃ってみろッ！　はははは！」

次の瞬間に若者が腸《はらわた》を絞るような声で、「畜生ッ！」と罵って巣守を狙って引金を引いたが、カチッと音がしたのみで弾丸は出なかった。巣守は右手を伸ばして、若者の手から拳銃を奪い取ると、

「ほら、今度は本当の弾丸をこめるから危いよ」云いながら、五発の弾丸の並んだ挟弾子《そうだんし》を拳銃に差し込んで、また若者を狙った。「さア、早く千円の金をこの卓子の上に並べろッ！」

私の後ろで、夫人がほッと溜息を吐くのがきこえた。私も胸をなでおろした。

「早く金を卓子の上に並べろッ！」巣守が繰り返して云った。

若者はポケットから紙幣を出して、黙って卓子の上に並べた。

巣守は拳銃を持ったまま椅子に腰かけて紙幣を見ていたが、やがて静に顔を起して微笑しながら、

「おい、どうしたんだ、一枚足りないぞ、九百円しかない」と云ったが、直ぐまた大きく頷きつつ「まア、よしよし。百円はこの鞄を買ったり、酒を飲んだりして使ったんだろう。これだけで勘弁してやる」

それから巣守は紙幣を一纏めにして吉川夫人に渡して、

「奥さん、これまでは私の仕事ですが、これからは奥さんの仕事です。つまり、この男を警官の手に渡すべき

かどうかという問題は奥さんがお決しになるべきものです。尤も私の考えを率直に云えば警官に渡しても詰まらないと思いますがね」

するとこの部屋に入って以来、一度も口を利かなかった夫人がこの時初めて前に進み出て、

「そうでございますとも。今この人を警官の手に渡して刑務所に入れるようなことがあっては、却ってこの人の一生を過まるようなものでございますわ。警官に渡さずに、このまま済ませば、あるいはこの人が善い方面に伸びられる機会もあるかも知れません。世の中にはどうして刑務所というものがあるのでしょう？　どうして怖ろしい夜の犯罪や、醜い争いというものがあるのでしょう？　どうして人間同志お互いいじめ合わなければならんのでしょう？　私はそれを悲しい事実だとは思いますが、さりとて自分でどうする事も出来ません。ただなるべくそんな事を避けたいと思うだけです。貴方これからどうなさるおつもりですか？」

若者は卓子の上の鞄を取り上げながら、「横浜へ帰るつもりです」と答えた。

夫人が心配らしい優しい声で、「旅費はございますか」と訊いた。

若者は俯向きがちに私たちの前を通って扉の把手《ハンドル》を握りながら、聞えるか聞えないかの低い声で、

「友人に借ります」と力なく呟いた。

夫人は手に持っていた百円札を一枚、若者の前に差し出しながら、「これを旅費にして下さい」と呟いた。

若者は手は出さないで、暫らく把手を握ったまま、それを見つめていたが、やがて低い声で、「有難う」と呟いて、それをポケットに入れ、静に扉を開けて部屋を出た。

「貴方が善い人におなりになることを、蔭ながらお祈りしています」こう呟く夫人の低い声が、悲劇の最後の言葉のように、静かな部屋に響いた。若者の跫音《あしおと》が消えると、私がほっと溜息をして、椅子に腰かけて煙草を吹かしている巣守に眼を呉れた。

夫人は巣守の前に近よると、今までとはすっかり違った陽気な声で、

「まア、巣守さん、ほんとにどうお礼をして可いか、お礼の言葉がないほどでございますわ！」

私も何か云わざるべからずと思ったのでこの時前に進み出て、

「奥さん！」と快活に云った。「お礼はなさるに及びま

せん。私たちは興味を目的に犯人を探したのですから、お礼は決してなさるに及びません。しかし、奥さん！私たちはホテルで昼食を食べて以来、まだ夕食を食べていないので、三人ともお腹がぺこぺこなんです。ですから何よりもまず第一に御馳走を食べて、人生観を健全にしようではありませんか？」

「ほほほほ！」と夫人が花やかに笑った。「ほんとにそうでございましたわね。ではこれから私がどこかで、御馳走を奢ることにいたしましょう。どこが好いでしょうね？」

「居留地の平和楼に行きましょう」こう云って巣守が静に椅子を立上った。

と、この時、今の今まで張りつめた心の緊張に、一度も仰いで見もしなければ、その存在をさえ気付かずにいた、壁の上の大きな、古い、丈夫な大時計が、ぎりぎりと奇妙な音を立てたと思うと、静かな、落着いた、荘重な、力のある、澄んだ、懐しい、気持の好い、おかすべからざる威厳のある響で、

「ボン、ボン、ボン――」と打ちだした。

三人が吃驚《びっくり》して一様に大時計を仰いで、短針が指さす「十」の字を見た。

その瞬間、私は今朝食堂で巣守が、「十時までに冷汗の出るような緊張味を味わしてやる」と約束した言葉、それから私が、「美人に御馳走を奢らしてみせる」と云った言葉を思い出して、大声を出して叫びたいような、笑いたいような、飛び上りたいような、何とも云えぬ気持が胸の底から込み上げて来るのを感じたけれども、私はそれを押さえて、

「十時！」とただそれだけ云って、巣守の顔に眼を呉れた。

すると巣守も同じように「十時」と呟いて静に眼を伏せたが、私はその眸の中に、彼も私も同じ気持を感じていることを見て取った。

ピストル強盗

「ボン――ボン――ボン――」

どこかで三時を報ずる時計の音。と、同時に、誰一人起きた者のない部屋の硝子窓《ガラス》が、不思議と静に開いて、一人の男が外からぬッと顔を覗けた。部屋の中は真っ暗、ただぼんやりほの白い窓に、人の影が浮かび出して見えるばかり。泥棒だ泥棒が忍び込んだのだ。彼は猿の如く巧妙に窓から部屋の中に滑り込むと、抜足差足部屋の中央に忍び寄り、パッとスイッチを捻って、広い部屋に真昼のような電燈を点し、そっとあたりの様子を見廻した。足許には、この家の主婦だろう、丸髷に長襦袢をきた一人の若い女が、乳の上のあたりまで友染の蒲団を被り、かすかに寝息を立てて熟睡している。口許から耳へかけて黒布で覆い、目深に冠った鳥打帽の下から、目許りをぎょろぎょろ光らした泥棒は、枕許に立って女を見下した。その右手は黒く光る物を握っている。ピストルだ！　白耳義《ベルギー》製の自動拳銃《オトマテイク》だ！　しばらく女を見下していた彼は、やがてまた顔を起こして、部屋の中を見廻した。窓のそばには桐の大箪笥、それに並んで派手な模様のメリンスの覆いを被せた鏡台が立てかけてある。やがて泥棒は護謨《ゴム》裏の足袋をはいた左足を上げて、そっと女の肩のあたりを蹴った。すると女は体をもづもづ蠢めかし両眼を細目に開けて眩しげにしばだたいていたが、泥棒の姿を見つけると、吃驚《びっくり》して大きく眼を見開き、むくむく上半身を起こす。

泥棒は聞えるか聞えないかの微かな、けれども力のこもった声で云った。

「こらッ！　声を立てたらこれで撃殺すぞッ！　さア、早く金を出せッ！」

女は寝床の上に上半身を起こしたまま「まア！」と喘いで泥棒の凄い眸を仰いだ。白い肌は、烈しい呼吸に波打っている。

「早く金を出さんかッ！」

しばらくしてまた泥棒が喘いだ。

女は彼の顔を仰ぎながら、がたがた歯並を顫わして、

「か――か――かねは、出しますから、命だけは、た――た――助けて下さい――」

「早くしろッ！」

焦れったそうに泥棒が拳銃を打ち振って見せた。

さっきから、この部屋の片隅の物陰に第三の男が隠れて二人の様子を蛇のような鋭い眼差で眺めている。けれども泥棒も主婦もこの第三の男の存在には気付かずにいる。彼の物腰には、この家の者らしい処もなければ、泥棒の共犯者らしい処もない。二人の利害関係には超越した寛ろいだ落着きと威厳が見えるのである。

「さア、早く金を出せッ！」

「はい」

「愚図々々すると撃殺すぞッ！」

「ど――どうぞ、命ばかりは――」

怖る怖る、女が立上って危なっかしい足付で簞笥のそばに歩みより、抽斗《ひきだし》から幾枚かの紙幣を取り出して、顫える手先で泥棒に渡した。

泥棒は引ったくるように左手でそれを受取ると急いでポケットに仕舞い込む。

と、その途端、だしぬけに窓の外で消魂《けたたま》しい警笛が「ピリリッ……」と鳴り、一人の警官の顔が窓に浮んで、泥棒を睨んで、

「こらッ！」と怒鳴った。

泥棒は慌てて窓の方を振向き、窓外の警官を狙って引金を引こうとする。と、女が咄嗟に泥棒に縋りつきその手から拳銃をもぎ取ろうとする。

今や死の爆音が轟こうとするその瞬間――その瞬間――今まで部屋の片隅に隠れていた第三の男が、いきなり両手を振りながら飛び出して、

「駄目だッ！　科白《せりふ》に力がない、始めから遣り直しッ！」

スヰートピー

一

横浜の根岸は四角な食卓のような高台だ。その高台の大部分は畑で、その畑の処々に緑の絨氈《じゅうたん》しいたような芝生のグラウンドや競馬場が散在している。日曜日にはグラウンドで外人たちがホッケイやテニスをやり、広大な競馬場には半袴《ニッカース》をはいてゴルフをする人の姿が豆のように小さく見える。晴れた日には西には富士が浮かび出て、南には鏡のような東京湾を隔てて房総の山が見え、右の方の半島の微かに煙の立昇るのが横須賀である。根岸はいい処だ。しかも根岸の大部分をなす高台には殆ど家がない。家は低地と谷間《たにあい》にあるきり。根岸の地形を複雑にするのは、この谷である。至る処に谷と断崖がある。その谷のあるものには、昼でも暗い老樹が密生していて、その間に百姓家、ごくまれに外人のカテージやバンガローが見える。外人の住宅は元は俗に山手《やまのて》と呼ばれた新山下町の上の山に密集していたが、それは地震で全滅して、今では鷺山と竹の丸に少しばかり残っているきりだ。震災以来、外人の多くは東京と神戸へ行った。神戸と横浜は姉妹港だけに、その間に深い関係があって、船乗、商人、外人などの家族はよく両港を行き来する。両港を行き来する者の中には、まだその他に、女中とコックという特種の職業を持つものもあるのである。そして野田源太郎も、そのコックの一人であった。

野田源太郎は少年時代は横浜のある小さい珈琲《カフェ》店の給仕をしていたが、二十一の時にホテルのコックとなりお客の頸巻を盗んで解雇され、次に郵船会社《エヌワイケイ》の欧洲航路の船のコックとなり二年ばかりして司厨長と喧嘩をして解雇され、次に神戸の葡萄牙《ポルトガル》領事のコックとなり時計を盗んで発見され、それから三十一の今日の日まで神戸と横浜の外人の家を、次から次と渡り歩いた。彼は殆ど病的と思われるほどの盗癖を持っていたが、色が白くて、髪が黒くて、男振りが好い上に、小才が利いて、愛嬌があったので、どこへ行っても信用され、まだ一度も警察の厄介になったことがなかった。

　ある六月の雨の黄昏時《たそがれ》、彼は夕食を仕舞うと、コック部屋の穢い畳の上にごろりと転んで、巻煙草を喫いながら考えていた。両眼を糸のように細くしてはいるが、心では何か非常に大変なことを企らんでいるらしく、時々、その眼が不安げに大きくピカリと光った。

　彼は心に呟いた。――「根岸の生活も今日限りだ。俺はこの一ケ月の間、民子が訪ねて来はせぬかと、そればかり心配しつづけて来た。その心配だけで、生命が十年も縮まったような気がする。しかしもうここにいるのも今日かぎりだ。もう民子に発見される気使いはない。明日は朝早く汽車で出発することにしよう」

　彼が民子を怖れるには、理由がないことはないのである。彼は五年の昔に彼女を知った。当時の彼女は、今と同じ女中《あま》であった。彼は民子を愛しているように見せかけて、彼女から前後数回にわたって、千円ばかりの金を絞り取った。それだけならいいけれど――ただ金の問題だけならいいけれど――彼女は宝石のような純真な混りけのない愛を彼に捧げ続けて来たのである。無論、彼とて最初は彼女を愛さぬではなかった。けれど今の彼は他の女――絹代という、もっと若くて美しい女を愛しているのである。

　彼は考え続けた――「民子のことを考えると気が腐るようだが、絹代のことを考えると希望で胸が一杯になる。絹代は俺に二千円の金を得させてやると云った。俺はその金を盗むために、今夜、絹代の勤めている家へ忍び込まねばならぬ。そこには多少の危険は伴なうだろうが、なあに、どうせ寝ていて大金を握ることは出来ないのだ」

　彼は巻煙草の喫殻をポンと棄てて、黄昏の部屋に点った電燈を仰いだ。それから見すぼらしいコック部屋の中をじろじろ見廻した。外には新緑を打つ雨の音が聞えた。

「二千円の金が旨く手に入ればいいが」彼は考え続けた。「二千円あれば、こんな豚小屋のような穢ない部屋にいなくともいい。当分は旨いお酒と美味い御馳走を食って遊んでいられる。絹代と一緒に温泉めぐりをすることも出来るのだ――」

　ここまで考えてきた時、ふと障子の外で物音がしたので、彼は顔を起こして、聞耳を立てた。

「野田さん！」女の声がした。

「絹ちゃんかい？　お上り！」彼がむっくり起上って、坐り直した。

障子が外からさらりと開いて、年頃二十七八の女が姿を現した。野田はその顔を見ると、さッと白紙のように白くなり、また赤くなって、体を石のように強《こ》わばらした。

彼女は板の間に雨に濡た傘を立てかけると静に座敷へ上って、彼と向合って坐り、黙ったままにっこり頬笑んだ。束髪に結った髪はやや乱れ、眼尻には浪のような皺がより、烈しい家内労働に指先が荒れている。

「民ちゃんだったのか！　僕がここにいることを誰から聞いたのだ？」

暫くして野田がこう訊いた。

「絹ちゃんから」

野田はどきッとしたらしかったが、すぐまた気を引き締めた。そして相手の落窪んだ眼や、筋の現れた色の黒い頸根《くびもと》のあたりをまじまじ見た。彼は何とか云わねばならぬと思ったが、咽喉《のど》が干乾《ひから》びて、自由に言葉が出なかった。

暫らくして、沈黙を破ったのは民子であった。

「いつからここにいらしたの？」

「一月ほど前から」

「どうして私に知らして下さらなかったの？」

彼女は平気でこう訊いた。彼女の態度には、少しも取乱したところがない。

「長くいるのなら、知らせてもいいのだが、どうせ一月しかいないのだから、それで知らさなかったのだ」

「じゃア、またどこかへ？」

「うん、明日の朝早く出発して、神戸へ行くことになった。神戸の外人の家へ勤めることになったのだ。行ったら知らせるよ。この家にはコックが要らないのだけれど、他に口がなかったもんだから、友人の紹介で一ケ月だけ無給で働いた」彼は段々落着いてきた。

「本当に明日神戸へ行くの？」

「本当だとも。荷物も何もないから気楽なもんだよ」

一頻り沈黙が続いた。

「野田さん」やがて彼女が静なきっぱりした声で云った。「今日は貴方の本当の心を訊きたいと思って来たのよ。私は五年前に海岸のチクーさんの家で初めて貴方と会いました。二人は同じ家に勤めて、おたがいに愛し合っていました。私は五年の間、あの時と同じ心で貴方のことを思い続け、骨身を粉《こ》にして働いて稼いだ金も、皆んな貴方に上げてきました。私はそれを後悔してはいません。心から――心から、貴方を愛していたのだから、後悔するどころか、それでよかったと思っているくらいです。けれども――けれども――」

彼女は咽喉に塊が出来て、呼吸《いき》が苦しくなったので、ここまで云って口籠った。

しばらくして彼女がまた続けた。

「けれども、この頃の貴方の態度はどうです？　私には居処も知らさないで、もとチャブ屋にいた断髪の絹ちゃんとばかり親しくしていらっしゃる。私は貴方に邪魔者にされたら、立つ瀬がないのです。今貴方に棄てられたら、もう私は駄目です。何をする元気もない。張合いもない。仕事をする気にもなれないのです。私も昔は今より美しかったと思います。美しかったればこそ、貴方も愛して下さったのでしょう。でも、もう私は駄目ですわ。もう何をする元気もない。野田さん、後世《ごしょう》ですから、絹ちゃんと別れて下さい。別れて私と一緒になって下さい、私は待つ間が余り長いので疲れてしまいました」

彼女は一生懸命になって、やっとこれだけのことを云った。興奮する心を強いて抑えてはいるものの、さすがに唇は微かに振えていた。

野田は聞き終ると、俯向いたまま、長い溜息をした。そして巻煙草を取って、火をつけると、返事はしないで凝《じっ》と眉を顰めて畳を見つめていた。

野田がいつまで経っても黙っているので、彼女がまた哀願するような口振で云った。

「明日、神戸にいらっしゃるのなら、私も連て行って下さい。あちらで女中の口を見つけて働きますから」

野田は眉を一層ひどく顰めた。そして心では、「そんな奴に連《つ》いて来られて堪るものか」と思ったが、口に出しては、「まア、見合せた方がいいと思うね。仕事の口があるかどうか解らないから」と低い声で呟いた。

彼女は眼を伏せた。窃かに怖れていた返事を聞かされた彼女は、短刀で胸を刺されるような気がした。目の前にあるものがぐらぐら揺れるような気がした。

彼女はともすれば出ようとする涙を相手に見られたくないので、横を向いて部屋の中を見廻した。穢ない部屋ではあったけれど、野田が一ケ月過ごした部屋かと思うと、何となく懐しかった。

無論彼女は野田の沢山の欠点はよく知っていた。けれども彼女は特長も欠点もひっくるめて彼を好いていた。彼の冷酷が今日に始まったものでないことも、よく解っていた。が、それだからと云って、彼を憎む気にはなれなかったのである。

野田は大きな欠伸《あくび》をしながら、壁の上の時計を仰いだ。

しばらくして民子が話頭《わだい》を転じて訊いた。

「明日は何時にお立ちなの?」

「七時頃」退儀そうに野田が答えた。

「じゃア、今夜はゆっくりここで遊んで帰ってもいいわね?」云って民子が臆病げな目差で、捜るように相手を見た。

「困るよ」

「なぜ?」

「約束があるんだ」

「どんな約束?」

「今夜は絹ちゃんとこへ行かなくちゃアならん」

窶《やつ》れた民子の両頬に、さッと赤い血の気がのぼった。彼女は絹代という名前を聞くだけでも胸が病《いた》かった。

彼女は一生懸命に胸の興奮を抑えながら、

「絹ちゃんは、やはりダニングさんとこにいるの?」

と低い声で訊いた。

「いいえ」

「どこにいるの?」

「今度和蘭《オランダ》人の家へ変ったそうだ。和蘭人のうちへ変ったから、ぜひ今夜遊びに来いと云ってきたよ」

「遊びになんか行かないほうがいいわ」

「遊びに行くんじゃアない。本当は泥棒に行くんだよ」

云って彼がにやっと毒々しい笑いを浮かべた。

「まア!」

「ことによると、僕ア今夜二千円のお金持になるかも知れないぜ」と得意げに彼が云った。

「まア、絹ちゃんはそんなにお金を持っているの?」

「絹ちゃんの金じゃアないよ。絹ちゃんが勤めている和蘭人の金だよ。絹ちゃんがなんでそんなお金を持っているものか」

「いや、持ってるかも知れないわ。絹ちゃんのことだから。あの人はただの女中さんじゃアない。ラシャメンもしたり、チャブ屋にいたこともあるんだから」

「馬鹿!」彼が罵った。「その和蘭人は夫婦と子供二人きりで、召使も絹ちゃん一人、一人でコックと女中と両方をやってるんだ。そして、今日階下の居間を掃除していたら、鍵のない抽斗《ひきだし》の奥に、百円札が二十枚入った封筒があったから、ぜひ今夜の中に取りに来いと云うのだ。絹ちゃんが自分で取ってくれるといいのだが、怖くてとても手が出せないと云うのだ。家の者は九時に寝《やす》むから、九時以後に居間に入れば二千円の金が盗めるのだが、主人が玄関の扉《ドア》に鍵をかけるし階下の玄関のそばの部屋は物置になっていて、いつも扉に鍵がかかっているし、居間の窓は、高い石垣の上にあるしするから、どうしても居間へ入るには二階の絹ちゃんの部屋の窓から入るより他に方法がないのだ」

「そんな高い二階の窓へ登れますか？　どこから登るの？」

「二階には三つの窓があって、その中の向って一番左のが絹ちゃん部屋の窓になっている。九時頃になると、皆んな寝鎮まる。皆んなが寝たら、絹ちゃんが自分の部屋の窓を開けて、ちょっと蠟燭の火をつけて、合図をしてくれるのだ。だから合図を見たら、屋根をつたって、その窓へ入るのだ」

「屋根をつたって入れるようになっているの？」

「入れるそうだ。僕はまだその家を見たことはないけれど」

「行く気なの？」

「ウム」

「止した方がいいわ」

「何故？」

「だって危いじゃアないの」

「虎穴《こけつ》に入らずば虎子《こじ》を得ずというたとえもあるからね」

「屋根から落ちたらどうするの？」

「大丈夫だよ。心配するな」

「お止しなさいよ」

「二千円になるからね。二千円あると、悪くないよ」

「早や取った気でいらっしゃるのね。その金を、どうなさるの？」

「まだそこまでは考えていないが、ひとまず神戸に落着くつもりだ。そして泥棒の噂が鎮まった頃を見はからって、小さい洋食店でも開くつもりだよ」

「お目出たいわね」

「羨ましいだろう？」

「その和蘭人の家はどこにあるの？」

「どうしてそんなことを訊ねるのだ？」

「どうしてということはないけれど」

「どこでもいいよ。処だけは、まア、お預りとしておこう。その方が安全だ。どうせ、後になったら解るよ。とにかく山の谷間の、深い森の中の、夜なぞとても女一人じゃア行かれないような怖いところだよ。僕だって行こうか行くまいか、迷ってるぐらいだからね」

「お止しなさいよ。見つかったら大変じゃアありませんか」

「だから用心して行くよ」

「お止しなさい。止した方がいいわ」

絶望的な低い声で民子が云った。

折からサッと烈しい風が吹いて来て、一頻り窓外の木の葉を戦《そよ》がせた。

日が暮れるとともに風が起って、雨は次第に小降りとなり、時々、宵闇に絹糸のような細い線《すじ》を見せるのみだった。

民子は涙ぐんだ眼を伏せたまま、女中としての五年間の生活を心の中で振返ってみた。五年間の家内労働の苦しい折々に、彼女はどんなに野田を愛しただろう！　まるで渇いた人が水を求める如く彼を愛してきた。

野田はまた壁の上の古びた時計を仰いで見た。彼は一時も早く、この気拙い会見を切りあげたいという風に見えた。

しばらくすると、民子が干乾びた唇をなめて、

「野田さん、わたし思い切って貴方と一緒に明日神戸へ行くことにきめましたわ。だから今夜はどこへも行かないで、ここで一緒に話しましょうよ」

「それア、駄目だよ。約束がないのならいいけれど、約束した以上、どうしても行かなくちゃアならん」

また沈黙が続いた。

民子は凝としているのが苦しかった。ともすれば涙がこぼれそうになるので、頻りにまたたきしながら、涙を隠そうとした。咽喉に塊が出来て、眼が眩むような気がした。

やがて彼女が死人のような蒼い顔を起こして、正面《まとも》に彼を見入りながら、

「では、どうしても私と一緒になることは出来ないと仰有るのですね？」と訊いた。

彼女はこれだけのことを云うのに、一年懸命の努力を要したらしく見えた。膝の上に置いた手の指先が、微かに顫えている。

野田は顔の筋一つ動かさないで、

「お気の毒だけれど、許してもらいたい。僕はその瞬間々の気持ちで生きてきたつもりだ。だから未来のことまでは断言できない。勝手なようだが、僕はそうした男に生れているのだから仕方がない」

すると民子が唐突《だしぬけ》に彼の膝に顔を埋めて、子供のように啜り上げて烈しく泣きだした。

二

それから二時間後、黒っぽい服を着た一人の男が、谷間の繁みに身を潜めて、闇の中に朦朧《もうろう》と立つ家の輪廓を見つめたが、これが野田源太郎であることは云うまでもない。雨はすっかり止んで、暮方から吹き始めた西南の風が、鼠色の雲を飛ばせた。その雲の切れ目から、幾つもの星がキラキラ宝石のように光った。

和蘭人の家は急な谷間の中腹の高い石垣の上にあった。その急な谷間の底を、一線の白蛇のような細道が這って、それを降《くだ》れば根岸の海岸へ出られ、登れば高台に行かれた。家人はもはや寝鎮ったらしく、二階の三つの窓、階下の五つの窓には、厚い鎧戸がしまって、内から少しの明りも漏れて来ない。野田は先刻《さっき》から、その二階の一番左の窓ばかり見つめていた。そして幾度も時計を出して見た。

あたりの巨大な松や樫は、断えまなく吹く西南の風になぶられて怪物のように吠えた。頭の上の梢から、時々、ぱらぱら雨垂《あまだれ》が落ちた。どこからともなく、ぷんとチンチョウゲの花の香が漂って来た。

野田はまたポケットから時計を出して、星明りに透かして見た。九時だ！

しばらくすると二階の一番左の仏蘭西《フランス》窓が音もなく開いて微かな、蠟燭の光が漏れたと思うと、すぐまた消えた。合図だ！　野田はにやッと微笑しながら、身を潜めていた繁みから立上って、細道へ出てあたりを見廻した。が無論そこには誰もいなかった。聞えるのは、風に吹かれて戦ぐ梢や草の音ばかりだった。

彼は細道を登って高い石垣に突き当り、それから右に折れて石垣に沿って五六間《けん》進んだ。そこに急な石段がある。彼は靴を脱ぎ靴下一つとなって、苔の生えたその石段を登った。登り切ると、古いペンキの剝げかけた低い板塀の門がある。彼は門柱の上に手をかけ、足で扉の横木を踏んで、ヒラリと向うへ飛び越した。飛び降りた際に、多少は音がしたかも知れぬが、それは烈しい風の音に消されてしまった。

下から建物の大抵の構造を見ておいたので、庭に入ってまごつくようなことはなかった。右手にぼんやり別館らしい建物が見える。多分物置きであろう。五分間後の彼は、はや板塀を踏段にして、その別館の屋根の上に上っていた。

別館の屋根の上には、松の老木が風に吹かれて烈しく踊っていた。彼はその松の枝を猿の如く攀《よ》じ登って、やっとのことで本館の屋根の上へ下りた。

赤いスレートの尾根は急な傾斜を作って、足がかりになるものは、赤銅《しゃくどう》の雨覚《あまどい》の僅かな出張りばかりだった。この急な屋根をつたって、二つの窓の下を通り抜けて、一番左の窓の処まで無事に行けるだろうか？　彼はどうしても行かねばならぬと思った。

彼は今まで人目忍んで物を盗んだり女から金を絞ったりしたことは数かぎりなくあるが、夜、泥棒となって他人の家へ忍び込むのはこれが初めてだった。だから異常の不安と恐怖に襲われはしたが、しかし一方では、不安であればあるほど、そこに一種の拒み難い冒険の魅惑がないではなかった。彼が今までいろんな悪事を働いたのは、一つには、この冒険の魅惑を感じたからであった。けれども今夜という今夜は、それらの冒険の中で最も大きい冒険をしようとしているのだ。

野田は雨に濡れた屋根の斜面に、ぴったり腹を押しあて、大の字に伸ばした両腕の指先で、蛭《ひる》のように屋根へ吸いついた。そして靴下をはいた左足を三寸動かしては次に左手を三寸動かし、それから右手を三寸動かしては右足を三寸動かし、最後に屋根に押し当てた腹を三寸辷らした。こうして壁に吸いついた平蜘蛛の如き彼の体が、斜面の上を三寸ずつ動き始めた。ちょっと見ては静止しているように見えても、それでも彼は次第に窓に近づきつつあるのである。

やがて彼の体が第一の窓の真下まで来た。

窓の鎧戸は締っている。窓の中の人は寝ているだろうか、起きているだろうか？　彼が屋根をつたう物音を聞いて扉を開けはしないだろうか？　もし扉を開けたらそれまでだ。彼は動悸が高くなったので、暫らく休んで耳を澄ました。そして窓の中の暖い白いベッドと気持好い部屋の幻を胸に描いた。

やがてまた彼は動き始めた。三寸！　また三寸！……折からさッと烈しい風が吹いてきて、巨人な黒い森が物凄い唸りを立てた。家の背後から突き出た梢が、ぱらぱらッと雨垂を落して彼の頬を打った。

彼は思わず上を仰いだ。高い処に星が沢山輝いていた。

次に彼は下を見た――

と、氷のように冷たいものが彼の背骨を走って、思わずぞッと身顫いした。彼は臍《ほぞ》の緒切って以来、この時ほど烈しい恐怖に襲われたことはなかった。

彼の目の下には深い深い深淵が、悪魔のような黒い口を開けているではないか。一度足を踏みはずしたら最後、彼の五体は高い石垣の下に墜落して、微塵に砕かれるのだ。本館は石垣のすぐ上に建ててあるから、石垣の上で止ることはできぬ。そして屋根から石垣の下まで、少くとも五十尺はあるのだ。

彼は余りに遅い今となって、屋根に登ったことを後悔した。動悸が高くなって、額に冷汗がにじんで、息が次第に苦しくなった。彼はこんな処に誘《おび》き寄せた絹代を、今更らの如く恨んだ。部屋へ入ったら、散々彼女の油を絞ってやろうと思った。

彼は後に引返そうかとも考えてみた。が、後に引返すにしても行くと同じ離隔を動かねばならぬ。

声を立てて、三番目の窓のそばにいる絹代の援《すく》いを求めようかとも考えてみた。が、声を立てれば家の者が聞きつけて慌てて窓を開けるだろう。その時自分は何と弁解しよう、絹代に会うために来たと云えば、あるいは泥棒の名目で罰せられることだけは逃れられるかも知れぬ。けれどもそのためにこんな危険な屋根をつたったということを信じてくれるだろうか？　それは有り得べからざることだ。どうしてもこのまま動いて第三の窓に近づくより他はない。行ける処まで行ってみよう。なにくそッ！　もう一息だ！　気を落着けて！

彼はまだ三寸ずつ動き始めた。

両手の指先がわなわな顫えだした。彼は全身の力を込めて赤銅の雨筧を踏んだ。けれどもその雨筧は処々毀《こわ》れかけている上に、膝っあたりがぶるぶる顫えるので、ともすれば足先が辷りそうになった。遠方の山の木立が風になぶられて、何物かの泣くような音を立てた。

彼は恐怖を払いのけるために、強いて他のことを考えようとした。二千円！　二千円手に入ったらどうしよう？　三の宮あたりに絹代と二人で小さい洋食店を開こうか？　それとも外国の船乗相手の酒場を開いて、明るい窓からいつも陽気なダンスレコードを響かそうか？　明日の汽車は無論一等だ。そして食堂へ入って酔いつぶれるほど食《の》むことにしよう。けれども彼に取りて、二千円を手にした暁、もっとも悦ばしいことは、絹代を確実に握ることが出来るということだった。彼は民子が彼を愛すると同じ程度の熱情をもって絹代を愛していた。けれども美しい絹代は彼の手に余る女であった。彼女はいいかげんに彼をあしらって、指先を漏れる水の泡の如く、際どい処で彼から逃れていた。けれども今夜自分が二千円を手に入れたら絹代も——なに！

彼の左足がつるりと雨に濡れた筧を辷った。平蜘蛛の如く屋根に吸いついた彼の体が、ぐらぐらと中心を失った。

彼は死にもの狂いに両手で体を支えて、やっと左足を元の位置に返した。

彼は咽喉をひいひい鳴らしながら二三度深呼吸をした。胸の鼓動が早鐘のように響いた。今の物音が家の中に聞えはしなかっただろうか？　彼は片唾《かたず》を飲んで耳を澄ました。が、聞えるのは風の唸りばかりだったので、ほっと安堵してまた進み始めた。

彼が目的の第三の窓下に着いたのは、それから間もなくであった。見上げると、古びた鎧戸が外側の両方に開いて、上へ引き上げて開けた硝子《ガラス》戸が、暗い夜空を反映して、水のように青く光っている。その硝子戸の下に、灯のない部屋の暗闇が、四角に区切られて見えた。

もうここまで来れば、後は心配ない。帰る時には絹代に相談して、どこか他の処から出ることにしよう。彼は深い溜息をした。気がついてみると、総身にねっとり油汗がにじんでいた。それにしても絹代は何故出て来ないのだろう。

彼は暗い窓を仰ぎながら、聞えるか聞えないかの低い声で、

「絹ちゃん！」と呼んだ。

返事がない。

先刻蠟燭の火で合図したのだから絹代がいないはずはない。何故今になって出て来ないのだろう？　自分の来かたが遅れたので、もう来ないものと諦めたのだろうか？　それとも今呼んだ声が風に吹き消されて聞えなかったのだろうか？

「絹ちゃん！」

また彼が呼んだ。

返事はなくて、物凄い唸りを立てて吹いて来た風が、一頻り梢を戦がせるばかりだった。彼はぽつぽつ不安になって来た。窓の下縁に手を伸ばせばとどくぐらいの処にあった。絹代が出て来ないとすれば暗い部屋に自分で勝手に這い込まねばならぬ。

「絹ちゃん！」

三度目に彼がやや高い声で呼んだ。

と、暗い窓から朦朧とした女の顔が覗いて下を見下した。

彼は下からその顔を透かして見ながら、

「来たよ」と呟いた。

そして呼吸が苦しいので、烈しい息使いをした。

闇の中の女の顔は頰笑んでいる。

「おい、絹ちゃん！　どうしてそんなに黙ってるんだ？　皆んな寝たかい？　もう入ってもいいかい？」

が、この言葉を云い終ると共に、彼は鉄槌で頭を打たれたように、全身の神経をピリリと戦慄させた。

窓から覗いた顔は、絹代ではなくて、民子である！　頰笑んでいると見えたのは、極度の恐怖と興奮に真っ蒼になった彼女が、がたがた顫えながら顔面筋肉を引き釣らしているのであった。

その瞬間、彼の頭に真実が稲妻の如く閃めいた。今日電話で和蘭人の家へ住み変えたから金を取りに来いと云ったのは絹代でなくて民子であった！　民子が絹代の声色《こわいろ》を使って、瞞《だま》して彼をここまで誘き寄せたのである！

野田は余りの意外に、微かな呻声を漏らした。憎悪と忿懣に火の如く燃えた。

「悪魔ッ！」彼が喘いだ。

そして窓から部屋へ踊り込むべく、満身の重みで窓の下縁へ縋りついた。

が、彼が縋りつくと同時に、窓の下縁はぽくりと抜けた。

途端に彼の体は、雨に濡れた屋根の急斜面をツルリと辷って、咽喉から瀕死の凄い叫声を漏らしながら、猛烈な勢で数十尺の石垣の下へ落ちて行った——

「ざまア見ろ！」腹の底から出るような声で民子が云った。

＊　＊　＊　＊

それから二日後の横浜貿易新聞の隅の方に、こんな記事が小さい活字で出た。

「……根岸町豆口の、俗に『ペティの屋敷』と呼ばれている外人屋敷は、震災以来、空屋になって、荒れるにまかせてあったが、一昨夜何人とも知れぬ三十歳ぐらいの浮浪人が、その空屋の石垣の上から、飛び下りて自殺した。不思議なことには、死体の上にスィートピーの花が沢山棄ててあったが、これは多分、死体を見た誰かの悪戯であろう……」

人肉の腸詰《ソーセイジ》（「楠田匡介《きょうすけ》の悪党振り」第三話）

一

楠田匡介は食事がすんでも食卓《テーブル》から立上ろうとせず、人待顔にいつまでも入口ばかり見詰めていた。櫛跡あざやかにべっとり後ろに撫でつけた頭髪《かみ》は、濡鴉のように黒くて、やや釣上ったぱっちりした眼元には覇気と滑稽味が等分に漂い、頬は日本人に珍らしい薔薇色で、顔立が細長い割合に、厚くて大きい肉感的の唇のあたりには、どことなくボヒミアンらしい片鱗が表れ、ただ一つの欠点は右の耳の後ろから頤へかけての火傷の跡だが、それでも独逸《ドイツ》の紳士がその顔に残る決闘《メンズール》の疵跡を誇りとすると同じ意味で、この火傷もある種の婦人に却って不思議な魅惑を与える場合がないとは云われないのである。いかにも運動家らしい四脚《しし》の発達した健康な彼の体に、倫敦《ロンドン》のウエストエンドの仕立屋が裁断《カット》したような上品な嫌味のない卵色の絹紬《けんちゅう》が素晴しくよく似合った。楠田匡介は幾つだろう？　二十八？　三十六？　恐らく彼の顔を見て年齢《とし》を判断し得る人は一人もあるまい。彼の大きい眸に不安が漂って濃い眉のあたりに波のような皺がよる時には四十近く見え、またその眸が明るい希望に輝く時には初々しい青年の如く見えた。解らぬのは年齢ばかりでなく素養も同じであった。ある者は彼は神田辺の大学の法科を出た男だと云い、あるものはどこかの帝大の工科を出た男だと云い、外国の学校を出たと云う者もあった。ただ解っているのは、彼がこの数年来、何が原因かそれは解らぬが、堕落するだけ堕落して、徹底的な浮浪児になっているということだけである。彼は満洲にいる間に、東京に残した妻の澄子が巨万の遺産を相続したという知らせを聞いた。が、複雑ないきさつから妙にこじれて澄子に反感を懐く彼は、澄子が大金を握ったという知らせを得ても、急に和睦する気にはどうしてもなれず、この東京へ帰ってからも澄子へは居処も知らさず暮しているのである。その理由《わけ》は彼の持って生れた浮浪性や、だらしないずぼらな放縦性も手伝っているには違いないが、主なる理由は最近の彼がいささか不良に近い猟奇者《ロマンスハンター》になっているからだ。この夏の夜「グリル銀座」の食卓に坐って、しきりにある人を待っているのもとりもなおさず彼が不良に近い猟奇者だからである。彼は外国の犯罪実録や小説を読んで、新聞広告による千種万態の犯罪があることを好く知っていた。それで、日本にもなにかそんな面白い広告がありはせぬかと思って、毎朝都下十五六種の新聞を買い込んで、銀座の「珈琲店《カフェー》コズモポリタン」の二階で焼パンと燻肉《ベーコン》の朝食《あさ》をむしゃつきながら、眼を皿の如くして広告欄を渉った。ところが彼の心願がかなって、広告を渉りはじめてから十三日目に、ある大新聞の雑件欄に、面白い広告を発見した。それは彼が期待したような難かしい暗号文ではなかった。明々白々の文章で、こう書いてあった。

「勝田君今七銀グリ当純白胸青ハン待」

これでも素人には読めないかも知れないが、一時道楽として暗号に凝ったことのある楠田にはすらすらと読めた。伸ばして書けば、「勝田君、今夜きっちり七時に銀座の『グリル銀座』で私は純白の服の胸のポケットに青ハンケチを挿して貴方を待っています」ということだ。服装を知らせるぐらいだから、勝田なる人物と、無名の広告主とは、かねてから一種の示し合せはあっても、まだ一度も会ったことのないのは解っている。この未知の二人はどんなことを相談するだろう? 会合が常態でないのだから、必ず興味ある相談が行われるだろう。金! 左様、金の問題も出るに違いない。あるいは現金が出るかも知れぬ。楠田はこの勝田なる人物に化けることを思いついた。けれど七時になると本物の勝田が来るから、広告主に会うなら七時以前でなければならぬ。が、広告主は先に「グリル銀座」で待っていると云うのだから、六時半ごろ行って待っていれば、きっと勝田より先に広告主がやって来るだろう。彼はこの危機一髪の機会《チャンス》を摑むつもりなのである。

「グリル銀座」は本通りからちょっと入った小路の小さい珈琲店で、主に宴会場として使われるので、平常は割合に静だった。現に楠田が待っている間にも、二三人の客が二階へ上ったきりで、階下《した》には一人も客が来なかった。

が、六時四十五分になると、果して彼の予期通り、表に借自動車《タキシー》が止る音がして、純白の麻の背広を来た四十ばかりの小柄の紳士が入口に姿を現した。胸のポケットから覗く絹ハンケチは確に青かった。

楠田はいちはやく立上って、白服の紳士の濃い眉と深味のある眼を見た。二人の眼と眼が出会った。そこに黙々の理解と云ったようなものが交された。

白服は楠田の堂々たる男振りに、いささか面喰ったらしかったが、それでも微笑しながら、つかつか彼のそばにやって来て、

「失礼ですが貴方が勝田君ですね」と、気持のいい声で云った。

「はあ」

「お初にお目にかかります」

二人は軽い会釈を交した。これでやっと第一の関門が通れたと楠田は思った。

彼は七時になって本当の勝田なる人物が来るのが怖かったので、一時も早くそこを出たいと思った。

「どうも私はこの珈琲店では落着けないのです。銀座の『コズモポリタン』へ行こうじゃアありませんか」

楠田は女給を呼んで勘定を済ますと、白服を伴って直ぐ近くの「コズモポリタン」の二階へ昇《あが》った。

そこでは明るい電燈の下に煙草の烟が渦を巻いて、人々の話声や、皿に触れる匙の音が海の遠鳴の如く聞えた。芝居や音楽会のビラをかけた壁際に、ずらりと十ばかりのヌックが並んでいて、白服の給仕が泳ぎまわる食卓の坐席の慌しさに反して、そこはひっそりかんとして、高い仕切りのある坐席の各々に、多くは家族づれらしいのが入りひたって、つつましやかに菓子なぞつついていた。窓際から二番目のヌックが空いていたので、二人はそこに向合って腰かけた。

彼らは「グリル銀座」を出てからここへ来るまで、一口も口を利かなかった。不思議な息苦しい沈黙を守りながら、お互いに相手の一挙一動を監視していた。が、ヌックに向合って坐ると、白服の紳士は黒　口《ブラックレーベル》のジョニーウォーカーとソーダ水を註文し、それからポケットから金の巻煙草入を出してパチンと開けて、「どうぞ」と押しやり、自分でも一本つまんで火を点けた。

「あの人の紹介ですから、私は絶対に貴方を信用しているんですよ」しばらくして紳士がこう云った。まず一石を投じた形だ。

あの人とは誰だろう？　楠田は巻煙草を一本取って火を点けながら、無闇なことを喋ってはならぬと思った。で低い声で、「はあ」と軽く受け流した。

紳士はぷッと煙草の烟を吹いて、深味のある眼でじろじろ楠田を見入りながら、

「君のようなしっかりした人を得たことを大変喜んでいるのですよ」と云った。

「有難うございます」

「お見受けするところ、貴方は大変御丈夫らしいですね？」

「ええ、まア――」

「スポートは何をお遣りですか？」

「野球、庭球、ホッケー、ラグビー、一通りは何でもやります。深くはやりませんが」

「結構です。私はゴルフ以外は何も駄目です。何しろこれから貴方にお願いするのは、生命がけの仕事ですから、体の丈夫な人でなくてはなりません。それかと云って、無教育な下等な人物でも困る。下等な人物だと、却って後で私がその男にゆすられるという結果になりますからね」皮肉な微笑を浮かべてちらと楠田の顔を見て、「しかしあの人は貴方の人格も保証してくれました。ですから私は安心して貴方に秘密を打明けるつもりです」それからそっと周囲《あたり》を見廻して、一段と声を低くして「仕事というのは他でもありません。実はある家へ行って私の友人がある女に送った一通の古い手紙を盗んで来てもらいたいのです」


紳士は言葉を切って凝《じっ》と相手の顔を見た。楠田は心の中で「来たなッ！」と呟いたが、口へ出しては懶《ものう》げに、

「どこです、ある家と云うのは？」

「貴方は横浜の地理をよく知っていらっしゃいますか？」

「知りません」

「宜しい。では地図を書いて上げましょう」紳士はポケットから万年筆を出し、献立表《メニュ》を取って裏に地図を書きながら、「桜木町から電車で元町へ来て、元町で下りると歩いてこの急な代官坂を登るのです……震災前はこの山の上は居留地でしたが、今は殆ど一軒も家がありません……ただこの辺にフェリス女学校があるばかりです。女学校の前を通り抜けて、三町ばかりこちらへ来ると……ここに道が『く』の字なりに曲った処があって、そこからこの谷間を、こちらへ下りる細道がありますから、そこを一町ばかり下りるのですよ……するとこの辺に、草の生えた斜面の右側に粗末な西洋館――ちょっと工場風の家があります。そしてこの家の向って右の端の部屋に、北斎の浮世絵の額が掛っています。私が手に入れたいと思う手紙は、その額の中に隠してあるのです。どうです、一つ冒険をやって、その古手紙を盗んで来てくれ

ますか?」

「盗むより他に手に入れる方法はないのですか?」

「ありません。私は今まであらゆる手段を講じてきましたが皆駄目でした。これが私の最後の手段なのです」

云って紳士はウイスキーソーダの杯《グラス》を唇へ持って行った。杯が電燈を受けてピカリと光った。

楠田はいろんなことが訊ねたかった。しかし頓馬《とんま》なことを訊ねて、自分が贋者だことを悟られるのは怖かった。そこでびくびくもので搜《さぐ》りを入れた。

「その手紙の宛名は誰になっていいます?」

「そんなことは訊ねないで頂きたいのです。貴方に必要なこと以外に何もお話しすることが出来ません。私がこういう奇抜な面会法を選んだのも、じつは私の姓名を知ってもらいたくないからなのです。幾ら貴方があの人に私の名をお訊ねになっても、あの人も私の名は固く秘密にしてくれるはずです。どうせ手紙を盗むことに成功したら、貴方もその手紙をお読みになるかも知れませんが、たといお読みになっても、後で絶対に他人《ひと》に口外しないことを約束して頂きたいのです。なに、私の友人のある男が卑しい商売の女に送った実に馬鹿らしい手紙ですけれどね、今はその手紙がその男にとって、非常に大切なものになっているのです」

「ある男と云うのは貴方でしょう?」楠田が大きい唇でにやりと笑った。

すると紳士は暫らく相手を見入ったまま黙っていたが、やがて笑って頷きながら、

「白状します。実は私です。私は貴方の人格を信用しています」

楠田はウイスキーソーダを飲んで汗を拭いた。

彼は一週間ばかり前の新聞で見た面白い記事を思い出した。それは何とか云う若い代議士が横浜の富豪の娘と結婚しかけて、昔の放蕩がばれて弱っているというのであった。楠田は改めて相手の顔を見た。馬鹿に渋味のある凄い眼だと思った。

やがて紳士がまた言葉を続けた。

「それから武器は何も決して持って行かぬということを約束して頂きたいのです。武器を持っていると、万一失敗して捕えられた時に面倒です。向うには強い男がいますから隙を見て誰もいない時に入るのが一番いいです。しかし扉を締めてしまったら、絶対に入れませんから、今夜これからすぐ横浜へ行って、十時までに忍び込むのですね。どうです、行ってくれますか? 報酬はうんと

出しますよ」

「どのくらい?」

「三千円ぐらいなら出せます」

古手紙一通が三千円とは何というべら棒な高値だ!

楠田は思わず眼を見張ったが、次の瞬間すぐ自分の頓馬を気附いてその表情を逆に利用した。

「これア驚いた! 生命がけの仕事が僅か三千円ですか! それでは御免こうむりたいですね」

「では四千円出します」紳士が深味のある眼で捜るように楠田を見た。

「五千円ならお引受けします」

「では五千円出します。今夜は手付として千円だけ差上げ、後の四千円は手紙と引きかえということにして下さい。無論失敗なすったらその四千円は差上げられませんよ」

「承知しました」

楠田は一息にウイスキーソーダを飲んで杯をカチリと卓子《テーブル》の上に置いた。

紳士は用意して来たらしい大型のふくれた角封筒を出して楠田の前へ置いた。楠田は直ぐにもポケットに入れたかったが、どうしても手が動かなかった。封筒に眼を呉れるのさえ気がひけた。彼は悪党と呼ばれているに似ず正直者だった。この千円をポケットに入れたまま横浜に行かずに姿をくらましても、この紳士は二度と自分を探すことは出来ないのだ。また仮りに横浜へ行って冒険に失敗したとしても、この千円は自分のものになるのだ。楠田は早く千円をポケットに入れて、一時も早く「コズモポリタン」を飛び出したかった。何だか顔が火照って気がふわふわして雲にでも乗っているような気がした。

「どうかおあらため下さい」しばらくして紳士が低い声で云った。

こう云われては絶体絶命だ。しかし彼も修業がつんでいる。静に手を出して封筒から札束を抜いて二度勘定した。確に本当の百円札が十枚あった。彼は鷹揚に会釈してそれを内側のポケットに仕舞った。

紳士はやおら立上って、釘にかけた麦藁帽を取りながら、

「ではこれから直ぐ横浜へ行って下さい。明晩七時にまたここでお会いしましょう。私はあの一通の手紙のために、この三年間、骨と皮になるほど油を絞られました」

二

楠田匡介は繁みの蔭に立って、明るい窓を見つめた。その家は夏草しげる斜面に巨大な怪物の如く黒くうずくまっていた。明りは彼がこれから入ろうとする一番右の窓硝子《ガラス》から漏れるきりだった。その部屋には誰もいないらしい。家全体が死んだように静だった。空には星、地には横浜全市の灯が宝石を撒いたように光っていた。港には赤青黄の船が蛍の如く、その向うには遥か神奈川から鶴見に続く海岸の灯が、チラチラキラキラ線《すじ》を引いたように細長く瞬いている。

あたりは虫の声に満たされて、時々丘の下から吹いて来る冷たい夜風が、露にぬれた草葉を怒濤の如く戦《そよ》がせ、その度に楠田はぞッと身顫いするのだった。

彼は窓際に近づいて部屋の中を覗いた。右側の机《デスク》の上に掛った浮世絵の額の硝子が、電燈を映して微かに光っている。彼は風が一番烈しい時を選んで、静《そっ》と窓硝子を上に押しあげヒラリと身軽に部屋の中に飛び込んだ。

部屋の中に入った彼は、直ぐ靴のまま机の上にあがって、わななく両手で額を掴みかけたが、ふと「この額に不思議な仕掛けはないだろうか、額に手を触れると同時に、家中に轟き渡るベルが鳴りはしないだろうか？」という疑惑が起ったので手を引っこめた。が、彼が躊躇したのは一瞬間だった。次の瞬間、彼は思い切って両手で額を掴んで、勢よく引っぱった。紐がぷっつり切れて額が外れた。彼は机の上にしゃがんで額の裏の板を外した。すると果して羅紗《ラシャ》紙と北斎の絵との間から、一通の古手紙――宛名や消印のある封を切って灰色の角封筒が出てきた！

ところが彼が手紙を取り上げると同時に、さッと冷たい風が吹き込み、途端に物凄い音がして上にあげてあった窓硝子が下へ落ちた。彼はさッと顔色変えて、手紙をポケットに捲込《ねじこ》むと、机から飛び下り、力まかせに窓硝子を引き上げようとした。が、不思議なことには、窓は締ったままで少しも動かなかった。

楠田は会態《えたい》の知れぬ不気味さに襲われて、背骨をひやりとさせた。どうして窓がひとりでに締ったのだろう？ どうして締った窓が開かないのだろう？ この部屋のどこかに誰か隠れているのだろうか？ あるいは窓の外に何者かいるのであろうか？

彼は狼のような鋭い眼付で部屋の中を見廻した。その眼に部屋の一つの扉が映った。彼は飛ぶように部屋を横切り、把手《ハンドル》握って扉を開け、廊下だか部屋だか解らぬ真暗い処に踏込んで扉を締めた。

彼が扉を締めてまず第一に感じたことは一種異様の匂いがすることだった。それは何物かの化合物が非常に好い条件のもとに発酵したような、香ばしい、刺戟の強い、どこか酒に似ていて、それに多分の塩が交ったような好い匂いだった。それと同時に一方に何か有機物の腐敗しかけたような嫌な匂いもその中に交っているような気がした。

彼は真っ暗闇の中を手捜りで壁に沿って歩いた。すると二間《けん》ばかり歩いたと思う頃、大きな樽とぶつかった。酒の混った塩からい匂いはそこから発散するらしい。さぐってみると上に大きな重石が置いてあって、ちょっと大きな漬物樽といった感じだが、塩水の中に手を突込んでみると、その中にあるのは大根ではなくて、なんだかぬるぬるした肉片のようなものだったので、急に気味が悪くなって身顫いしながら手を引込めた。

だんだん眼が闇に馴れたので、あたりを見廻すと、彼が立っているのは、板張りのがらんとした大きな広い部屋で、中央に五尺に七尺ぐらいの大きな卓子があるが、椅子は一つもないらしく、壁際の漬物樽に似たものは一つではなく、他にも三つ四つあって、部屋の隅には戸棚や棚が沢山ある。窓も幾つかあるらしいが、どんな仕掛けか少しも動かず、外側には鎧扉《よろいど》が締っているらしい。ただ背のとどかぬ高い処の両側に開いた窓があって、そこから蒼白い夜の空が覗いている。部屋の中が朧《おぼ》ろながら見えるのは、その窓から微かな明りが差し込むからだと解った。

彼は逃路のないことを覚ると、本能的にまた元の扉を開けようとした。が、その扉は先刻《さっき》の窓と同様、どうしても開かぬ。

もう彼は総てを覚った。手紙を盗んでいる処を誰かに発見されたのだ。あるいは部屋に忍び込む前、まだ繁みに身を隠している中に発見されたのかも知れぬ。そしてこの逃路のない部屋へ巧みに追い込まれたのだ。

彼は急にひどい不安に襲われた。胸の動悸が高まって、息をするのが苦しかった。

扉に両手を当てたまま、じッと耳を澄ました。何の物音も聞えぬ。扉の外に誰かいるだろうか？　何をしているのだろう？　自分を暗い部屋に押し込めておいて、その間に警官を呼んで来るのだろうか？　警官が来たら自分はどう弁明することも出来ぬ。他人に頼まれて手紙を取りに来たと云って、それで許してくれるだろうか？しかも頼んだ紳士の名も処も解らないのだ。たとい頼んだ紳士の名が解ったにせよ、他人の家に忍び込んだ自分は罪はまぬかれない。愚図々々してはいられぬ。逃げるなら今だ！

彼はまた扉を離れ、闇を透かしてあたりを見た。下の窓は開かぬ。高い処にある窓を仰いだ。一つ二つの星がそこから見えた。どこかに縄はないだろうか？　が、もとより部屋の中に縄なぞあろうはずはなかった。頭がふらふらして、膝頭が顫えて、立っているのが精一杯だった。

今になって初めて、「生命がけの仕事だ」と云った紳士の言葉が解った。なるほどこれは容易な仕事ではない。あの紳士も度々の失敗でよくよく思い諦めたればこそ、この俺に頼んだのであろう。それにしても紳士の言葉に従って、武器を持って来なかったのは不覚であった。武器さえあらば、たとい相手に傷害は与えないまでも、とにかくある程度に威嚇してその隙に逃げ出し得ないものでもない。このまま捕えられて、数年間刑務所生活をするのは堪えられないことだ。けれどもこの家の者は果して自分を警官の手に渡すだろうか？　警官の手に渡すよりもっと非道《ひど》い復讐をしないだろうか？　彼の頭に今しがた手を触れた肉片のような物の感触が甦ってきた。そして不吉な予感に悪感を覚えた。

折から不意にパッと電燈に灯がついてあたりが急に明るくなったと思うと、静に扉が開いて一人の年頃五十あまりの肥えた男が、口に巻煙草を啣《くわ》えたまま入って来た。袖のないシャツにズボンをはき、その上に汚れた前垂《エプロン》をかけた彼は、丸々した粗野な顔に薄気味悪い微笑を浮かべて、だまって楠田の顔ばかり見つめた。

「今夜のお客はお前さんだね」しばらくして肥大漢《ふとっちょう》が落着いた声で云った。

「逃がしてくれたまえ、手紙は返すから」干涸《ひか》びた声で楠田が云った。

「俺に頼んだって駄目だ。俺はこの家の奉公人だ」

「じゃア、主人を呼んでくれたまえ。事情を話すから」

「駄目だ。ここをどこだと思ってる？」

「知らない」

「一度入ったら、二度と出られぬ処だぜ」

「どうして？」

「罠だ」

「罠！」楠田は真っ蒼になって叫んだ。

「そうだ。人間の屠殺場だ！　驚いたかい。ははは！」

肥大漢が毛むくじゃらの腕を組んで、腹を揺すぶって笑った。

「ここはね、表向きは豚のハムや腸詰《ソーセイジ》を作って売ってるのだけれど、本職は人間のハムや腸詰を作って輸出する処なんだよ」

楠田は素早く部屋の中を見廻した。暗かった時には見えなかったが、明るくなって見ると、中央の大卓子と思ったのは実は大きな俎《まないた》で、一面に庖丁の傷跡が残り、洗っても落ちぬ人間の血で桃色に染っている。

彼は息をはずませながら、ポケットから千円の金を出して、低声《こごえ》で囁いた。

「おい、君……千円だ……ね、逃してくれたまえ！」

が、肥大漢は手を出さなかった。

「冗談じゃアない！　東京でお前にこの金を渡した人が、この家の主人なんだよ」

「では、あの白服の人と君が共謀なのか？」

「そうだよ。二人でこの商売をやってるのだ。額の中の古手紙とこの千円を餌に、お前をここへ連れ込んだのだから、どうせその金は俺たちのものだよ。旦那が帰るまであずかっていてくれ」

楠田はガンと頭を叩かれたような気がした。眼がちらちらして倒れそうになったので、そばにあった空箱の上に腰かけた。

「人間の腸詰やハムを作ってどうするのだ？」暫くして楠田が訊いた。

「それア、無論食べるのさ。人間の肉は美味《うま》いぜ」

「鬼ッ！」楠田が喘いだ。

「人肉を喰う奴は昔ならあった。昔の方が盛だったぐらいだ。羅馬《ローマ》時代には随分盛だったそうだ。それが一時下火になってまた欧洲大戦争で復活した。世間の奴らは料理法を知らないけれど、酸味を抜いたら素晴しい味だ。支那の燕巣《えんそう》や鮫《さめ》の鰭《ひれ》や、仏蘭西《フランス》の蛙《グルヌイエ》も、人肉の味には及ばないね」

「君は怖ろしい人だ！　君のような人が日本にいようとは思わなかった！」

「はははは！　表向き豚の腸詰をしているから、事実を知った者は一人もないが、日本で人肉を取扱っているのは、恐らくここだけだろう。しかし犠牲者《たま》を連れ込むには随分骨が折れるよ。まず第一に犠牲者の目星をつけたら、そいつの係累を調べなくちゃアならん。それからこいつは殺しても大丈夫と定《きま》ると次に今度は瞞《だま》してここへおびきよせるのだ。そのおびきよせる方法は三十種ばかりあるが、同じ方法でやると発見されるから、始終手を変えなくちゃアならん。それでも一週間に一人ぐらいはお前のような馬鹿な男や女がやって来るよ」

肥大漢がにやりと笑った。楠田は腰かけたままその男の顔を仰いで、何という冷酷な奴だろうと思った。しかし相手がにやにや笑っている中はまだそこに隙があると云うものだ。その隙を摑んで、反対にこちらが肥大漢を殺すことは出来ないだろうか？　彼はもしやどこかに肉切庖丁がありはせぬかと見廻した。が、武器になるようなものは棒切一つなかった。彼は表面相手の言葉に耳を傾けながら、頭は稲妻の速さで活動させた。ちょっとでも隙があったら、鼠に飛びかかる猫の素速さでそれを摑もうと思った。彼は一時も長く相手を喋らせておきたかったので心にもない質問を浴せた。

「誰が人肉を食べるのだ?」

「輸出するのだ」肥大漢は自分の仕事に誇りを感じているような得意な口振で話しはじめた。「人肉の腸詰、ベーコン、ハムの製造の一番上手な奴は独逸人だが、この頃では独逸では仕事がうまく出来ないので、皆アメリカへ行ってしまった。俺が知ってるのは、シカゴのヘルツマンと、紐育《ニューヨーク》のローゼンベルグだけだが、まだ他に二つ三つはあるらしい。ローゼンベルグは独逸系の猶太《ユダヤ》人だが、実に遣りかたが巧妙だよ。俺はローゼンベルグの家で三年間働いたことがある。ここで作った、腸詰やハムは皆んなそのローゼンベルグへ送るのだよ」

「どのくらいの値段で売れるんだ?」

「それア、目の玉の飛び出る高値だよ。早い話が元町の大木で豚のベーコン百匁《め》が六十銭、数寄屋橋のローマイヤーとなると、ベーコンでも腸詰でも大木よりずっと品が落ちるくせに七十銭も取りやアがるが、人肉のベーコンとなると、どうしても百匁が五十円以上だ。腸詰やハムとなるともっともっと高いよ」

肥大漢は毛だらけの手をズボンのポケットに入れて巻煙草を出して燐寸《マッチ》をすった。

楠田はその隙に立上って彼を殴りつけてやろうかと思ったが、彼が愚図々々している間に肥大漢は手速く火をつけ終って、燐寸のすりかすを床の上に棄てた。楠田は第一の機会を逃がした。咽喉《のど》が干涸びて烈しい渇を覚えた。

「製法は？」かすれた声で彼が訊いた。

「どうせお前さんは腸詰になってしまうのだから、詳しい話を聞かしてやろう。まず脳味噌は生なら卵と一緒にフライ鍋《パン》の上で油でいためて食うのが一番だが、ここでは大抵肉片を加えてヘッドチーズにしてしまう。舌は生のまま沸騰《ボイル》して、熱い間に皮を剝いで水で冷して薄く切って、芥子《からし》とウォスターソースをつけて食べるのが美食中の美食なんだけれど、ここでは輸出本位だから、皆んな燻製にしてしまう。女の肉はハムにでもベーコンにでもなるが、男の肉は内臓と一緒に、大抵腸詰にしてしまう。ことに長持ちがするという点でサラミが一番いい」それから彼は片隅の棚を指差して、「ほら、あの棚の上に腸詰が沢山あるだろう。フランクフルト、サラミ、ヘッドチーズ、プレスコップ、ウインナ、リヴァー、クラカワ、血の腸詰から支那の蠟腸《ラブチョー》まである。あれは人間の血や内臓や肉を、挽肉器で刻んで、葡萄酒や塩や、硝石や胡椒と一緒に腸に詰め込んでこの部屋の奥にある燻烟室でくすべて作ったのだ」

「人間の腸？」

「うん、あの樽だ！」と、肥大漢は楠田が先刻手を突込んだ樽の隣の樽を頤で示して、「あの樽の中に、人間の腸の内側の軟い処を棄てて外側の薄膜だけにしたのが塩水に漬けてある。あの中に肉を詰め込むのだ。まア、来て見ろ！」

云って彼は楠田に背を向けて、二番目の樽の方へ行きかけた。

楠田は彼の背後から飛びかかり、必死の力でその太い咽喉首を締めてやろうと思い、興奮に顫えながら立上りかけた。が、その途端に肥大漢がふと後を振向いたので、彼は度を失って尻餅をつくように、また空箱へ腰かけた。彼は二度目の機会を失ったのである。

後を向いた肥大漢は鮫《ふか》のような冷たい眼で彼を眺めながら、

「見たくないのか、見たくなけれヤ見んでもいい」と云ってまた楠田の処へ戻って来た。

楠田は熱病患者のように体が顫えた。唾がかわいて、舌が強張《こわば》って、唇を動かすのが苦しかった。彼は相手の肥った堂々たる体格に威圧を感じた。もっと弱々しい男ならいいのだが……もっと間の抜けた男ならいいのだが……。

彼は第三の機会を作るためにまた質問をあびせた。

「ハムはどうして作るの？」

「ハムか、ハムはね、女の肉の軟かいところを塩と硝石と砂糖と硼酸と胡椒と丁子《ちんぴ》とブランディーを混ぜた樽の中に一ケ月ばかり漬けとくのだ、ほら、あの一番こちらの樽だよ。塩漬が出来たら二三日風乾しして、それから燻烟室の天井に釣して、檜《ひのき》や欅《けやき》の鋸屑《かんなくず》で二三週間くすべるのだ。それからまた二三日風乾しにして、ズックの袋に入れ、赤いペンキを塗ると外見豚と同じようになってしまう。棄てる処は骨だけだがこいつは電気で焼いて灰にしてしまうから世話はない」それからにやりと笑って、「どうだ、この世の思い出に、人間の股《もも》で作った美味しいハムを一片《きれ》食わしてやろうか？」

「人肉はごめんだ。それより水を一杯のましてくれ、咽喉が渇いて今にも死にそうだ」楠田が皺涸声《しゃがれごえ》で云った。

「よし、水なら幾らでも飲ましてやる」

肥大漢は棚の上からエナメル張りの大きなコップを取って大跨に歩いて部屋の隅へ行き、そこの水道の栓をひねって、水晶のような水をなみなみと注いだ。

遅ればせにそこへ行った楠田は、毛むくじゃらの大きな手からコップを受取って、ぐッと一息に飲んだ。

「もう一杯」

「よし」

肥大漢がコップを受取って楠田の方に背を向けて水道の栓をひねりかけた。とうとう楠田が待っていた機会が来た。彼は眼に見えぬほどの素速さで、肥大漢の右足先を両手で摑み死にものぐるいに引っぱった。引っぱられた肥大漢は「あッ！」と叫んで、どさんと床の上に倒れた。

楠田は彼の右足を摑んだまま、ありたけの力で床の上を曳きずり廻した。二三度彼が片足で楠田を蹴ったが、それは必死の楠田に何の打撃をも与えなかった。部屋の中央まで来ると、どうしたはずみか、肥大漢の片肘が猛烈な勢でごつんと料理台の脚にぶつかった。

楠田は手を放すと、稲妻の如く扉の処へ走りよって急いで把手を廻した。彼は扉に鍵がかかっていないことを前から知っていた。扉は果して訳なく開いた。したたかに肘を打った肥大漢は直ぐには起き上れなかった。その間に楠田は次の部屋——額の掛っていた部屋へ帰った。硝子窓が開いている。

彼は夢中でその窓から飛び出し後をも振向かず一目散に曲りくねった細道を下りた。草の中をすべったり転んだりして彼がやっと麓《ふもと》へ辿りついたのは、それから五分間とたたぬ中であった。

　時計を見れば十一時。夏の夜の十一時はまだ宵の口だ。明るい元町通は浴衣の人に埋もれていた。ポックリ履いた小娘が通る。青服の仏蘭西の船乗が通る。どこからか蓄音器のジャズバンドが響いて来る――。

　楠田は不二屋の大きい扉を開けて片隅に坐ると、額からぽろぽろ落ちる玉のような汗を拭きながら紅茶を註文した。眼は落ちくぼみ、頬のあたりに深い皺がよって、まるで一時間に十年も年齢をとったように見えた。

　彼は強いて心を落着けて、今夜の出来事を廻想しようとした。が、どうしても胸が激流の如く騒いで、急には心が落着かなかった。

　やがて紅茶が来た。おお、その美味きことよ！　彼は紅茶を啜りながら、片手をポケットに突込んで金を出してみた。確に千円ある。次に彼は手紙を出してみた。封筒は無意味な封筒だった。封が破ってあるので、中味を出してみたら、見覚えある字でこう書いてある――。

「匡介様。

　これで性根《しょうね》が入りましたか、性根が入ったら今の生活から足を洗って、早く家へお帰りなさい。

　貴方が毎朝降っても照っても『コズモポリタン』で熱心に新聞広告ばかり見ていられた心理は、この私にはよく解っています。今夜のプログラムの作者は、あなたが今夜『グリル銀座』でお会いになった小説家谷蠣《たにがき》俊一郎さんで、一つには貴方に性根を入れさせたく、また一つには私が今度始めた腸詰ハム製造所を一度あなたに御覧に入れたいので思いついたのです。無論人肉でなく豚肉ですからその点は御安心下さい。工場は経験ある肥えたしっかり者にまかしてありますから心配ありません。千円は当分のお小遣いとして……

　妻澄子より」

　彼の手からコップが辷り落ちて微塵に砕けた。

　そして彼はさながら微妙な芸術に恍惚《うっとり》と魅惑された人のように、いつまでもいつまでも身動《みじろ》ぎもせず宙を見つめていた。……

凍るアラベスク

一

風の寒い黄昏《たそがれ》だった。勝子は有楽町駅の高い石段を降りると、三十近い職業婦人の落着いた足どりで、自動車の込合った中を通り抜けて、銀座の方へ急いだ。

勝子は東京郊外に住んではいても、銀座へは一年に一度か二度しか来なかった。郊外の下宿から、毎日体操教師として近くの小さい女学校に通うほかには、滅多に外に出たことがなかった。

やや茶色がかった皮膚には健康らしい艶があって、体全体の格好がよくて背の高い彼女は、誰が見てもどちらかと云えば美人に違いなかったが、それでもまだ家庭ということを考えたことはなかった。それには別に変った理由があるわけではない。ただ彼女は結婚というものを、そんなに楽しいものと思わないまでである。世の中の大部分の人は、みないいかげんな結婚をして、とにかく表面だけは楽しげに見えても、立入ってみればそれぞれ不幸を抱いている。それより冷徹した冬の大空を昇る月のように――この月に自分を例える時には彼女はいつも涙ぐましいほど浄化された気持になれた――自由に純潔でありたいと思った。彼女は淋しいのが好きだった。それに彼女には仕事というものがある。彼女は満身の愛を生徒たちに捧げた。また実際それらの生徒たちは、愛さずにいられぬほど可愛らしかった。小さい学校が彼女の世界の総てであった。毎日の生徒の世話、運動会、試験、校友会、遠足、父兄会、対校競技、修学旅行、講習、それに自分自身の修養、女教師の生活もなかなか忙しいのである。だから散歩がてらに銀座へ買物に来るようなことは彼女にとって珍らしい出来事だった。

勝子は数寄屋橋を渡ると、五六台続いて横切る自動車を立止って待って、それから電車道を通り抜けて、滑らかな人道の上を静に銀座の方へ歩き始めた。

するとと向うから、黒い外套に灰色の絹の襟巻をした一人の紳士が来て、じろじろ彼女を見ながら通りすぎたのであるがその男の細長い顔は血の気がなくて紙のように白く、濃い眉の下の鋭い眼には気味悪いほどの光があって、美しいというよりはむしろストライキングなその顔立から、彼女は瞬間ではあったが妙な印象を受けたのであった。

まだ明るいのに華やかな銀座の店々には電燈がついて、そぞろ歩く人々の顔もいつとなく晴やかであった。

勝子は暖い百貨店へ入ると、誰でもするように暫らく物珍らしげに当てどもなく歩きまわり、やっと毛糸ばかり並べた場所を見つけると、そこでフライシャーの白いのを一ポンド半買って、いつも大切な買物をする時に必ず持って来る紫色のメリンスの風呂敷を出して包んで、目的を果したものの微かな満足を感じながら昇降機の方へ行った。

そして下りの昇降機を待つ間、そこにあった大きな姿見の前に立って、暖かそうな駱駝《らくだ》色のコートと、同じ色の緑色の頸巻にくるまった自分の姿を映して、光線のぐあいか髪の恰好やからだったが、いつもより美しく見えるのに軽い誇りを感じた。

が、その時、彼女は同じ鏡に先刻《さっき》橋のそばで会った男が映っているのを見てぎょッとした。しかも男はやや離れた処に立って彼女の後姿を見ているらしく、明るい電燈を受けた顔が凄いほど白かった。

彼女は振向きもしないで、鏡のそばを離れると、急いで一群の人とともに昇降機に乗って下へ降りた。

街へ出るとすっかり日が暮れて、時々吹く風がぞッとするほど身にしみた。

彼女は風呂敷包を小脇に抱えて、さっさと歩きながら鏡に映った男のことを、思うともなく思い出した。途中で出会ったのにまた引返して自分と同じ店に入ったのだから、あるいは自分の跡をつけて来たのかも知れぬ。もしそうだとすれば何のためであろう。

明るい電燈の点った飾窓を見るような風をして、彼女はふと後ろを振向いてみた。

すると彼女の想像通り、五六間《けん》離れた処を歩くその男の姿が見えたので、はッと胸轟かせながら、いそいで向き直って今までより歩度を速めて歩きだした。

そして尾張町の角を曲ると、一直線に有楽町の停車場の方へ向った。

もはや彼女は黒い外套の男が、自分の跡をつけていることを疑わなかった。けれども何が目的で跡をつけるのであろう。一体彼は誰であろうか。掏摸《すり》とも見えなければ、不良青年とも見えず、それかと云って、今までどこかで会ったような記憶もなかった。年のころは三十から四十までということは解っても、確かには判断できなかった。勝子はもう一度振返って見ようかと思ったが、その男の視線とぶつかるのが嫌だったので、振向かずに歩いた。

だが、橋を渡って停車場の前まで来ると、とうとう男が追いついて、慇懃に帽子をとって、

「失礼ですが、ちょっとお話がしたいのですが」

勝子は男の態度が意外に丁寧だったので、やや安堵して立止ってしげしげその顔を見守った。鋭い感受性を表したような高いととのった鼻、死人のように蒼白い皮膚の色、潤ってぎらぎら光る眸には、臆病さとともに異常な精神力が輝いて誰でも一目見たら忘れられぬ顔であった。

「あなたはどなたですか?」

こう勝子が訊いた。

すると男はどう切り出していいか迷っているらしく、暫らく黙っていたが、落着きのないおどおどした調子で、

「私は宮地銀三というものです。お初めてで紹介もなしに呼びとめるのは失礼かも知れませんが、大変なお話があるのです」

こう云う彼の言葉に、ほとんど哀願的と云っていいほどの熱心がこもっていて、息使いを烈しくしているのを見ても、彼がこれから話そうとするのが何か大変な話であることは解った。

そして不思議にも、勝子は相手のどぎまぎしているのを見ると、却ってそれに反比例した心の落着きがたもてて、単なる好奇心のほかに、憫れみと同情の念さえ起きるのであった。

「なんでございますか、大変なお話って?」

「一口には云えないのです」

「なんですか?」

「順序を追って話さなくては解りません。寒いですから歩きましょう。歩きながら話しますから、公園の方へ行きましょう」

勝子はこの狂人のような男と別れて、早く停車場へ入りたい気がしたが、なんだか大変な話と云うのが気にも懸るので、渋々彼とならんで公園の方へ歩いて行った。

しばらく二人は黙っていた。

まず重くるしい沈黙を破ったのは勝子であった。

「大変な話って何ですか?」

「私は宮地銀三と云いまして」と、男は二度目に自分の名を繰返して、「友人と二人で郊外に宮地製氷所という小さい工場を持っている男ですけれども商売のほうは、この頃は友人にまかせきりで、私は一日の大部分を散歩についやしているのです」

「散歩？」

耳を疑うように勝子が問いかえした。

「ええ、散歩についやしているのです」

「なぜ？」

「なにも考えず、街をぶらぶら歩きながら、通りすがりの人の顔を見るのが私の道楽なのです。私は絵を見るよりも骨董品をつつくより、いろんな人の顔を見て歩くのが好きなのです」

「まア！」

おどろいたようにこう云って、彼女はくすくす笑うのであった。

が、男は彼女が笑うのには頓着せず、低い力のこもった臆病げな声で続けた。

「日本人の顔も悪くはないが、本当に陰影があって面白いのは外国人の顔です。ことに白人や印度《インド》人の顔はいつまで見ていても倦《あ》きませんね。そこへ持って行くと、日本人の顔は未製品です。深味がない。日本人の顔よりまだ支那人の顔の方が面白い。少くも日本人のように、かさかさしていなくて、油を塗ったような丸味があるです。それは丁度、日本の焼物と支那の焼物の差と同じですね。私は明るい顔は好きですがいつも冷笑を浮かべた狡猾な顔は好きません。日本人にはそれがよくあるです。それよりもむしろ陰気な淋しい顔の方が真面目で気持がいいと思います」

「失礼ですが御用事というのはなんでございますか？あたし早く帰りたいのですけれど――」

「いや、これが要点に入る前置きなのです。前置きなしには話せない。だしぬけに要点を話したら、きっとあなたが吃驚《びっくり》なさって、私を信用して下さらないと思います」

こう云って、男が口を噤んだ。

二人はいつのまにか、静な夜の公園を歩いていた。

しばらくして勝子が独言《ひとりごと》のように低い声で、

「わかった！」と呟いた。

「なんですか？」

「あなたは私の顔に興味をお感じになって、絵をかくためにモデルになってくれと仰有るのでしょう？」

「いいえ、少し違います。まア、もすこし辛抱して聞いて下さい。私は夜なぞじッと自分の顔を鏡に映して見るのが好きです。そして長い間、自分の顔を見ている中に、私は自分の運命を予言できるようになりました」

「どうして?」

「予言と云うのは少々大袈裟ですが、とにかく、自分の顔色や、眼元に表れた口では云えぬ繊細な感じで、長い未来のことまでは解らなくても、二三日後の運命ぐらいは、どうにかこうにか読めるようになったのです。私は東洋の易や人相学や、西洋の骨相学や手相学も一通りは研究してみましたが、それらからは何の得るところもありませんでした。私の方法は人の顔をちょっと見た時の感じ、その感じからいろんなことを端的に直感するのです。そしてまたそれが、非常によく当るのです。そして私は毎日沢山の人の顔を見て歩いている中に、ふと今日あなたの顔を見たのです。私はあなたの顔を見た時、自分の目を疑うほど驚きました」

「死の相でも表れていたのですか?」

「いいえ」

「ではどうして?」

「私はあなたの顔を一目見て、これが私の妻となる人だと知りました」

すると勝子が静な夜の空気を震わして、だしぬけに高い声でからから笑い、笑い終った時にこう訊ねた。

「あなたはブレークのようなことを仰有るのね。あたしの顔のどんな処を見て、そんな判断をなさったのです?」

けれども男は真面目であった。寒いのに額の汗をハンケチで拭きながら、声を顫わして云うのであった。

「ブレークの場合とは違います。彼は突発的に妻を直覚したのですが、私のは今日だけは直覚でも何でもない。実は以前に幾度もあなたを見たことがあるのです。今夜はじめて見るのではないのです」

「どこで見たのです?」

「幻で見ました。私には随分前から、時々自分の妻の顔を見ようと思って、静な部屋で眼をつぶる習慣があったのです。すると私の眼の前に、いつも同じ幻が現れて来ました。それは右手に高い黒い倉庫のような建物があって、あたりが黄昏のように暗いのに、向うの空が青く晴れて、その空を背景にして、一人の女が立って、私の方を見ながら招くように微笑しているのです。私はその女の顔をいつでもはっきり見ることが出来ます。巴旦杏《はたんきょう》型のぱっちりした眼はどこか私が子供の時に死んだ母の眼に似ていて、頬から頤にかけた線に、何とも云えぬ素朴な優しみがあります。そしてその顔全体が、あなたの顔とちっとも違わないのです」

彼女は何と云っていいか解らなかった。男の云うことは常識ではとても信じられないが、それかと云って、彼の態度や話の調子から判断して、出鱈目を云っているものとは決して思われなかった。

彼女が黙って聞いていると、男は調子にのっていつまでも喋りつづけた。そして男の云うことは、すべて彼女にとって信じられないほど不思議で耳新しく、それも全然荒唐無稽であるなら、正確に相手を批判することも出来たが、彼の云うことは突飛ではあっても、まんざら一つの系統がないことはないので、余計に判断に苦しんだ。

どうせ聞いていても、別に損になるわけではないと思って勝子は狐につままれた心地で、ただぼんやりと、恰度波に揺られる気持で相手の言葉に耳を貸していた。愛の言葉というものは、たとえそれがどんな形式で語られようと、女の耳にピアノと同じ響きを持つものであらねばならぬ。

あたりは静で、葉の落ちた高い梢の上の電燈が、湿っぽい夜の闇を照していた。

二

このことがあった翌日、だしぬけに銀三が行方不明になった。銀三の親友でもあれば事業上のパートナーでもある暮松は、心当りを電話で片っ端から尋ねてみたが駄目であった。で、三日目の朝、とうとう警察の助力を乞うた。着物にトンビを着た常川警部が、同じ服装の巡査を一人つれて宮地製氷所を訪れたのは、三日目の午後であった。製氷所におけるただ一人の事務員である暮松は、二人を事務室へ案内すると、恰度女中の老婆が外出して留守なので、自分で茶など出し、世間慣れた快活な態度で応対した。

「宮地君は二ケ月前から発狂していたのです。それが三日前にどこへ行ったか、帰って来なくなったのです。何しろ精神病者ですから、打遣《うっちゃ》っておくわけに参りません。随分心配しています」

「なに、御安心なさい、私が徹底的に調べれば直ぐ行方は解ります。失礼ですが貴方は？」

「私は暮松と云って、宮地君の昔からの友人で、今まで二人でこの工場を経営して来ました」

「宮地さんの経歴は?」

「両親が莫大の資産を残して早く死んだので、宮地君は中学を出ると伯父と相談の上で米国へ行き、シカゴ大学で製氷術を研究して、日本へ帰って私と一緒にこの工場を起したのです。この工場を起して今年で五年になります」

「精神病者としての兆候は?」

「宮地君が発狂したのは、余りに製氷に熱中したからだろうと思うのです。その熱心は次第に烈しくなって、ことにこの二ケ月以来というものは白熱的で、そばで見ていられないほどでした。氷の前に立った宮地君は、まるで宝石の前に立った宝石屋のようでした。また実際宮地君は氷を宝石とでも思っているらしく、光線を受けて奇妙な光を発する複雑な角度を持ったいろんな氷を作って楽んでいました。一時間も二時間も氷の前に立って、黙って見つめているようなことがよくありました。それに神経が非常に鋭敏になりまして、工場の男が鋸で氷を切っていると、その音を聞くと自分の体を鋸《のこぎり》で切られるようだと云って、急いで逃出したこともあるぐらいです。以前は私と一緒にこの事務室で事務を取ることも多かったのですが、最近では午前中は工場で氷をつつき、午後になると毎日かかさず散歩に出て、街をぶらぶら歩いていました」

一通り話を聞くと、警部と巡査は、暮松に案内されて、建物の中を見て廻った。建物は狭い事務室、大きな工場、銀三の部屋、銀三の世話をする老女中の部屋、台所、浴室の六つに区切られている。暮松は自分の家から昼間だけ事務室に通勤しているのだ。

三人はまず事務室から始めて、浴室、台所、女中部屋、工場、銀三の部屋と順々に見て廻った。

広い工場には、直径一間もある車輪が音も立てずに廻転し、長いベルトが凄じい勢で滑って、数人の男が脇目もふらず働いていた。

しかし警部にとって最も興味があったのは、銀三の部屋であった。大体、この建物は、郊外の工場なぞによくある、粗末な南京下見のあまり立派でない建物ではあるが、ただ銀三の部屋のみは、まるで別世界のごとく立派に飾られ、広さは僅か十五六畳だが、壁と天井には一面に緑色の勝った品のいい壁紙を貼り、その壁の一方の、押入の如く窪んだ処に、厚い織物のカーテンをかけてその中に贅沢なベッドを作り、床には歩いても音のせぬ厚い緑色の絨氈《じゅうたん》を敷きつめ、部屋全体の装飾が濃い黒っぽい緑色に統一されていて、北に向いた二つの窓の窓掛《カーテン》さえ同じ色なので、昼でも部屋の中が薄暗く、陰鬱に感じられるのであった。家具は両袖のある大型のデスク、気持よさそうなスプリングの好い長椅子と二つの安楽椅子、洋簞笥と化粧台と円卓子《テーブル》と本棚、ちょっと寝室と居　間《リヴィングルーム》とを一緒にしたような便利な部屋で、角の方には瓦斯《ガス》ストーブの設備さえ出来ている。

それから奇妙なことには、壁には数個の額縁がかかっているのだが、それがどれもこれも氷の絵で、中でも太陽を受けて眩しいばかりにきらきら輝く北氷洋の氷山の大きな写真とそれからアンデルセンの物語の中の青年ルディーが、瑞西《スイス》の湖水で溺死して、水の底に沈んでいるのを、氷の精が接吻《キッス》している絵なぞは、ことに著しいものであった。

警部と巡査が一通り銀三の部屋の飾りつけを見終った頃、暮松は銀三のデスクの抽斗《ひきだし》から数枚の写真を取り出して、

「ここに海底の写真のようなものがございましょう？　縞鯛が一列に泳いでいて、下の方から細長い海草が蛇のようにのた打っています。けれどもこれは海底の写真でもなければ、水槽《アケーリアム》の写真でもないのです。よく見ると海草のうねりに一種の幾何学的リズムがあって、装飾的に図案化されているのが解ります。これは装飾用の氷柱の写真なんです」

「なるほど」

「それからこれは写真ではよく解りませんが、この点のようなものが皆いろいろの色なんです。虹の七色を配列したのです。宮地君はこの色彩の配列を考えるのに殆ど一週間の間も食事も忘れるほど頭を捻っていました。彼がひどい神経衰弱に罹《かか》ったのは、この氷注を作った頃からです」

三人はデスクの抽斗を一つ一つ開けて、その中から他処《よそ》から来た手紙や雑多な書類を取り出して調べてみたが、銀三の行方を推量すべき手掛りになるものは何もなかった。本棚には英独の書物が一杯につまっていたが、それがまるで氷に関する文学と科学の書物であったことは云うまでもない。

本棚を調べ終ると、警部は短かく刈った口髭のあたりを右手でつつきながら、

「もう部屋はこの他にはありませんか？」

「はあ、事務室と工場と、女中部屋と台所と浴場と、それからこの部屋と、みんな御覧に入れました」

すると警部が怪訝らしい顔をして、低い、重みのある声で「それア、おかしい！」と云った。

いままで始終、快活な微笑を浮かべていた暮松は、急に真顔になって、警部の半ば禿げかかった広い額と、やや陰鬱な、威厳のある眼をじろじろ見入った。

「なぜです？」

だが、警部はこの問には答えないで、黙ったまま考えていたが、やがて第二の質問を発した。

「この家には、今はどこにも電燈がついていないでしょう？」

「昼は電燈を点けません」

「電線から来る電力は、どこにも使ってないのですね？」

と云って警部は念を押すように暮松の顔を見た。

「はあ」

「それア、不思議だ！　ちょっとこちらへ来てごらんなさい」

警部は二人を導いて、台所へ連れて行き、そこの戸棚の上の、壁にそなえつけてある電燈の計量器《メートル》を指さした。

「よくごらんなさい。あの計量器の輪が動いています」

こう云われて、二人が眼を細くして仰いで見ると、なるほど、暗くてよくは見えないけれど、計量器の中の白い輪が、恰度蓄音器のレコードのように、たえずぐるぐる廻転している。

三

しばらく計量器を仰いでいた暮松は、ほッと長い溜息とともに警部を振返って、訝しげに眉をひそめて云うのであった。

「なるほど、不思議ですね！　計量器が動いているとすればどこかに電気が使ってなければならないですが……」

すると今まで始終黙っていた巡査がそばから口を出して、

「計量器から続いている電線を調べてみれば解りますよ。一つ私が天井に上って、電線を一つ一つ調べてみましょうか？」

「けれども」と、暮松は考深そうな落着いた声で、「こんなことは宮地君の行方とは何の関係もないことです、わざわざ天井にお上りにならなくてもいいでしょう」

警部はにやにや笑いながら、重々しい声で云った。

「天井には上らんでもいい。実はさっき計量器が動いているのに、各室とも電燈がついていないので、どうも可笑しいと思ってあの部屋の絨氈をちょっとまくって見たのです。すると確に床の上を電線が一本這っていました。こちらへ来てごらんなさい」

三人はまたもとの銀三の部屋へ帰った。そして警部がしゃがんで、部屋の角の絨氈をまくると、厚い床板の上に、黒い電線が一本張ってあるのが見えた。巡査と暮松は先刻警部が絨氈をまくっているのを見ないではなかったが、警部が「これは立派な絨氈だ」と云っていたので、床をしらべているとは思わなかったのである。

警部は体を起して、ハンケチで手を拭きながら、

「この部屋には天井から垂れた電燈が一つと、あのデスクの上のランプが一つと、二つ電燈がありますね。しかしこの電線が、天井の電燈につづいていないことは確ですし、また調べてみなくては確なことは解りませんが、多分デスクの上に置いてある電燈とも、つづいていないだろうと思うのです」

紫色の傘《シェード》のかかったデスクの上の電燈のコードを調べるには、時間はかからなかった。デスクから下へ垂れさがったコードは、すぐそばの壁際のソケットへつないであるだけで、床の上へは引っぱってなかった。

「さア、床の上の電線の行方を調べてみましょう」

云いながら、警部がデスクの処から元の処へ帰ると、暮松と巡査が邪魔物の洋箪笥を少し脇へよせた。

そして三人が重い絨氈のすみを広々とはぐってみると、壁の下から出た黒い電線は、二尺ばかり床の上を斜に這って、床板の隙間の中に入っていた。

床板の隙間をナイフや庖丁でつついていたら、厚さ二寸もある重い床板が、やっとのことで起上ったが、よく見ると起き上った三枚の床板には、内側から横木を二本打ちつけて、三枚が一枚の如く一緒に動くようになっていて、恰度壁際のところの内側には、丈夫な蝶番《ちょうつがい》さえ付けてあった。

彼らはそこから下を覗いて見た。

そこには真っ暗い穴が口を開けていた。

よく見ると幅が三尺ばかりある混凝土《コンクリート》の階段が下へ降りてるらしい。

警部は怖る怖るその階段を下りはじめた。

巡査と暮松もあとにつづいた。

彼らはあたりが暗いので、時々両側の冷たい壁を手捜《てさぐ》りながら、静に片足ずつ階段を降りて行った。

だが、下へ降りれば降りるほど、湿っぽい、土くさい空気が鼻をつき、その上次第に温度が下って、骨の髄までしみる寒さであった。

そして長い階段の一番下まで来た時には、彼らは極度の興奮と寒さのためにぶるぶる顫え、何故と云う確実な理由は別にないのだが、恐らくはただ茫とした一種の恐怖心に支配されて、跫音《あしおと》を立てるものすらなかった。ただ黙ったまま、漆のような濃い闇の中に立って、しばらく耳を澄ましていた。

やがて警部が静にポケットから燐寸《マッチ》を取り出して擦ったがその光は直ぐ濃い闇に吸収されて、ただちょっとの間、三人の顔を朧《おぼ》ろに浮かび出たせたのみだった。

しばらくすると、三人は一とかたまりになって、片方の壁を手捜りながら歩きはじめた。階段の位置や、歩いて行く方向から判断すれば、恰度その辺が工場の真下のあたりに当るらしく、あるいは工場から数条の鉄管でも下りているのか、手足が凍えるほど冷たかった。

階段を降りて凡そ三間ばかり進んだと思うころ、彼らは壁のようなものにぱったりと進路を遮られた。捜ってみると、それは扉《ドア》であるらしい。

警部はまた燐寸を擦ろうと思って、片手をポケットに入れたが、深い沈黙を破るのが怖かったので中止して、用心しながら両手で扉を捜った。不安な予感と、緊張した期待に、三人が三人とも胸を烈しく轟かせて、寒さのために歯の根が合わぬほど顫えた。

やがて警部がハンドルを捜りあて、丈夫な手で握って静に右へ廻すと、扉は音もなく後へ開いた。

と、その途端に彼らは、思わず「あっ！」と叫んで身を縮ませた。

扉の向うには、やや離れた処に、一つの大きな窓があって、あたりが一面に咫尺《しせき》を弁ぜぬ真っ暗闇であるのに、ただその窓のみが、四角に区切られた火炎の如く、橙色に輝いているのである。

だが、彼らがそれを窓と意識したのは、ほんの僅かの間で、次の瞬間には、それが一つの大きな氷の塊で、内側から血のように濃い橙色の電光に照明されているのだと直ぐに解った。

彼らは急いで傍に馳けよった。

そして近くに寄って見て、また二度目に、

「あッ！」

と叫んで、身を縮ませた。

その氷の中には、小さい白い花を持つ軟らかい草花が、高い処にも、低い処にも、一面に唐草模様のごとく暴《あ》れ狂っていて、まんなかになにも身にまとわぬ一人の女が横向きに立っているのである。

その女は、輪廓の正しい横顔を見せ、ぱっちりした巴旦杏型の眼を、さながら生けるが如く大きく見開いているのであるが、興味あるのはその姿勢で、それは優雅なパウロワや自由なダンカンを真似たものでもなければ、またロダン一派の近代彫刻を真似たものでもなく、ただ右に向いて歩くように足を軽く前後にひろげ、掌を開き肘を直角に曲げた右腕を前に出し、左腕は自然に下に垂れているのである。てっとりばやく云えば、ちょっと歩きながら挙手の礼をしているのを横から見た形であるが、それにしては手が顔と離れすぎているから、むしろ右手を高くあげて、それを自分で眺めていると云った方がよく、埃及《エジプト》の薄浮彫《バスリリーフ》に似ているようでもあれば、生理学の懸図の姿勢に似ているようでもあり、その平凡な謎の如き姿勢が、妙に暗示的な、無気味な、神秘な感じをもって迫るのだった。そして処々に出来たひびのような氷の筋や無数の小さい泡粒や、それから唐草模様の緑の葉の一つ一つが、強い橙色の電光を受けて、微妙な神秘な光を発しているさまは、まるで世界中のダイアや水晶や翡翠や琥珀を一つに溶かして、その沸騰最中を急に冷却して固めたように美しかった。三人はひとしきり麻痺したように佇んで、驚きと、畏敬と、賛美と、恐怖のまじった心で、この尨大な、光る氷の宝石を眺めた。

そして暫くして、やっと氷から眼を離して足元を見ると、そこに劇薬を嚥《の》んだらしい銀三が、かすかな微笑さえ浮かべて、石の如く凍って倒れていた——結婚の饗宴にでも出かけるような燕尾服を着て……。

恋人を食ふ

一

あすの朝は上海《シャンハイ》へ着くと云うのに、その日は何も見えなかった。どちらを向いても黄色い海の波ばかりであった。夕方になって、向うから来る三本煙突の船とすれちがった白井は夕食をすまして諏訪丸の食堂《サルーン》を出ると、白く洗った綺麗な甲板の上を、こつこつと軽い靴音を立てながら、なんどとなく歩き廻った。しばらくすると立止って、手摺に両手をあてて下を覗きながら、無数の白い花のような泡沫が流れるのを眺めていた。社交室《ソシャルホール》から、あまり上手でないピアノの音が、時々微かに響いてきた。

「何を見ているんです?」

びっくりして白井が振向いてみると、いつも同じ食卓に並んで坐る、そして白井にとっては、すべての船客の中で一番親しいところの、香港《ホンコン》まで行く青年が、ポケットに両手を突込んだまま、にやにや笑っているのである。

「船のそばを流れる波を見てるんですよ。波ばかり見ていたら、なんだか気分が悪くなってきた」

こう云って白井は本当に不快らしく眉をひそめた。

青年はにやにや笑いながら、薄い上唇をぺろりとなめて、

「変なものばかり腹につめこんだからでしょう。君は昨夜は、炙腎臓《デヴルドキドネー》、今夜は、煮牛尾《スチュードオクステイル》と麵粉脳《ブレインオグラタン》を食べていましたね」

「よくひとの食べるものまで観察していたものですね」と、白井も微笑しながら、「君がそんなに睨んでるんなら、今度からはせいぜい警戒することにしましょうか」

だが、こう気軽に受けながしたものの、白井はなんだか図星をさされたようで、内心いささかきまりが悪かった。実際人一倍好奇心の強い彼は、食事ごとに新しくタイプライターで打って持って来る献立の中から、自分の特別の趣味を満足させるような、変ったもののみを選んで、給仕に註文していたのである。

「いや、そんな御心配は御無用ですよ」青年は巻煙草

に火をつけて、「いかもの食いの趣味だったら、あるいは私の方が先輩かも知れませんよ。君は上海で下りるんでしたね。上海でお下りになるのでしたら、面白い処を紹介して上げましょうか。名刺を上げますから、四馬路《すまろ》の裏の金竜酒家という看板のかかった、ちょっと料理屋のような穢い阿片窟に行ってごらんなさい。純粋の阿片窟ではないのです。まア、ちょっと、いかもの食い連中の集った倶楽部のような処ですね。普通の人は入れないのですが、私の名刺があれば、わけなく入れるのです」

「それはぜひお願いしたいもんですね。で、なんですか、どんな人が集っているのです、そこには？」

「あははは、それは行ってみるまでのお楽しみとして、なにも説明しないでおきましょう。それより今日は、私がいままで食べたものの中で、一番珍らしい、一番凄いものの話をして聞かせて上げましょうか」

「何です？」

「恋人の肉を食べたことがあるんですよ」

「それア、面白い！　ぜひ聞かして下さい」

「秘密ですから誰にも云わないで下さいよ」

「よろしい」

青年は白井をともなって、近くの籐椅子に並んで腰かけると、口に啣《くわ》えていた巻煙草をちょっと取って、べろりと上唇をなめて、次のように話しはじめた。

二

いまでは香港に自分で店を持っていますが、この事件の起ったころ、即ち、一昨年の春頃は、私はまだ上海の、ある外人の店に勤めていました。上海は好いですね。肉類や卵が馬鹿に安くって、キャベツやカリフラワーの新鮮なのが掻き棄てるほどあって、魚が食えないのにはちょっと困りますけれど、その代り鰻と海老が豊富で、それに、私は、何よりもあの雑然とした、インターナショナルなところが大好きです。香港は駄目です。上海のようにのんびりとしていない。すべての犯罪や道徳や思想を黙って抱いているあの大きいところがない。

私の下宿は北四川路《きたしせんろ》を左に折れて、停車場の方へ行く途中の、人通りすくない、静かな小さい街に沿うた赤い煉瓦造の二階屋でした。そこを私が選んだのは、別に誰からも紹介されたわけではありません。ほんの偶然だったのです。ただ歩いていたら、

Rooms to Let
well furnished
with board

と書いた貼札が眼についたので、そこの二階の一部屋をかりたのに過ぎないのです。

白いカウンタペンをかけた寝台、小さい卓子《テーブル》と椅子、洋簞笥、それから一つの窓――これだけが、私の部屋にあるものの総てでした。その窓からは、アカシヤの梢をすかして、裏の支那人の家の、夕日を受けた黄色い壁が見えました。葡萄牙《ポルチユギーズ》人の主人は三年前に死んで、あとには支那人の細君と子供たちが残っているのですけれど、二人の息子は独立してどこに行っているか、私は一度も顔を見たことがありません。家にいるのは支那人の細君と、娘のマルタの二人だけでした。二人で四人の下宿人の世話を見ていたのです。

ところがこのマルタというのが大変の美人だったのです。人間の顔の美しさというものは、とても口や筆で現せるものでもなければ、絵や写真にうつし得るものでもありませんね。ただ本当の顔を見るより他ないです。マルタは母親に似た黒い前髪を、よく支那の若い女がやるように額の処で切って垂らして、いつも黒い支那服を着ていました。外側にそりまがって生えた長い睫毛と、その上の眉毛の形とにラテン民族の面影をのこして、顔全体の輪廓がどこかオリーヴ・シュライネルの写真に似ていましたが、生々とした大きい二つの黒い眼は、いままでこの世に生きたことのある誰の眼にも似ていない、ちょっと想像のできないような美しい眼でした。よく欧亜混血児《ユーレシャン》にはすれからしの意地の悪いのや、徹底的に不良なのが多いものですが、マルタは、どちらかと云えば内気なほど静かなつつしみぶかい女でした。

そして私はだんだんマルタを愛するようになりました。いや、実を云うと、はじめて部屋を見に入った時から、私は完全に彼女のとりことなって、そのために身分不相応な贅沢な下宿生活をはじめたわけなのです。

だが、四人の下宿人の中の、ただ一人の日本人たる私の彼女における人望は、あまり香しくありませんでした。

それは、彼女が自分の体の中に、東洋人の血を持ちながら、それでいて東洋人を軽蔑する癖を持っていたのでしょうか、それとも私が彼女に対して抱いていた一種の関心――つまり私が彼女にファンシーを持っていることが、いつとはなしに彼女に解って、それを彼女が不快に思うに至ったのでしょうか。あるいはまた、ある種の動物にあるような神秘な本能が人間にもあって、彼女が数ケ月後にふりかかって来るべき不思議な運命を曖昧模糊のうちに感じて、それがために私に茫然とした恐怖の念を抱いたのでしょうか。原因は今でも私には、はっきりとは会得できないのです。が、とにかく彼女が私に厚意を持っていないことだけは、よく解っていました。

けれども、そのことが、私が彼女を愛する邪魔には決してならなかったのです。それどころか、彼女の冷淡な言葉や、つれない態度は、奇妙な刺戟を私の心にあたえ、次第に私を取りかえしのつかぬ深みへ曳きずって行きました。私は、自分が彼女を愛していることは、誰にも知られたくないと思いました。家の人々はもとより、彼女に対してでさえ、私は自分が彼女を愛していることを知らせないようにしました。それは、相手が厚意を持っていないのに、こちらからだけ厚意を示すには、あまりに私の自負心が強かったとも云えれば、また、自信がないのにそんな態度をとるには、あまりに私という人間が、臆病に出来ていたとも云えるのです。そして出どころのない私の愛は、だんだん内訌してきて、奇妙な色に醱酵して、ほとんど毎夜のように、奇怪な夢を胸に描くに至りました。

ところが意外にも、真に意外にも、私が毎夜のごとく胸に描いては消し、描いては消ししていた奇怪な夢が、案外早く実現される時が来たのです。とても実現される時はあるまいと思っていた私の夢想が、やすやすと、そのまま行われる時が来たのです。

ある夕方、私はいつもの如く五時に大馬路《だまろ》の店をしまい、北四川路の古本屋のある四つ角まで電車で帰って、そこから静かな横道を歩いて下宿に帰りました。そしていつも苔が生えたように湿っている石段を上って扉をあけて、せまいホールを階段の方へ歩きかけると、恰度その時、右側にある台所の扉があいて、ジャグをさげたマルタの母が出て来ました。元来がマルタの母は、いつもにこにこした愛嬌のいい支那人で、こんな場合には、殊に機嫌のいい陽気な声で挨拶するのですけれど、この時ばかりは、私の姿を見ると力なく立止ったまま、泣きはらしたような大きい眼で私の顔ばかり眺めているのです。

「どうしたの?」

私の方からききました。

「マルタが死んだよ」

低い、興奮した、力のこもった声で、こう彼女が答えました。

ほんの昨日の朝、母親ときゃッきゃッ談笑しながら、食堂へお皿をはこんだ彼女を見ている私は、すぐには母親の言葉を信ずることが出来ませんでした。病気でなかったのに、どうしてこう急に死んだのでしょう。私は眼を見はって母親の蒼い顔を眺めながら、

「いつ死んだの?」

と訊きかえしました。

するとマルタの母は、台所の入口に立ちふさがったまま、私にとってはいつもかなり難解であるところの、下手な英語で話すのです。

「マルタは昨日の午後、急用ができたので一人で龍華《ロンホウ》へ行った。ランチへ乗って行った。……そのまま晩になっても帰って来ない。わたしは心配で昨夜はちっとも寝られなかった。……そして警察へとどけに行った……すると今朝警察から、わたしを呼びに来た。行ってみると、マルタの屍体を私に返してくれたのだよ……」

「どうして死んだの?」

「落ちたのだ! 昨夜帰りに、なにかのあやまちでランチから振り落されたらしいのだよ……その時は夜で暗かった……そして誰も見ていなかった……今朝はじめて黄浦江《ワンフウキョウ》のしものほうを流れているのを、一人の船乗が見つけたそうだ……可哀そうに……一人でなんか出さなかったらよかったのだが」

わたしは主婦《おかみ》の後ろにしたがって、マルタの屍体を安置した部屋へ行ってみました。

それは台所のとなりの、はじめ女中部屋として建てられたらしいごく小さい部屋で、ホールから入るようになった一つの扉と、庭に面した一つの窓があるだけでした。

部屋には香の匂いが一杯に立ちこもって、壁際の粗末な卓子の上に、黒くて細長い支那風の寝棺が置いてあります。私はそれまで何度も店にならべてある支那の棺を見ましたが、この時ほどその形、その光沢のない黒い色、軟らかい手触りを好きだと思ったことはありません。それはちょっと日本の箸箱の形を聯想させる、五尺ほどの長さの棺で、ごくかすかな傾斜をつくって、頭の方が少し高くなっていました。私はその蓋を軽くなでてみました。釘づけにしてあるので開けて見ることは出来ません。私はその寝棺の前に立って暫らく黙禱して部屋を出ました。

やがて夕食の時刻になりました。

食堂へ出たのは私が一人でした。

そこで食事しながら、私はマルタの母にこう言いました。

「おばさん、恐死症《ネクロフォビア》というものを知っているかね?」

「恐死症?」

「恐死症というのは、死人のそばに近づいたり、人が死ぬる話をきいたりするのが怖くて怖くて堪らない病気だよ。まア、一種の精神病だね。そして私がその恐死症なんだよ」

マルタの母は蒼白い顔に電燈の光を浴びたまま、訝しげに私の眼をまじまじ見ていましたが何も云いません。しばらくして私が言葉をつづけました。

「だから明日は店を休んで、朝早く下宿をかわろうと思うのだが、悪く思わないでおくれ。葬式はいつ出すんだね?」

「あすだよ。あすの午前中、あのまま墓地へもって行って埋めるのだよ」

私は食事がすむと外出して、大急ぎでいろんな用事をして、夜更けて、下宿へ帰ると、ろくろく寝ないで引っこしの準備をしました。

そして翌朝になると、私はマルタの母が眼をまるくして驚いたほどの沢山のお金を、彼女の手に握らせて、逃げるように自動車に荷物をつんで、大急ぎで下宿を出ました。

私が引っこした先は、迷路の奥の奥の、そのまた奥と云ったような、誰が探しても見つかりっこのない、日本人や外人の一人もいない、穢ない支那の長屋の一軒でした。二階が一間に下が二間で、一人の生活にはむしろ広すぎるぐらいですが、私はその静かさ気楽さを嬉しく思いました。隣りの支那人の家との間には、厚い壁があるので、すこしも隣りの話声が邪魔になりませんでした。

私はそこで何物にも邪魔されないで、ゆっくり荷物を解きました。毛布や服や書物を仕舞うべき場処に仕舞うと、最後に大きいトランクを開けました。

そのトランクに何か入っていたと思います? 驚いてはいけませんよ。塩漬にした愛しいマルタの屍体です。

断わるまでもなく、私はマルタの屍体を盗んで来たのです。私は前夜、マヤルタの入っている棺と同じ棺を、同じ店から買って来て、うまく自分の部屋へ運びこんだのです。そしてその中に重い詰物をして、夜半にマルタの棺とすりかえて、それを部屋へ持って帰って、朝になるのを待って、釘を抜いて蓋をあけて、マルタの死体を取りだしたのです。空棺は形を毀して毛布にくるんで、荷物といっしょに持ちだしました。

さて、だんだん話が薄気味悪くなって来ますが、私は話の順序として、ここでちょっと自分の知っている範囲内で、人肉を食べた人たちの実話を、お話ししておかなければなりません。

日本で一番有名なのは、恐らく明治の歌人某が、その妻の父のある病気を治すために、幼子の臀肉を切りとって食わしたという事件でしょう。それから明治三十八年十月には、新潟県北魚沼郡の山奥の、炭焼小屋の近くから、沢山の人骨が発見され、それが端緒となってついにそこの炭焼が、人肉食いの常習者であることが解った事件があります。それから明治四十二年には、大分県直入《なおいり》郡の竹藪の中から、両足の肉だけ斬りとった少女の屍体が発見されたことがあります。少女の身元はすぐに解りましたが、犯人及び犯行の目的は解りませんでした。しかし私が当時の新聞やその他の書類を集めて調べたところによれば、これは確に、ある種の迷信から、その肉を切りとって食用にしたものに違いないのです。それからこれは私が直接当人の口から聞いた話ですが、今深川小舟町で料理店を開いている七十歳ばかりの老人は、昔台湾で土匪《どひ》の首を斬る役をしていた時に、みんなと一緒に酒をのみながら、土匪の人肉をすきやきにして食ったそうです。しかし何と云ってもこの道の本家は白人でしょう。シベリアのトムスクのある料理屋では、始終人肉のカツレツをお客に出していたが、誰もそれに気付くものがなかった。ある日、その料理屋の物置きの中から沢山の骨が出たので、やっと事実が明らかになったというのは、ごく最近の事実談です。ドイツのある店から大変美味《うま》いハムが出るので評判になっていましたが、ある日そのハムの一つに人間の毛が生えていたので、それが手掛りとなって犯罪が曝露したという話もあります。同じくドイツのカール・デンケという男は、一九二四年十二月、殺人未遂で逮捕されて、未決監でハンケチで首をくくって自殺しましたが、その後で彼の家を捜索してみたら、部屋の隅から肉片の塩漬を入れた壺が二つ発見され、その肉片をよく調べてみると、男の胸毛が生えていたので一同吃驚《びっくり》したということです。アイヌ人の祖先が食人種であったことは、アイヌ学者バチェラー氏が述べている通りです。いや、アイヌ人ばかりでなく、ある学者は、すべての人類の原始時代に、食人の時期があったと云っているくらいです。

私がこれらの歴史上の事実をお話しする目的は、私の犯罪は外観においてはこれらの事件に似ているようでも、その性質において全く違うということを会得してもらいたいからなのです。というのは、これらの犯罪は、みな単なる惨忍な動機から行われたのですが、私のは愛する女の遺骸に対する執着から行われたのです。出ることを拒まれた私の愛は、無理にでも行くところまで行き着かねばならなかったのです。ですからこの点で私の行いは、むしろ血の滴るヨカナンの首を銀盆に盛って啜ったサロメのそれに近かったのです。また私のような種類の屍体愛好者《ネクロフィリスト》は、クラフト・エービングが分類した意味のフィーティシストだとは云えないでしょうか。

それはそうとして、とにかく私は、生きている時には滅多に近づくことの出来なかった女――手のとどかぬ高い処に咲いた花のような気がした女を、こうして自分の所有としたのです。これからは握りたい時にその手を握り、手を触れたい時にその顔に手を触れることが出来るのです。

私はその夜、灯のともった明るい街へ出て、花屋から美しい花を沢山買って帰って、雪のように白いトランクの塩に埋もれた恋人の上にふりまきました。そして今まで滅多に近くから眺めたことのない、翡翠の耳環を付けた彼女の顔を、両手の掌ですくいあげるようにして、いつまでも、いつまでも、見入りました。私は涙ぐんだ眼でその顔をしげしげ眺めながら、こう心に呟きました。

「可愛いマルタよ！

もうもう私はお前を自分のものにした。お前は私の所有物になった。もういくらお前が私のそばから逃げようとしたって、逃げることは出来ないよ。お前の黒い髪や大きい眼は、永久に私のものだ。私は見たいと思う時にお前の顔を見ることが出来る。何が邪魔をしたって、私はお前のそばを離れはしない。そしてお前の体は、私と一緒に朽ちるのだ。……可愛いマルタよ！　私を恨まないでおくれ。私のしたことを許しておくれ。お前が生きている時に私を嫌ったのは、この世の薄膜《はくも》が二人の間に懸っていたのだと思っておくれ。お前が本当にこの世で探さなければならなかったのは、この私だと思っておくれ。お前の魂を、私の温い魂で抱かしておくれ……美しいマルタよ！　それでも私はまだお前が私を恨んでいるような気がして仕方がない。私がしたことは本当に悪いのだろうか。神様は私がお前を愛するようにして下さった。だから――だから少くもその神様だけは、私に同情して下さるに違いない……可愛いマルタよ！　答えておくれ……もし私を許してくれるなら、微笑んでおくれ……」

私の恋人は電燈の光に照されたまま、静に瞑目して神々しいほどの安息の色を、その顔に浮かべていました。私は長い間、その顔を、みじろぎもせず見まもっていました。すると、なんと不思議なことには、眼を閉じたマルタの口元に、かすかな微笑が浮かんだのです。いえ、神経ではない、私はたしかにそれをこの眼で見ました。私はこの世の奇跡を信じます。どんなに私は悦び、どんなに援《すく》われた気持になったでしょう！

こうして私は一ケ月の間、恋人と一緒に暮しました。その間にハムの製法をかいた本を研究して、自分で好い匂いのする、美味しい恋人のハムの燻製の舌をつくりました。そしてかつては刺繍のある黒い絹の靴をはいていた小さい足や、いつも耳環をかけていた可愛らしい耳や、私にお茶をついでくれる時に、美しい怖ろしいある不思議な十匹の虫のように動いた十本の指なぞを、出し惜しみしながら少しずつ舌鼓うって食べ、ほとんど一年ほどの長い月日の間に、まるで食べてしまいました。青い翡翠の耳環だけがあとに残りました。

三

青年は話し終って口を閉じた。そして、ひとしきり眸をすえて、じっと水平線を見つめていた。

日が落ちると共に、冷たい風がそよそよ吹きはじめた。しばらくして沈黙を破ったのは白井であった。

「実に面白い話です。しかし君の告白には、不合理なところがある。まだ奥歯にもののはさまったようなところが一つありますね」

「どこに？」若者はいぶかしげに、こう訊きました。

白井は落着いた低い声で、「私は貴方の友人です。ですから警察へ密告なぞは決してしません。だから、あなたも正直に告白してもらいたいのです」

「なんです？」

「前後の事情から考えて、私には、どうも、マルタが過ちで河に落ちたものとは思われないのです。そこまで告白して下さったのなら、まるで告白しておしまいなさい。マルタをランチから突き落したのは貴方でしょう。貴方がランチのどこかに隠れていたのでしょう？」

青年は顔色をサッと変えて、おどおどした顫声で云った。

「ええ、白状します。実はそうなんです。あまり惨酷なのでこれだけは云えなかったのです」

「それで貴方の告白に筋道がたってきました。いや、面白かったです。さア、寒くなったから、これから喫煙室《スモーキング》へ行って、うんと陽気に一杯やろうじゃアありませんか。あなたの恋人の追憶のために」

勢いよく立上って、二人は肩をならべて甲板を歩きだした。

「誰にも話さないで下さいよ」

そッと青年が、心配げに耳打ちした。

「かたく秘密を守ります」白井は満足の頂点に達した男の微笑を、窃かにその顔に浮かべるのであった。

白井が快感の頂点に達したのも無理はない。彼は、姿見に映った自分の姿に見惚《みと》れる美女の歓喜と陶酔をもって、この若者の一語々々を聞いていたのだ――この愛すべき偽瞞者は白井が書いた小説を、そのまま暗誦したのである。

本牧のヴィナス

"Leave my loneliness unbroken!—quit the bust above my door! Take thy beak from out my heart, and take thy form from off my door!" Quoth the Raven, "Nevermore."

——E. A. Poe——

その頃——とある男が話しはじめた。その頃、私は徹底的な嫌人病に冒されていた。ひとと話をするのが、ただわけもなく嫌で、退儀で、億劫で、まア、ちょっと例をあげると、自分の家の近くで、お隣りの人に出会うと、ただちょっと会釈するだけで、それでいいのだけれど、それがどうも億劫でならないので、遠方から姿を見つけると、逃げるように横道へ折れるという有様だった。そんなわけで、私は少々便利は悪くても、文明の雑音の響いて来ない、隣り近処のない、静な一軒家で、しかも出入りするごとに靴を脱いだり履いたりする煩わしさのない、粗末ながらも簡素な洋式生活のできる家を、長い間探していたのであるが、とうとうどうにかこうにか、まずこの条件にかなうと云っていい家を見つけたのである。それは横浜の本牧《ほんもく》岬の、俗に八王子という村の西の海岸の谷間にある家で、一の谷という畑中の停留場から、右に山左に森や畑の間の細道を海の方へ行くと、海のすぐそばの、右手の山の麓に、その家があった。海岸というのは僅か百坪にもたりない狭い砂原で、しかも両方に切落したような高い崖があって、どっちへも行けないので、この小さい砂浜へ来る人は滅多になく、したがって、停留場から僅かしか離れていないのだけれど、私の家の下の細道を通る人は、ほとんどまれだった。その上、その細道のそばには、大きな木が黒々と繁っているので、段々替りに古い丸太を幾つも横たえた家に通じる坂道を、下から半分ほど、見通すことが出来ても、家は道からはまるきり見えなかった。その昼でも暗い梢のトンネルみたいな坂道をちょっと登ると、右手に私の家の管理人の小さい家があり、その家の上の高い石垣の上に、私が借りた昔外人が住まっていたらしい古いバンガローがあった。それは段々を登り切った処の庭——と云うより足の踏み出しようのないほど一面に草の生い繁った空地の、片方に建った、昔は緑色だったらしいが、今では風雨にさらされて、どす黒くなったペンキ塗りの南京下見の家で、二三段の木造のステップを登ると、そこが白ペンキ塗りの手摺のあるポーチで、そこの扉《ドア》を開けると、かなり広い居間兼食堂、その隣りに小さい寝室と、水道の通った浴室と台所があった。部屋はこれだけだったが、一人の生活にはむしろ広すぎるくらいで、私が借りた時には蜘蛛の巣の煤だらけだったが、私はそれを綺麗に掃除し、毀れかかった天井や、ひびの入った壁に、一面に明るい白っぽいウォールペーパーを貼り、床には厚い絨氈《じゅうたん》を敷いた。家附きの家具は、直径四五尺のぐらぐらの円卓子《まるテーブル》と、エナメルを塗った鉄製の浴槽だけだったが、私は引越しの度ごとに持って歩く楢製のベッドを寝室に置き、居間には螺旋《ぜんまい》の沢山入った大い安楽椅子や長椅子を置き、窓には厚い海老茶色の窓掛をかけて、ほとんど見違えるばかり立派な部屋とした。私がこうして部屋の中を飾る理由は、恰度冬籠りする動物が、自分の孔を念を入れて作ると同じであって、あまり外出しない私は、なるべく家の内部を飾り立てて、いつまでも落着いていられる住心地のいいものにしたかったのだ。また、実際、昼はそうでもないが、夜なぞあたりがあまり静なので、外へ出るのが怖いほどだった。風のある日は四方から家を包む森や、下の海の吠える音が、いくら窓をしめても部屋の中へ入って来た。

その頃、私は二三の外人の家庭をめぐって日本語を教えるのを仕事にしていたのであるが、一日の大部分は読書に費していた。何事でも徹底的に凝って、底の底まで掘り下げずにはいられぬ私の性分として、読書も一般的というよりはある範囲に限られていて、ちょっとその一例をあげるなら、こんなことはこの話には何の関係もないのだけれど、動物小説に興味を持ちだすと、倫敦《ロンドン》や上海《シャンハイ》の本屋に手紙を出して動物小説ばかり集め、やがて小説では満足できなくなると、今度は魚類に関する科学書を耽読し、やがてそれに倦《あ》いてくると装飾美術に関する書物に興味を感じ、それから次第に特殊的に掘り下げて、恰度この話が始まろうとする頃の私は、印度《インド》美術史に夢中になっていたのである。だから、用事がなければ殆ど家を出ず、家を出ても滅多に人に会うようなことはなかったが、それでいてこの静かな私の生活は、内部的にはかなり賑やかで忙しかったのである。私はポーチの柱にいつも大きな鉄網の籠を掛けておいた。朝目を覚まして扉を開けるといつもきまりきってその籠の中に新聞とパンとミルクが配達してあり、午後外から帰ってみると、その籠の中に生肉だの野菜だのが入れてあった。お金に余裕のある時は、舶来煙草の缶詰を沢山買いためて抽斗《ひきだし》に仕舞ったり、ハムやベーコンを買い込んで、台所の天井に釣りさげたりした。それと云うのも、片時も煙草の離せぬ私は、雨の夜なぞ煙草が欠亡した時に、外に出るのが怖くて退儀で弱った経験を幾度も味っているからだ。

この数年来、手を入れたことのないらしい庭には、三尺もある草が一杯に生えて、それが秋の霜で枯れて腐って、ほとんど足の踏みだし処がなく、ただ坂道を登った処からポーチまで、斜に線を引いたように細い道が出来ていた。その庭は家の前と片方にだけ拡がって、他の二方は、山になっているのだが、その山には、巨大な木が密生して、葉の繁った黒い枝をひろげて、見上げるような高い高い処で、家や庭を覆っていた。だから私の家には午前中ほんの僅かの間、梢をもれる太陽がポーチの処に落ちるだけで、家の後ろや横は昼でも薄暗く、その薄暗い処に立って、森の奥を透かして見ると、始めては近くの大木の幹しか見えないが、眼が闇に馴れるに従って、次第に遠い数百の木の幹が、小さく白く朧《おぼ》ろに浮かび出して、まるで地獄の底から吹いて来るような、湿っぽいかびくさい風が、下の方に繁ったくまざさを、がさがさ揺るがすのであった。深い森というものは、人の心を鎮め爽かにする力を持つものだのに、この森にはその力が少しもないのみか、却って妙に人の心を幽鬱にして落着かないものにしたがその理由は、多分、土地がじべじべ湿っている上に、あたりが余りに暗すぎるためでもあろうが、それよりも、その主なる原因は前に述べたように、部屋の内部はすっかり手入れしたに拘らず、家の外部は少しも構わなかったので、その空家のように荒廃した毀れかかった建物と、暗い森との対照から、こうした陰惨な空気がかもされるのではあるまいかと思う。それは、恰度、田舎の夜道を通る旅人が、家も何もない処を通る時より、却って人の住まぬ空家の前を通る時に物凄い感じに打たれて、思わず知らず足を速めるのとどこか似ている気持であって、実際いつもひっそり静まりかえった私の家は外から見れば空家に違いなかったのである。そして、家の後ろと横から迫って来る薄気味悪い闇は、家から下へ降りるにはどうしても木の葉のトンネルの如き坂道を通抜けねばならぬということと共に、妙にこの家を世の中から切りはなされた陰気なものとして、昼はさほどでもなかったが、夜にでもなろうものなら、なんだか家の周囲を包む深い深い暗闇の中に、例えば中世紀の欧洲の宗教画家が描いたような悪魔や、それからドーミエが描いたような、人間やら鳥やら解らぬグロテスクな怪物が、眼に見えぬ高い木の枝や、草の間に、刎《は》ねたり踊ったりしていて、それが、ちょっとでも隙があるなら、ちょっとでも家の壁や扉の隅に、空気が漏れるほどの隙間があるなら、そこから部屋の中に侵入して来るような気がして仕様がなかった。だから、私は、前に云ったように、壁や天井に華やかな模様のある白っぽいウォールペーパーを貼り——建物が毀れかかっているので、こんなことに遠慮はなかった——少しも空気の漏らないようにし、昼間はポーチに椅子を出すことがあっても、夕方になると窓という窓——と云っても家全体で四つしかないのだが、その窓の観音開きになったフランス風のよろい扉を締めて掛金をかけ、次に硝子《ガラス》扉を卸してまた掛金をかけ、それから重い窓掛《カーテン》を引いて、やっと安易な気持ちになるのだった。それに、こうしておくと、秋の末のうすら寒い夜でも、小さい石油ストーブ一つで、家の中の三つの部屋がむし暑いほど暖まった。そして私は強い燭光の電燈に、直径三尺もある、真っ赤な半円の絹のシェードをかけ、その下の安楽椅子に、ネルのパイジャーマズ一枚になって凭れかかって、煙草ふかしながら本を読むのが好きであった。そしてこういう時の私は、いつも二重の愉悦を感じた。つまり、体を楽にして読書に耽るという普通の愉快さの他に、寒風に吹き曝《さ》らされた不吉そのものの如き屋外の気味悪い闇を、この髪の毛ほどの隙間もない明るい温い部屋で完全に防ぎ得ていることを意識すると、私は、一種何とも云えぬ、胸がずきずき痛んで雀躍《こおど》りするほどの悦びを感ずるのであった。だが、こんなことを云って私は信じてもらえるだろうか。これは私のような極端な隠遁者のみに許された悦びで、一般の人には感ずることの出来ぬ気持かも知れない。そして、屋外の暗闇を忌み嫌う私の偏癖は初めにはさほどでもなかったが、次第に梯子を登るごとく増してきて、恰度熱病患者の熱が一日一日と目に見えて昇迫して遂には手の下しようがなくなると同様に、私のこの偏癖も、ほとんど病的と思われるほど進んできて、時によると自分ながら寒心することすらあった。例えば、夜何か用事があって、ちょっと窓を開けなければならぬようなことがあっても、そこを開けると、外の冷たい闇と共に、何か眼に見えぬ不吉なものが部屋に侵入して、自分の身の上に兇事が起こるような気がして、どうしても開ける気になれなかったのである。それにまた来訪者というものがなかったから、夜になって窓や扉を開ける必要はまるでなかった。まれに訪ねて来るのは、私の家の管理人一人だけだが、それも暗くなって来たことは一度もなかった。前に話したように、管理人の家は私の家のすぐ下にあって、彼はそこに一人で住んでいるのだが、家に関する総ての相談や家賃のことは、みな彼がするので、私は家主には会ったこともなければ、どこに住んでいるのかそれさえ知らなかった。

その管理人というのは、出っ張った額の下の、落ち窪んだ睡眠不足らしい小さい、しかし、怜悧らしい眼を、神経質らしくぎらぎら光らして、格好のいい高い鼻の下に、どうかすると水洟《みずばな》をたらし、げっそり凋《しぼ》んだ頬から口のあたりまで、いつも一週間ばかり前に剃ったような黒い短い針のような髯を生やし、それに、眼のまわりや、額に小皺が沢山よっているので、四十と云うのだけれど、どうしても五十近くに老けて見えた。若い時には船乗、大工、コック、いろんな仕事をしていたらしいが、昨年、妻が他に男を作って逃げてから、別に仕事はしないで、昼は網を修繕したり鶏——五六十匹も飼っていた——の世話をしたり、夜になると投網《とあみ》をかついで海へ行き大抵帰る時には、せいご、いな、かいずなぞを籠に入れて持って帰った。私は彼と阿片を離して想像することは出来なかった。南京街の阿片窟が警官に襲われたというような記事が、よく横浜の新聞を見ていると隅の方に出ているが、警官に襲われるのは、よくよくおっぴらになってからのことで、彼等の間にクラブのような秘密組織があって、警官に襲われようが拘留されようがそんなことは何とも思わず、始終場所をかえながら、個人の宅で、彼らが秘密の陶酔をむさぼりつつあることは事実なのである。そして、私が彼と阿片を結びつけて考えた理由は、彼が若い時に、香港《ホンコン》で生活したことがあり、今でも多少広東語《カントン》を話すということの他に、私が曾て知り合いになった一人の阿片常用の支那人と、その兆候がすっかり似ているのである。どんな人間でも、生きている以上は、多少皮膚に艶というものがあるものだが、彼にはそれがちっともないばかりか、蒼白いと云っただけでは足りない、やや黒ずんだ血の気のない顔色で、地に落ちた果物の如く皮膚がしなびて弾力がなかった。彼が鶏小屋の前にでも立っている処を横から見ると、頤と腰が前に突出ている割合に細い腹と胸がひっこんでいるので、今にも消え入る人の如く弱々しく見え、何か仕事をしている時に見ていると、その指先がぶるぶる顫えて、話をする時でも、とぎれとぎれに低い沈んだ声で話すのに、どうかすると、月に一度か二度、まるで別人の如く元気な、決断力に富んだ男となるのも、彼が阿片をたしなむのではないかと、私が想像する理由の一つなのである。そして、彼は私と話をする時には、時々言葉を切って、落ちくぼんだ、懶《だる》げな、それでいて抜け目のない敏捷らしい眼で、じろじろ盗むように私を見るのであるが、この眼付は、彼が愛嬌が好い割合に妙に秘密的で、ある点まで私を引っぱって来ると、その綱張りから中へはどうしても入らせず、それのみか、そこまで来ると、急に今までとはがらりと変った警戒深い男となることと共に、彼という人間を、ひどく猜疑ぶかい男と思わせるのだった。だが、それでいて、私はこの男がそんなに嫌いでなかった。というのは、一方にそんな悪い癖があったに拘らず、心の奥底に、非常に真面目な、と云うのも可笑しいが、なんだか律気で、正直で、悪い意味での常識的なところや軽薄なところがちっともなくて、物事に全部的に打込んで行くようなところがあったからである。

そして私は段々彼と懇意になるに従って、彼を救うことの出来ぬ幽鬱の深淵におとしいれた他の原因を感得することが出来た。それは、例えば、絨氈にはいろいろな模様があるものだが、その絨氈の上に、十年も二十年も朝から晩まで生活していると、どうしてもその絨氈の模様や色彩から受ける感じなり気分なりの影響を、多少なりとも、その人の性情に受けるに違いない。それはむろん、絨氈が家具の総てではなしまたその人の生れつきの気質や、その他の社会的な環境というものもあるから、そういう影響を、他のもっと力強い要素のために、掻き消されることもあるし、また仮令《たとい》影響を受けたにしても、それはごく僅かなものには違いないが、しかし多少でも感受性の強い、神経の鋭い人なら、まるきりこの事実を無視することは出来ないのだ。そして、私は、そういった風の理由から、彼の幽鬱の原因の一つが、その住いのまるで山賊の隠家の如く、暗く、むさくるしく古びて小い処にあると思うのである。それに、少しでも風のある日は、家のすぐそばで海が騒いだが、海の唸りというものは、遠方から聞くといいものだが、家のすぐ下で不規則なリズムで猛りたてられると、誰でも神経が疲れて、狂人《きちがい》になりそうになる。

それからまた、彼とかなり腹臓なく話合った際に、私は彼の幽鬱のも一つの原因を知ることが出来た。その時、途切れ途切れのかすれた低音《バス》で、彼はこう云うのである。

「……苦労して稼いだ金は、みんな嬶《かか》アにやりました。指輪でも着物でも、欲しがるものは何でも買ってやりました。嬶アの前では、私は馬鹿だったのです。でも、四度目に男を作った時には黙っていられなかったのです。ある晩、淋しい場処へ伴《つ》れだして、その男と手を切ってくれと頼みました。ところがどうです、嬶アはあべこべに、私と別れて、その男と一緒にならしてくれと云うのです。私は地べたに手をついて、どうかその男と手を切ってくれと泣き泣き頼みました。いくじのない話ですが、どうしても女と別れられない私には、そうするより他に手がなかったのです。すると、その翌日、私の留守の間に、荷物を持ってどこかへ行ってしまいました。対手《あいて》の男に訊いても知らんと云うのです。どこを探してもそれきり解らないのです。何しろ彼奴《あいつ》は、どれが本当の男か解らんほど沢山男を持ってる上に、別嬪だからどこへ行っても食って行けるんですからね……」

そして彼の幽鬱は次第につのって、このまま棄てておくと森の中で発狂して死んでしまうのではないかと思われた。次第に細り行く彼の体の細胞の一つ一つが、石垣の苔や、森の木の葉や、黒い湿った土の間に消えてしまうのではないかと思われた。それほど陰気な彼の気質と森の闇はぴったり調和していた。

ある日、私が外から帰って例の木の葉のトンネルの如き坂道の、最後の段を登り切ると、私の家の後ろの方から、奇妙な音がするのである。それは、ごく微かな物音だったけれど、それでも、あたりがひっそりしていたので、私の鼓膜にはっきり響いた。私は息を殺して耳を傾けたが、物音はそれきりだった。私は、跫音《あしおと》のしないクレープラバーの靴を履いていたので、石垣のすぐそばの、草のない処を、抜足差足遠廻りに歩いて、家の横手が見える処へ出た。

すると、恰度家の裏の角の処から三間《げん》ばかり離れた枯草の中に、なんと驚いたことには、一人の男がしゃがんでいるのである。明るい処から帰って来た私の眼は、まだ暗い処に馴れないので、はっきりとは見えなかったけれど、それでも眸を凝らしてよく見ると、蒼白い横顔の落窪んだ頰から頤にかけてもじゃもじゃ生えた短い髯と、見覚えのある紺の縞の半纏で、その男が彼であることはすぐに解った。そして、不思議にも、彼は体だけはしゃがんで低くしていながら、窮窟そうに顔だけ仰向けて、何か透かして見るように、時々その顔を左右に動かしながら、凝《じっ》と熱心に、私の家の軒下の板壁の上の辺を見つめているのである。何が目的《めあて》で、何を見ているのか、それは解らなかったけれど、あたりの物静さ、彼の相貌の物凄さに、私は底の知れぬ気味悪さを感じてぞッとした。だが、それはほんの僅かの間のことで、次の瞬間、彼は姿勢はそのままにして、顔だけこちらへ向けて、きッと私を見た。ああ、その眼！　私はその眼を一生忘れ得ないだろう。曾て私は一匹の泥棒猫が誰もいぬ庭に落ちた魚の頭を嗅いでいるのを、そばの小窓から覗いたことがあるが、その時、その猫は、ふと私が覗いていることに気付き、いつでも電光石火の勢で逃げられるように背をまるめ手足をちぢめ、それでも魚のそばを離れかねたように、顔だけこちらへ向けて、驚きと、恐怖と、敵意に、爛々と火の如く燃える眼で私を睨んだのを覚えているが、彼のこの時の二つの眼はその猫の眼と同じであった。そして二人は暫らくの間、そのままの姿勢で、身動《みじろ》ぎもしなかった。この息の詰るような沈黙は、彼が生命がけで飛びかかって来るか、あるいはそれより一秒前に私がわッと喚きながら逃げ出すか、どちらかによって破るより他に仕方がないように思われた。だが、事実は、彼が飛びかかって来もしなければ、私が逃げ出しもしなかった。しばらくすると彼はにやりと笑って静に起き上り、のそのそした足つきで軒下の草のない処を通って帰りだすのである。これが普通の人間だったら、他処《よそ》の庭に入った理由を説明して一口ぐらいは詫びるもの、たとい説明が出来ないにしろ、何とかその場の気拙さを取りつくろうために、見えすいた弁解でもするのが普通だけれど、彼は説明は元より、挨拶すらしないで狂人の如くにやにや笑いながら段を下って行くのだ。あるいは彼が一種の精神病者ではないかという疑いは、ずっと前から抱いていたのであるが、私は、この時、いよいよこれは本物だなと思った。そして、わたしは、あとで、彼がしゃがんでいた処、それから、彼が眺めていた板壁の高い処なぞを、よく調べてみたのであるが、むろんそこには何の変ったところもなかった。だらしない陰気な彼の平常の生活や、逃げた妻に対する歯搔ゆいいくじない執着や、それから常識では判断できない彼の不思議な態度なぞが、彼という人間を、実にいとわしい、まるで湿った闇に住む陰獣の如く思わせるのであった。そして彼を避けようとする私の気は次第に強くなって行った。

　ところが、このことがあってから一週間ばかりたった十一月のある晩のことだった。その日は一日晴れていたが、夕方になると共に、東北の寒い風が、灰色の雲を低く飛ばして、時々凄い風が、嵐の前奏曲のように梢を唸らした。私はいつもより早目に夕食をすますと、石油ストーブに火を点けて、煙草をふかしながら本を取り上げた。九時近くなると、大粒の雨が、ぱらぱら屋根を打ったが、その音はすぐ止んで、ひとしきり烈しい風が、枯葉や、折れた小枝を、壁に叩きつけた。と思うとまた風にまじって雨が降りだした。今度は本降りだ。こうなると、臆病な私は不安でじッとしてはいられないので、いつもするように椅子から立って寝室や台所を見廻りながら、窓の戸締りを調べたり、何か潜んでいはしないかとベッドの下を覗ってみたりして、異状がないのを確めると、やっと安堵したように、元の椅子に帰って本を取り上げるのだった。

　すると、この時、ふと私の眼に二間ばかり向うの、扉の把手《ハンドル》が動いているのが映った。私はどきッと胸を轟かせて眼を見張った。雨の音が烈しくて跫音は聞えないけれど、確に誰かポーチへ立っているらしい。だが、今頃私の家を訪れるのは誰だろう。この家へ引越して以来、夜の来訪者というものに、一度も接したことのない私は、まず不安な予感を覚えた。そして本当に把手が動いたのかどうか、自分で自分の神経を疑いながら、そっと椅子から立上って、扉の方に近よりかけるとその途端に、荒々しく扉をたたく音が、私の胸に鉄槌で釘を打つごとく鋭く響いた。

　そして、極度の恐怖にかられた私は、扉を叩くものが、いままで私を始終おびやかしていた人間以外の会態のわからぬ未知のもの、即ち暗い森に住む妖怪――むろんそんなもののあることを、理性で明らかに意識したことは一度もなかったけれど、私の感情は、先に述べた通り、どうかすると、そんなものの存在を、曖昧模糊のうちに認めたがっていた――その森の妖怪とでも云うべきものが、いよいよやって来たのだと思う心と、そうでなく確に人間であろう、しかも下に住む無害な管理人であろうと思う心との、この全くちがった二つの想像の烈しい葛藤に抑えつけられながらも、ただ黙ってそこにぼんやり立っているわけにはゆかなかった。

「だれ？」

　と、神経で緊張した低い声で云って、私は耳を澄ました。

「早く開けて下さい！　私です……」

こう云う戸外の声は、彼の声に違いなかったが、それは泣声のようにも聞えれば、ひどく慌てて、息を切らしているようにも聞えた。

扉を開けると何か兇事が部屋に入って来るという迷信を、私はその時も抱いていたのだが、それにも拘らず、自分以外の意志に支配されて、習慣的に真鍮の掛金をはずして、怖る怖る扉を開けた。

すると、窒息するばかりの冷たい風が、さッと面を打つと共に、いつもの色の褪せたぼろぼろの外套をきた彼が、雨にびっしょりぬれたまま、何も云わずに、のそのそ入って来て部屋の中央に立った。

私は再び元の如く扉をしめて、さて振返って、よく彼を見ると、顔は死人のごとく蒼ざめて、深く落くぼんだ小さい眼を狂人のようにきらきら光らせ、ひいひい咽喉《のど》を鳴らして喘いでいるのである。

「どうしたんです？」

と、私が訊いた。

すると、彼は、寒さのためか、それともひどい恐怖に襲われているのか、歯並をがたがた顫わせながら、

「ゆ、ゆうれいを、見ましたよ」と、云って、無理に頬笑もうとしたが、顔が石のように固ばって、口元の筋肉がぴくぴく痙攣しているので、その微笑は、却って気味悪い病的な表情になった。そして彼は大息をして、干《ひ》乾《から》びた咽喉から、低い、かすれた、切々の声を出しながら続けるのである。「幽霊を見たと云って、あなたは、本当にして下さいますか？　……え？　……嘘と仰有るなら、嘘でいい……とにかく、私は、この眼で見たんです……ああ、怖い……怖い……もう網を打ちには行かん……怖い……崖の下ですよ、ほら、私がよく行く飛び飛び岩のあるところね、あすこですよ……あすこで、あすこで、いま、網を打ってましたらね……網が、重くて、重くて……なかなか上らない……はて、こいつは可笑しいぞ……また、何か……また、何か、藻屑でも、引っかかったかな、と思いましてね……ゆっくり、ゆっくり、網を手前のほうへ引きよせたのです……すると、はじめには、はじめには、女の土左衛門が網にかかったのかと思いましたよ……長い黒い髪が海草のように、ゆらゆら浪に揺れて、う、う、うつぶせになった着物の間から、細長い、女の手や、白い足が、にょきッとのぞいて……提灯で、提灯で、よく見てますと……死んでいると思っ

ていたその女が……ど、どうです……闇の中でも、はっきり見える雪のように白い綺麗な顔を、私の方に向けて、にやりと笑うのです……私は、きゃッと叫んで、提灯と網を棄てたまま、後をも見ずに、ここまで逃げて帰りました……ああ、怖い……もう網を打ちには行かん……もう網を打ちには行かん……」

そして、彼は、咽喉を鳴らして喘ぎながら、いまにもふらふら倒れそうな体を、足踏みしながら支えるのである。

「それア、神経のせいですよ。幽霊なんてものがあるもんですか。あなたはどうかしていらっしゃる。さア、ぬれた外套でも脱いで、ここへ腰かけて、気をお落着けなさい」

だが、彼は坐ろうとはしないで、顫える手先で頭髪の滴をしぼっていたが、折りから雨をまじえた凄い暴風《あらし》が怪猫のような唸りを立てて、家を揺るがすと、彼は吃驚《びっくり》したように顔を起こして、宙を睨んで、

「なんです……あれは……ああ、風か……怖い……追っかけて来るかも知れん……怖い……」

こう喘いで身顫いした。

「まア、お坐りなさい、神経のせいですよ」

云いながら、私は椅子をすすめた。

だが、彼は椅子を避けて、夢遊病者のような、ふらふらした、不確かな足つきで、あてどもなく部屋の中を歩き廻りながら、

「いや、神経じゃアない……神経じゃアない……本当を云いますとね……初めてじゃアないんですよ……私が幽霊を見たのは、今夜が初めてじゃアないんですよ……網に掛った幽霊を見たのは、今夜が初めてだけれど、私は、私は、なんども、幽霊を見た……これで三度目なんですよ……」それから彼は、急に部屋の隅で立止って、にやにや笑いながら、例の猜疑深い気味の悪い眼で私を見つめて、「あなたは知ってますね？……知ってますね……どうも、様子が可笑しいと思った……知ってますね？……知ってらっしゃるんでしょう？……なアに、知ってたって構いやしない……網に掛った女はね、嬶アの幽霊ですよ……嬶アの幽霊ですよ……あいつが、あいつが、他の男と逃げたと云うのは、嘘ですよ……嘘ですよ……なんで逃がすものか……馬鹿ッ……なんで逃がすものか……この俺は、嬶アを逃がすような、そんな間抜けじゃアない……あいつが逃げたと云うのは嘘ですよ……嘘ですよ……あいつが逃げない前に、私が殺したん

ですよ……この私があいつを殺したんですよ……咽喉を絞めて……手拭で……ひッひッひッ！」と、ヒステリーの如く笑って、また部屋の中を、ぶらぶら歩きながら、「……私は、あの晩、あいつの前に坐りましてね、地べたに手をついて、泣きましたよ、ええ、実際泣きましたよ……泣きながら、どうぞ、どうぞ、他の男と、手を切ってくれと頼んだのです……でも、駄目でした……嬶アは、私が平常《いつも》おとなしいので、馬鹿にし切っていますから……どうしても私の云うことを聞いてくれません……それで、それで、いきなり飛びかかって、手拭で、手拭で、絞め殺したんです……あなたは見ましたね？……見ましたね？……え？……見たんでしょう？……いや、見たって構いません……構いません……なあに、見たいのなら、私の方から見せて上げますよ……」

こう云いながら、いきなり、彼は部屋の片隅にあった食卓用の曲木椅子を、両手で摑んだと見るまに、その椅子の四つの脚で、暴れ狂う猛獣のように、勢込んで天井を突くのである。そして、彼が、息つくひまもなく、五度、六度と、続けさまに天井の方々を突き廻ると、白いウォールペーパーの処々が破れて、そこから毀れかかった天井板が、悪魔が口を開けたように、だらりと下に垂れさがった。私はただあっけに取られて、はらはらしながら、見ているより他なかった。

そして、やがて天井全体が、ぼろぼろになってしまうと、そこから、一つの大きな箱——それは丁度、輸出向きの生糸を入れて船に積む時の箱のように、湿気を防ぐために、裏一面に錫を張った、大きな、けれど薄い、粗末な箱であったが、その箱が、どさんと大きな音を立てて、床の上に落ちて毀れて、中から白砂のようにさらさらした塩が少しこぼれ出した。彼が、その箱の破目《さけめ》に、ぶるぶる顫える手を掛けて蓋をもぎ取って床の上にうつすと、綺麗な白い塩と一緒に、殆ど見る人をして、畏敬の念を起こさせるほど静で神々しいプラキシテレスが刻んだヴィナスのように美しい女の亡軀《なきがら》が出て来た。

壜から出た手紙

印度《インド》、ベナレスのアストル・ホテルの三階の一室の安楽椅子に、ほろ酔いの体を、ぐったり投げかけた一人の白人は、かたわらの小卓子《テーブル》から、葉巻を一本つまんで、懶《ものう》げに火をつけると、ポケットから一通の手紙を取り出して、不思議そうに見入るのだった。彼は、昨夜、ガンジスの下流で、この手紙が、ウイスキーの空壜の中へ入ったまま、ぷかぷか流れていたのを拾って帰ったのだ。それには日本語で次のように書いてある――

* * * *

この手紙を拾ったものは、誰でもいいから、横浜山手警察署長に渡してくれ。私は去年まで神に恵まれぬ不幸な男だと思っていたが、今では広い世界にも稀れな幸福者になっている。それにはちょっと面白い理由《わけ》があるのだ。山手署の諸君にとって参考にならぬこともない話だから、ここに書いてみよう。

うすら寒い去年二月のある夕方、横浜大和町停留場のそばの小さい古本屋に、見すぼらしいトンビを着た男が本を買いに行った。それがこの私なのだ。どこの古本屋でも同じことだが、そこの店にも、入口の片隅の棚に、少しばかりの古ぼけた洋書が揃えてあって、その中に、ウイリアム・モリスの詩集とバイロンの詩集が、並び合っていた。始めから別に目当があったわけでもない私は、この二つの中のどちらを買おうかと、暫らく迷ったが、一方が地味な装釘なのに反して、バイロンは表紙が黒い皮で、天金で、表紙の裏に美しい唐草模様があって、古くはあるが、ちょっと珍らしい製本だったし、それにかねてから、「チャイルド・ハロルドの巡礼」を一度読んでみたいと思っていたので、私はバイロンの詩集を買うことにした。で、それを持って、店の奥に坐っている額の禿げ上った亭主の処に行って、

――これ、いくら?

と訊くと、かれは気味の悪い大きい眼でじろじろ見上げて、

——あなたはさっきの方とは違いますね。

——僕は今年ここに来るのは初めてだよ。

——あなたとは違いますが、さっき洋服の方がバイロンの詩集があるかと云って来られたので、それを取ってお渡しすると、乱暴な手付で、散々本をつついた揚句、黙ったままぷいと出て行ってしまいましたよ。

——バイロンは時代遅れだ。今時、こんな本を読む閑人もあるまいよ。安くしときたまえ。

——五十銭にお負けしときましょう。

蟇口から銀貨を一つ出して机の上に置くと、私はその本を持って店を出かけた。すると、私がまだ店を出切らぬうち、外から硝子戸《ガラス》を押開けて、外套を着た若い男が入って来て、私のそばを通り抜けると亭主に向って、

——バイロンの詩集はないか？

と、低い声で訊くのだ。

——どうも今日は妙な日だ！　今まで一人もあの本を呉れと云った人がないのに、今日はこれで三人目だ！　いま売っちまいましたよ、あの方に。

亭主の言葉を聞きすてながら、私は店を出て、ふらふら帰りはじめた。五六間《けん》行って振返ると、その男が店を出て、私の方に近づいて来る。彼は白い顔に微笑を浮かべて、

——あなたですか、バイロンの詩集を、お買いになったのは？

——はあ。

——あれは私が売ったのです。

——なんなら、お返ししてもいいのですよ。別に欲しいと思って買ったんじゃアないんですから。しかし一度お売りになったものを、どうしてお買戻しになるんです？

——理由があるんですよ。この本とは、深い因縁があるのです。お話ししましょうか、長い話ですけれど……

私はあまり聞きたくはなかったけれど、このまま自分が買った本を手放すのも嫌だったし、それに閑だったから、彼を伴なって、近くの穢ならしい支那人の料理店の二階に上った。私はトンビを脱いで煖炉《ストーブ》のそばの椅子に腰かけ、煤けた壁紙を貼った壁に片方の肩を凭せかけて、油布《オイルクロス》を掛けた卓子の上に頬杖つくと、あらためてその男の風采を、しげしげ見入った。

硝子窓越しに差込む黄昏時《たそがれ》の軟い光と、部屋の中の黄色い電燈のちかちかした光と、この二つの光線の交錯した中に、黒羅紗《ラシャ》の詰襟の服の上に、鼠色の外套を着た、年頃二十五六の色の白い、正直そうな、感じの好い青年の顔が、ぼんやり浮かび出していた。そして、支那人が持って来た、五加皮酒《ウカツピ》を啜りながら、その男は次のような話を始めた。

どうです？　私の職業が解りますか？　大抵想像がつきましょう。船乗りですよ。本当の船乗りとは云えませんが、太洋丸の一等船室《ステイトルーム》の給仕《スチュワード》で、とにかく横浜に上陸すると、「船の人」と呼ばれる人間なんです。

去年の暮、アメリカへ行く時には、私は二百十三号の部屋を受持っていましたが、客はロイスという中年の米国商人夫妻で、その部屋の入口は、C甲板《デッキ》の大きな廊下から、小枝の如く折れた通路の行き詰りに、隣りの、二百十五号室の入口と、向き合っていました。この二百十五号室には、マルチンデールという、金持の道楽息子らしい、三十ばかりの英国人が一人いたきりですが、給仕は私ではなく、他の男でした。

ある朝――それは去年十二月二十四日、船がホノルルへ着く前日のことでしたが、私は寝床《ボルス》の毛布を片附けるために、ロイスの部屋へ入りました。夫人はB甲板の婦人室へ行き、良人《おっと》ロイスは、隣りのマルチンデールの部屋へ話しに行った留守の間のことでした。けれど、狭い廊下を隔てて向合った両方の扉《ドア》が、開け放してあるので、隣室の話声は、手に取るごとく聞えるのです。

――じゃア、御両親はそれと同時に、煉瓦の下敷きになって死んだのですね？

興奮した英語で、こう訊くのは、私の主人ロイスに違いありません。

――いいえ、母は私が子供の時に病気で死んだのですから、その時にはいなかったのです。山手《ブラフ》の家にいたのは、父と、四人の日本人の召使だけでした。

これが若いマルチンデールの声です。

――お父さんは？

――父は助かりました。倒壊した家屋の下敷となって死んだのは、女中一人と運転手一人だけです。他の一人の女中と料理男《コック》だけは、地震が来ると同時に、外の芝生に逃げ出したので無事でした。その女中《アマ》と料理男が、山のように積重なった煉瓦を掻退《かきの》けて、血みどろになっている父を助け出してくれたのです。しかし父もすっかり弱っていました。それから二週間たって、父は横浜の天幕《てんと》病院で最後の息を引きとりました。そして倒壊した父の家は、地震と同時に山手一帯を襲った猛火に、一昼夜の長い間、燃え続けたそうです。

——怖ろしいことです！　怖ろしいことです！　でも、貴方お一人だけ、遠い英国に住んでいられたのは、せめてもの幸いと云わなければなりません。

——それも、しかし、もう五年前の話です。私の悲しみは今ではすっかり流されてしまいました。

——でも、長い間、横浜で商売していられたのですから、さだめし沢山の遺産がおありでしたでしょう。

——いや、ところが、なんですよ、父は若い時、金をあずけていた銀行が破産して、ひどい目に会ったことがあるのでそれからというものは、決して銀行に貯金しませんでした。生きている間に、英国にいる私のもとに時々送ってよこした金が、父の遺産の全部なのです。

——震災後、日本をお訪れになるのは、今度が初めてですか？

——二度目です。こんどは横浜に三日しか滞在しなかったのですけれど、面白いことがありましたよ。

——どんな？

——最初に訪れた時は、まだ横浜が混乱していて、父を助けた料理男にしか会えませんでしたが、今度は、父が天幕病院で死ぬる時に、見舞いに来ていた女中に会うことが出来ました。むろん、二人の地震の話は同じでした。けれど、父が最後の息を引きとる時に居合せたこの女中は、父からその時ことづかったと云って、一つの形見を私に渡してくれましたよ。

——何ですか？

——あなた、なんだと思います？

云いながら、マルチンデールは、くすくす笑うのです。彼の話し振りは、隣室で聞いている私の好奇心を、いやが上にも唆《そそ》りました。

——わかりません。

無造作にロイスが答えました。

——これですよ。

もうその時には、寝床《ボルス》を片附け終っていたので、私はこちらの扉のそばから、向うの部屋を、ちらと覗いてみたのです。

すると、風采と云い、態度と云い、いかにもお金持の道楽息子らしいマルチンデールが、嘲るような眼付で見ているのは、二人が腰かけている長椅子のそばの小卓子の上に淋しくのっている金と黒に彩られた綺麗な小型の書物です。ロイスの視線も、それに向いていました。つまりそれが貴方の今古本屋からお買いになったこの本ですよ。

ここまで話して来て、酒のために白い顔をほんのり桜色にした太洋丸の給仕は、小説の第一章を読み終ったようにちょっと言葉を切って、片手で顔を撫でた。

私は、赤い五加皮酒の杯《グラス》と並んで、電燈の光を受けているバイロンの詩集に眼を落しながら、

——なるほど、ではこれは、なかなか因縁つきの本なんですね。

それから暫くしてまた、

——でもあなたは、マルチンデールとか言う男の、大切な書物を、どうして手にお入れになったのです？　お貰いになったのですか？

すると、彼は、にやりと微笑して、

——まア、そんなにお急ぎにならんでもいい。どうせここまで話したんだから、これから詳しく話しますよ。ゆっくり聞いて下さい。

そして、彼は、悪どいまでに強い支那酒の幾杯目かの杯を、きれいに絞って卓子の上に置くと、また物語りを続けた。

マルチンデールの道楽息子と私の主人ロイスの対話はそれで終りました。ほんとは、まだ続いたのかも知れませんが、次の部屋から私が顔を覗けると同時に、書物に注がれていた四つの眼が、痛いほど鋭く私の方に向けられたので、私はロイスに向って、部屋の掃除がすんだことをてれかくしに告げると、さっさとそこを立去らなければならなかったのです。

けれど、私にはそれで充分でした。ちらと見ただけですけれど、長椅子のそばの小卓子の上にある金と黒に光る四角なものが、私には天鵞絨《ビロード》張りの尊い宝石箱としか思われなかったのです。それがただの書物であることを知ったのは、後になってからのことで、その時には、普通の人の智慧では開けることの出来ない、恰度金庫のように、ある秘密の符牒を合せることによってか、あるいはまた秘密を知った人のみが、ある部分に指先か、またはそれよりももっと小さい針先のようなものを、強く触れることによって、初めて自動的に開くところの、まだ見たことのない、念入りの、精巧な機械仕掛けの箱のよ

うに、私には思われたのです。その形がちょっと書物に似ていると、思わぬでもありませんでしたが、それが私の好奇心を軟らげる結果には、少しもなりませんでした。と云うのは、書物の形をした各種の珍らしい小箱が、外国に沢山あることを、私はよく知っていたからです。元来、日本人には、そこまで徹底した秘密癖は、昔からなかったし、また薄っぺらな和書では、そこまで利用することも出来なかったので、日本には、今でもそんな箱は、ほとんど存在していませんが、外国には分厚な本が多いし、製本術も進歩しているし、それに、宝石のような、隠すに都合のいいものも一般に流行しているので、自然そうした技術も巧妙で、金庫や錠前の製造が進歩すると同時に、それに伴なって、こうした品物の製造も、かなり盛んらしいのです。じつは私も、そのごく幼稚で簡単なものは、外国の店で見たことがあります。それはやはり背に金文字を入れたクロスの表紙が、普通の本と同じように、何百枚かの紙を重ねて作ったものに違いないのですが、内部は一つの大きな鉽力《ブリキ》の箱になっていて、裏に天鵞絨が張ってあるのです。だが、こんな品物は、その性質上、精巧なものは普通の店に売っているはずはなく、どうしても秘密に専門の商売人の手をわずらわすべきもの、またそんな仕事を本職にしている男も実際いるのです。そして、こんな書物の中に、大切な証書や、宝石類を隠して、壁一面を覆う、数百冊の書物の中に混えて置いて、硝子戸に鍵でもかけておけば、物々しい金庫などに入れておくよりも、ある場合には却って安全なのです。

まア、そんな話は、どうでもいいとして、とにかく私は、それを盗むことに決心しました。盗む前に考えておかねばならんことは、盗んだ後の隠し場処です。宝石か高価な美術品か、何だか解らないが、とにかく盗んだら大騒ぎになって大捜索が始まるに違いありませんが、大きな船には、どんな物を隠しても、金輪際《こんりんざい》わかりそうもないような場処が至るところにあるのです。万一その隠し場処が発見されたにしても犯人が私だことを証明するわけには行きません。

それとなくマルチンデールの給仕に探りを入れてみると、彼は翌日の午後、船がホノルルへ着くと同時に、船を去るらしいのです。仕事をするなら今夜一晩です。明日になったら、彼は荷物を纏めるに違いない。幸いその晩はクリスマスで、夜が更けるまで、サルーンで夜会がありますます。私は生れて初めてやる冒険の計画を立てながら、クリスマスとも思われぬ南洋の暖い太陽が、静に西の海に沈むのを待ちました。

やがて日が暮れると、みんなサルーンに集まりました。海が静なので、部屋に残る者はなく、C甲板の長い廊下はがらんとして誰も通りません。私はマルチンデールがサルーンにいるのを確めると、自分の受持の部屋へ行く風をして、彼の部屋の扉の把手《ハンドル》を握りました。ところが扉に鍵が掛っていて開かないのです。ちょっと失望しましたねその時は。私の主人ロイスは、どんな場合でも船の中で鍵なぞ使いませんが、マルチンデールは出る時に鍵を使う種類の男らしいのです。いよいよあの箱が怪しいと考えると共に、私の慾望は一層強くなりました。で、私は窓から忍び込むことに決めたのです。これが他の船だったら、甲板が船室の周囲を取巻いているので、窓から入るに骨は折れないのですけれど、生憎く太洋丸のC甲板の一等船室は、窓の外に甲板がなくて、すぐそこで舷側になっているので、どうしても縄の助けを借るより他ないのです。

そこで、私は長い丈夫な縄をマルチンデールの部屋の上の、B甲板の手摺に結びつけ、それを伝って下りて窓から忍び込むことにしたのです。これはちょっと考えると困難な冒険のように思えますが、体力だけは要するにしても、扉から入るより実は却って安全なんです。なぜと云いますに、扉から入るならもし私が部屋にいる中に、誰か外から入って来れば、私は逃場を失って発見されるに定《きま》っていますけれど、縄を伝って窓から侵入するなら、外から誰が帰って来ても、鍵を差込んでいる隙に、私は来た時と同じように、窓から逃出すことが出来るのです。それに夜のことですから、電燈は点いていてもB甲板は暗いし、誰かが近づいて来るにしても、甲板が広いのですから、遠方にいる中に、その姿を見付けることが出来ます。その男がもし私に近づいたら、縄を海に落して手摺に凭れて海を眺めている風をしていればいい、そして一度縄にぶらさがって舷側に出たら、もう誰に発見される気遣いもない。たとい縄を結んである手摺のすぐそばを誰かが通るとしても、それに気付く憂いはありません。

私は長い縄を探して来ると、その一端をB甲板の手摺に結び、他の一端を自分の胴に、しっかり結びつけました。こうしておけば、たとい手が滑っても海に落ちる心配はありません。そして甲板に人気ないのを見すますと、ひらりと手摺を乗り越えて、二重になった縄を握ったまま、高い高い断崖のような舷側に危くぶらさがったのです。遥か数十尺の下には雪の花のような無数の泡沫が、まっ暗い闇の中を、眼に見えるほどの速力で飛んでいます。下を見ると眼が眩みそうなので、私はそれに眼をそむけました。波がない上に船が大きいので、動揺は少しもありませんが、身を動かせるごとに縄が揺れて、私の体は白ペンキ塗った舷側の上を、巨大な時計の振子のごとく動揺しました。左手を五寸卸すと、次に右手を五寸下して、次第にマルチンデールの窓に近づきました。部屋が蒸暑いので、むろん厚い硝子の窓は開けてありました。私は電燈の点った部屋の中の様子を外から覗うと、やっと体を通せるぐらいの四角な窓に両足を突込み、それからするりと体を滑らせて、長椅子の上に下りました。その傍の小卓子の上には、朝見た時と同じように、黒と金に彩られた書物がのっています。

だが、長椅子の上に立つと同時に、私は脊骨をひやりとさせました。廊下の敷物の上を踏む重い跫音《あしおと》が、次第に扉に近くなるのです。私は稲妻の速さで書物を摑むと、急いでポケットに押込み、窓から舷側に飛び出して縄にぶらさがりました。

B甲板に這い上ると、深呼吸しながら縄を外し、人気ない子供部屋《ナースリー》に入って盗んできた物を出して見ました。ところがどうでしょう。それは私が想像したような秘密の箱でなくて、ただのバイロンの詩集なんです。ちょっとがっかりしましたね。

けれど、負け惜しみかも知れませんが、一方ではほっと安心もしました。これが宝石箱だったら、マルチンデールの馬鹿も、蒼くなって騒ぎだし、よく時々行われるような、内密な、けれど厳重な、船内の捜索がまた行われるでしょう。むろん発覚の心配はないにせよ、そうなると私も当分の間は、多少の不快を忍ばなければなりません。が、これがただの書物であってみれば、彼も内心不審には思っても、それを他人に話したり、捜索をしたりなぞ決してしないでしょう。

この私の想像は当っていました。彼は盗難を問題にしませんでした。そして予定通り、翌日船がホノルルに着くと、いつもの晴やかな顔をして、荷物と一緒に船を去りました。

私は横浜に帰った時、他の二三の本と一緒にこのバイロンの詩集を売り払い、それから船が香港《ホンコン》の沖に差しかかった時に、初めてこの話を、私の親友でそして船の理髪師をしている男に話して聞かしたのです。すると、この男は理髪師としての自分の職業よりも、コカインの密

輸入で金を儲けた男なんですが、それが、私の話を聞くと、眼を丸くして、

――それア、惜しいことをした！　今度横浜へ帰ったら、その本を買い戻したまえ。

と云うのですが、彼の顔をみると、まんざら私をかついでいるのでもないらしく、どこまでも真面目なんです。

――どうしてさ？

――いくらマルチンデールが死際に何も持っていなかったと云って、たった一冊の本を我が子に残すはずはない。

――僕もそう思ったから盗んだんだ。

――君は密輸入者の細工というものを知らんね。

――知らんよ、そんなことは。

――そんなら今度その本を買戻したら、表紙の皮とボール紙との間を、剝がしてみたまえ。

――なにが入っているんだ？

――あまり大きい宝石はないかも知らんが、米粒ぐらいのダイヤ、赤や青や藍色の宝石が、ずらりとならべてあるよ、きっと。

なるほど理髪師の話を聞いてみると、あるいはそんなことも有り得るかも知れんと、私は一度売払った本が、また惜しくなったのです。で、昨日船が横浜に着いて、上陸を許可されると、すぐここに馳けつけたような訳なんです。一時間前に、古本屋に来たというのは、その理髪師ですよ。店先でちょっと本をついてみたら、表紙が案外薄くて、そんな物が隠してありそうもないので、断念して買わずに帰ったのでしょう。私もいまこの表紙をよく調べてみますのに、どうも、これじゃア、宝石が入っていそうにない。買い戻すのは止しました。あなたが持ってお帰りになったらいいでしょう。


「船の人」は、以上の長い物語を終ると、べろりと上唇を舐めた。

話しながら、時々手を伸べて詩集をいじっていた彼は、今度は、あらためてそれを取り上げ、皮とボール紙とで出来た厚い表紙を、両手の指先で、ひっぱったり、曲げてみたりするのだった。口では諦めたようなことを云ってはいながら、まだ内心、半信半疑でいるらしい。

私は微笑しながら云った。

――あなたの話は面白かった。すくなくもロマンティクです。この本にそんな歴史があろうとは思わなかったです。そうですか。私は常から思ってるんですよ、古本

の値打はその本の歴史にあると思ってるんです。むろん、古本屋から拾ってきた本の歴史なんか、わかるもんじゃア、ありませんがね。しかし、その本に書いてある前の持主の名前や、色鉛筆の線や、べったり貼った蔵書票《エキスリブリス》や、本屋の商票や、――それも昔の中西屋や教文館のだとつまりませんが、名も知らぬ遠い外国の町の小売店の商票であったりすると、小説的な来歴を彷彿させて、とても面白いもんですよ。私はかつて大岡山の無有奇庵《むゆうきあん》というう小さい古本屋で、徳富健次郎蔵書の判のあるアメリカの小説を発見したことがありますが、場末の古本屋を渉っていると、よく思わぬ掘出物をするもんです。むろん、これは、誰かが同氏の本を借りて帰って、そのまま売り払ったのが、廻り廻って、大岡山の本屋に出たもんでしょうが、これなんか、私のとぼしいライブラリーの中では、まず大関でしょうね。しかしこのバイロンの詩集なんか、来歴がロマンテイクであるという点から云ったら、あるいはそれ以上かも知れませんね。

だが、「船の人」は、私の話には興味を持たないらしく、相かわらず黙々として、皮の表紙をいじっている。彼の迷執がいささか可愛そうになって来た。

――あなたはまだ未練があるらしいですな。破ってみましょうか、その本を？

――お止しなさい。こんな薄っぺらな表紙ですから、何も隠してないことは解っています。あなたがお買いになったんですから、大切に持ってお帰りなさい。

――いや、それじゃア、気が済まん。

私は彼の手から本を取って頁《ペイジ》をめくってみた。アンダーラインその他の書込みもなければ、名前もなく、前の持主を忍ぶよすがとなるべきものは何もない平凡な本だった。

いきなり綴込と表紙との間を、べりべりと千切り放すと、私はつぎにボール紙を皮から剝ぎ取り、そのボール紙を幾つにも小さく引き裂いた。太洋丸の理髪師が云ったような赤や青の宝石は、だが一つもそこから転げ出さなかった。

私は表紙の屑を、かきあつめて、灰皿にすてながら、

――どうです。お解りになりましたか？　こんな処に大切な物が隠してある訳はありません。かりにあなたのお話が本当であるとしても――いや、これは失礼！　あなたが正直な人だことは解ってますがね、しかしことによると、船室で立聞きされた二人の外人の対話というのは、なにかの間違いだったかも知れませんよ。

――そんなことア、ありませんよ。一語一語を、今でも覚えてるくらいですから。

――全部が間違いでなくても、その一部に間違いがあったかも知れません。例えばですね、マルチンデールの息子が、「これが父の形見です」と云った言葉は、あなたもお聞きになったに違いありますまいが、「このバイロンの詩集が父の形見です」と云った言葉を聞いた者は誰もないのです。あなたは、二人の目がこの本に注がれているのを見ただけで、これに違いないと速断しておしまいになった。あるいはそこに間違いがあったのかも知れませんよ。

――そんなことはありません。

――あなたが飽くまで信じていらっしゃるなら、この詩集だったかも知れません。しかしかりにマルチンデールの息子が本当にこの本を指差したにしても、ことによると、二度と会うことのない旅の道伴《みちづれ》に対して、一時の座興に出鱈目を話していたのかも知れないです。全部が出鱈目でなくとも、詩集が形見だと云った処だけがマルチンデールの出鱈目だったのかも知れないです。

――それはそうかも知れません。

太洋丸の給仕は、また五加皮酒を啜って、上唇をベロリと舐めた。

――またかりに、その総てが真実であると仮定しても、マルチンデールの父が詩集に宝石を隠すなんてことは有り得べからざることですよ。なぜと云いますに、彼は煉瓦の下敷になっている処を、召使に助けられたのでしょう。そしてその跡を猛火に襲われたんでしょう。ですからゆっくりこの本をポケットに入れる閑なんかなかったのです。したがってこの本は彼が天幕病院へ入ったあとで、病院の者か、あるいは見舞に来た友人かに貰うかどうかして手に入れたのです。そうとすれば、これに大切な物を隠し込む余裕もないし、また、隠そうにも、そんなものを持っていたはずがないのです。

――だのにどうして、こんな物を女中にことづけたんでしょう？

――あなたはその点をあまり重大に考え過ぎるから、それでこんな失敗をしたんです。大切な宝石が隠してあるから女中にことづけたのではありません。恐らく彼も女中が見舞いに来なかったら、これを形見に送るなんてことは、始めから思い付かなかったでしょう。けれど恰度息子を知っている女中が来たし、他に何も持っていなかったので、急に思い付いて枕元にあったこの詩集を、女中にことづけたのでしょう。

この説明で、「船の人」も、すっかり得心したらしかった。

それから暫らくの間、二人は仲よく海や航海の話をして、日がとっぷり暮れると、私は表紙のない詩集を懐に入れ、彼と一緒に、支那料理店の二階を下りた。そして冷たい夜風の吹く街へ出ると、二人は握手して別れた。

表紙のないバイロンの詩集は、あまりに私の読書慾をそそらなかった。

私はその中の長い詩、「チャイルド・ハロルドの巡礼」だけを読むと、それきり本箱に投込んで、ほとんど手を触れなかった。

私は、いま、この手紙を、シンガポールからカルカッタへ航海するムツトラ号のソーシャルホールで、ピアノの音を聞きながら書いている。もう、ぼつぼつ、夕食の銅鑼《どら》が鳴る頃だから、今日はこれでひとまずペンをおくことにしよう。

向うの隅で、しきりにシューベルトのファンタジーを練習しているのは、私の女——私だけがチンタミニと印度風に呼んでいる女である。かの女は印度人とも見えれば、葡萄牙《ポルトガル》人とも見え、比律賓《ヒリッピン》人とも見え、自分でも、子供の時から一人で育ったので、どこの国の女か知らずにいるらしいが、恐らくそれらの総ての国の血と美しさを受けた女であろう。可憐な女！　私はかの女がどんなに好きだろう！

船はベンガルの紺碧の浪を蹴っている。涼しい風が吹く。

いつのまにか私は、「チャイルド・ハロルドの巡礼」の中の句を、思い出して低唱している。

The sails were fill'd,
　and fair the light winds blew,
As glab to wept him,
　from his native home.

また手紙の続きを書こう。こないだは船で書いたが、こんどは沙羅の大木の葉蔭から、ガンジス河が見えるホテルの露台で、この手紙を書く。私はあれからカルカッタに上陸すると、ヒマラヤ山麓のダージリンで一週間を過ごし、それから途中ブタガヤに寄って一昨日このベナレスに着いた。久しぶりに気が向いたから、前の続きを書いてみよう。

さて、古本屋で私が太洋丸の給仕に会ったのは、去年二月のうすら寒い夕方だったと思うが、こんどはそれから八ケ月ばかり経った、秋のある日の出来ごとを書かねばならん。場所は横浜の山手――

谷戸坂を登って、昔ゲイティー座のあった前を通って、ワシン坂の方へ二丁ばかり行くと、左へ折れる小径がある。小径は眺望絶佳の海に面した高い断崖に続いているのだが、その茫々と草の生え繁った台地に、十間ぐらいずつの間隔を置いて、三軒の家が小径に沿って立っている。そして、その小径の突き当りが、三軒の中では一番断崖に近い。したがって一番見はらしのいい日本家屋の粗末な門になっていて、門の両側には、植えて間のないらしい、まばらの低い生垣があった。安普請らしいその小さい平屋には、濠洲通いの貨物船の機関長の家族――細君と老母と二人の子供と女中が住んでいた。

ある秋の日、女中が主婦の前に手をついて、こんな方がお見えになりましたと云って一葉の名刺を出した。それには「地質調査部技師」という片書《かたがき》がついている。

かの女が訝しげな顔付で、いそいそ玄関に出てみると、一度も面識のない、けれど立派な風采の紳士が、慇懃に会釈して、快活な声でこう云うのだ。

――御多忙中を恐れ入りますが、私は市役所から頼まれてここの地質を調べている技師なんですが、どうです、昨晩の地震はいかがでした、ひどく振れましたか？

――はあ、寝入りばなだったのですから、皆んな吃驚《びっくり》して飛び起きましたわ。

技師はポケットから手帳を出して、

――振動の程度はどのくらいでした？　むろん地震計がないのですから、精確なことはお解りになりますまいが、ただ、棚から落ちた物だとか、毀れた物なぞ云って下されればそれで結構でございます。

――壁にひびが入りました。

――どのくらいのひびですか？

――あの、横に一本、割れ目が出来たんです。一間ぐらいな幅の壁なんですけれど。

――なるほど。

技師はそれを手帳につけた。

――その他に？

――時計が止りました。

――ははあ、かなりひどかったですね。いや、どうも有難うございました。実は崖落ちの憂いがあるので調査している場処が、この山手だけに二個処だけあって、その一つがここなんです。御承知の通り、お宅は高い崖の上に立っているのですが、ここ四百坪ばかりの地面は、六年前の大地震で三尺ばかり低下したんです。それが今朝はかってみますと、また昨夜の地震で五寸ばかり下ったようです。

——まア！　去年ここに引越します時、大屋さんに、地震は大丈夫でしょうかとお訊ねしましたら、なあに、下が岩ですから心配ありませんと云って、お笑いになったのですけれど……

——まだ心配はございません。地震と雨のために、次第に岩の内部のひびが大きくなって行くだけですから、まだ急には崖落ちの心配はありますまい。いや、どうもお邪魔をいたしました。有難うございました。

そしてこの技師は、不安らしい眼をぼんやり見開いている主婦にまた丁寧に会釈すると、がらがらと格子戸を開けて出て行った。

それから一週間ばかりたつと、崖の上の家に「貸家」という札が斜めに貼られた。

ところが、貸家の札が出ると間もなく、一人の独身者が、あまり多くない家具と共に、その家に引っ越して来た。彼は引っ越しがすんで三日たつと、裏の六畳の部屋の雨戸を締めて、畳をはがして次の部屋に持って行き、それから大工道具で丁寧に床板を外し始めた。そして黒い土の上に、灰色の長い根太のみが見えだすと、襯衣《シャツ》一枚になり、大きなシャヴェルを持って飛び降りて、湿っぽい土を掘りだした。お午になると昼食を食べるためにちょっと休んだが、それが済むとまたシャヴェルを握った。六畳の部屋の片隅の、直径一間ぐらいの穴が、だんだん深くなって行った。夕食が済んでもまだ掘ることを止めなかった。彼はひたすらに掘った。シャヴェルで起こした土を古いバケツに入れると、それを部屋の他の片隅に積み重ねた。穴が深くなるにつれて土の山が高くなって行った。

その翌日も彼は朝からシャヴェルを握って掘り続けた。穴が深くなって行く速度は、次第に遅くなるように思われた。だが、それに反比例して、彼の熱心は次第に強くなり、ほとんど苛立って、汗拭く暇を惜しんでいるように見えた。

もし、以前この家にいた細君がこれを見たとしたら、穴を掘っている男と、地質調査技師とが同人なことを発見するだろう。それでもお人好しのかの女は、やはりこの男が地質調査の目的で床下を掘っているのだと解釈するだろうか？　いや、どんな人でも、一目この男の眸、この男のぶるぶる顫える神経的な手を見たら、そんな生優しい目的のために穴を掘ってるのでないことを覚るであろう。はげしい恐怖と貪慾に彼の眼は狼のごとく輝き、不安らしく痙攣する手足の動きは狂人の動作に似ている。時々シャヴェルを杖にして休みながら、薄暗い天井を仰いで、ほッと苦しそうに溜息をすることはあっても、次の瞬間には休んだ時間を取戻そうとするかのごとくますます熱心に掘りはじめた。

二日目の太陽がやや西に傾きかけた頃、彼のシャヴェルの先がとうとう固いものに触れた。あせる心を強いて抑えたような丁寧な手つきでその固い物の周囲を丸く掘りさげた。それは直径一尺もある壺だった。雨戸を締め切った部屋の薄暗い電燈が、黒い穴の底にかすかな光を投げていた。その光にすかして見ながら、彼はペンチで、壺の蓋をくくりつけた針金を切りはじめた。烈しい動悸と、獣の喘ぐような息使いのみが静な穴の底に響いた。針金を切って、蓋を開けると、中に一杯入っている金貨が、初めてこの世の光を見たように、ピカピカと光った。よごれた黒い手をざくりとその中に突込んで金貨を握ると、彼はまたそれをぱらぱらと壺の中に落した。爆発するようなヒステリックな笑声が、薄暗い部屋に反響した。笑いの発作が止むと、彼は穴の中で両腕を打振り、狂人《きちがい》のような奇声を漏らして踊った。

ここまで書いてきたら、この男が誰であるか解るだろう。云うまでもなく、この男は私なのである。私は去年二月、バイロンの詩集を手に入れると、その中の「チャイルド・ハロルドの巡礼」を読んだばかりで、ほとんど半年もそれに手を触れなかったが、ふと、ある退屈な時に、ひさしぶりにあの本を取り出して、寝そべったまま、出鱈目に頁をめくって短い詩を読んでいたところが、circleという語《ことば》の四字目のcの上部に、鋭い針で突いたような穴があるのだ。なぜこん処に穴があるんだろう？　子供の悪戯だろうか？　なにかのあやまちだろうか？　私は閑にまかせて、次の頁、また次の頁と探してみた。すると、それから五六頁して、comeという語のoの上部の同じ位置の処に、眼に見えるか見えないかの微かな穴が開いているではないか。また数頁はぐるとinのi次にtownのn、sheのs。私は鉛筆をもって、それを別の紙に書いてみた。そして針の跡のある字だけ順々並べてみると、偶然、それがcoinsという語を綴っていることに気付いた。これに好奇心を唆られた私は、詩集の第一頁から順々に調べた結果、次のような驚くべき文句が、その詩集に隠されていることを知った——

(愛するヘンリーよ、私が住んでいた家の居間のまん中の床下を二碼《ヤード》の深さに掘れ。お前はそこに金貨を一杯に詰めた三つの壺を見出すであろう)

おお、何という幸運が私に微笑したのだ！　夢ではあるまいか？　ヘンリー・マルチンデールも、太洋丸の給仕も読み得なかった文句を、私だけが読み得たのは、運命の神がその金を私に与える意志を持っていたからだ。あの放蕩息子に、なんでこの金を与える必要があろう。彼はすでに充分の幸福を得ているではないか。

ところで、私は何故この手紙を書く気になったのだろう？　良心に責められるからか？　違う。ただ私が信ずるのは運命の神のみだ。二つの詩集の中からバイロンを選んだのも運命なら、偶然針の穴に気付いたのも運命でなければならん。そう信ずるが故に、私はもし運命の神が命ずるなら、一度摑んだ幸福を、また放して元の不幸に返ってもいいと思う。そこで私はこの罪の告白を空壜につめて、ガンジス河に流そうと思う。運命にまかせるには、これが一番よい方法だ。運命で幸福を得た私は、運命のさばきを潔く受けたい。この手紙が誰かの手を経て山手警察署長の手に渡ろうと、あるいは藻屑となって水底に沈もうと、それはただ運命の神のみが知ったことだ。

聖なるガンジスの流れよ！　昔の印度人は、人が死ぬるとその魂を天国に行かせるために、お前の流れに屍体を棄てたと云う。今では屍体を流すことだけは禁ぜられているが、それでも数万の印度人は、お前の流れで屍体を洗い、お前の岸辺でそれを荼毘《だび》に附している。ガンジスの岸辺には、罪を浄めるため、沐浴斎戒を志して、日夜印度中から集まるものが絶えたことがない。おお、聖なるガンジス河よ！　私も自分の罪の記録をお前の水に流したい。どうか流した後の私の魂を浄化してくれ。

こうは書いてきたものの、私は今の目も眩むばかりの幸福を思うと、この手紙を流すことを躊躇せずにいられない。露台の前の沙羅の梢は、香ばしい微風に爽やかな平和の唄を歌っている。次の部屋には、私の美しいチンタミニが、外出の用意をして待っている。私はこのホテルに比律賓人フェリクスの名で泊ったが、二三日の中に、途中アジャンタに寄ってボンベイに向うつもりだ。

＊　　＊

壜から出た手紙には、以上の文句が書いてあった。

だがこの白人は日本語が読めなかった。が彼は急に妙案を思い浮かべたらしく、片手を伸ばして呼鈴《ベル》を押した。やがて印度人の給仕が姿を現した。

――あのね、ここに面白いものがあるんだが、どうも日本語らしくて読めないんだ。昨夜廊下で出会ったが、隣りの部屋に日本人夫婦が泊ってるね。あの人に読んでもらったらどんなもんだろう?

――お気の毒です。あれは日本人ではございません。比律賓の大富豪です。今朝八時二十三分の急行で、ボンベイに向けてお立ちになりました。

――そうか、そんなら仕方がない。

そして彼は、手に持っていた「壜から出た手紙」を、ずたずたに引裂くと、無造作に紙屑籠に投込みながら、

――私も今夜の汽車でカルカッタへ出発するから、向うのホテルへ部屋を取っとくように電報打っといてくれたまえ、こっちの名はヘンリー・マルチンデール、解ってるだろう?

夜曲《ノクターン》

泣くようなヴァイオリンが、明るい窓をもれて、湿っぽい夜の空気を顫わした。チャイコウスキーの夜曲《ノクターン》だ――

砂山の数千の小松が、なまぬるい海風に吹かれて、得体のしれぬ闇の中へ怪物のごとく踊り狂った。その物凄い唸りは、はるかな海の咆哮と一緒になって、さながら微妙な夜曲のように響き、どこからともなく、時折り香ばしい草花の匂いが漂ってきた。芝生の向うのバンガローの、右の二つの窓からは明りが漏れ、左の二つの窓は真っ暗で、たまに雲間をもれる星あかりを反射して、水のように蒼く光った。

一人の男が、松の木の蔭にぼんやり立って、ヴァイオリンの漏れる向うの窓を、恍惚と見入っている。影法師のようなその男は、形のくずれたフェルト帽を無造作にかぶり、繃帯を巻いた右腕を首につるして、洗いざらしの印半纏を着ている。

しばらくすると、影法師は松の木を離れ、病人のような力のない足つきで広い芝生を横切り、ポーチのそばの常盤木の下まで来てまた立止った。そして背伸びするような恰好でヴァイオリンの漏れる窓を仰いだ。だが、窓が高いので、彼のいるところからは、琥珀色のカーテンの間の、白い天井が硝子《ガラス》ごしに少し見えるきりだった。

右手を首につるした男は、じろじろあたりを見廻し、常盤木のそばを離れると、静に石段を昇って、ポーチの上に立った。そのポーチと室内の床とは、同じ平面になっているので、そこからは、燭光の強い二つの電燈に照らされた部屋の中が、手に取るごとくはっきりと見えた。部屋の一番向うの隅に大きな蓄音器があって、縞の浴衣を着た一人の紳士がそばに立って、レコードをかけているのだ。

右手を首につるした男は、ごほんごほん苦しげに咳《せ》きながら、栗色の樒の扉《ドア》をたたいて、

「ごめんください！」と、かすれた声で云った。

蓄音器の音がはたと止んだ。

やがて、素足にスリッパーをつっかけた主人の足が、厚い絨毯《じゅうたん》を踏んで近づく気配が、扉の外に立つ来訪者にはっきり感ぜられた。その跫音《あしおと》は男のそばまで来ると消えた。

「どなた？」

疳高い声が部屋のなかから聞えた。

暴《あら》い風に吹きまくられた病人は、またひとしきり烈しい咳の発作に襲われた。

「この下の、この下の、大工でございます……」

かすれた弱々しい声は、ごほんごほんという咳にかき消された。

別荘の主人《あるじ》は部屋の中から細目に扉を開けて、頤で会釈を軽く受け流して、眼鏡の奥の深味のある鋭い眸《まなざし》で、うさんくさそうに印半纏の男を眺めた。だが、別荘の主人がうさんくさそうに眺めたのは、かならずしも彼が無慈悲な紳士だことを証明したとは云えない。なぜと云うに、実際この病める上に負傷して、ここまで辿りつくのが精一杯だったらしい痩細った来訪者は、労働者と云うよりはむしろ路頭にのたれ死にしかけた乞食としか見えなかったのである。

「わたしは、この坂の下の、氷屋の隣の、源吉という大工でございます……」

「ああ、そう。なにか御用？」

「どうも、こんなに遅く、すみません。ちょっと旦那にお願いしたいことがありましてね、それで急に思いつきまして、お邪魔に上りました。どうもすみません」

「なんだね？」

「手紙を書いて頂きたいと存じまして……」

手紙と聞いて主人の顔が多少やわらいだ。

「入りたまえ」

来訪者は下駄を脱ぎすてると、恐る恐る穢い素足で絨毯を踏んで部屋へ入り、ちょっと頭を下げて、主人の差示した安楽椅子に腰かけた。

主人は彼と向合って長椅子の片隅にもたれかかると、長く伸した足をくみ合せて、片手でそばの丸卓子《テーブル》の上から巻煙草をとって火を点けるのだった。

「そうか、君がこの下の大工さんか。私はこの別荘を買取ってから、まだ一月にもならんので、近処の方の顔も知らずにいるんだ。幸い今夜お目にかかったんだから、これからは懇意にしてくれたまえ。もっとも平常《ふだん》は別荘番の婆さんが一人いるきりだけれどね。これからは土曜から月曜の朝にかけて、いつもここへやって来るつもりだ」それから相手の額と右手に巻いた古い汚れた繃帯を眺めながら、「ひどい怪我だね？　どうしたんだ？　それに顔色もよくないようだ。病気なのかね？」と、仰山《ぎょうさん》そうに云った。

来訪者は左の手を口に当てて咳き込みながら、

「落ちたんですよ。仕事をしていたら、二階の梁木から滑り落ちて、この額と右手の手頸に怪我をしたのです。しかし手頸の関接をちょっと痛めただけですから、すぐ直ります。こんなこたア、私たちの商売では、よくあることです。それより、心配なのは、病気のほうです。ごらんの通り、ひどい胸の病気にかかっていますので、どうせ長くは持つまいと思っています」

主人は煙草を喫いながら、電燈の光を斜にうけた乞食とも見えれば行路病者とも見えるこの来訪者の風采を、あらためて珍らしげに見入った。長い瞼毛《まつげ》のある両眼は、穢ない繃帯を額に巻いているので、つぶれたように細くなり、血の気のない飛出した頬骨の下はげっそり落窪んで、しなびた果物のような小皺がより、こめかみから垢のついた頤にかけて、長い間剃刀《かみそり》を当てないらしい黒い髯が、もじゃもじゃきたならしく伸びている。この時まで、鷹揚な寛大な表情を浮べていた主人は、次第に気難しい不機嫌な顔になって、じれったそうに巻煙草の灰を落すと、いかにもこの不愉快な会見をなるべく早く切り上げたそうに、

「手紙を書いてくれって？」

「はあ、でも、お邪魔じゃないでしょうか？」大工は恐縮したように、てれかくしに細い左手で頭を掻く真似をした。

「いいえ、おやすいことだ」主人は巻煙草を嚙《くわ》えたまま気軽に立上ると、デスクから万年筆と書翰箋を持って来て、「右手に怪我をすると不自由だね。箸を持つことも出来んのだから……」と愛想を云って、どっかと長椅子に腰を卸し、組合せた膝の上に書翰箋をのせた。

「私のような字を知らん男は、怪我をしようとすまいと、同じことでございます」

「どんなことを書くんだ？」

「私の云う通り書いて下さい」

「よし」主人はペンを持って待った。

来訪者は前こごみになって、一つ二つ咳くと、後が苦しいのかしばらくヒイヒイ咽喉《のど》を鳴らして大息をする。

「さア、云ってくれたまえ」

だが、大工は云い出しにくいのか息が苦しいのか、すぐには口を開かない。

「さア」

ペンを持ちかえながら主人がうながした。

やがて、かすれた、おどおどした声で大工が口述しはじめた。

「わたしはこの世で、少しばかりの人を憎み、少しばかりの人を愛した――」

この意外な文句には、主人もちょっと面喰った。皮肉な微笑を口のあたりに浮べて相手の顔を見ながら何か云おうとしたが、また思いなおして、すらすらペンを走らせた。

大工は続けた。

「……嬉しいことが少しと、悲しいことが少しあった……しかし今のわたしは、それらの嬉しいことや悲しいことを、思い出すのさえ耐えがたい重荷だ……わたしはこの重荷をすてて、遠い国へ去りたい……憎んだ人や愛した人に、別れの言葉を残すのさえ、今のわたしは煩しく思う……ただこの決心のにぶらぬ中に、早くこの世を去りたいと思うだけだ……私が残したものは貧乏人にやってくれ……」

ここまで書いて来ると、主人は辛抱しきれないように、ペンと書翰箋をそばの円卓子の上に投げ棄てた。

「君は真面目なのかね？　真面目でこんなことを書いてくれと云うのかね？」

「真面目です」

大工は俯向いたままである。

「馬鹿らしい！　どうして自殺する気になったんだ？」

「そんな気はありません」

「隠さんでもいい」

「ひどい肺病ですから、どうせ半年とは持たないのです。怪我をしてから、めっきり悪くなりました。私の家から、ここまで歩いて来るのがやっとでした」

「子供はあるのか？」

「ございません」

「細君は？」

「逃げました」

「一人？」

「はあ」

「それはお困りだろう」

「気楽です」

「それにしても自殺は馬鹿らしいよ。養生さえすれば、丈夫な体になれるんだからね」

「養生しようにもお金がないのです。明日のお米代さえないようなお恥しい有様なんですから」

「自殺はいかん。私なんか生命《いのち》が二つもほしいくらいだ」

独語《ひとりごと》のように呟いて、主人は巻煙草の喫殻を灰皿にすて、片手を頤にあてて何やら考えはじめた。しばらく沈黙がつづいた。一分間たった。それでも彼らは口も利かねば、身動きもしなかった、二分間たった。軒に砕けてヒュウヒュウ唸る風の音が、物凄くひびいた。絨毯の花模様を見つめている別荘の主人の両眼は、次第に怪しげな光をおびて、胸の中の烈しい懊悩を表す皺が眉根に深く刻まれた。この時の彼の顔を、ちょっとでも見た者があるとすれば、その人は家の外で猛り狂っていると同じような暴風《あらし》が、彼の心の中でも渦巻いていることを見て取ったであろう。白い額の眼に見えぬほどの小さい毛穴ににじみ出た汗をハンケチで拭くと、彼は苦しそうに火のような息を吐き出した。

やがて彼は眸を据えて来訪者を見入りながら、

「君の生命を一万円で買おう」と低い声で云った。

「なんですか?」

大工は自分の耳を疑うように訊き返して、またごほんごほん咳いた。

「一万円上げるから、自殺するのを止したまえ」

顫えをおびた声で主人が云った。

「本当ですか?」

大工が驚いて顔を起した。

「君にある仕事を頼みたいんだ。その仕事を承知してくれるなら、私はいまここで五千円の小切手を書く。あとの五千円は、その仕事を成しとげた後でお渡しすることにしよう」

「どんな仕事です?」

乞食のような大工が訝しげに、けれども落着いた声で訊いた。

「待ちたまえ」

いそいで立上ると、主人は窓のそばに近よって、闇に朦朧《もうろう》と海のように浮び出した芝生を見廻した。だが、そこには、風が吹いているだけで、むろん人影はなかった。彼は窓を離れると、戸棚から半分空になったブランディーの瓶と二つのグラスを持って帰って円卓子の上に置き、わなわな顫える手で注ぎながら、

「お茶でも出すといいのだが、相悪《あいに》く今夜は婆さんがいないから、これでも遣ってくれたまえ」

そして、どっかと長椅子に腰を卸すと、強いブランデイーを一息に飲みほして、

「どうだね、ひとつ私の云う仕事をやってみる気があるかね？」

「なんです？」

「吃驚《びっくり》しちゃいかんよ。また決して人に話しちゃいかんよ」

「承知しました」

「では云おう——」

「なんです？」

主人は一段と声を低めて、

「ある男を殺してもらいたいんだ」

さすがに冷静な来訪者も、この言葉を聞くと顔を起して、繃帯の下の細い黒い眼を瞠《みは》った。

「これア驚いた！」

「驚かんと云ったじゃないか」

「でも旦那のような方が……」

「一万円ほしくないかね？」

「そんな恐しいことをする元気はございません。ごらんの通りの病人で、その上、手も利かないんですから」

「承知してくれるなら、今すぐ五千円の小切手をあげるよ」

またひとしきり沈黙が続いた。こんどは来訪者のほうが俯向いて考え始めた。一万円という言葉は、いま自殺しようとしている人間の耳朶にも、快く誘惑的に響く言葉にちがいなかった。時々、半分開けた片方の窓から、烈しい風が吹き込んで、大きなフロアランプの紫色の房を煽った。主人は組み合せた自分の膝頭を、二本の指で軽く叩きながら、

「一万円あったら、どんな贅沢な養生でも出来るよ。一生安楽に暮せるよ」と、眼鏡の奥の鋭い小さい眼を光らせた。

「どんな人です、相手は？」

「前科者だ……危険思想を持った奴だ……」

「名前は？」

「烏山というドイツで教育を受けた男だ。逞しい大きな体をして、いつも林檎のような血色のいい顔をしている」

「どうしてそんな人を殺すのです」

「いま云ったように危険思想を持っているからさ」

「ただそれだけで殺すのですか?」

「よし。君も納得できない以上は、こんな大任を受合う気になれぬのも無理はない。では詳しく話そう」それから元気をつけるために新しく注いだブランディーを唇へ持って行きながら、「五年前のことだ。私は東京の屋敷の広い庭をある夕方散歩していた。すると、庭の隅の、大きい木が一杯に繁った処で、どさっと大きな音がした。吃驚して、その薄暗い繁みの中に入ってみると、高い土塀を飛越して来た洋服の男が、息を切らして、あっちへ行ったり、こっちへ行ったり、うろうろしている。私はてっきり泥棒だと思ったもんだから、用心して近づいて、『だれだ?』と訊いた。すると、そいつは、案外おとなしく、反抗もしなければ、逃げようともせず、『私は、警官に追いつめられてここへ逃込んだのですが、どうか今夜だけお宅のどこかへ隠して下さい』と、手を合して拝まんばかりに哀願するのだ。よく聞いてみると、その男は烏山と云って、ある秘密結社の首謀者の一人で、他の奴は皆一網打尽に捕えられたが、その男だけ巧みに逃げ出して、一ケ月ばかり捕えられずにいた。それが、ふとしたことから警官に発見され、十名ばかりの捜索隊に狩り立てられて、無我夢中で私の家の庭へ逃込んだという順序なんだ。私は一月前に彼らの秘密の本部が警官隊に襲われて、大部分の者が逮捕されたということは、新聞で見て知っていたので、その男の話を聞くと、すぐ総ての事情がわかった。で、私はすぐ彼の要求を承諾した。彼は警官隊がすぐこの家へ捜索に来るから、一刻も早くどこか人目につかぬ処に隠してくれと云う。家の者が騒ぐと面倒だから、私はこっそり彼を自分の部屋へ連れ帰って、押入の中から大型のトランクをひきずり出して、『蓋のところに一寸ばかり隙間を開けとけば大丈夫だから、この中に入りたまえ』と云った。彼も冷静だったら、まさかトランクの中に入りはしなかったろう。しかし極度に慌てていたので、私の言葉が終らない中に、いそいでトランクの中に入った。私は咄嗟に蓋をすると、すぐその上に飛上って、ピンと真鍮の止金を卸して鍵をかけた。可哀そうではあったが、嫌でもそうせねば私の義務がすまんと思ったのだ。なぜと云うに、彼は社会の平和を乱す無頼の徒だ。彼らの運動が成功すれば、世間がどんなに乱れるかわからん。それに、私は東京に大きな工場を持っているのだが、そこの職工たちが、彼らに煽動されて、ひどい損害を被《こうむ》ったこともある。烏山を助けるのは、虎を野に放すようなものだ。私は社会に代って、彼をこらしめなければならんと思った。で、トランクに鍵をかけると、静に警官が来るのを待った。ところが、警官たちは彼が土塀を乗越すのを見ていなかったのか、いつまで経ってもやって来ない。そこで私は電話で警視庁へ報告した。むろん、間もなく自動車を飛ばして数名の警官が駈つけたよ。そしてトランクを開けて、半分気絶しかけていた彼をかついで帰って行った」

主人はここで話を切って、煙草に火をつけた。

「その男はどうなりました？」大工が訊いた。

「五年の刑に処せられた。だが、困ったことには、彼は私をひどく恨んで復讐をたくらんでいる。私はそれをいろんな方面から探知することができた。そればかりではない。彼が五年の刑をすまして一月ほど前に刑務所を出て、いま妹と共に、蒲田の近くの小さい家に住んでいることまで、知ることが出来た。彼は口先だけで復讐を誓うのではない。きっと実行するに違いない。だから私は東京を引き払って、当分ここに隠れることにしたのだ。私がここにいることは家内より他に誰も知らない。会社の者も知らないんだ」

「それはあなたの取越し苦労です。第一その烏山とか云う人が、あなたを本当に恨んでいるかどうか、それさえ怪しいじゃありませんか」

「なぜ？」

「その男は、あなたが警官をお呼びになったなんてことは知らないかも知れませんよ」

主人は眼をつぶったまま、頭を振って、絶望的な口調で云った。

「いや、知らないはずはない。きっと知っている」

「かりに知っているとしても、復讐するほどあなたを恨んでいるでしょうか？　旦那はいらぬ心配をしていらっしゃる」

皺涸れた声で宥めるように云って、大工はまたごほんごほん咳きだした。

「いや、君はなにも知らないんだ」と、主人は次第に興奮して、「私はあの男がつけ狙っているのを見たことがあるんだ」

「ほう！　ではその男が出獄してから、お会いになったことがあるんですか？」

「うん、二度ばかり。一度は彼が出獄して間もないある夕方、宴会があったので、私は自動車にのって日比谷の山水楼へ行った。そして、自動車を下りて、運転手に用事を云いつけるために後ろへ向くと、恰度後から来た円タクらしい車が乗り越すところだったが、その円タクの窓から、烏山が頭を出して、私の顔を振向いているのだ。二人の目と目がかち合うと、彼は急いで顔を隠して、どこかへ行ってしまった。私はそれから急に気分が悪くなり、頭がふらふらして、今にも目が眩みそうになったもんだから、宴会場へは入らず、別室でちょっと友人に会ったあとで、しばらく休憩すると、こっそり家へ抜けて帰った。二度目に会ったのは、つい一週間ばかり前の晩のことだ。私は両側に大きい住宅の立並んだ淋しい広い街を、一人で歩いていた。そして何かの拍子に、ふと後を振向くと、他に誰一人通っていないのに、一丁ばかり離れた処を、烏山が尾行しているのだ。もう日が暮れかかって、あたりが暗くなりかけていたから、ひょっとしたら人違いかも知れんと思って、彼が街燈に近づいた頃を見計って、また振向いてみた。すると果して烏山だった。肥った逞しい体に、ぴったり合った霜降の服を着た彼は、いつものように林檎のような赤い顔をして、太いステッキを持っていた」

「よくごらんになったのですか、その男の顔を?」

「うん、よく見た」

「すると、やっぱり旦那を狙ってるんでしょうか?」

「それに違いない」

来訪者が何か云いかけると、主人が唐突《だしぬけ》に片手を揚げて、

「シッ!」と制した。

「なんです?」低い声で大工が訊いた。

「だれかいる」空《うつ》ろな声でこう囁くと、主人は蒼くなって立上り、少しばかり開いた片方の窓に近づいて、恐る恐る外を覗いて見た。

だが、ほの白いポーチには、暴《あら》い夜の風が戦《そよ》いでいるだけで誰もいなかった。彼は硝子扉を卸すと、重いカーテンを引いて、少しは安心したような顔をして帰って来た。

「どうもこの別荘は、隠れるにはいいかも知らんが、淋しくていかんよ。夜半に目が覚めると、松林の音が恐くてならん」

「でも別荘番がいるでしょう」

「いつもはいる。しかし今夜はお婆さんは、十二時にならぬと帰って来ない。だが、結句その方が都合がいい。婆さんが帰って来るまでに相談をまとめたい」

暫らく話が途切れた。段々時が経ってゆく。大工は慰めるように、

「旦那は顫えていらっしゃる。そんなに御心配なさらなくてもいいでしょう……」

と云いかけて、また苦しげにごほんごほん咳いた。

「いや」と主人は興奮して、「あいつは埋火《うずみび》のような男だ。うわべは愚鈍なほど落着いていて、その実、内部に触れる物はなんでも焼きつくすような熱情を持った男だ。殺人ぐらい何とも思っちゃいない。もしあいつの自由になったら毎日百人の首をちょんぎるかも知れん。邪魔になる者は、誰でも片っぱしから殺そうとたくらんでいる恐るべき人間だ」

「困った奴ですね」

「これが夢ならいいと思うこともあるよ。夢の中で蛇のような執念深い奴に狙われてるのなら、また覚めることもある。しかし夢でないから困ったもんだ」

「それほど怖がっていらっしゃるのに、どうして警察の保護をお仰ぎにならんのです?」

「警察? 烏山が公然と復讐を誓うのなら、警察の保護も仰げるだろう。しかし悧巧な彼は表面空とぼけている。私は証拠になるべき一本の手紙さえ持っていない。また私も弱味は見せたくない。彼が秘密に復讐をたくらむなら、こちらも秘密に彼に対抗するまでだ」

「秘密に対抗と云いますと?」

「つまり、あいつがこっそり私を殺そうとするように、こちらもこっそりあいつを殺すのだ。誰にも発見されぬように素早くやっつけるんだ」

「でも万一あとで発見されると殺人罪になりますね?」

ともすれば、心の中に頭をもたげようとする黒い影を消そうとするように、主人はわななく指先でブランディーのグラスを啜りながら、

「さア、そこだよ!」と興奮して云う。「発見されるぐらいなら、始めから警察へまかせた方がいい。それを秘密に片付けてしまおうとするには、いくらも発見されないで簡単に片付ける方法があるからだよ。さあ、これからその方法の中で一番いいのを考えてみよう」

「ありますかね、そんな方法が?」

「むろんあるよ。私が考えてみよう」

また二人とも黙りこんだ。

主人は頬杖ついて、絨毯の花模様を見つめながら、しきりに考え込んでいる。来訪者は何も感ぜず、何も考えず、ただ死の影に魅入られた人のように、きょとんとした目付で、なんの飾りもない黄色い壁を、ぼんやり打眺めている。風は次第にしずまって、大粒の雨が二三滴屋

根を打った。

この時、不意に大工が、

「蜘蛛！」と微かな声で呟いた。

深い瞑想から我れに帰った主人は、顔を起して大工の視線を追った。

すると、なるほど三尺ばかり離れた処に、一匹の小さい蜘蛛が糸にぶらさがって、しきりに足を動かしている。

主人は黙ったまま万年筆を取り上げて、忌々しそうにそれを払い落した。

「えんぎが悪いですね」大工が云った。

「なぜ?」

「夜の蜘蛛はえんぎが悪いと云うじゃありませんか」

「迷信さ」

「でも、ことによると何か不幸なことがこの家に……」

「馬鹿！　君のような自殺を決心した物騒な男が来たから蜘蛛が垂れたんだよ」

「ことによると今夜旦那の身の上に……」

「馬鹿らしい！」

「でもさっき私は妙な人にあいました」

「どこで?」

「ここへ来る途中で――」

「どんな人?」

「この下の松林を登っていましたら、前の方を黒い人影が、やはり私と同じように、この別荘の方に歩いているのです。その男は動いているのかいないのか解らぬぐらいゆっくり歩いているので、まもなく私が追越しましたが、その時、ちらと見ると、霜降の服を着た、背の高い、よく肥った、恰度いま旦那からお伺いしたような男でした。追越して暫らくたって振向いて見ると、その男は砂の上をざくざく歩いて、針金の柵のある空地のそばの細道を、右手に折れていました」

主人は顔色を変えて前へ乗り出し、

「だって、あの細道を行くと、家も松もない砂山へ出るだけじゃないか?」と声を顫わした。

来訪者はかすれた低い声で、

「そうです。だから不思議に思ったんです。わたしはこの浜の者は皆んな知っています。郵便屋の顔でさえ知っています。けれどもその男は私の知らぬ人でした。しかもこんな夜遅くのことですから、薄気味悪かったです」

たちまち主人の顔は蠟のように白くなり、胸が痛いほど動悸打ちはじめた。

「そうか！　そうか！」と彼は喘いだ。「ここへ来たことは誰にも知らさなかったのだけれど、はや覚ったとみえる。ああ、なんだかこの家が怖くなった。ことによると、さっきの物音はやっぱり人間だったかも知れん。烏山が立ってるのかも知れん」

よろめくように長椅子から立上って、丈夫な樒の扉に真鍮の掛金をかけ、ふらふら力ない足どりで帰ると、どっかりまた長椅子に倒れかかった。

「こうしとけば安心だ。窓を毀して入るなら正当防禦《せいとうぼうえい》だ。撃殺してやる」

蒼白い主人の顔に、ひきつけたような嘲笑が浮んだ。部屋が湯沸の中のように蒸暑くなって、夕立の前ぶれのような大粒の雨が、また数滴屋根を打った。

「雨だね？」

耳を傾けていた主人が、ひからびた声で云った。

「降って来ました」

来訪者が低い声で答えた。

また暫らく沈黙がつづいた。その息苦しい沈黙の中で、おたがいに相手の次の言葉を待った。だが、話のつぎほを失った彼らは、いつまでたっても口を切らなかった。

「窓を毀してまで入って来ないだろう」

しばらくして主人がこう云った。目が眩みそうな彼は、これだけのことを云うのがやっとだった。

「その点は安心です」

来訪者が相槌うった。

「さア、あとで発見されぬ殺人というのを考えてみよう」

「いい方法があります」

「どんな？」

「教えて上げましょうか？」

「うん」

「アメリカに何とか云う大統領がありましたね、ほら、あの大統領がどうして暗殺されたか御存じですか？」

「知らん、そんなことは」

「手に繃帯した男と握手しかけたら、その繃帯の中にピストルがあって撃殺されたのです」

「そうか」

「恰度私も繃帯していますから、この中にピストルを隠して、彼を訪問しましょう」

「それで後で発見されないかね？」

「去年、箱根のホテルで有名な外交官が自殺したでしょう？」

「うん」

「あの自殺は、他殺らしいというので、かなり問題になりました」

「そうだったね」

「その理由は書置がなかったからです。だから、わたしは、繃帯していて字が書けないからと云って、殺す前に彼に書置を書かせましょう」

　するとこの時初めて主人がはっと真実を覚って、電気に触れたように立上って、

「烏山ッ！」と喘いだ。死人のように蒼くなって相手を睨みながら、烈しい恐怖に戦慄した。

　と思うと、来訪者が猛獣のような勢で飛びかかって行き、どさッと主人を長椅子に打倒して、その上にのりかかった。

「おれの顔が解らなかったかい。無理もないよ。お前に瞞《だま》されて、五年間地獄にほうりこまれていたお蔭で、おれはこんなに痩せているんだからね。さア、あとで発見されぬ殺人というのはこんなもんだ！」

　そして、繃帯の中のピストルの音がすると同時に、みごと咽喉から脳髄へかけて射貫かれた主人は、綿のような軟かい肉塊となって、だらりと長椅子の上に仰向けに横たわった。

　太息《といき》つきながら立上った来訪者は、額と右手に巻いた繃帯を静に取りはずして印半纏の腹のポケットに入れ、そこから皮手袋を出して両手にはめ、電燈に照らしながらピストルの指紋を丁寧にふき、まだ生温い死人の右手にそのピストルをしっかり握らせた。それから彼は円卓子のそばへよって、主人が書いた書置の文句を読み、次に絨毯の上に落ちたスリッパーを死人の白い足にはかせ、一間《けん》ばかり後退りして、名画家が自分の描き上げた絵を眺めるような批判的な目付で、死人のポーズや、そばの円卓子の上の書置や万年筆の位置や、灰皿の位置なぞを仔細に眺めた。それから彼は部屋の隅に歩みよって、蓄音器の把手《ハンドル》をまわしてレコードをかけ、じろじろあたりを見廻しながら、悠々とした足どりで部屋を横切って、手套《てぶくろ》をはめた手で掛金をはずし、扉をあけ、ひやっこい風の吹く深夜の闇の中に、永久に消えてしまった。

　泣くようなヴァイオリンが、明るい窓を漏れて、湿っぽい夜の空気を顫わした。チャイコウスキーの夜曲だ——

高い夜空

　古着屋にも売っていないような、形の崩れた、リボンのない、色の褪せた穢ないフェルトの帽子を、しかも傘のようにつばを卸して冠っているので、額や眼のあたりは、はっきり解らないが、一目見て栄養不良らしい、ほっそりした、どうしても四十を三つ四つ越した男であった。鼻から唇の両方のかどへ深い皺が通って、反歯《そっぱ》をつつんだ唇がぎゅっとへの字なりに長くしまって、それに顔全体が細長く尖っているので、ちょっと大鯛の口に似ていた。破れた毛糸の胴着《チョッキ》の上に、はげちょろの印袢纏を着て、右手は長くベンチの背に伸ばし、左手はコール天の半ズボンのかくしに突込んで、時々ちゃらちゃら数の少なくなった銅貨をもてあそんでいる。

　しばらくすると、彼は護謨《ゴム》足袋をはいた両足をうんと伸ばし、向うの樫の葉蔭に光る電燈を仰いで、ベンチに凭れたまま両手を高く揚げ、

「ああ、ああ……」

と、本当に退屈したように長い欠伸《あくび》をした。黄昏《たそがれ》のほの暗い後ろの植込みのあたりから、春の始めの微かな沈丁花の匂いが漂って来る。浮浪人はかさかさした皮膚の、骨張った頑丈な手で片方のかくしを捜って、緑色の巻煙草の箱を取り出した。中を開けてみたら、銀紙の中に一本しか残っていなかった。彼はその一本を口に啣《くわ》え、空殻をぽんとアスファルトの上に捨てると、燐寸《マッチ》をすって火をつけた。だが、最初の煙をぷっと吐き出すと共に、なにかの物音に驚いた犬のように、急に細い首を横に向けて、小さい眼を獰猛に光らせた。それは、気楽な安息を破る者に対する無言の敵意であった。

　すると、やがて両側に黒々と木の繁った白いアスファルトの歩道のゆるやかに曲った処から、一人の洋服を着た男の影が現れて、ステッキ振りながら大跨にこちらへ歩いて来る。しかも次第にベンチの方に近づいて来る様子が見えるのだ。浮浪人は体の隅から隅まで神経でこわ

ばらして彼を見守った。だれでもこんな淋しい処で人に出会うと、あまり気味の好いものではない。

彼はベンチの前まで来ると、長い足を両方に一尺ばかり開いて立止り、

「ちょっと煙草の火を……」と云った。

なんだ、煙草の火か！　よく見るとなるほどその若い紳士は、短かい髭のある口に火のつかぬ巻煙草を喰えている。

浮浪人は黙ったまま自分の煙草を差し出した。

濃い眉の下の落窪んだ短気そうな眼には、鋭さと共に放胆で朗らかな気分が漂い、骨格は逞しく、口はきりりとしまり、見るから凛とした運動家らしい男であった。

「有難う」

彼は火をつけ終ると煙草を返した。

「いえ」

「君は失業者じゃない？」

藪から棒にこう訊ねられて浮浪人は相手の心をどう解釈していいかわからなかった。ややむっとはしたが、それでも口元にだけは冷やかな苦笑を浮かべて、黙ったまま若い洋服の男を仰いでいた。

「……もし失業しているのなら、いい仕事があるんだが……」

しばらくして洋服の男が、こう言葉を続けると、浮浪人もこれは自分を愚弄しているのではないと覚ったらしい。

「どんな仕事です？」

「ちょっと変った仕事だが、僕の云う通りにするなら、君は今夜の中にすくなくも千円の金は確に握れるよ」

「冗談でしょう、旦那！」

「いや、本当だ」

「なにをするんです？」

「よし、君にその意志があるなら云おう。実は君のような失業者を一人ほしいと思って、探していたんだよ。じゃね、どんなに不思議に思っても、何も訊ねないで、僕の云う通りにしたまえ。一度しか云わないから、よく聞いて覚えるんだよ……あのね、この道をまっすぐに行くと千駄谷の停車場がある。今夜そこの時計が八時を打つと……今六時頃だからまだ二時間ある……八時を打つと円タクに乗って丸の内の朝鮮銀行へ行くのだ。いいかね、八時だよ。時刻も違えちゃ駄目だぜ。円タクに乗る処を電車に変えても駄目なんだ。円タクに乗れば二十分もあれば充分行ける。むろん夜のことだから朝鮮銀行は

締っている。その前で円タクを降りると、広い道を横切って、丁度銀行と向合った処に自動車のガレイジがあるからそのそばの一間《けん》はばぐらいの暗い狭い小路を入るのだ。いいかね……」

浮浪人は黙ったまま頷いた。

「……その小路を一丁ばかり行くと、灯のつかぬ真っ暗い高い建物に突当るから、そこを右に折れるのだ。両側はトタン塀の空地だ。するとまた高い建物に突当るのだが、その突当った処に薄暗い灯の漏れる窓が一つある。わかったかい？」

また浮浪人が軽く頷いた。相手の口元のあたりを凝《じっ》と見つめながら、彼は異常な興味を持って、その一語一語を胸にたたみこんでいるらしい。

「……その窓には掛金が掛けてないから、外からこっそり上にあげるとすぐ開く。君はその窓から忍び込むのだ。すると、すぐそばに薄暗い狭い階段があるから、そこを昇ってもらいたい。階段は鋸《のこぎり》型に十四つづいている。十四の階段を昇りきると、そこが八階の廊下で、右側の一番近い扉《ドア》の上に105と書いた部屋がある。数字が読めなかったら、とにかく右側の一番近い部屋だと思えばいい。君はその扉を静に叩くのだ……」

こう云って紳士は巻煙草を口へ持って行き、白い煙を細長く吐き出しながら、険しい目差で相手を見た。

「だれがいるんです、その部屋に？」

「誰でもいい。さっき云ったように、なにも訊ねちゃいかん。ただ云われたようにすればいいのだ。ほら、自動車代として十円あげよう」

どこまで信用していいか解らないような変な話ではあるけれど、目の前に金をつき出されてみれば、とにかく手を出さずにいられなかった。まだ新しい一枚の紙幣《さつ》を不器用に握ると、彼はそれを半ズボンのかくしにねじ込んだ。洋服を着た男は金を渡すと、それで約束が成立したものと一人で決めたらしく、別に念を押しもしないで、また大跨に歩いて、どこかへ行ってしまった。

千駄谷駅の大時計が八時を打つ頃の彼は、それまでの二時間をどこで過ごしたのか、大鯛のような口のあたりに満足げな微笑を浮かべ、酒くさい息とともに、なにかを飽食したような噯《おくび》をしきりに出していた。

とおりすがりの円タクを呼び止めて、軟らかい座席にがっくり凭れかかると、彼は窓の外にちらちら水のように流れる夜の街の灯を眺めながら心に呟いた――

「あの紳士は狂人《きちがい》かな。とにかく変った奴だ。この俺をかつぐつもりかも知れん。だが何が目的でかつぐのだろう。やっぱりこの俺を何かに利用するつもりなんだろう。それは一体なんだろう。がまあ、そんなことはどうでもいい。俺は久しぶりに一杯飲んで、自動車を飛ばしている。それだけでいいではないか」

朝鮮銀行の前まで来ると、云われた通りに自動車を棄てた。それからガレイジのそばの暗い小路を突当って右に折れた。空には星が光って、あたりには街燈すらなかった。紳士が云った言葉は本当であった。突き当りには高いビルディングがあって、処々の窓から明りがもれている。小路の突当りの窓の下まで来ると、両手を窓縁にかけ、鼻を硝子《ガラス》にすりつけるようにして中を覗いて見た。なかは薄暗い光に照された階段下の狭い区劃で見通しは利かないが、人がいないことだけは確だった。こっそり硝子戸を押し上げて片足を窓縁にかけたと思うと、早や建物の中に滑り込んでいた。もしこの時の彼の眼付や、物慣れた素速さを見ていた者があるとすれば、必ず彼がこうしたことに無経験な人間でないことを観破したであろう。彼は護謨足袋はいた足で静に階段を昇った。二つの階段を昇るごとに燭光の弱い煤けた電燈が天井からぶらさがって、同じような窓があった。途中で誰にも出会わなかった。丹念に階段を勘定して来たのだが、約束の十四番目を昇るともうそれ以上はなかった。そこをちょっと曲ると、ひっそり人気ない長い廊下があって、取りつきに105と書いた部屋がある。平気な顔をして彼はその扉をたたいた。中から扉を開けたのは、彼が想像していた通り、先刻《さっき》の洋服の男だった。

「入りたまえ」

「さきほどは有難うございました」

にやにや笑いながら浮浪人は部屋に入った。あまり広くない部屋で、寝台《ベッド》と化粧台と卓子《テーブル》と椅子が二つあるきり、彼らはその卓子に向き合って坐った。

「あれからどうしたね?」

「カフェに入って一杯やりました」

「どこの?」

「千駄谷駅前です?」

「だれかに会った?」

「いいえ?」

「それからすぐ自動車にのったんだね?」

「ええ。遅くなりましたか?」

「時刻は丁度いい。階段では誰にも会わなかっただろう?」

「ずいぶんひっそりしていますね」

「じゃ、すぐ用事を云おう。この廊下の向うに部屋があるだろう。その部屋の下にまたこれと同じ部屋があるのだ。そこに三千円ばかりの現金の入った黒い折鞄があるから、そいつをひとつ盗んでもらいたい」

「そういう話になるだろうと思ってましたよ」大鯛のような口をひんまげて浮浪人が満足げに笑った。

「ところが困ったことに、その部屋の扉に鍵がかかっている。なにかいい分別はないだろうか？」

「扉を毀したらどうです」

「音がする」

「窓は？」

「僕も窓より他に入る処はないと思うのだ。この向うの部屋は空いてるから、そこの窓から綱を卸して、そいつにぶらさがって窓から入るのが、まア一番いい方法だろうね。そう思って実は綱の用意までしてあるのだ。どうだ君、ひとつこの荒仕事を受け合ってくれるか。現金の入った折鞄があることだけは確なんだから、千円のお礼はまちがいないよ」

「千円下さるなら、やってみましょうか」

「十時になると部屋の男が帰って来る。だから仕事に取りかかるなら早い方がいい」

紳士はスートケイスから太い綱を取り出すと、

「さア、向うの部屋へ行こう」と、先に立って部屋を出た。

まっ暗なのでよくは見えないが、窓から差込む星明りで見ると、その部屋もやはり紳士の部屋と同じらしかった。二人は長い綱のはしを寝台の脚にしばりつけ、他の一方のはしに円い輪を作って、それを浮浪人の胴に通した。

「下の部屋もここと同じだ。黒い折鞄は鍵のない化粧台の抽斗《ひきだし》の中にあるはずだが、もしそこになかったら方々をよく探してみてくれ」

窓を開けると、星の光る空から、ひやりと冷たい風が吹いてきた。

浮浪人が両手で窓縁にすがって、蜘蛛のごとくコンクリートの壁に吸いつくと、上から洋服の男が次第に綱をゆるめた。浮浪人は両手でしっかり綱を握って、一寸二寸と静に下りて行った。

空の星より下界の燈の方が一入《ひとしお》美しかった。だがそれは遠方の燈だけのことで、真下には燈がなく、ただ夜目にも蒼白い壁の断崖が、下になるほど小さく朧《おぼ》ろに見えるだけだった。それは地獄の巨大な怪物が深い口を開けて、落ちたら飲もうと身構えしているようにも思われた。もし浮浪人の綱がはずれて落ちたら、遥か下の敷石の上に微塵に砕けるだろう。あたりが静なので、浮浪人のはげしい息使いが手に取るように聞えた。しっかり綱をにぎった彼の手が、窓縁を一尺ばかり離れたと思う頃、だしぬけに上の男が云った。

「君の小指はどうしたの?」

「え?」

「小指さ。小指がないじゃないか」

「ああ、小指ですか、こいつは嚙み切られたんです。去年の暮、強盗に入った家の女に……」

上の男が少しずつ綱をゆるめると、浮浪人は間もなく上の窓と下の窓の中間の処まで来た。

「僕を誰だと思う?」上の男がごく低い声で云ったが、それは夜風にさらわれてしまった。

「え?」

「僕はね……」と、上の男は聞えるか聞えないかの低い顫声で、「……僕はね、お前を殺す前に、僕が誰だか知らしてやろうか? 僕は、お前があの時首を絞殺した女の良人《おっと》だよ。あの晩、遅く帰ってみたら、死んだ妻の、死んだ妻の口から、血だらけの小指が出た。僕は自分の手で、復讐してやろうと思って、今まで、今まで、そ、そ、それを、警察に隠していたんだ。さア、観念しろ、自業自得だと思ってあきらめろ! へへへ、ひひひ」

「うん!」

と、咽喉《のど》の奥で恐しい唸声を立て、浮浪人は両手に全身の力をこめて綱をのぼりはじめた。

だが三尺ばかりのぼったと思うと、上から三尺ばかり寛《ゆる》めたので、彼の体はまた同じ位置にぶらさがった。彼は慌てて両足を伸ばして無意識に足場を捜った。その拍子に高い夜空で彼の体が二三度くるくる独楽《こま》のように廻った。

「助けてくれッ!」

瀕死の悲鳴がしわがれた咽喉を漏れた。

と、その瞬間、寝台の脚に結んでいた綱をいつのまにか解いて握っていた上の男が手を放したので、浮浪人は長い綱と一緒に、ひゅうと中空に唸声を立てて、凄じい勢で遥かの下界へ落ちて行った。

林檎から出た紙片《かみきれ》

黄昏《たそがれ》時の灰色が町を包む頃になると、私はいつもだぶだぶの茶色の外套を着て、ステッキを振りながら、一人で波止場や海岸通り、ごみごみした支那街なぞをあてどもなく散歩するのが慣わしだった。

雪か霙《みぞれ》がいまにも降り出しそうな空を反射して、鉛のようにどす黒く光る夕暮の海の面を、白い鷗の群がすれすれに飛んでは、船から吐き出す残飯をついばんで、急に何物かに驚いたようにぱっと立上ったり、沖に碇舶した貨物船の青いペンキのはげかかった煙突から出る煙が、寒い風に横なぎに吹かれて、次第に薄れてついには消えたり、あまり裕福でない外国の旅人の泊る小さいホテルの明るい窓から、だしぬけに朗かなテナーでラ・ボエームの一節を歌うのが聞えたと思うとすぐ森《しん》と鎮まったり、小さい橋のそばの早や灯のとぼった花屋の店先から花の匂がしたり――これらのものを私は何も考えず、空しい心で見たり、聞いたり、嗅いだりするのが好きだった。

ある時には、それらのものに聯関した古い思い出が、ふと阿片飲用者の美しい幻のごとく朧《おぼ》ろに私の頭に、甦ることがあっても、それがどこの国の港で見た思い出であるか、それとも何かの本で見た思い出でもあろうかと考えている中にどこか懐しみのあるその甘い幻は、はや風のように消えて無くなってしまうのだ。黄昏時の散歩の際における私は、それほど心が穏かで空虚でもあれば、また退屈でもあった。

それから、こうした場合の私は、ちゃぶ台をかこみながら一家団欒《だんらん》して明るい灯の下で夕餉をしたためているのを、通りすがりの窓から眺めたり、支那人が店先で籐椅子に腰かけて、長い煙管《キセル》を振りながら、何やら頻りと喋っているのを見たりするのを、決して嫌いではなかった。というのは、自分とは何の利害関係もないそれらの人の生活が、退屈し切った私の心には、一枚の絵のように面白く映って、それに自分勝手な詩的な解釈やロマンテイクな想像を付け加えることが出来たからである。

だが、毎日こうして散歩していると、稀には平和な心ばかりで見ていられない事件にもぶつかるものだ。ある寒い晩方だった。いつものように茶色のだぶだぶの大きな外套に、同じ色の鳥打をかぶって、港の町のオフィスばかり立並ぶ夕方にひっそりして人通りのない街を歩いていた。すると、不意に片方の小路から、慌しい跫音《あしおと》がして、はっきりとは見えないが、どうしても日本人に違いない面立《おもだち》の女が、この寒い夜空に外套も着ない、イヴニングドレス姿で、すぐ前の街角を曲ると息せき切って私のそばを走り抜け、今私が来た方へ飛んで行くのだ。驚いて私が振返った瞬間、その女は何だか鞠のようなものを、反対の側の歩道に投げすてた。と思うと今度は洋服を着た男——これは帽子も外套も着ていたようだが、その男が今の街角に現れて、私のそばを通り抜けると、黙ったままさっきの女を追っかけて行くのだ。私が呆気にとられて立止って見ていると、間もなく彼らは次の街角に黒い影を消した。

この一片の小さい悲劇には、私も直ぐには適当な解釈を下しかねた。というのは、その女が上品な夫人にも見えれば、下等な舞踏場あたりの怪しげな女とも見え、したがって、後から追っかけた男が、その女の尊敬すべき良人《おっと》とも考えられれば、怖ろしい刑事とも考えられたからである。ただ男が泥棒でないことだけは確である。泥棒だとすれば、女が私の姿を認めた時に、救いを求めたに違いない——こんなことを考えながら私はまた散歩をつづけた。そしてゆるゆる歩きながら、この問題を早く忘れて、もっと愉快なことを考えようとつとめた。だが、今見た異様な光景は、退屈している私の頭に妙にこびりついて容易に消えてくれなかった。そして十分間ほど歩くと、私はまた後戻りして、物好きにも女が棄てた鞠のようなものを探し始めた。

それは艶のいい赤い林檎だった。もうあたりは薄暗くなっていたので、私は林檎を拾い上げると、淋しい街燈の光に照らして見た。と、その時すぐ奇妙な発見をした。林檎には短かい柄がついているのだが、その柄の根本の窪んだ皮に、柄を中心にして小さい疵が、かすかに円を描いているのだ。不思議に思って柄をつまんで曳っぱってみると、恰度把手《ハンドル》を曳いて抽斗《ひきだし》を開けるように、すぽりと肉の一部が抜けて跡に小さい空洞が残った。街燈に照らしてみるとその空洞の中に確かに何か隠してある。小指を突込んでほじくり出してみたらそれはこまかく畳んだ紙片で、よく皺を伸ばして広げてみると、ちょっと葉書ぐらいの大きさの紙に、タイプライターで何やら書いてある。私は林檎を棄て静に歩きながら、それを読みはじめた。大文字ばかりでこう書いてある——。

IADONEKATENIR
HSAWAKIHEHTFO
RAEREHTMORFSD
RAYDERDNUHEER
HTMPYTRIHTNEV
ESTADRIHTYTNE
WTEHTNO

云うまでもなく、これは暗号だが、その道の人は誰でも知るごとく、どんな暗号でもおよそ局外者に解けない暗号というものはない。私は様式の幾つもある暗号の解き方を、順々に当てはめて考えている中に、ものの十分間と経たない中に完全に解いてしまった。これは数ある様式の中で最も幼稚最も平易な方法の一つで、一字一字の文字を、終いから始めにかけて逆に読めばいいのだ。

つまり——

二十三日午後七時三十分
竹ノ台の氷川神社の裏から三百碼《ヤード》。

ということを英語で書いてあるのだ。二十三日と云えば今日だ。いま、六時頃だからこの時刻までには一時間半を余している。氷川神社というのは知らないが、竹ノ台は歩いて一時間とかからぬ距離だ。そう云えばあのへんにお宮のようなものがあったような気もする。だがこれは一体何を意味するのだ？　ランデヴー？　なぜ英語を使ったのだ？　どうして暗号で書いたのだ？　普通の逢曳としては細工に念が入りすぎている。それよりもっと罪深い、質《たち》の悪いことを、意味しているのではあるまいか？　妙なもので、これがもし普通の平凡な文字で書いてあったのなら、私の好奇心もこうまで強くはならなかったろうに、暗号で書いてあったために、しかもその暗号を解き得て、林檎から出た紙片に示された時刻と場所を知るのは自分一人だと自覚すると、何だか凝《じっ》としていられないような不安を感じ、どうしてもその先を詮索せずにはいられない気になるのであった。

そこで私は、急いで家へ帰り、あらゆる危険を予想して準備をととのえた。

そして七時を打つ頃には、早や竹ノ台の夕闇の中に氷川神社を探し当てていた。

空はまっ黒に曇って、寒い風が吹いていた。たった一つの薄暗い電燈のともった社は、公孫樹《いちょう》や欅の雲を突くような大木にかこまれていた。その森の両側は、深い竹藪につらなって、ただ道を隔てた前だけが畑になって、ゆるやかな傾斜をつくって、向うの谷へ続いている。

私があたりの地勢を眺めているると、一台の自動車が静に坂道を登って、社の近くの竹藪のそばまで来ると、車を止めて灯を消した。暗い物陰に佇んで様子を覗っていると、その自動車の運転台から一人の男が降りて、社のかこいに沿って、すたすた奥の方へ歩いて行く。やがて坂道の下からまた第二の自動車が登って来た。藪のそばまで来ると灯を消し、一人の男が飛び出して、暫く社の前をうろついていたが、同じように小路を裏の方へ歩いて行った。二人とも男だから、逢曳でないことだけは明らかになった。その男が小路に姿を吸い込まれると、私も急いで社を出て、跫音を忍ばせながら跡をつけた。藪の間の小路は真っ暗だった。ただ高い処に帯のように細長い曇った空が見えるので、私たちの進む路の方向が判断できるだけで、前を行く男の姿はもとより、自分の足元でさえ見えなかった。風に揺られてざわざわ騒ぐ藪の音にまじって、前を行く男の靴の音が時々聞えるばかりだった。

やがてくの字なりに道が曲った処まで来ると、すぐ向うに赤い電燈の点った家が見えた。近づいてよく見ると、カッテイジ風の二階家だが、二階の窓はまっ暗で、ただ階下の玄関のそばの一つの窓の鎧扉《よろいど》の隙間から、光が漏れている。

暗い木立の蔭に隠れて様子を見ていると、その男は赤い電燈の真下の石段を昇ると帽子を取り、外套のポケットから、黒い布片《ぬのきれ》のようなものを取り出して、すっぽり頭からかぶるのだ。私は不思議に思って、二三歩近づいて息を殺した。

赤い電燈はその男のすぐ頭の上に点っているのだが、光が弱いのではっきりとは見えないけれど、彼が頭からかぶったのは黒い布で作った袋のような覆面で、両眼と口の処に孔を開け、後部は水平だが前は頤の処を三角形に長く伸ばして、恰度ネクタイの結目まで隠せるようになっている。

彼はその覆面をかぶってしまうと、こつこつと三度扉をたたいた。すぐには扉が開かない。暫くしてまた三度たたいた。すると中から扉が開いて、同じような覆面をした背のひょろ高い男が現れ、握手しながら快活な元気のいい英語で云った。

――お待ちしていました。よく道がわかりましたね。
――もう皆んな集りましたか？
――ええ、さア、どうぞ……

二人の影が暗い廊下に吸い込まれると、また静に扉が締った。

私は闇に立ったまま、今見た不思議な光景の意味を考えた。二人は英語で話したが、発音や体格から判断して、二人とも日本人に違いなかった。どうも、なにか人目を憚る秘密の会合が行われるらしい。彼らがお互いに覆面をして会合するのは、相互の間に、誰であるかを隠し合う必要があるからだろう。実に奇妙な会合ではあるが、そうとより他に解釈のしようがない。彼らがことさらに英語で話し合うのも、あるいは声色で知られるのを避けるためかも知れぬ。

私は外套のポケットの鼠色の袋を破って、鋭利なナイフで両眼と口の処に孔を開けて、頭からかぶってみた。私の外套は、だぶだぶした旅行用のアルスターで、自分の好みでポケットも思い切って大きく作ってあったので、こんな場合には頗る便利がよかった。ただ、気になるのは、色が黒でなくて鼠色であることと、頤の処が三角形に尖っていないことだが、もし咎められたら、覆面を失くしたと答えることにしよう。誰でも物を失くすることはあるものだ。今になってすごすご帰るのは物足りない。怪しまれて詰問されたら、いつでも飛び出す用意をして、行ける処まで行ってみよう。

私はすっかり落着いていた。奇妙な覆面をかぶって、茶色の鳥打帽にステッキを片手に持ったまま、湿っぽい落葉を踏んで家に近づいた。なんの恐怖も感じない胸は、いつもの如く静に動悸打っていた。明りの漏れる窓の下まで来ると、何やら低い声で、途切れ途切れに話しているのが聞える。

赤いランプの下まで来ると、チョコレイト色に塗った扉の前に立った。その扉を三つたたいた。それから暫くして、また静に三つたたいた。が、いつまで経っても、廊下に人が出て来る気合はなかった。

さては私が来たのを怪しんで、警戒しているのだろうか。それとも風の音に消されて、奥へ聞えなかったのだろうか。今の中に馬鹿げた冒険を止めて、さっさと家へ帰った方が好くはないか。だがここまで踏込んだのだから、とにかくもう一度たたいてみよう。それで開けてくれたら運を天にまかせて入ってみるし、開けてくれなかったら帰ることにしよう。三つずつたたくのが、ことによると一種の暗号になっているかも知れないと思ったので、私はかなり力をこめて、また三つたたいた。

覆面の奥の私の顔色は、いつもと少しも変っていないばかりか、唇のあたりには皮肉の微笑さえ浮んでいた。どんな場合でも、ある仕事に取りかかる前に、自分が割合に落着いているのを意識するのは愉快なものだ。

やがて廊下に跫音がして、さっきの背のひょろ高い男が扉を開けた。

そして私の手を強く握って英語で云った。

――君が最後に到着した人です。皆んなそろって待っています。

――みんな？

――ええ、十二人……

私は胸を撫で卸した。これで第一の難関が無事に通れた。私の最大の心配は、幾ら覆面で顔を隠していても、人数を調べたなら、余計な男がまぎれ込んだことが解るだろうということであったが、もうこの懸念は無くなった。私は外套と帽子を廊下に懸けた。

彼は玄関の扉をしめて鍵を掛けながら、

――どうでした、すぐお解りでしたか、この家が？

――ええ、――と私も英語で――氷川神社の裏三百ヤードと書いてありましたから……。

――どうです、いい家でしょう？

――まったく。

――先月の会合の家と、どちらがお気に入りました。

――今度の方がいいでしょう。

まるで危険な綱渡りをしているような気がした。一歩足を踏みはずして頓間《とんま》な答えをしようものなら、大変なことになる。

彼は玄関の扉に鍵を掛け終ると、廊下の右の扉を開けて、

――さア、どうぞ。

と云い棄てて、忙しそうに廊下の奥の方へ歩いて行った。

私が静に敷居を跨いで部屋に入ると、むッとするほどの暖いいきりと、香ばしい煙草の匂いが顔を打った。

まん中の卓子《テーブル》の上に、大きな蠟燭が一つ点って、その朦朧《もうろう》とした光に照された三方の壁際の長椅子や安楽椅子の上には、およそ十人ばかりの紳士たちが、みな黒い同じような覆面をかけて、肘をついて凭れかかったり、だらしなく足を伸ばしたりして坐っている。

私が入ると、一同がこちらを向いたので、私は軽く一

同に会釈して、黙ったまま長椅子の空いた処に腰を卸した。

しばらくすると二人の紳士が羅馬《ローマ》時代の基督《キリスト》教徒迫害やコロシアムの建物に就いて、低い声で話し始めたが、それは私が部屋に入る前から話していた話題の続きらしく、口振や体つきで、どちらも外人であることはすぐに解った。

その話に耳傾けながら、私は静にあたりを見廻した。部屋におるのは私を加えて十二人、廊下の奥へ行った、背のひょろ高い男も加えれば十三人、その半数以上が外人らしく、それが皆んな洋服を着て黒い覆面で顔を覆って、その口の丸い孔から、ブライアーのパイプや葉巻を覗かせているさまは不気味でもあれば吹き出したくもあった。

海老茶の厚いクロスを掛けた丸卓子の上には、大きい青銅の灰皿と、封を切ったばかりの葉巻の箱と、それからマーキュリーを型どった銀の燭台が置いてあって、その燭台の上のたった一本の蠟燭の軟かい光が、部屋の中に渦巻く紫色の烟や、皮張りの椅子や長椅子に並ぶ怪物のような覆面をほのかに照していた。床には贅沢な厚い支那絨氈《じゅうたん》を敷き、薄暗い部屋の隅には大きな電気ストーブが、熔鉱炉の炎のように赤く燃えていた。

この部屋の中で、喋っているのは二人の外人だけだった。外の者はただその話に黙って耳を傾け、時々笑って調子を合せるぐらいのものだった。彼らはお互に相手の名前やどんな人間かということを少しも知らないらしく、また知ろうとしていないらしい。

やがて背のひょろ高い男が勢よく部屋へ入って来て、締めた扉を背にして立ったまま、日本人としては珍らしく達者な歯切れのいい英語で、快活に話し始めた。

——諸君、長らくお待たせいたしましたが、これで一同揃いましたから、会を始めることに致しましょう。が、その前にちょっと御相談したいことがあります。他でもありません。私たちがこの倶楽部を組織して僅か三ケ月しか経たないのに早や警察がこの倶楽部の存在を覚り、各方面に捜索の手を拡げはじめたことです。これに対しては我々も一層警戒を厳重にし、便利は悪くても毎月会合の場所を変えて行かなければなりません。で、先月の会合の時には、僅か十三人で倶楽部を維持して行くのは、費用がかさんで困難であるから、もっと厳選の上で会員をふやそうという説を、私が持ち出した次第ですが、この際むやみに会員をふやすのは、危険の率を増すばかりですから、当分このままの人数で続けて行こうと思うのですが、諸君の御意見はいかがでしょう。

――賛成！

一同が口々に叫んだ。

――次に今月分の維持費として私たちが百円ずつ払込んだ金が千三百円、それに、例によって名前は申されませんが、この中のある方が特別に千円を御寄附下さったので、今月の財政はかなり豊です。で、第一回の会合の時には闘犬と闘鶏、第二回はバルセローナから苦心して取り寄せた各種のフィルムを御覧に入れましたが、今回は闘犬を一歩踏み出して、人間の決闘をお目にかけることにしたのです。――

この言葉を聞くと一同がぎょっとして体を揺がせ、煙草を口へ持って行きかけた者はその手を途中で止めて、背の高いチェヤマンの覆面を仰いだ。そしてチェヤマンの努力と奔走に対して一同が満足を感じたらしかった。

背の高いチェヤマンは元気な声で言葉を続けた。

――しかし御安心下さい。その二人の男はここで決闘しなくても、どこかで近い中に決闘すべき運命にあったのです。つまり、ここでは長くなるから混入った理由は話せませんがとにかく彼ら二人は、どちらか一人が倒れるまでは止まぬほど憎み合っているのです。私は苦心の末に、その決闘を買って来たに過ぎないのです。殺された方は仕方がないが、勝った方へは千円の賞金を与えると約束しましたら、二人とも同意してくれました。どちらも前科数犯の手におえぬ悪漢です。武器は彼らの希望を入れて短刀、介添人も医者も立合わず、どちらかが血まぶれになって殺されるまで闘うのです。もし勝って生き残った方が負傷していたら、巧妙な方法で病院へ送る手筈もきめてあります。

この時一人の男が長椅子に凭れかかっていた上体を起こして、

――チェヤマン――と呼んだ――生き残った男が、わが倶楽部の秘密を漏す憂いはありませんか？

――いや、その点は心配御無用です。彼らは倶楽部の秘密は何も知らない。目隠しして連れて来られて、目隠しして連れ戻されるので、この会合の場所がどこの町であるかということさえ知らないのです。たとい彼らがこんな倶楽部のあることを覚ったとしても、私たちは風の如く集まり、風の如く散じているので、警察ではどこを目当てに捜索していいか解らないのです。ではこれから始めましょう。決闘場は地下室です。諸君どうぞこちらへ……

背のひょろ高いチェヤマンが扉を開けて廊下に出ると、私たちもぞろぞろ彼につづいて部屋を出た。廊下を奥へ入ると二階へ昇る階段の恰度真下に、それと同じ角度をしてコンクリートの湿っぽい階段が地下へ降りている。

背のひょろ高い男は、その地下室へ降りる階段の途中で立止ると、片手を揚げて一同を遮りながら、

——ここに立って見物しましょう。下へ降りると危ない。

地下室には燭光の強い電燈が点っているので、階段の途中に立っていてもよく見えた。四坪か五坪の狭い地下室は、古い陰気な煉瓦で四方の壁をつみ上げて、以前は多分物置として使われていたのであろう、隅の方には藁屑や石炭の粉なぞが穢ならしく散らかっているが、床の大部分には一寸ぐらいの厚さに、まるで角力《すもう》場の土俵のように新しい砂が蒔いてある。これは恐らく跡片附の便利がいいようにとの心使いであろう。が、そんなことよりも、まず第一に私の目に映じたのは、両方の隅っこに離れて、二人の男がしゃがんでいることだった。彼らは私たちが階段の途中まで降りると、二人とも陰気な気味の悪い顔を起こしてこちらを向いた。

階段の途中に立ったチェヤマンは、片手にピストルを握ったまま、

——さア、始めろ!——と底力のある日本語で云った。

それと同時に、右手に光る短刀を持った二人の男がむくむくと立上って、一間《けん》ぐらいの間隔を置いて睨み合った。一人は色の褪せた印袢天《ばんてん》を着た、顔の赤黒い、眼や口の造作の大きい、どこか南洋の土人のような顔付の男、一人は毛糸のジャケツにコール天の半ズボンをはいた、眼のしょぼしょぼした蒼白い男だった。二人は暫らく相手の隙を覗っていたが、だしぬけに印袢天が猛烈な勢で飛びかかって行った。

ジャケツは素早く身をかわして、横手から相手の横腹を突こうとしたが、これも手ごたえなかった。彼が続けさまに二度目の短刀を突いてかかると、短刀持ったその手の上から印袢天の逞しい左手がむずと摑んだ。ジャケツはそれを振り放そうと暴れ廻るので、二人の体は、つながり合った手を中心にして、二三度ぐるぐる独楽《こま》のように廻って、よろよろと酔払いの如くよろめいた。格闘が始まってまだ一瞬時しか経たないのだが、二人とも早や息を切らして、ひいひい咽喉《のど》を鳴らしている。

階段の一番上にしゃがんで、片手を廊下の床の横木に

支えたまま、窮屈な姿勢で前の男の肩越しに見物していた私は、今にも血がほとばしるかと胸がはらはらした。

私の横にいる外人は、極度の興奮と寒いのとで、ぶざまにも歯並をがたがた振わしていた。一番前に立つ背の高いチェヤマンは、私たち一同をかばうように、格闘する男の体が階段に近くなると、いつもピストルを振って嚇《おどか》しながら追い払った。私が二度目に決闘者の方へ眼を移した時には、彼らはいつの間にか一つの短刀を棄てて、他の一つを四つの手で握って犇めき合っていた。その中ジャケツが眼に見えぬ素早さで両手を離したと思うと、急いで落ちていた短刀を拾った。

それと同時に、印袢天が振り上げた短刀が、低い天井にコードを引っぱって釣してある電球のそばでピカリと物凄く光ったと思うと、次の瞬間、消魂《けたたま》しい物音がして、あたりが真っ暗になった。……

ピストル？　いや、ピストルではない。電球が破裂した音であった。短刀が電球に触れて毀れたのである。

すると闇の中で——ううん！

と苦しげに呻く声がして、印袢天か、ジャケツか、どちらか解らぬが、一人どさりと倒れる音が聞えた。

——灯！　灯！

階段の一人が興奮した低い英語で囁いた。

——早く！　誰か蠟燭を持ってきて下さい……早く！

私のそばにいた男が、闇の中を手捜りながら、ばたばた階段を走り上った。階段の下の方が妙にざわめき始めて、

——やッ！　誰だア？

英語で云ったのはチェヤマンの声らしかった。

やがて、ほのかな明りが階段の上から差し込んで、覆面をかけた人たちの黒い影法師が、いくつも砂の上に映った。

そしてマーキュリーの銀の燭台が、群集を押しのけるようにして下へ降りてからよく見ると、なんと階段の下にはジャケツと印袢天が二匹の猛獣のように、どちらも階段を睨みながら並んで立っている。

しかし、初めには薄暗いのでよく解らなかったが、蠟燭の火が動かなくなってよく見ると、いつの間に奪《と》ったのかジャケツはチェヤマンのピストルを右手にかざし、印袢天は短刀を逆手に握っているのだ。私は今にも階段の誰かが撃倒され……

云うまでもなく、私たちが部屋で談笑している間に、彼ら二人は妥協し合ったのである。何の見張りもつけず

二人だけを地下室に待たしたのはチェヤマンの失策と云わねばならぬ。

——手を揚げろ！

ジャケツが云った。皆んな手を揚げた。

二人は一同のポケットを捜りはじめた。チェヤマンの内側のポケットからは大きな札束が出た。時計や指環には眼も呉れないで、順々に素早く蟇口《がまぐち》だけさらって行く。そして私たちを階段に立たしたまま、彼ら二人はマッチの光で廊下を抜け、部屋の窓からどことも知れず逃げて行った……

私は蟇口を取られたのを惜しいとも思わなかった。それどころか、蒼くなって震えている一同のポケットをさらって行く彼らを痛快にさえ思った。というのは、この倶楽部の集りが進行して行くにつれ、血をむさぼる狼のように、残忍な刺戟をもとめて止まぬ彼らの意図を知って、却って二人の決闘者——それがどんなひどい前科者だろうと、彼らに同情せずにいられなくなったからだ。

私はこの夜の出来事が、自分に取っては愉快な結末になったことを満足しながら、一人闇の中を抜けて帰った。

それから三日ばかり経ったある夕方、神社の近くへ散歩の足を向けたついでに、赤いランプの点いていた家の前まで行ってみたら、それはあの晩見たとは打って変った荒廃した空家で、風雨にさらされて変色した木札に、

House to Let

と書いてあった。

それからまた私の毎日の静な散歩が始まった。そして黄昏時の海の面を飛ぶ白い鷗の群や、沖に碇船した船の煙が、寒い風に吹かれるのを眺めた……。

アヴェ・マリア

一

岡山へ行ったことのある人は、誰でも町の最も賑やかな中心にある京橋を知っているだろう。これは岡山の町を避けて蛇のように迂回して東側を流れる旭川にかかった広い橋で、その下手の雑然とした穢ない河岸には、瀬戸内海から上ってくる小蒸汽と帆船や発動機船がところせまいほど碇泊して、自動車や電車の音がひっきりなしに響いてくる慌しいところだ。

ある冬の夜ふけ、一人の青年がこの橋の欄干にもたれて、河岸の煮売屋からもれる電燈の光や、黒い河面にうつる船の灯なぞを、落着きのない眼つきで見まわしていた。年の頃は二十五六、生れつき細面《ほそおもて》なのに、蒼白い頬がげっそり落ちくぼんで、時々欄干から下を向いて、ごほんごほん苦しげに咳《せ》くので、どんな病気を持っているのかは、誰にでもすぐにわかる。頭には鳥打帽を無雑作にかぶり、水夫が着るような腰のところまでくる二重ボタンの半オーバーを着て、寒いためか顔をかくすためか、その襟をたてて頬骨のあたりまで埋めていた。

彼は岡山の土地を踏むのは今夜がはじめてなのである。東京からまっすぐに汽車に乗ると、ことによると警官の手に捕まるかも知れぬと思ったので、横浜から神戸までは欧洲航路の船、神戸から岡山までは内海通いの小蒸汽という、ことさら廻りくどい途を選んで、たった今、京橋の下へ着いたばかりのところである。だが岡山まで落ちのびた彼のポケットには七銭の金しか残っていなかった。その上外套は着ていても橋の上の夜風は遠慮なく骨身にしみて、長い間船に揺られたので頭が妙に重く、精も根もつきはてて、いまにも目がくらみそうだった。

はるばるこの町まで彼が逃げて来たのは、べつに当度《あてど》があったわけではない。ただ親も兄弟もない彼の亡くなった母が、若い頃にこの町に住んでいたということを聞いていたので、漫然と流れこんできたまでである。母の故郷と云うからには、探したら遠い親戚ぐらいはどこかにあるのであろうが、どうしたものか生きていた頃の母は、親族のことを話して聞かせたこともないし、それらしい処から手紙が来た様子もなかった。

この母に関する彼の記憶は、東京の場末の煙草屋の二階に間借して、二人きりでささやかな暮しをした折のことばかりだが、その天にも地にもたった一人の母親は、彼が中学の三年の時に病気をわずらって死んでしまった。それからの彼は大波にもてあそばれる木の葉のように、ある時は酒屋の御用聞となり、ある時は自動車の運転手となり、ある時は料理店の給仕となり、どこにも一月と腰を落着けることなく転々と居処を変り、その間にまずある大きい店先からソーセイジを一本盗んだのを手始めに、だんだん味を覚えて近頃では窃盗を常習のように犯しているのだが、不思議にも今まで一度だって警官のお世話になったことがなかった。

だが、今度ばかりは、彼も東京という深い淵の底に、鯰《なまず》のように安閑と潜んでいることは出来なかった。というのは人を殺したからである。はじめから殺す気では決してなかったのだが、その場合の勢でつい大変な結果となってしまった。もちろん用心深い彼のことだから、跡にへまな手掛りは残さなかったつもりだが、さすが人間一人殺しては、不安にならずにいられなかった。

それに彼はこれを機会に今までの綱渡りのような危い生活から綺麗に足を洗って、新しい生涯に入りたかった。それには今までの友だちや環境から遠のく必要があった。といって生れて以来東京より他に一度も外に足を踏み出したことがないので、こうした場合に逃げ出し得る処とては、まず母がむかし舎監をしていたと云う女学校のある岡山の町より他に思い浮ばなかった。

だが母がこの世の楽園のように話していた町へ来ても、運命の神が両手をひろげて彼を迎えてくれるわけではなかった。彼はこの町へ着いて一時間とたたない中に、自分にとっては見知らぬ土地へ、わざわざ苦しい旅をして来たことを後悔した。七銭の金では、暖い寝床はもとより夕食をとることすらできなかった。夜ふけの橋の上には寒い風が吹いて、空は今にも雪か霰が降りだしそうに曇っていた。自分では汚れた過去の頁《ページ》をめくって、新しい生活の第一歩を踏みだしたいのだけれど、世間がそれを許してくれるだろうか。

しばらくすると彼は橋の欄干をはなれ、凍った両手を二三度強く揉んで外套のポケットに押込み、それから当てどもなく、まだ明るい灯のついた街のほうへ歩きはじめた。かなり遅くはあったが、行き来の人の足はしげかった。橋のたもとの交番に巡査が立っている。彼はわざと遠廻りして、それでも不自然でないように注意しながら、広い道の反対の側を通り抜けた。

二

それから三十分ばかりたった後の彼は、ある大きい料理店のストーヴのそばに腰かけて、時々はげしく咳き込んでいた。見渡したところ広い料理店の沢山の卓子《テーブル》はがら開きで、ただすみのほうに二人づれのお客が向合って坐っているばかりだった。

どんなに金に不自由している時でも、贅沢なお酒と美味しい食事なしにはいられぬ彼だった。また実際これまでは上手に通りぬけて、あとから思えばあのように窮迫していてどうしてあんな贅沢な食事ができたんだろうと、不思議に思われるぐらいだった。

まずいつものソーダ水で割ったジョニーウォーカー――それがひからびて石のように固くなった口を割ってぐうッと食道を下りると、ぴりぴり痛むほど腸《はらわた》に浸みわたって、いままで冬眠をつづけていた全身の器官が、急に猛烈な活動を始めだした。暖かそうな湯気のたつスウプの次には、生きの好いゆでた比目魚《ひらめ》だ。なるほどこれが岡山の魚か！　岡山の魚は美味しいと、母が口癖のように言っていた。彼は食事の間にちびりちびり酒を飲みながら考えた。自分はこれから何をしよう？　どこへ行こう？　これは船の中でも始終考えつづけた問題だ。だがいつまでたっても解決のつかぬ問題だった。鶏のローストがすんで、仔牛の肉の焼いたのをボーイが持って来た頃には、もういいかげんに酔っぱらって、すっかり食慾を失っていた。このくらいの食事の分量で食慾を失うのは珍らしいことだ。どうも動悸がはげしくて、鉄板で押しつけられるように胸が苦しい。なぜだろう？　酒が過ぎたのだろうか？　船酔の後の疲労がまだ恢復しないのだろうか？

と、またはげしい咳の発作におそわれて、目の先がまっ暗になったと思うと、胸を絞るような苦痛を感じて、ストーヴのそばにべっとり赤い血をはいた。

――どうなさいました？

こう云いながら白服のボーイがそばによって背を撫でた。

――いや、なんでもない。

――でも……

――なに、なんでもないんだ、船が、船が、悪かったんだ。船に揺られて、つかれたもんだから……

――水でも持ってまいりましょうか？

――うん、有難う、それからね、君、ちょっと主人を呼んできてくれない、すまないけれど。

――承知いたしました。

しばらくすると、コップに水を入れたのを持った給仕が、スコッチの背広をきた色の浅黒いでっぷり肥った主人を伴《つ》れて来た。

――どこかお悪いんですか？

――困ったことになっちゃった。財布を持って来たつもりだったんだが、探してみたらないんです。

主人はもうこの手には慣れていると云ったような目つきで、しばらく冷然と青年の風態を眺めていたが、

――お宅はどちらです？

――それが……

と、青年は大息つきながらコップの水を飲みほして立上り、ズボンのポケットから金時計を取り出して、

――それが遠いんですよ。明日の朝金を払いに来ますからね、すまないがそれまで、この時計をあずかっておいてくれませんか。

主人は大きい手をのばし、女持ちらしい細い鎖のついた旧式の金時計を受取って、明りにかざして眺め入った。時計の裏には、こまかく彫刻した唐草模様が、魚の目のように光る三つの小さいダイアを抱いている。

やがて主人は皮肉な微笑を浮べて、黙ってじろりと青年の顔を見た。

――どうです、そうしてくれませんか？

と青年が重ねて哀願するように云った。

――仕方がない。じゃ明日までこの時計をおあずかりしときましょう。

主人はこう云いすてると、時計を自分のポケットにしまい、のそのそ帳場のほうへ歩いて行きかけたが、帳場の近くの卓子の上に新聞紙が乱雑に取り散らしてあるのを見つけると、そのテーブルの前へどっかと腰を卸して新聞を取りあげた。

新聞！　そうだ、新聞にどんな記事が出ているだろう？　自分は新聞を見るのが怖いので、まだ東京を出てから一度も見ないでいるが、あれにどんな記事が書いてあるんだろう？　あの豚のような亭主は、なぜ時計を見

ると黙って笑ったのだ？

彼は硝子戸《ガラスど》をあけると、逃げるように寒い戸外へ出た。胸がどきどき浪打って、いまにも心臓が破裂しそうだった。気味の悪い微笑を浮かべた主人にたいする憎悪と侮蔑が、焔のように彼の胸の中で燃えた。とにかく、もうこの町にはいられない。

明日は、そうだ、明日は時計はあのままにして、この町を逃げ出そう。

人通りの絶えた淋しい街の街燈が、せむしのように首をちぢめて歩く彼の醜い影法師を映した。

三

天主教の紅蘭《こうらん》女学校をたてたのは、マドモアゼル・ミシェレーというフランスの婦人だった。今年七十何才になるかの女を、皆んなが母と呼んでいた。だが一週間ばかり前からかの女が旅行に出て留守だったので、若い日本の女の副舎監が、夜だけその部屋に寝起きしていた。

日が暮れると共に、急に気温が下って、荒い風が礼拝堂や校舎を吹きまくって、怒濤のような唸りを立てはじめた。わかい副舎監は、いつもより早く、窓の鎧戸をしめて、ベッドの中に入った。

ミシェレーの部屋の鳩鳴時計が一時を報ずると、その建物の下の方に、せむしのように肩をすぼめた黒い影法師が現れた。彼は真人間になるつもりでこの町へ来た。が、料理店の主人に時計を怪しまれたので、この町にいるのが怖くなった。そして町を出るためには幾らかの金が要った。その金は明日の朝までに作らねばならぬ。ところが彼には凝《じっ》としていて金の出来るあてはなかった。その覚えのある夜の冒険をするより他に道がなかった。その冒険の場処として彼がこの建物を選んだのは、死んだ母が昔ここに勤めていたという記憶が、不思議な魅力をもって彼の心を曳きずったからである。

そこから見ただけでも、フランス風の腰折屋根から、観音開きの鎧戸のある二階の窓が静かに覗いているこの建物は、暖くて軟らかい優雅な曲線を持っていて、同じ構内でも、他の冷たい直線からできた校舎や礼拝堂や寄宿舎とは、すっかり違った「家」らしいものを持っていた。それはつまり盗むに足るべきいくらかの金が蔵《かく》されているということを意味しているのだ。

彼は壁にぴったり寄りそうたまま、暫くあたりの様子を見廻した。こんなことにかけて恐しく直感の発達した彼は、ちょっと外から見ただけで、どこにどんな部屋があり、どんな階段があり、どこの窓に戸締りがしてないというようなことがすぐに解った。で、一通り様子をさぐると、靴を脱ぎすててそばの鉄柵を乗り越え、高い石崖の上を、蟹のように横に這って、建物の側面の、崖の上の窓口へ廻った。彼が想像した通り、その窓には戸締りがしてなくて、硝子の揚卸窓が訳もなく外から開いた。それを開ける時、多少は音がしたかも知れぬが、それは烈しい風の唸声に掻き消されてしまった。たとい風の唸声に掻き消されなかったとしても、彼は二階付きの純粋の洋館には、けっして階下に寝室がないということをよく知っていた。かりに階下に誰か寝ているとしても、それは物音に割合鈍感な、夜分は必ずぐっすり寝込む召使に過ぎないのだから、心配するには及ばない。彼が入った処は廊下だった。灯は一つもついていないが、窓からさしこむほの暗い明りをたよりに五六間《けん》進むと、手摺のついた大きい階段があった。彼は靴下をはいた足でその階段のまんなかの敷物を踏んで、一段々々と登って行った。二階はまっ暗だ。さあ、いよいよ最後の土壇場へ来た。彼は毛糸の手套《てぶくろ》をはめた両手や、靴下をはいた両足を、昆虫の触角のように動かした。全身が神経になった。とんまな身動きをして植木鉢を落してはならぬ。やがて彼の手が一つの扉《ドア》をさぐりあてた。長い時間かかって、少しずつ把手をまわし、それが動かなくなった時静にひっぱると、彼の想像通り、掛金はかけてなくていささかも音を立てずに扉があいた。部屋の中は暗くて何も眼に入らぬ。どこかに窓があるに違いないのだが、外から見た様子では鎧戸が締めてあるし、それに内部には恐らくブラインドや厚い窓掛が引いてあるのだろうから、明りが差し込まないのに不思議はないのだ。彼は戸口に立ったまま、もしや鼾声《いびき》でも聞えはせぬかと耳を澄ました。が、風の音が烈しいのでよく聞えぬ。ただ闇の中で時計がこちこち鳴った。時計が掛っているのだから誰かの寝室には違いない。とにかく電燈をつけねばならぬ。電燈をつけたら、目を覚しはしないだろうか。なに、構うものか。目を覚したら優しく宥めてやればいい。騒いだら短刀を突き出すまでだ。どうせ一人の人間を殺した自分ではないか。一人を殺すも二人を殺すも同じことではないか。人間というものは、せっぱつまったら、自分に都合のいい理窟をつけて、元気を出すものだ。彼は扉のそばを捜って電気のスイッチをひねった。と、たちまち部屋の中に昼のような明りが流れた。

十畳ぐらいの広さの部屋の片隅には、大きな鏡のついた化粧箪笥、全身がうつるぐらいの姿見のついた洋箪笥、高価な布片《きれ》を張った安楽椅子、床には厚い絨氈《じゅうたん》を敷きつめて、向うの壁際には、今は日本でもあまり見られぬ古風な彫刻のある妙に重くるしいベッドが置いてあって、そこに一人の若い女が眠っている。彼は部屋の主《あるじ》が女であることを知っても、別に意外には感じなかった。いや、明らかに意識しはしなかったものの、この建物の中に男がいようなどとは、初めから考えていなかった。自分では気付かずにいたかも知れぬが、この朦朧《もうろう》とした予感も、あるいは彼をここまで曳きずった理由の一つだったかも知れないのである。彼は静にベッドのそばへ近づいた。誰が描いたのか知らぬが、ベッドの上には大きな聖母《マリア》の油絵がかかっている。彼はベッドの上の女を眺めた。やわらかい羽根蒲団の中の体を海老のように曲げて、血色のいい横顔を雪のように白い大きな枕に沈ませている。女が軽く息をするごとに、胸のあたりの羽根蒲団が、かすかに波のように高くなったり低くなったりする。なんという安らかな眠りだ！　おそろしい男がそばに立っていることも知らずに、どんな夢を見ているんだろう。彼はこの家へ忍び込んだ目的も暫くは忘れて、ぼんやり女を見入っていた。生れてからいちども白粉《おしろい》をつけたことのないような艶のある皮膚は、太陽に熟れた果物みたいなうすい褐色をして、こまかい白い生毛《うぶげ》のある肉つきのいい頬のあたりに、かすかな赤味が差している。

濁り切った彼の胸にふと新しい慾望がきざしはじめた。この女を自由にする方法はないだろうか？　揺り起したら狂気のようになって悲鳴をあげるだろうか？　隣の部屋に誰かいるだろうか？　口を抑えて悲鳴を止めて、その間に女を宥めることが出来るだろうか？　それとも怖さのあまり、案外抵抗しないだろうか？　いずれにせよまず扉を締めておかねばならぬ。彼はそっとベッドのそばを離れ、しずかに扉をしめて、内がわから真鍮の掛金をかけた。

だが、掛金をかける時、またこの部屋へ忍びこんだ目的を思い出した。女を起せばどんな結果になるか知れぬ。盗めるだけの物は先に盗んだほうがいい。彼はベッドサイドテイブルの上にあった財布を取って中を覗いて見た。五十銭銀貨が何枚か入っている。これだけでは仕方がない。どこかにまだ紙幣が隠してあるに違いない。彼はその財布を外套のポケットにしまうと化粧箪笥の前に立った。もう彼はすっかり落着いていた。息を殺して鏡の下の右の小抽斗《ひきだし》を開けてみたら、中には化粧道具ばかり入っていた。ちぇッ！　つぎに左の小抽斗を開けてみたら、出入商人の受取りのようなものばかり詰っていた。これではしかたがない。今度は台の下の四つの簞笥の抽斗の中の一番上の把手に両手をかけて、そっと音がせぬように八分通り引き開けた。風の音が烈しかったのは彼のために幸だったと云わねばならぬ。簞笥の中には衣類が沢山入っている。その隅の方に大きい木箱が一つ見つかった。それを取り出して蓋をあけてみたら七宝の花瓶が出てきた。こんなものを盗んでなにになる！　紙に包んだ紙幣はないか？　時計はないか？　指環はないか？　簞笥の底から二三冊の古びた薄っぺらな書物を取りのけると、一番下から封筒のようなものが出て来た。紙幣が入ってていはしないだろうか？　いそいでそれを取り上げて、明りに照して見ると、不思議なことに、彼の母の名前が書いてある。

彼は自分の目を疑った。だが、よく見ると、それは母からミシェレーに宛てて送った古い古い手紙で、色のさめた粗末な角封筒の表には、ちゃんと切手や消印まで残っている。なんだ。馬鹿らしい！　母の古い手紙がこの家にあるのが何で不思議なのだ？　彼はそれを簞笥にしまおうかと思ったが、ふとまた好奇心を起して中味を抜き出してみた。うすい洋罫紙をひろげると、たしかに母が書いたに違いない、親しみのあるこまかい字が出てきた。彼は絨氈の上に坐ってそれを読みはじめた。

四

それにはこう書いてあった。

わたしの尊敬するミシェレー様。だれにも断らないで、ふいにわたしが学校を去りましたことを、さだめし不思議におぼしめしでございましょう。ごめん下さい。でも、あのときは誰にもわけを話す気になれなかったのです。いまでも話す気にはなれません、これは一番親しい友だちにも、親戚のものにも話さないで、いつまでもわたしの秘密として、胸の中にしまっておくつもりです。けれどもいろいろお世話になりました先生は、わたしにとっては神様のつぎの人です。神様に打ち明けたと同じように、先生にだけはどうしても打ち明けなければなりません。どうかほかの人には話さないで下さいませ。

去年の一月十三日の寒い夜のことでした。わたしが一人舎監室に寝ていましたら、なん時ごろでしたでしょう、一時か二時だったでしょう、なんだか部屋のなかで妙な物音がするので、ふと目をさましてみましたら、いつのまにか部屋にあかあかと電燈がともって、ベッドのそばに泥棒が立っていました。

黒い布で頬かむりしていますので、詳しいことはわかりませんが、その男は年のころ四十ぐらいの、口のまわりに短い髭を生やした、眼の鋭い、怖ろしい顔の男で、紺色の着物の裾をからげて立っていました。

わたしの目がはっきり覚めて、その男が泥棒なことが解りますと同時に、その男はふところから短刀を出して、わたしの目の前につきつけて、

——声を立てたら生命はないぞ!

と云いました。

また、かりに声をたてたとしましても、先生のお部屋とわたしの部屋との間には、ひろい図書室や厚い扉がありますし、また先生もお休みの最中ですから、すぐには聞えなかったかも知れないのです。

わたしは刃物を見ると同時に、

——きゃッ!

と低く呻きまして、頭から毛布をかぶりました。

するとその男は毛布をはらいのけて、

——いくらでもいいから金を出せ。

と云いました。で、わたしは、ベッドから下りて、五円ばかり入った財布をだして、

——これをあげますから、早く帰って下さい。

と云いました。けれども、泥棒はぶつぶつ云って、出て行きません。それかといって、わたしが大声を揚げるなら、すぐにも刃物を振り上げそうな剣幕でした。この場合わたしが縋りうるものが、神様よりほかにございましたでしょうか? わたしはベッドのそばに跪いてお祈りをはじめました。ところが、なんという怖しいことでしょう? これからの怖ろしい出来事を、どう先生に申上げたらいいでしょう! わたしは泥棒に体をけがされました。この恥しい秘密はだれにも話す勇気がないのです。けれど、この夜の怖しい出来事と、わたしが先生の学校を去りました理由とは、どんな恥しいことであるにしても、先生にだけはお隠しするのは悪いと気付きましたので、今になって、わたしは先生の前に跪いて、涙ながらにお詫びいたします。どうか、あの夜のわたしの過

ちをお許し下さい。それから、今まで黙っていましたことをお許し下さい。

わたしはこの恥しい悩みをいだいたまま、四ケ月のあいだ先生の学校にいました。けれども神様がわたしにお加えになった試錬はそれだけではございませんでした。四ケ月目にわたしは汚らわしい泥棒のたねをやどしていることに気づきました。

これに気づいた時の、わたしの怖れは、一月十三日の怖れに比べますと、頂点に達するまでには長い時間がかかりましたけれど、一度頂点に達しますと、絶望のどんぞこに沈みまして、とてもいても立ってもいられぬほど烈しゅうございました。毎日のように人気ない礼拝堂の聖像の前で、涙ながらにお祈りをしました。そして神様のお教えを乞いました。それから暫くたちまして、五月の末の日曜日、皆様がミサに集っていらっしゃる間に、風呂敷包みを一つ持って、こっそり学校を出ました。

そして東京に参りました。そして十一月に男の子を生みました。その子がもう四ケ月になります。

はじめは、けがらわしい罪人の子だと思いまして、どうしても純粋の愛情ばかりは持てませんでしたが、しだいに可愛くなってまいりました。わるい星のもとに生れた不運な子だと思いますと、ひとしおいとしくなります。この子を可愛がるのは悪いことでしょうか？　わたしは神様もきっと、この子を可愛がるのを許して下さると思います。それからまたわたしは、どんな罪人であろうと、この子の父を憎むまいとつとめています。それに成功すればいいがと念じています。いまのわたしのたった一つの願いは、この子を立派に育てあげることです。それがわたしの前途にのこされた、たった一つのともしびです。

まい日のように、先生や学校のことを思い出しています。夜分、ふと目が覚めた折りなぞ、まい朝六時に鳴ったあの朗らかな懐しい時計台の鐘の音が、耳についてしかたがございません。蔭ながら先生の御健康を祈っています。わたしのいまの住所は書きませんけれど、お許し下さいませ。

この手紙を読み終ると、彼は石のように固くなって宙を見つめた。まっ蒼な顔になって眼を大きく見開き、唇のあたりに狂人のような微笑をうかべた。鉄棒でがんと頭を撲られたような気がした。あまり不思議な運命に、なんだか悪い夢でも見ているような気もした。そうか、俺れは泥棒の子だったのか！　生れた時から罪人の血を受けていたのか！　暴行によって生れた子なのか！　いままで運命に反抗して正しい生活に帰ろうと誓いながら、いつもそれに破れていたのは、俺の体の中に泥棒の血が流れていたからか。狼の子が野原を恋《した》うようなものだったのか。それにしても遺伝の力はなんという怖ろしいものだろう！　父がこの家へ忍びこんだと同じように、自分が今夜この家へ忍び込んだのは、なんという怖ろしい運命の皮肉だ！　人間の細胞の記憶は、なんというしつこさを持っているのだ！　彼は、なんだか、いつもは物蔭にかくれて姿を見せないけれど、時々姿をちらと見せるところの、ある怖ろしい、厳そかな、不可抗の力を持ったあるものの姿を瞥見したような気がして、ぞっと戦慄せずにいられなかった。そのものの前では、自分が猛獣のまえの鼠ほどの力もないことを感じた。彼は二十五六年前に母が書いた手紙を封筒に入れ、それを元通り箪笥の一番底にしまうと、その上に書物や木箱を置き、大きい抽斗や小さい抽斗をちゃんと締めた。それから盗んだ財布をポケットから出して、枕元の卓子の上に置いた。

　さあ、これでいい。こうしておけば自分が来たことが解る心配はない。もう彼は盗む意志をすっかり失っていた。餓死するならしてもいいと思った。それは今まで正しい人だと思い込んでいた父が、泥棒であることを知ったからだ。自分が盗みをするのは、体の中に流れている濁った血のせいだということを知ったからだ。それは、たとえて云えば、ここに二人の人間を傍から巧妙に喧嘩をさせるように仕向けても、その二人がふとした動機から、傍の者のからくりを知ると共に、急に興奮から覚めて、争うのを馬鹿らしく思うに至るのと同じであった。彼は戦慄すべき運命のからくりを一時も早く逃れたかった。一時も早くこの部屋から逃げ出したかった。

　部屋の中にいるのがただ訳もなく怖しかった。たといどこかでのたれ死するとも、母の子として死にたいと思った。

　彼はベッドの上の女や、その上にかかった聖母の油絵や、鏡のある化粧台なぞに最後の一瞥をくれた。それから静に扉に近づいて、スイッチをひねって電燈を消した。

　そして暗い廊下へ出た。

五

あれほど猛り狂っていた外の風は、いつのまにか止んだとみえて、建物の中は針一本落しても響くほど鎮まりかえっていた。彼は息を殺して、一足ずつ階段を降りた。だが階段の途中まで来ると、心の激動と、体の疲労とのために、もう足が一歩も動かないような気がした。膝頭の力がぬけていまにもよろめきそうになった。で、彼は階段のまんなかに腰かけて、両手で頬杖をついた。顎がぶるぶる顫えた。それを止めようとしても、どうしても止まらなかった。時々氷のような悪寒がぞっと背骨を走った。ただわけもなく泣きたい気持だった。泣くだけ泣いたら気が鎮まるだろうと思った。が、神経が麻痺してしまって、泣こうにも涙が出なかった。頭が石のように固くなって、考える力を失っていた。ただむやみに母が恋しかった。さだめしこの階段を母が何度も上ったり下りたりしただろうと思った。と、闇の中に母の幻が現れた。母の幻は永遠の像のごとく、薄暗い電燈の下に坐って編物をしている。

この母がだしぬけにこちらへ向いて、

――お前もう遅いからお休み、

と、やさしい声で云う。

そばの畳の上に腹這いになって代数をしていた中学生の彼は、教科書とノートをしまって、温い蒲団の中に入る。

蒲団の中に入っても、まだ彼は眠むげな眼を細く見ひらいて母の方を見つめている……

ふと彼は咳をしたい衝動を感じて我れに帰った。ここで咳いたら二階へ聞える。そしたら大変なことになる。ぐずぐずしてはいられない。早く外へ出よう。

また彼は階段を降りはじめた。下へ降りたら、廊下のつきあたりの窓から、外の薄明りが差込んでいるのが見えたのでその方へ歩いて行った。

窓は開いたままになっていた。彼はするりと窓から這い出すと、両足を石崖の隙間にかけ、片手でしっかり窓縁にしがみついたまま、他の片手で静に硝子戸を卸した。そして三尺ばかり降りると、石崖を横に伝いはじめた。

六

そとには風がやんで雪がちらちら降っていた。

セメントでかためた石崖の上縁と建物との間に五寸ほどの平面がつづいていた。彼はその上縁に両手をかけ、足で石崖の隙間をさぐりながら進んだ。だが石崖の隙間もセメントでつめてあったので、ほんの足の指を掛けるぐらいの窪みしかなかった。だから全身の重みは、ほとんど両手にかかっているようなものだった。ところがその両手にもう力がなかった。来る時には張りも元気もあったが、帰る時には心も体も綿のようにつかれていた。凍った手の指の一本一本が痙攣するように顫えた。石崖の下の方から水の流れる音が聞えた。胸の動悸が早鐘のように烈しく打った。慌ててはならぬ。手をはずしたら最後だ。雪は小止みなく闇の中を降りつづける。耳がじんじん鳴って、全身の血が逆流するような気がした。彼は気をしずめるために口の中でグノーのアヴェ・マリアを歌った。

アヴェ・マリア！

高く優しき、
聖なる母よ、
わが祈り聞きませ。
悲しみの日も、苦しみの日も、
われを慰め守りたまえ。

これは子守唄のように彼が母から聞かされた歌であった。誰でも歌の一つ一つに、それを覚えたころの思い出を持ったものだが、この美しい哀調のある高雅な歌は、彼の心の中ではいつも死んだ母の記憶と一つに溶け合っていた。

サンタ・マリア！
サンタ・マリア！
マリア！
われ泣く時、
怖れる時、
ながり祈りの助けあたえたまえ。

たちまち、どこから差して来るともなき光線で、彼の目の前がぼうッと明るくなったと思うと、それは聖母マリアの姿であった。身には軟らかい衣をつけ、ふさふさした頭のうしろからは金色の後光が燦然と差して、あたりには虹の七色に彩られた雲がふわふわと立ちこめている。だがよく聖母の顔を見つめていると、それは優しい彼の母の笑顔で、じっと慈愛にみちた眸をすえて、招くように彼を見つめている。

——お母さん！

こう彼が呼んだ。すると彼の母は優しい声で、

——お前、こんなところで、なにをしているのだ。さアお母さんと一緒にこちらへおいで。

背に白鳥のような白い翼のある二人の天使が現れて、両方から彼の手をとって歩き出した。細い道の両側には、薔薇や白百合や名も知らぬ綺麗な花が咲きみだれ、あたりの空気はそれらの花の香に満たされている。

——お母さん、どこへ行くんです？

——どこでもいいから、ついておいで。お母さんの住んでいる処は、悲しみもなければ苦しみもない楽しいところだ。そこで二人いつまでも暮すのだ……

と、魂の去った彼の亡骸が、大きな石のように、暗い石崖の上を、ごろごろと転んで落ちた。

＊　　＊　　＊

翌朝、暁を破った六時の鐘が鳴りわたった時にも、礼拝堂の高い金の十字架のあたりから、白い雪が霏々《ひひ》として降っていた。

雀のように快活な寄宿舎の生徒たちは、鉄柵のそばに鈴なりにより集って、石崖下の穢い行路病者の屍体を眺めた。

だが、その男がなぜはるばるこんな処に死場所をもとめて来たのかということは元より、彼が死際に見た美しい幻を知るものは一人もなかった。

深夜の音楽葬

1

その部屋は十畳ぐらいのひろさで、床にはいちめんにアンペラが敷いてあった。厚い壁にはった花模様のある壁紙は、どすぐろく煤けてところどころ破れていた。黒ペンキをぬった鉄のベッドと小さいテーブルと、それからぐらぐらに寛《ゆる》んだ椅子がひとつあった。扉《ドア》の外には階下へ通ずる階段があった。このみすぼらしい二階のたったひとつの取柄は、思い切って大きい揚卸窓が二つならんでいることで、富める人と貧しい人の区別を知らぬ温い太陽が、硝子《ガラス》をすかして毎日この部屋を訪れた。この窓から下をのぞくと、そこは青く芽ぐんだ楊柳の並木のあるせまい横町になっていて、それから一丁ほどはなれたところに、電車や自動車のひっきりなしに通る賑やかな北四河路《きたしせんろ》の大通りのあるのが見える。

だが、この部屋の主であるところの十川は、もうここへきて一月にもなるのだけれど、まだいちども窓から首をだしたことがなかった。彼は生れ落ちたときから、世の中の美しい色や明るい光を見ることのできぬ完全な盲目《めくら》であった。

十川は卵の殻のような血の気のない皮膚をした小柄な提琴家で、いつも色のあせた燕尾服を、ズボンだけはちゃんと折目をつけて着ていた。燕尾服を着るのは好きではなかった。けれどもほかに着て出られるような服はひとつもなかった。眼鏡をかけていないので、彼が盲目であることは誰にもわかった。

五六年前には東京でラジオの放送もしたし、蓄音器に吹きこんだこともあったし、演奏会に出たこともあった。彼が吹きこんだ「ジョスランの子守唄」は、じっさい素晴しい出来でもあったし、プレスもよかったので、一時大変な評判になったが、どうした風の吹きまわしか、この頃では誰も彼を顧みなくなった。

その十川がどうしてまた、こんな知人一人ない上海《シャンハイ》まで流れてきたかというと、ただ船の三等の切符を買うに足る金が入ったので、急に思いたってやって来たというまでである。荷物はスートケイスがひとつとヴァイオリンだけだった。そのスートケイスのなかには、いまは時代遅れになった小さい携帯用の蓄音器もあった。

二階の窓下に、ヴァイオリン教授、十川、という白ペンキ塗りの看板をかかげて、日本語と英語の五つの新聞に順々に就職の広告をだしたが、いつまでたっても手紙らしいものはどこからもこなかった。

太陽がのぼって小鳥が朝の讃歌をうたいだすと、彼は目をさましてフライパンでベーコンを焼き、パンを切って食事をした。めったに外にでないで終日ヴァイオリンの練習をし、つかれると仰向けにねそべって、ぼんやり窓外の音響に耳をすました。

階下は紫檀《したん》細工の家具屋だった。しかし店に家具をならべとくのはほんの申訳だけで、実はコカインの密輸入者だった。その証拠には昼間亭主が店にいたことはほとんどなかったし、お客もめったに買いに来なかった。

2

だが、この単調な十川の生活が、妙なことから破れてきた。

ある朝、めずらしく散歩に出て帰ってくると、扉をあけると同時に、ぷんと強い花の匂が部屋のなかから漂ってきた。十川の部屋に花の匂がするなんてことはまったく不調和なことで、彼が不思議に思ったのも無理はないのである。テーブルに近づいて捜ってみると、あふれるばかりのフリジアの花が、大きな花瓶に挿してあった。彼は前かがみになって、両手の掌を花にあて、しばらくその花の匂をむさぼるように嗅いだ。

お内儀《かみ》さんが階段をあがってきた。

「十川さん、いま花屋がその花をもってきましたよ」

「花屋が？」

「ええ」

「お内儀さんが持って来て下さったのかと思っていました」

「あら、貴方が御註文なさったんじゃないの？」

「家を間違えたんだ」

「確に十川さんといいましたよ」

「どこの花屋です？　僕はこれから返して来ます」

「上海には花屋が沢山あります。黙って貰っときなさいよ」

お内儀さんが下に降りると、彼はベッドに寝そべって、誰が花を送ってよこしたのだろうと考えてみた。一度も思い出したことのないような昔の顔を、つぎからつぎと思い起してみたが、この上海に来ていそうな友だちは一人もなかった。結局、花屋がなにかの間違いで持って来たと解釈するよりほかなかった。そうは考えても、とにかく退屈な彼の生活には、たしかに大事件に違いないので、なんだか奇蹟的な嬉しいことが自分を待っているような気がしてしかたがなかった。日が暮れてベッドのなかにもぐりこむと、闇のなかに漂う甘い花の匂が、毛布といわず枕といわず浸みこんで、なやましいほど十川の官能を刺戟した。

それから三日たつと、また花屋が花を持ってきたが、この時には階下からお内儀さんが十川を呼んだので、いそいで階下《した》に降りて支那人からヘリオトロープの花束を受けとることができた。

「だれから？」

「知らない」

「人ちがいだろう？」

「あなた十川さんあるか？」

「そう」

「手紙でお金を送ってきた。手紙出した人わからない。三日に一度、十川さんへ匂のいい花を持ってゆけとかいてあった」

けれども、その次の日に、めったに手紙というものを受けとったことのない彼のところへ、一つの手紙が配達されたので、この花の贈主も朧《おぼ》ろげながら想像出来た。

その手紙をお内儀さんに読んでもらったらこう書いてあった。

――十月さん、あなたのヴァイオリンを聴かして下さい。わたしはそれを非常に熱望しているのです。もしお聴かせくださるなら、明日の木曜日の午後一時、ガードンブリジの、公園に近い手摺にもたれて待っていて下さい。お迎えに行きます。

この手紙を十川はお内儀さんに二度読んでもらった。そして手紙の文句をすっかり暗記してしまった。

お内儀さんの話によれば、差出人の名も書いてないけれど、女の文字にちがいないということだった。それが彼の想像をよけいにあおりたてた。

一人になると封筒のなかから四つにたたんだ中味をとりだし、なにか秘密でも見破ろうとするように嗅いでみたり顔にこすりつけてみたりしたが、その手紙には、西洋の女がよくするようにラヴェンダーやローズの香は浸ませてなかった。

3

約束の日に橋のたもとにたどりついた彼は、懐中時計の蓋をパチンとあけて、硝子のないダイアルの針をさぐってみた。一時五十分やっとまにあった。

盲目の音楽家は五月の風にふかれながら、片手にヴァイオリン、片手にステッキをもって、公園に近い手摺にもたれて待った。

しばらくすると前に自動車がとまって、こきざみの靴音がちかづく気配が感じられた。

「あなたが十川さんでしょう?」と女の声が云った。

「そうです。花とお手紙をありがとうございました」

十川はシルクハットをとってかるく会釈した。

女は彼の腕をとって、

「どうぞ、こちらへ。あの手紙はあたしが代筆したんですけれど、ヴァイオリンを聴きたいというのは、あたしじゃないのです」

「だれですか?」

「いまにわかりますよ」

女が笑いながら答えた。二人は並んで自動車に腰かけた。

女がなにやら支那語で運転手にささやくと、静に自動車がうごきだした。十川は薬の匂と絹ずれの音とによって、自分と並んで坐っている女が、看護婦であることをはっきり想像したが、口へ出してはなにもいわなかった。

やかましい雑沓をかきわけながら、街の角をいくつも曲って、かなりの距離を走ったと思う頃、二人をのせた自動車は静な通りに折れてぴったり止った。

盲目の十川は女に腕をもたれたまま自動車から卸りて、宏大な建物の石段をのぼった。

「病院ですか?」

「よくおわかりですね」

「なんという病院です?」

「聖《セント》フランシス。こちら。エレヴェイターにのりましよう」

エレヴェイターにのると看護婦はボーイにむいて、

「四階」とひくい声でいった。

四階のながい廊下にはあつい絨氈《じゅうたん》がしいてあって、その上を軽やかな靴音がいくどもすれちがった。

その廊下を五十歩ほどあるくと、看護婦がたちどまって扉をあけた。二人はなかへ入った。物音の反響や空気の圧力で、小さい部屋だことが彼にわかった。

「おつれしてまいりました」

「御苦労さま」

と、はじめての女の声がした。

「僕が十川です。よろしく」

「さア、どうぞおかけください」

盲目の音楽家は、ヴァイオリンをしたに置いて椅子にこしかけた。

「看護婦さん、用事がありましたら、ベルを押しますから……」

看護婦がでてゆくと、女の患者はひとしきりゴボンゴホン苦しげに咳《しわぶ》いていたが、とぎれとぎれに話しはじめた。

「あまりだしぬけで失礼ですけれど、まずわたしの身上話からきいてください。わたしは真庭タミエという跛足《びっこ》の女です。小さいとき自動車にしかれて、右の足頸が不自由になったのです。学校へ通うころは、ほかのひとが面白そうに体操や遊戯をしているのを、一人で窓から見ていました。きちんとした靴をはいて仔鹿のように歩く友だちを、そのころどんなに羨んだでしょう！　三年前に父をたずねてヴィエンナにゆきましたが、わたしはそこで胸をわずらいましてゼンメリングの高い山のなかのサナトリアムで療養したのですけれど、病は重るばかりでした。で、どうせ死ぬるなら、母の墓のある日本でと思いまして、ナポリまで父に送ってもらって、そこから照国丸にのったのです。ところが印度洋《インド》で船酔と暑さにめっきり弱りまして、シンガポールで降りようか、香港《ホンコン》で降りようかと思ったのですが、やっとここまで辛抱しました。ながいあいだ気胸術をつづけたために、わたしの心臓はいまでは右がわへ移動しているんです。それに胃腸が弱っていて栄養がとれません。一日一日と衰弱してゆくばかりです。もう駄目です。十川さん。もう五日ともちますまい」

盲目の音楽家はなんと慰めていいかわからなかったの

で、黙ってきいていた。

しばらく休むとまた女が低い声で喘ぎながら話をつづけた。

「この部屋は四階です。わたしはここにねていながら、いつも上海の街の屋根を見ています。そのずっと近いところのすぐ下に、貴方のお部屋がよく見えるのです。あたりが騒がしいので音はちっとも聞えませんが、貴方は部屋のなかで降っても照ってもヴァイオリンを奏《ひ》いていらっしゃいます。見まいとしてもそれが見えるのです。日が昇ってから沈むまでの貴方のお部屋のなかの生活が、まるで朝から晩まで歌う籠のなかのカナリアを見るように、手にとるように小さくはっきり分るのです。わたしはそれにだんだん興味を持ちはじめました。そしてこないだ附添の看護婦さんにたのんで、貴方のお名前を調べさせたのです。それから花を送りました。花の香を嗅いで喜んでいらっしゃる貴方の姿をここから見まして、わたしどんなに嬉しく思ったでしょう」

「それはカナリアに葉っぱをやって喜ぶのと同じ心理ですよ」

盲目の音楽家が笑った。

「あら、ごめんなさい」と女もちょっと笑って、「そんな意味でお花をお送りしたのじゃないんです。ほんとのことをいいますと、死ぬまえにいちどひとから愛してもらいたいのです。わたしはいままで肉身以外には、だれからも愛されたことがございません。自分には恋をする資格がないから、いくらこちらから思ってみても仕様がない、とこういつも観念していましたので、そのために心が氷みたいにつめたくなって、そこでは若々しい愛の芽も、はじめからふくらむひまがなかったのです。けれどももうわたしのいのちも四日か五日です。そして自分はこのまま死んでしまうのか、だれの口からも愛のことばひとつ聞かないで、白い灰になってしまうのかと思うと、じっとしていられないほどなさけないのです。死ぬまえに、たったいちどでいいですから、バーンズの詩や、ツルゲーネフの小説にあるような恋の模倣をしてみたいのです。ほかのひととおなじような喜びを、いちどだけ経験してみたいのです……手をにぎらしてください」

盲目の音楽家はあわれむように椅子をひきよせて、素直に片手を前にだした。瀕死の女はやわらかい骨ばった両手で彼の手をにぎった。

しばらくすると、女が喘ぐようにいった。

「ひとくちでいいです。わたしを愛するといってください。わたしはその言葉に飢えているのです」

盲目の音楽家はしばらく顔の筋ひとつ動かさないで黙っていたが、

「ティアモ」

と、低い声で囁いた。

「なんのことですの?」

「なれを愛すというイタリア語です」

「まア」と女はびっくりしたように、「どうしてイタリア語をおつかいになるんです?……でも有難う。これで満足して死ねます。これがあなたの心の底からでた言葉なら、もっと嬉しいのですけれど……」

彼は、自分はとても貴いあなたに向いて、安っぽい愛するという言葉なんか云う気になれない、その日本語は穢れて俗悪になっていて、いまの自分の心を表現することはできない、それより親しみのない外国の言葉のほうが、却って自分の心を表わすのに都合がよいのです、という意味のことを説明したかった。けれども、つねからあまり話が巧みでない彼は、その説明の言葉にまた裏切られることを怖れたので、

「心の底から出た言葉です」とただこれだけ答えた。

女は云った。


「ヴァイオリンを聴かして下さい」

「なにを奏きましょう?」

「なんでも」

盲目の音楽家は、ヴァイオリンの調子を合すと、中国地方の子守唄を奏き、それから彼がもっとも得意とするジョスランの子守唄を奏いた。

それがすむと、二人は音楽の話、それから十川の身上話などぞした。

そして明日の朝また来ることを約束して、看護婦につれられて部屋をでた。

4

翌朝、あたたかいベッドで目を覚した十川は、夢現《ゆめうつつ》のあいだで、深い森の梢のなかを、無数の小鳥が飛んだりはねたりしながら、ピイピイないているのを聞いた。その鳥の啼声はいつのまにかメンデルゾーンの春の歌になっていた。そのうち花の香が彼の鼻を襲った。そして昨日の不思議な面会を思い出した。彼の心がこの数年来かつて経験したことのない歓喜に顫えた。そして女が云っ

た言葉を一つ一つ思い出して反芻した。

　やがてベッドから飛び降りると、いそいそと食事をし、約束の九時が来るのを待ちかねたようにヴァイオリンを小脇に抱えて、聖フランシス病院の石段をのぼった。

　そしてエレヴェイターを出ると昨日と同じように、絨氈を敷いた廊下を五十歩あるき、そこの扉をこつこつ叩いた。

　いくら待っても返事がなかった。

　把手《ノブ》をまわしてみた。扉には鍵がかかって、部屋のなかに人がいそうな気配は感じられなかった。不吉な予感が彼の胸をはしった。

　しかたがないので、廊下を通りかかった一人の看護婦を呼びとめて訊いた。

「真庭タミエさんの部屋はここですか？」

「御気の毒ですが真庭さんは、昨夜一時頃急に心臓が衰弱して、お亡くなりになりました」

　どきんと胸が波打った。

「屍体は？」

「地下室の屍室です」

「焼香したいのですが……」

「どんなお方か知りませんが、それは駄目でございましょう。上海には御親戚もお友だちもおありにならないということで、神戸から電報がくるまで屍体に鍵をかけてあるのです。ほんとにお気の毒でしたわ」

　看護婦は云うだけのことを云ってしまうと、さっさと行ってしまった。

　下宿へ帰るとベッドの上に力なく横になって、もっとかの女に自分の心を話せばよかった、もっとかの女を喜ばせ、安心させて上げればよかったと、それが心のこりで苦しかった。

　灯ともし頃になるとお内儀さんが呼んだ。

「十川さん、お手紙よ」

「おはいり」

　むっくりベッドから起きあがった。お内儀さんが手紙を持って部屋のなかへ入った。

「いまきたの。こないだの手紙と同じ字よ」

「読んで下さい」

　封を切る音、それから手紙を拡げる音……

「十川さん。もう駄目です。あなたのティアモをこの世のうれしいお土産にして、わたしは喜んで死にます。妙なことをお願いしますが、私が死にましたら、誰にも話さないで、星のある晩の十時にエレヴェイターで病院の五階へのぼって下さい。それからエレヴェイターのすぐそばの階段をあがって屋上へ出て下さい。階段から三間《げん》はなれた処にベンチがありますから、そこで五時間お待ち下さい。三時になりましたら、ベンチの正面へ向けて三間ほど進むと、コンクリートの高い壁があります。その壁に沿って右に十間ほど進んで下さい。そこに高さ三尺ぐらいの手摺がありますから、それを越えて、手摺に沿って十歩左へ行って下さい。すると右側に階段があります。その階段を昇りきったところで、ヴァイオリンをお奏き下さい。これがわたしの最後のお願い、そしてわたしの風がわりなお葬式です」

この手紙を彼は三度くりかえして読んでもらった。そして手紙に書いてある時刻と地理をすっかり覚えてしまった。

5

押しかさなる屋根の平原の上にしずかに夜の闇が降りた。

空には星が出て、地には街の灯がかぎりなく拡っていた。黄浦江のあたりから、気懶《けだる》い船の汽笛がひびいた。風が死んで妙になま温い夜だった。

十時になると、聖フランシス病院の屋上に、どこからともなく湧きでたように一人の盲目の音楽家が現れて、しずかにそこのベンチに腰かけた。

両脚をくんで坐ったまま、いつまでたっても彼は身動きしなかった。死んでいるようでもあれば居睡りしているようでもあった。灯がひとつもない屋上は、黒い闇につつまれていたから、もしここへ誰かが来たとしても、彼の影をコンクリートの一部と思ったにちがいない。それほど彼は建物の一部になりきっていた。

だが、彼が身動きしないのは、人目を恐れているからではなくて、もう幾年かの苦闘に疲れはて、動くだけの気力が消耗していたのだ。できることならこのまま永遠の休息をしたいと思うほどだった。

夜が更けるにしたがって、はるかの下の街のざわめきや自動車のひびきがかすかになって、ばらまいた街の電燈が一つ消え二つ消えして行った。

それと同時に、頭上の星は、いままでより一層強く逞しい光をまして、さながら人間の生活が休止すると同時に、妖怪や、神や、死人の魄《たましい》の生活が始まるのを暗示しているように思われた。

けれども、むろん、盲目の十川はそれらの星や電燈を見ることはできなかった。彼はただ大都会が深い沈黙にとざされると共に、あちらの物蔭、こちらの隅にうずくまっていた形のない魄が、ひそひそ囁きはじめるのを感ずるだけだった。

指先に触れる懐中時計の針が三時を指さすと、彼はむっくり立ちあがって、ケイスの蓋をあけ、左手にヴァイオリンを抱え、右手にボウを持って、自働人形のように胸をはって歩きだした。

幾年ぶりかに彼はステージに進み出るような張りきった厳粛な足どりで歩いた。もっとも今度の聴衆は前のような華やかな聴衆ではなくて、高い星のあいだから涙ぐんだひとみで見つめている死人の魄である。

彼は三間進むとコンクリートの壁にそって右に十間歩いた。そこには手紙に示されたごとく三尺の高さの手摺がある。その手摺を飛びこすと左へ十歩進んだ。

もしこの時、誰かがそばから見ていたら、彼が六階のビルディングの断崖のふちを歩いているのに気附いて、驚愕の叫声を揚げるであろう。

だが、彼はどこまでも手紙の文句を信じていた。かの女の願いによって、深夜の音楽葬をするためには、またもひとつの階段をのぼらねばならぬ。

十歩進むと何の狐疑するところもなく右がわの階段を昇ろうとした。

とたんに彼は六階の屋上から、まっさかさまに墜落した……

極度の肉体的の苦痛は、当然精神的の苦悶を伴うものと一般には信じられている。だが六階下の敷石に粉砕されて血まびれとなった彼は、もう精神的の苦悶はもとより、肉体的の感覚さえ麻痺して感ずることができなかった。

ただ、生死の間をさまよう渾沌とした意識のなかで、女が深夜自分を招きよせたのは、音楽葬のためではなくて、死の道づれにするためだったのだと気がついた。

そして、不思議にも、彼はその事実に、無上の歓喜と満足を覚えながら、タミエ！　タミエ！　ティアモ！　ティアモ！　と叫びつづけたのであるが、むろん、これは口から出る声とはならなかった。

×　　×　　×

それから数日たったある夜、お内儀さんと亭主がテーブルを囲んで話していた。

「ヴァイオリンは惜しかったが、この蓄音器は五円には売れるぜ」

「十円は太鼓判よ。どら、ひとつ聞かしてもらいましょう」

お内儀さんがレコードをかけると、六年前の十川が吹きこんだジョスランの子守唄が鳴りだした。

もとの椅子に腰かけたお内儀さんは、テーブルの上の封筒をいじりながら、

「この石はほんとに一万円もするでしょうか？」

「お前も案外凄腕だ。見せろ」

亭主が手をのばして封筒をとって逆さにふると、一枚の手紙と、細い金鎖のさきに大小数個のダイアを飾った、ペンダントがテーブルの上に落ちた。

手紙にはこう書いてある。

「十川さん。もう駄目です。あなたのティアモをこの世のうれしいお土産として、わたしは喜んで死にます。同封のペンダントは母の形見です。すくなくも一万円には売れるそうですから、これで旅をおつづけになって、立派な音楽家になって下さい。次の世では、あなたも盲目でなく、わたしもびっこでなく、神様に可愛がられて、二人で幸福に暮しましょう」

「ティアモったらなんでしょうね？」

「ええと、聞いたことがあるぞ。こんど売出した薬の名だろう。カルモチンの兄弟さ」

「盲目とびっこ！　あははは！」

「あははは！」

この陽気な笑声を嘲るように、淋しいジョスランの子守唄は、高い夜空にいつまでも響いた。

黒い薔薇

一

鳥は塒《ねぐら》に、人は家路に……

たそがれより楽しい時があるだろうか。

街の夕闇にほんのり蒼白く浮びだした人の顔ほど懐しいものがあるだろうか。

だから絵かきの丹澤は、夕ぐれが窓から訪れる頃になると、アトリエでもあれば寝室でもある小綺麗な気持よい部屋に鍵をかけて、毎日のようにたそがれの街をそぞろ歩きするのである。

この若い絵かきの散歩の順路はきまってはいない。海岸の公園を通って、外国船が碇泊している桟橋へ出ることもあれば、なるべく自動車の通らぬ裏街ばかりあるいて、ずっと散歩の順路をのばし、活動館や料理屋の立並ぶ賑やかな盛り場へ足を向けることもあるが、このあたりへ行きつく頃には、いつも日がとっぷり暮れてしまって、美しい灯が軒並についているのであった。

そして夕暮の街を歩きながら、彼は行き交う人の顔を見るのが好きであった。

人間の顔ほど面白いものがあるだろうか。ただ口元だけの表情でも、慎み、諧謔、謙遜、その他言葉に云い現わせない数百の気分を漂わしているのに、眼や頬の表情ときたらもっと微妙で、それらのものが相集まり、複雑に混合し、一つの統一された顔全体の気分というものを織出しているのである。そこから受ける感じは、とてもなまじっかな言葉で云いあらわせるものではない。恐らく人間以外のあらゆる物体にも、これと同じ微妙な変化があるのであろうが、ただ人間だけが、お互を識別するために、こんな驚くべき繊細な感受性の発達をとげたのであろう。

彼は美術家として、また若い男として、美しい女の顔の Connaisseur であった。いつか一度は、すばらしい顔を泥のなかから発見して、それを懸命に描いてみたいという野望を、心のそこにひそかにはぐくんでいたのである。彼にとりて、女の顔の美しさというものは、目鼻立が揃っていたり、調和がとれていたりすることよりも、力強い神秘が眸にただよっていたり、磨きのかかった魂が、顔面筋肉の一つ一つに表現されていることのほうが必要であったのだ。そして、そういう顔を持った女は、日本や外国の有名な美人や映画女優のあいだには見出されなくて、誰も知らぬ裏街に置き棄てられているのだと思っていたのである。

じつをいうと、なんどもそんな顔を想像で作りあげて描いてみようとしたことはあったが、デッサンさえ出来上らぬうちに、いつも失望して刷毛《ブラッシュ》を投げだすのだった。そのたびに人間の想像力のとどかぬ高いところで、いつも燦《さん》として輝いているように思われるのだった。

それについてこんなこともあった。あるとき彼が芝居を見ていたら幕が揚ったのである。舞台の近景が座敷、遠景が夜の港であった。黒い潮、きらめく星、船の灯影がきらきらちらちら水面に映って、ああ、なんという素晴しい背景だろう、なんという精巧な舞台装置だろう、と、眸をこらしてよく見ると、近景の壁にはった皺だらけの穢ない銀紙が、横からの光線をうけて、一瞬そんな幻覚を起させたのであった。人間が作ったものは人間の想像力に及ばず、人間の想像力は神が作ったものに及ばずということを、彼はこの時にも感じたのである。

だから彼は毎日こつこつ歩いて、自分の絵のモデルを探して歩くのだ。そんなモデルがどこかの裏街に生在していて、いつかはぱったり出会えるに違いないと思っていた。そして若い丹澤が、いつのまにかモデルになるべき女と、心のあこがれの対象とを、混合して考えていたとしても、誰もそれを咎める事はできない。なんという念のいった妄想家だろう。

二

だが、とうとう丹澤が長い間探していたものを発見する時がきたのである。

それはまだ子供らしさの残った少女で、父親らしい老人と海岸の公園のベンチに腰かけて、南京豆を食べながら、暮れかかった沖の方で、赤い腹をだしたいくつかの貨物船が、ガタガタ荷物を積みこむのを眺めていた。

着古した黒い外套をきた老人も、としの割りに地味な羽織やショールを身につけた少女も、ともにこの港町にはそぐわぬ人種のようで、どこか古風なところが見えるのだった。

　丹澤はベンチの前を通りすぎるときに、ちらと一瞥をくれただけだったが、その瞬間に彼の顔色が変り、胸が早鐘をつきだした。長い間たずねあぐんでいたものを発見する場合には、誰でも一瞥をくれるだけで、充分な使命を果すものだ。なんという恰好のいい顔の形、静かな眸であろう。

　二三度ベンチの前を行きつ戻りつしたあとで、彼はゆっくり大胆にそばに近づいて、帽子をとって老人に会釈した。

　南京豆の薄皮をむいていた老人が、意地悪げな顔を起して彼を見た。黒い帽子に黒い外套、それに黒い絹ハンケチまで頸に巻きつけたガッチリした老人で、鼻と口が馬鹿に大きく頑丈そうであった。

「……甚だ失礼ですが、このお嬢さんの肖像をかかしてくださいませんか、私は絵かきなんですが……」

　鋭い目で丹澤を睨んでいた老人が、にやりと笑った。

　二人の体臭であろうか、衣類から発散する匂いであろうか、妙な異国的な香が、公園の花の香にまじって、冷たい夕方の空気のなかに漂っていた。

　丹澤は、もうこうなったら、無理にでもこの少女の肖像を描かずにいられないと思った。なんという美しい眸であろう。自分の刷毛はこの眸の影を捕えることができるだろうか。あらゆる自分の情熱と、技術と、願望をこめて、この女の肖像を描き上げたら、もう自分は木が枯れるように倒れても恨みはないとさえ思った。

「アトリエへ来て頂かなくても、私のほうからお伺いします」

「駄目です。私たちはあさってよそへ行かなくちゃならん」

「そんならあす一日描かしてください」

「あすは忙しい」

「十円位のモデル料は出しますよ」

「ポーズは？」

「この着物のままで坐っていて下さればいいのです……半身像ですから……ダ・ヴィンチのモナリザのような……」

「やっぱりお断りしましょう。忙しいのに十円ぐらいもらっても詰らん。それに私は知らん人に自分の娘の絵をかかせるようなことは好かんです」

「では百円だしたらどうでしょう？」

「百円！」

「あすの朝、現金でもって行きます」

「よろしい。では、そういうことに決めましょう」

「お宅は？」

「山手のベルヴュー・ホテル、二十五号室」

三

丹澤がスケッチに取りかかる頃、老人はホテルを出て行った。少女は両手を膝にし、やや斜に椅子に坐っている。黙々として彼は刷毛を動かしつづけた。刷毛を離したのは昼食をとるために食堂へ降りた時だけであった。窓から山の下の港が一目に見える。やがてあの海、あの町、あの山々が、夕靄《ゆうもや》につつまれるだろう。それまでにはこの絵を描き上げなければならぬ。が急ぐことはない。彼は自分の技倆に自信をもっている。人の一生には十年の如き一日もあれば、一日の如き十年もあるとか。この日の彼は十年の如き充実した一日を過しているのだ。胸轟かしながら描きに描いた。画布の上に美と清浄と謙遜を表す形が浮びだし、次第とそれが生々した生命を呼吸しだした。

やっと彼の絵が出来上った頃には、海や町や山々の上に夕靄が降りて、うすら寒い夕風がそよそよ窓から吹きこんでいた。それはモデルの少女とすこしも違わぬように描けて、いままで彼が描いたどんな絵よりもよく出来ていた。

壁際に退いて、苦心の末に描きあげた絵に彼はしばらく見とれるのであった。

それからしゃがんで刷毛を拭きながら、この日はじめて呑気な暇を見つけたように、顔を軟らげて少女に話しかけたのである。


「あすはどこへ？」

「シンガポールです」

が、女も丹澤のそばへ来て、絵を眺めていた。

「お父さんは向うで何していらっしゃるの？」

「あの方は本当の父じゃないんです」

「本当のお父さんは？」

「親も兄弟もないんです」

と女は彼の方を向いて微笑した。

「これは驚いた。しかしそんな人は世間には沢山ありますよ。僕だってそうなんです。あれは伯父さんですか?」

「いいえ」

「なんです?」

「科学者」

「科学者……」

「わたしは人間じゃないの」

「では、なんです?」

「人形なのよ」

「こんな綺麗なお人形さんを作り得るのは神様だけですよ」

「ところがわたしを作ったのはあの人なんですの」

「どうして?」

「わたしを作った人がわたしの父なら、あの人は父にちがいありませんわ」

「謎みたいだ」

「ほんと」

「貴方が云われることは、僕にはちっとも分らんです。しかし貴方が幸福な人でないことだけは分りました」

しずかに丹澤は立上って、両手で少女の肩をかかえて、脂気のない髪に頬をあてた。女はこばみもしないで、されるままになっていた。

「シンガポールへ行かないで、僕のところへ来てください」

「貴方はなにも御存じないんです」

老いた科学者が帰ってきた。

四

背の高い老人は締めた扉を背にして佇むと、不機嫌らしい赤い眼でじろじろ二人を見るのであった。大きい鼻の下のぎゅっとしまった薄い唇は意志が強そうで、どこで飲んできたのか、ぷんぷん酒の匂いをさしている。

彼は「へへへ」と笑って、外套と帽子を釘にかけると、さも疲れきったように椅子に腰かけるのであった。

「この娘《こ》からお聞きになりましたね。まったくあの通りなんですよ。手っとりばやく云えば、この娘は人間の愛によって生れた女じゃないんです。私の意志によって作りあげられた女です。だからこんな女を我がものにしようというような慾望は、起さないほうが貴方のお為です。どうです? お分りになりませんか?」

黙ったまま丹澤はあいている椅子に腰かけた。このどこか冷酷そうな老人には、妙にどっしりした威圧的なものがあった。少女はほかに椅子がないので、二つあるベッドの一つに腰かけた。

「あなたは黒い薔薇を見たことがありますか?」

「ありません」

「そうでしょう。私も見たことがない。いまのところ、まだ黒いバラというものは、世の中に存在していないのです。いままで私たちが見たのは、ハドレーだとか、スーヴニール・ダレキサンドル・ベルネーだとかいったような、やや黒味を帯びた暗紅色の薔薇だけです。けれども世界の薔薇愛好者たちは、なんとかして今まで世の中になかった黒い薔薇を作りたいと思って不断の努力をつづけ、一九三〇年にはマグレディーという人がナイトという新種を作り、一九三四年には、マクス・クローゼという人が、ロード・キャスリーとシャトー・ド・クローブージョウの二種を交配さして、ニグレットという新種を作り、米国の植物専売特許第八十七号を得ました。これは少し離れて見ると純黒としか思われぬ薔薇で、いまのところ一番純黒に肉迫した薔薇ですが、それでもよく近づいて、天鵝絨《ビロード》のような花びらを透かして見ると、まだどこかに暗紅色が残っているです。彼らは人工の力で一歩々々と黒領域を犯しつつあるのです。やがて世の中に本当の真っ黒い薔薇があらわれるのも、遠い未来ではありますすまい」

ここまで云うと、老人は丹澤に眼を据えたまま、溜息といっしょに酒臭い息をはいたのである。

この酔払いがどんなことを云いだすだろうと、丹澤は黙って聴いていた。

「いまこの娘が云ったように、私は科学者なんです。マクス・クローゼが二つの薔薇を交配してニグレットを作ったように、私は二つの特異な性格を混合して、ひとつの人間を作ってみたのです。しかしマクス・クローゼが試験的に二つの薔薇を混合してみたら、それが偶然成功したように、私の混合にも確信があったわけではない。ただ試験的にやってみただけなんです」

「特異な性格とは?」

「この娘の父は殺人犯人で、母は精神病者だったのです。面白いでしょう。私はこの型の異った二つの変質者を結合したら、どんな人間が出来るか、それに興味を持ったのです。まだいまのところ、この娘にはなんの徴候もあらわれていない。けれども、いつ、どんな徴候をあらわすかも知れないのです。つまりこの娘は私の試験管のなかに入っている一種の混合液で、私は静にその発酵を待っているんですよ」

なんという冷酷な男であろうと、丹澤は打驚きながら聞いていたのであるが、老人は少女の方を見て得意げに笑うのである。老人の視線を追って少女を見ると、自分の身の上の秘密はよく知っているのであろう、口のあたりに冷やかな微笑さえ浮べているのである。

「あなたはメンデルの原理をしっていますか?」

「そんなことは……」

「私は人間の黒い薔薇を作りたいと思っているのだが、ほんとはこの娘一代では、それは不可能なことで、二代三代と劣性を排除して行かんと駄目なんです。しかし私の生命にも限りがありますから、そんなことは出来ない。私にできることは、ただ黒い薔薇を作るための一歩を踏みだすだけのことです。そして私はそれに成功したと信じています。私は優生学というものを好かんですよ。世の中の人間を一人のこらず優れた人間にして何になります。人生の花園を白い薔薇ばかりで飾って何が面白いのです。あなたが専門にしていられる絵の主題だろうが、昔からヘレニズムとヘブライズムがもつれ合い、火花をちらした処にだけ、大きな人間の芸術が生れたというじゃありませんか。私は優生学に対抗するために、ひそかに色素の強い黒い薔薇を残しておきたいのです。そこで私は敢然として、黒い薔薇を作るために一歩を踏み出したのです。この娘は両親が作ったのではありません。私が作ったのです……という意味がお分りですか?」

酔払の駄法螺《だぼら》を謹聴しているように思われるのが剛腹だったので、丹澤は返事はしないで、赤い血網の浮いたギラギラ光る大きな鼻を、黙ったまま憎らしげに見つめていた。

「ちょっと不思議に聞えるかも知れませんが、この娘の血統上の親は私ではありませんが、この娘を作ったのは私に違いないのです。いわば私の芸術品ですよ。貴方の肖像画と私の芸術品と、どっちが傑作でしょうかね。こうなんです。まあ聞いてください。私は一個の科学者ですが、職業的には医者を業とするものです。ある日、二人の患者が私のところへ来ました。どちらも女です。いいですか。けれども二人が同じ日に私の処に来たのは偶然ではなくて、じつはひそかに私の目的――すなわち黒い薔薇を作ることですね、その目的のために、わざと二人の診察が同日になるようにしておいたのです。一人は平常は常人とすこしも変らないが、時々一種の精神病の発作を起す日本の女で、他の一人は夫婦のあいだに子のないのをなげく雲南の女です。御承知かも知れませんが、雲南といったら、ベンガルの血を混えた支那人の多い面白いところですよ。ところが、この支那の女を一週間ほど前に診察してみると、不幸の原因は明らかに女にあることが分ったのですが、私は口へ出してはそう云わなかった。良人《おっと》に血統をのこす可能性があるかどうかそれを一応調べたいと云った。貴方も御承知かもしれませんが、血統を残す可能性が良人にあるかどうかを確める場合には、我々医者は良人を診察しないで、ある一定定の時期に女を診察しさえすればいいのです。その一定の時期を、私は他の精神病の日本婦人を診察すると同じ時期にきめて、その時期だけ支那婦人に通じておいたのです。しかしこれだけでは説明が足りない。私が調べた処によると、この支那人の良人は、殺人罪を犯したことのある狂暴な悪漢だったのです。それを知った時の私の悦びと云ったら、こんな科学者のみが味い得る純粋の悦びは、とても貴方なんかには想像できませんね。とにかく私は長い間探していた血統を発見し、うまく二人の女を同じ日に診察する機会をつくり、易々と殺人犯の血統を、精神病者に移植することに成功したのです」

五

この冷酷な老人には、どこか犯しがたい気品のようなものがあって、なんだか妙に心苦しい威圧を感じさせた。話を聞き終った丹澤は、科学のためとはいいながら、あまりに突飛な実験、あまりに人間を侮辱した破廉恥の行為にあきれはて、悪魔のような老人の頭に、ヘドを吐きかけてやりたいほどの嫌悪を感じるのであった。あのテカテカ光る脂ぎった大きな鼻を殴ってやったら、どんなに愉快だろうと思った。で、丹澤は気を鎮めるために、椅子から立ちあがって窓際へより、ちらほら灯のとぼりはじめた、町を見下した。

「自慢ばなしばかりすると、貴方が気を悪くするかも知れない。いや、じつを云うと、苦心惨憺たる私の実験にも、落度がないことはなかった。それは精神病者の日本婦人が尼さんだったことです。私はその後ずっとこの娘を、家族の一員として育ててきたが、ほんとのことを云うと、いまでもこの若木に、黒いバラが咲くか、桃色のバラか咲くか、内心不安をかんじとるです」

「尼さん？」

と、けしきばんで丹澤が老人のほうへ向いた。

「そうです。シンガポールのカトリック教会にいた美しい日本の尼さんでした。じっさい平常は尼にしとくには惜しいような女でしたよ。その尼さんは、身に覚えのない子をはらんだと云って、またまた発狂し、とうとうこの娘を生み落すと同時に、死んでしまいました。可哀そうなことをしたもんです。世間のひとは秘密な男でもあったんだろうと云って嗤《わら》いました。私はどっちかというと悪魔の使徒のほうで、基督教《キリスト》のことはよくは知らんが、聖母マリアも身に覚えがないのに、キリストをはらんだというじゃないですか。だから、なにも発狂するには及ばなかったんですよ。あははは」

「尼さんの名は？」

「たしかクララといいました。私も調べたことがあるんですが、本当の名を知った者はひとりもなかった。本名は厳重に秘密にしといたんでしょう」

たちまち丹澤の目の先が真っ暗になって、その暗闇のなかを、いくつもの白い斑点が渦をまいて飛んだ。渦まきのなかでたったひとつ大きくはっきり目に映ったものは、テーブルの上に棄ててある先の尖った果物ナイフであった。

クララ！　クララ！　丹澤の母は、父が病死すると同時に、発狂したというではないか。

本当か、嘘か、子供だったので確なことは分らなかった。

その後家の人たちは、母を家へ寄せつけなかった。どんなに会いにきても家へ入れなかった。丹澤は親のない子として裕福な伯父に引きとられて育てられた。

家を追われた哀れな母は、それから暫くたって関西のどこかの修道院へ入り、クララと名のっているとかいう噂を、誰からか聞かされた。

それからの丹澤にとっては色褪せた写真が母であった。彼は一枚の写真を見ながら日ましに成長した。

そして彼が異性にあこがれを持ちはじめる頃になると、いつのまにか懐しい母の面影が、彼の意識の底の美の標準のなかに喰い込んでいたのである。

ベンチの少女を一目見ただけで不思議に心をひかれたのは、その時には気づかなかったにせよ、実は母の面影をその少女の顔に見たのであった。

テーブルの上のナイフを握りしめると、丹澤は猫のように躍りかかって、老人の首根をぐさりと突刺したのである。

うんと呻きながら、まえのめりに老人が床の上に倒れると、その首のあたりから、黒い薔薇の花びらが、どろどろといつまでも滴り落ちて、絨氈《じゅうたん》の上にひとつの大きな真っ黒い薔薇の花を描くのであった。

「はははは……」

部屋のなかの夕闇に、丹澤の嘲るような空《うつろ》な笑声。

恐怖に戦慄しながら、彼と少女は長い長いあいだ、熱病患者の譫言《うわごと》のような纏りのないことを、息も切れぎれに囁いた。嬉しいのか、悲しいのかそれとも怖いのか、真珠のような二人の涙が闇のなかで一つに溶けて流れるのであった。

数時間が経った。

そとには銀色の月光が水のように流れていた。

高い梢をもれて、坂道に斑点を描く光が、海へ海へと急ぐ彼等の足もとを照した。

足もとを照すのはなんの光であろうか。帰りの遅い二人の子供をむかえるために、母が灯をかざしているのではあるまいか……

翌る朝、山や森や石や塔を金色に染めた太陽は、透きとおるほど美しい潮の翡翠のなかに漂っているところの、あらゆる苦悶を脱ぎすてて今はすっかり安息の色をうかべた二つの軀《むくろ》を照すのであった。

密室殺人

1

　お米を食べなくなってから随分になる。いま乾燥した魚の骨をかじって飢えをしのいでいるが、堅い骨をぽりぽり噛み砕いていると、むかし飼っていた犬のことを思い出す。あの犬はいまどんな家に住んでいるだろう。幸福で生きていてくれ。

　鮪の頭もやがてなくなるだろう。そうなったら私もお陀仏だ。いまのところ、十五人のうち、三人死んだだけで、あとはどうにかこうにか生きている。みな心のうちでは、こんどは誰が倒れるだろうと思っているらしいが、口へ出してそんなことを云う者は一人もない。羅針盤がわるいので、正確なことは分らないが、いま私たちの漁船は、北緯二十一度、東経百六十五度のあたりを漂流しているらしい。

　二三日前から、どこからともなく一つの物語が私の頭を訪れて、船を追う一羽の信天翁《あほうどり》のごとく、いくら追いはらっても逃げてくれないのだ。死を待ちながら、船のなかに寝そべっているのも退屈だから、これからその物語を書き残すことにしよう。だんだん体が衰弱すると、ついには鉛筆を持つことも、できなくなるだろうから、書くならいまのうちである。

　昔々ある処に――ではよく分るまいから、もっと詳しく書いておこう。時は今から三年前、場所は東京の田園調布だと思っていただきたい。そこの高台の雑木林のなかに、白ペンキを塗った瀟洒《しょうしゃ》な平家があったのだ。家のすぐ下には、多摩川が銀の蛇のようにうねって、そこに三つの橋がかかっていた。

　この白ペンキ塗りの家は、磯貝万次郎というある貨物船の船長が、近頃愛するようになった美砂子という女のために建ててやった家なのである。だから、いつもは女主人の美砂子と女中シズの二人暮しで、めったに訪れる客もなく、玄関の白い扉《ドア》は、始終締ったままで、気味悪いほどひっそり閑としているのだ。が、ひとたび長い航海に疲れた船が横浜の埠頭について、日に焼けた磯貝万次郎が帰ってくると、ハヴァナの緑色の鸚鵡《おうむ》、ロサンゼルズの美味しいオレンヂ、珍しい指環なぞのお土産で、家のなかが急に陽気になるのだった。

ところが、この平和な白ペンキを塗った家が、突如として不吉な黒い影に見舞われて、十月十五日夜の十時十八分、女主人の美砂子が誰かに刺されてベッドで死んだのである。屍体を発見したのは、恰度寄港中で家に帰って隣室に寝ていた磯貝と、女中部屋から駈けつけたシズであった——ここまで書いてくると、諸君は、ははあ、あの事件かと頷くであろうが、終いまで読んでゆくと、この事件の真相がまったく新しい光に照されていることに気付き、同時に私がこの物語の真相を詳述する目的も、おのずから明らかになるにちがいないのだ。

2

屍体検案をすませた警視庁の連中は、広々とした居間に集った。警部は赤い傘のあるランプのそばで手帳をひらくと、その横の長椅子に坐る磯貝万次郎と女中シズに目をそそいだ。ドレシングガウンを着た磯貝は、色の黒い鼻の大きい男で、女中は年齢《とし》のころ十五才ばかりの娘であった。

「まずシズから訊くが、ベルが鳴ったのは十時十八分だったそうだが、お前はその時どこにいたのだ？」

「女中部屋で寝ていました」

「ベルで目が覚めたのか？」

「風呂場のお掃除をして、寝床に入ったばかりの処にベルが鳴ったもんですから、いそいで起きたのです」

「誰が鳴らしたと思った？」

「ベルを押すボタンは、玄関と二つの寝室にあるのですけれど、それがみな台所の一つのベルにつづいているのです。けれども音の具合でどこで鳴らしたのかすぐ分ります。玄関で押すベルは針金の距離が短いので、リリリと強く鳴りますが、寝室は遠方なので、チンチンと弱い音がするだけなんです」

「寝室は二つあるが、どちらの寝室で鳴らしたか分ったか？」

「旦那様はいつも二つお鳴らしになりますし、奥様は一つお鳴らしになります。こんやのは一つだけでした」

「ベルが鳴ったのが十時十八分ということはどうして

分ったのだ?」

「もうお休みになってから随分になるのに、どうして今ごろお呼びになるんでしょうと、不思議に思って目覚時計を見たのです。そしたら十時十八分でした」

「時計に狂いはないか?」

「よく合っていますわ」

「あとで私が調べてみよう。ベルを聞いてお前はどうした?」

女中は警部の後ろの居間と廊下との中間の扉を指さして、

「奥様はいつでもあの扉に鍵をかけてお休みになるのです。けれどもベルを押してお呼びになるぐらいですから、鍵はかかっていまいと思ったのですが、やっぱり掛っていました。それで扉を敲《たた》きながら、『奥さま! 奥さま!』と呼んだのですが、返事がございません。帰ろうかと思ったのですが、扉の向うの顔洗場で水が出しっぱなしになっている音がしますので、また思い返してなんども続けて、大きい声で呼んだのです。そうしますと、暫くして旦那様が扉を開けてくださいました」

「ベルが鳴る前に、なにか話声か物音のようなものが聞えただろう?」

「ちっとも……」

「そんなはずはない。正直に云え」

「もし物音がしましたら、あたりが静ですから、聞えただろうと思いますわ」

警部は磯貝のほうへ向いて、

「貴方も聞きませんでしたか?」

「私は寝ていて何も知らなかったのです。会社の用事をすまして帰ったのが四時、夕食をすまして私たちが寝室へ入ったのが八時、お酒をやりましたので、灯を消すとすぐ前後不覚に寝込みまして、女中に起されるまで何も知らなかったです。ふと目を覚してみますと、女中がどんどん扉を敲きながら、大きな声で、『奥さま! 奥さま!』と呼んでいます。あの扉には」と磯貝は廊下と居間とのあいだの扉を示して、「うちがわから鍵をかけて休みます。そのかわり、妻も私も寝室の扉は開けはなしたまま寝るのです。目を覚した私は、灯をつけてベッドを降り、それから廊下に出て扉をあけてやりました。すると女中が、『いまお呼びになったでしょう?』ときますので、『呼ぶものか、寝ていたんだもの』と私が答えました。『でもただいまベルが鳴りましたよ。奥様がお呼びになったんでしょう。水道の水が出しっぱなしになっていますわ』と云います。私はまだはっきり目が覚め切らなかったんですけれど、なるほど、女中に云われて廊下の洗面場を見ると、水道の水が出しっぱなしになっています。で、私は水道栓を止めながら、『美砂子は寝ているよ』と云ったのですが、その間に女中は『奥様！』と云いながら美砂子の寝室へ入るので、私もいっしょに入ってスイッチを捻って灯をつけたんです。灯をつけて二人とも吃驚《びっくり》しました。美砂子はベッドのなかで咽喉《のど》を突いて死んでいるんです。体温だけはありましたが、もう脈もなければ息もとまって、いくら名を呼んでも返事をしません。私は始めには誰かに殺されたのかと思いました。なぜといいますのに、美砂子は刃物を持っていませんし、それに自殺の原因がなにもなく、今日の様子だっていつもと少しも変っていなかったのです。だれかに殺されたものとすれば、犯人は美砂子の寝室か私の寝室か、でなければ便所のなかに隠れていなければなりません」

「なぜです？」

「美砂子の寝室の扉も、私の寝室の扉も、開け放したままになっていましたし、便所の扉には戸締りがございません。ですから、この三つは一つのシュートになっていて、どこへでも自由に行けるのです。けれども各部屋の窓は締っていましたし、廊下と居間との中間の扉も内側から鍵をかけてあったのですから、犯人はこの一組の部屋以外へは逃げられないわけです。ですから、早速女中と二人で、二つの寝室のベッドの下を覗いたり、洋箪笥のなかをあけてみたり、便所を覗いてみたりしましたが、犯人らしい者はどこにもいません。便所はごらんのとおり洗浄式ですから、汲取口から逃げることはできないのです。ところが、犯人がこの一組の部屋から逃出したかも知れない僅かなチャンスが一つあったのです。それは、貴方もお気付きでしょうが、もし犯人が私の寝室のベッドの下に潜んでいたとすれば、私が女中と二人で美砂子の部屋へ入った隙に、廊下と居間との中間の扉をあけて逃げることが出来たわけです。もっともそれは理窟だけで、実際においては、ほんの僅かの間でしたし、あたりも静でしたから、もしあの隙に逃げたら、大抵気配を感じられるわけなんですが、それでも念のためと思いましたから、居間、食堂、台所、玄関、女中部屋、風呂場、と二人で順々に灯をつけて探してみました。しかしどこにも扉締りがしてあって、誰かが逃出した形跡はどこにもないのです。ところが、各部屋を調べ終って再びもとの処へ帰ってくると、初めて他殺でなくて、自殺であるということが分りました。それは、今まではあまり慌てていてよく気付かなかったのでしょうが、こちらの居間の方から見ますと、廊下の床の上の、私の寝室の敷居のすぐそばに、なんだか黒いものが落ちていて、それが寝室からの薄暗い電燈をうけてキラキラ光っているのです。しゃがんでよく見ると、小型の肉切庖丁で、先の方にべっとり血がついています。つまり美砂子は自殺したあとで、刃物を廊下に向って投げつけたのでしょう。自殺の原因はないのですが、どうも犯人がどこからも出てこないとすれば、自殺と解釈するよりほかはありますまい。指紋を消すことを怖れて、私も女中も庖丁には手を触れなかったです。女中はこんな庖丁は家では見たことがないと云っています。時計を見ると、まだ店が起きている頃でしたから、すぐ女中を下の酒屋へやりまして、医者と交番に電話をかけさせたです」

警部は暫く黙って考えていたが、

「奥さんは左利きですか？」

「いいえ」

「医者は自殺だったら前か右がわに傷がつくはずだと云っています。それが左がわにあるのは、ベッドの位置から考えて、寝ているところをやられたにちがいないというのです。貴方の船はいつ出帆です？」

「あすの午後三時」

「もいちど部屋を調べてみましょう」

3

居間と廊下との間の扉は、いまはすぐ開くようになっているが、シズがはじめて駈けつけた時には、鍵がかかっていた。しかし、それはべつに不思議ではないので、美砂子はいつも寝るときはこの扉に鍵をかけるのである。その鍵はいつも細い紐で内側の把手《ノブ》にくくりつけてあって、鍵孔に差込んだままになっている。だから戸締りをする場合には、差込んだままになっている鍵を、ちょっと廻しさえすればいいのである。

一同はその扉を開けて廊下にはいった。幅三尺、長さ一間半の廊下には、臙脂《えんじ》色の絨氈《じゅうたん》を細長く敷いてあって、敷居のそばには白墨で庖丁の位置がしるしてある。一同が居間から廊下にはいると、左はすぐ磯貝の寝室の扉、向うには三尺はなれたところに美砂子の寝室の扉があり、右には一間半のさき、すなわち廊下の突当りのところに、陶器の洗面台と水道栓がある。出し放しになっていたというのはこの水道栓で、洗面台の白い縁を溢れた水が、下の黄色いマットの上で水溜をつくっていた。その顔洗場の上には、幅二尺五寸、高さ五尺の窓があって、両開きの硝子《ガラス》戸を外がわに直角にあけて調整器《アジヤスター》で止めてあり、そのそとには暗緑色のペンキを塗った金網を、撃剣用の面のごとく突出して張ってある。警部補がその金網の一つの目を測ってみたら、六寸と八寸であったが、測ってみるまでもなく、犯人が金網をくぐれないことはすぐ分るのである。顔洗場の左の壁面には鏡をかけ、右の壁の小棚の上には、髪剃《かみそり》道具や美砂子の化粧道具が雑然とならべてあり、その右がわの引戸をがらりとあけると、そこが水洗式便所になっている。

つぎに一同が入ったのは磯貝の寝室であるが、広さは六畳敷ぐらいで、窓は二つ、その一つは西向きの小窓、一つは南向きの大きなフランス窓、そのフランス窓を開けるとテラスに出られるようになっている。そのどちらの窓のシャッターも、フランス風の鎧戸ではなくて、寒い地方のバンガローなどによくある隙間のない厚い板戸で、裏も表も暗緑色にぬり、上下を丸落《バレルボルト》でとめ、まんなかを真鍮の内掛《ターンファスナー》でとめてある。シャッターの内側は硝子戸だが、これはフランス窓のほうは内側に両方に開くようになり、上下は丸落でとめ、まんなかは鍵でとめてある。西向きの小窓のシャッターはフランス窓と同じだが、硝子戸のほうは揚卸になっているので、三日月型の鉄の揚卸窓締《サッシュファスナー》でとめてある。だからこの部屋の窓から犯人が逃げなかったことはすぐに分るのである。

一同は磯貝の寝室を調べ終ると、美砂子の寝室に入った。楢製のベッドは入口と反対の西の壁に沿って頭を北の壁にくっつけておいてあり、その上に美砂子の屍体が横たわっている。警察医の報告によれば、致命傷は左顎下の動脈と喉頭を破った二つの刺傷だが、そのほか右手の四本の指の内がわにも傷がついていて、そのいずれもが、廊下に棄ててあった肉切庖丁によりて加えられたものだとのことである。そして、それらの傷の特徴は、被害者が仰向けに寝ているものとして、庖丁の刃が上に向いていることであった。枕元の手摺にベルの紐を巻きつけてあるが、十時十八分に女中を呼んだのはこのベルであろう、ボタンにべっとり血がついていた。床にはいちめんに厚い敷物が敷いてあるので、足跡をさがすことはできない。窓は南にフランス窓、北に小窓が一つ、どちらも磯貝の寝室の窓と同じ作り、同じ金具で内部から二重に戸締りしてあった。そして磯貝と女中が、化粧箪笥の抽斗《ひきだし》や洋箪笥を開けて丹念に調べてみたのだが、盗まれたものは何もなかった。一同は寝室を調べ終ると、フランス窓から外に出て、懐中電燈をかざしながら家の周囲を見まわったが、細長い建物の南面はテラスと芝生、北面は砂利と櫟《くぬぎ》林で、足跡を発見することもできなかったし、落ちているものも見当らなかった。

だから、つまるところ、二つの寝室と便所と廊下とは一つの組になっていて、あらゆる扉や窓を厳重に内がわから締めてあるので、外からは絶対に入ることができないし、また内から逃出した形跡もないという結論になるのだ。それにも拘らず、十月十五日午後十時十八分、美砂子はベッドの上で、何者かのために惨殺されたのである。むろん、これを自殺と片づけてしまえば頗る簡単である。が、自殺なら右がわか前に傷があるべきだのに、咽喉を刺した二つの傷は、いずれも左がわについているのだ。だからやはり他殺でなければならぬ。では犯人はだれか？　むろんそれは磯貝万次郎である。彼が加害者であることは、もはや疑問の余地がない——と、皆んなが心のなかで思った。あとは自白を待つばかりだ。それから指紋調査と屍体解剖の報告を待つばかりだ。

磯貝は警視庁に連行された。

4

「まだ磯貝は自白しませんか？」

「石のように黙っている。それに今日はすこしふさぎこんでいるようだ。それより君の調査の結果はどうだった」

「いまあの家の附近をまわってきましたが、得る処はありませんでした」と、警部補は疲れたように警部のデスクのまえに坐って、「磯貝の家のすぐしたに、両方から木が黒々と茂った急な坂道があるのは、貴方も昨夜おいでになって御存じでしょうが、あの坂道の途中に家が一軒ありまして、そこに犬を飼って、鎖で箱に繋いで庭の隅に出してあるんです。ところが、その犬は、いつもは滅多に吠えないのに、あの晩にかぎって、二度ばかり鎖をならしながら猛烈に吠えたそうです」

「時刻は？」

「正確には分りませんが、飼主はやはり十時頃だったろうと云っています。はじめ吠えてから三十分ほどたって、また二度目に吠えたそうです。それで飼主は二度目の時には不思議に思って、玄関から庭に出て、家をぐるりと一廻りしてみたそうですが、誰も来ていなかったそうです。いつもは、夜分生垣のそとを見知らぬ人が通っても、決して吠えるようなことがないのに、その晩に限って烈しく吠えたので、ちょっと変に思ったということです」

「なるほど」と警部はデスクに頬杖ついて陰気な顔をした。

「それから交番へ行って訊くと、もひとつ面白いことがありました。今朝あすこの交番に、新聞配達が、妙なものを坂道の下の繁みのなかで拾ったといって持ちこんだのです。それは婦人が洋装のしたに着るシュミーズみたいな、白い絹でつくった可笑しなもので、垢でよごれて皺だらけになっていたそうですが、磯貝の家へ持って行って、女中に見せますと、これはうちの奥さんのコンビネーションだと云って取ってしまったそうです」

「血痕は?」

「むろん、そんなものは付いてなかったでしょう、すぐ女中に返してやったぐらいですから」

「昨夜、美砂子が着ていた下着ではないだろうか?」

「屍体はスリップを着ていました。磯貝も美砂子はスリップ一枚でベッドに入ったと云っています」

「そんなら犯人は一種のフェティシストで、犯行の際に寝室から盗み出したものかも知れないぜ。君もわざわざあすこまで行って、もっと詳細に調べなかったのは、気が利かんじゃないか……どれ……」と警部は卓上電話をとりあげて、「田園調布の坂下の交番につないでくれ……坂下の交番かね?……こちらは捜査課だが、今朝美砂子の下着をあすこの女中に渡したそうだが、それは昨夜寝室に脱ぎすててあったものかどうか、また何故そんなものが人手に渡る結果になったのか、もいちど磯貝の家へ行って、詳しく女中にきいてみて欲しい!」

「もしもし」と電話の向うの声が答えた。「あの下着は美砂子のものには違いありませんが、他人が盗んだものではありません。女中が一週間ほど前にクリーニングに出したものだそうです」

「それは確かかね?」

「女中は確かにそう云いました」

「そうか、よしよし」と警部は電話器を下において警部補にむいて、「なんだ! 一週間前にクリーニング屋

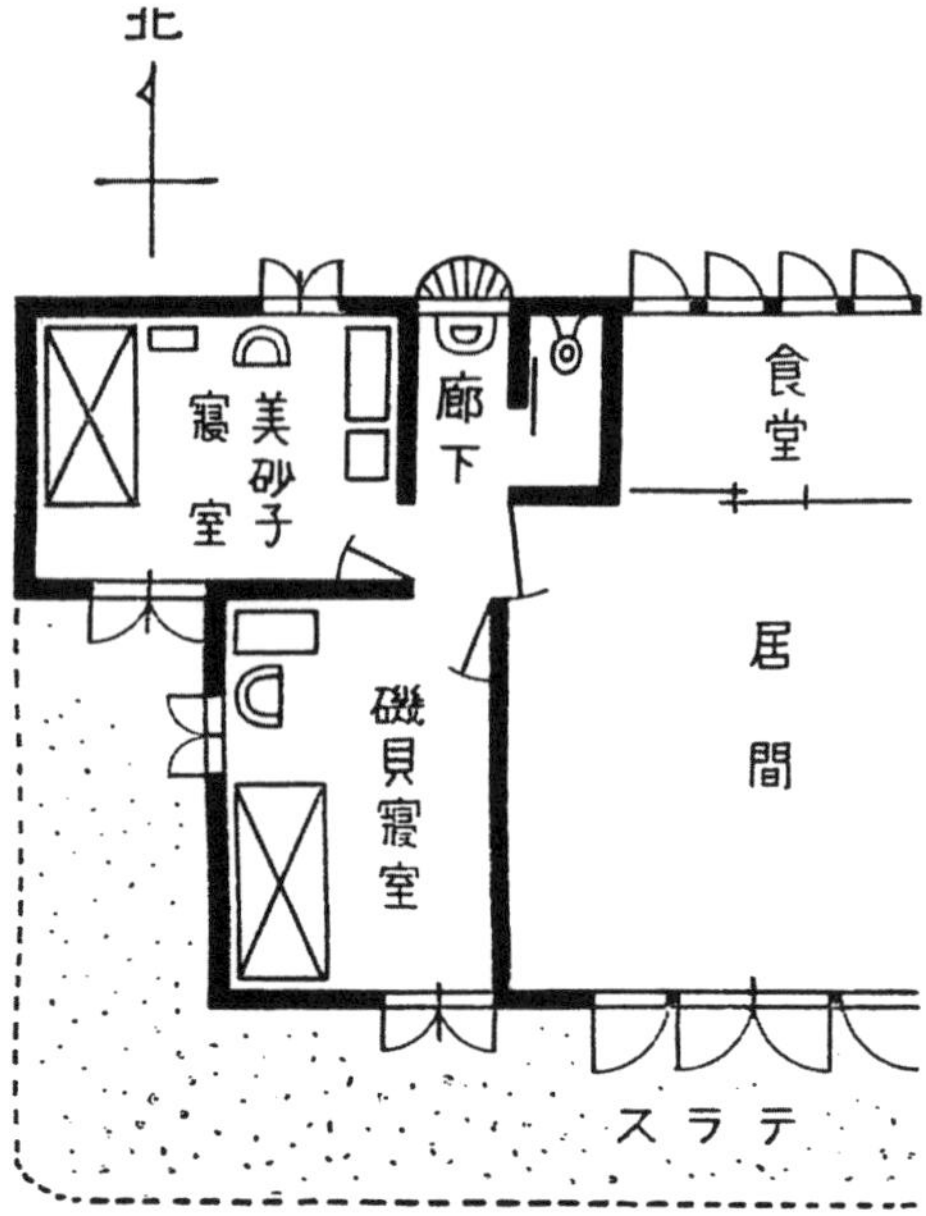

に渡したものだそうだ。洗濯屋の小僧が落したんだろう」

「指紋はどうでした?」

「刃物にも部屋のどこにも指紋はなかった。近頃はみな利巧になったから、計画的な殺人で指紋を残すような奴はいなくなったよ」

「指紋がないのは当然ですよ。犯人は白ばくれても磯貝にちがいないんですから」

「私はどうもあの男はそんな事をする人間じゃないように思う」

「でもあの一組の部屋は締め切ってあったというじゃありませんか。磯貝以外に誰があすこに入り得るでしょうか。入る時には昼間忍びこんでベッドの下かどこかに隠れていたとしても、出る時にはどうして扉の外から戸締りをしたでしょうか。なるほど扉の下に隙間があったら、そこから紐を外がわに出しといて戸締りすることも出来ましょうが、あの家の窓や扉はどこもぴったり締っていて、上にも下にも隙間がないのです。ですから外部から戸締りすることは絶対にできませんよ」

「いや、絶対にできないことはない」

「どうしてです?」

「犯人があの廊下と居間との中間の扉をあけて逃げたと仮定する。そうすると、まず逃げ出すまえに、鍵の輪に火箸を突込み、その火箸に長い紐をくくりつけて、その一端を顔洗場の窓から外に出しとくのだ。逃げ出したあとで、窓のそとから紐を引っぱると戸締りができる。もし外から一直線に引っぱって鍵がかからねば、なにか洗濯竿のような長い棒を窓から突込んで、その先で紐を支えれば、真下から引っぱると同じ結果になるじゃないか。この仮定を当てはめてみると、あの扉のすぐしたに兇器が落ちていた理由がよくわかる。あれは犯人が鍵の輪に火箸を突込んだり、錠の具合を試してみたりしている間に、つい慌てておき忘れたんだろう。この仮定はまり念が入りすぎているかも知れないが、しかし、そうとでも判断しなければ、あんな場所に刃物が落ちている理由が説明できないじゃないか」

「あの扉から逃げるはずはありませんよ」と警部補が微笑した。「あの扉のすぐそばには磯貝の寝室があって、しかも寝室の扉が開け放してあるのです。いくら磯貝が鼾声《いびき》をかいていたとしても、そのすぐ目の前で、それだけの細工をするということは、どんな大胆な犯人でもちょっと出来かねることです。それにたといあの扉から出たとしても、まだ第二の扉というものもありますし、向うには女中がいるかも知れないのです。ですから、貴方の仰有るように、犯人が外部の者だとすれば、当然危険率のもっとももすくない道を選ぶわけですから、美砂子の寝室のフランス窓をあけて逃げますよ。だのに、フランス窓は締っていました。ですから、犯人はやはり磯貝にちがいないのです」

「犯人が磯貝だという証拠があるかね?」

「証拠はありません。だから彼の自白を待つよりほかに仕方がないんです。しかし戸締りがしてある一組の部屋のなかに死人といっしょにいた、しかも当然物音を聞くべきだのにそれを聞かないと白ばくれている、この事実を証拠と云うことはできないでしょうか。彼はなにか非常に恨むことがあって、寝込みを襲ったのでしょう。ベッドの位置から考えて、寝込みを襲えば左がわに傷がつくのが当然ですからね。それから洗面場で手を洗い、慌てていたので栓を止めるのを忘れていたんでしょう。そのうち瀕死の美砂子がベルを押して救いをもとめた。まもなく女中がどんどん外から扉をたたく。そこで磯貝も仕方なく扉をあけて、女中をなかに入れた……」

「ところがだね、磯貝が犯人だとすれば、どうして兇器があんな処に落ちていたんだろう? 女中が扉を敲いても、彼はすぐには扉を開けなかった。だからその間に兇器を死人の手に握らせるなり、その近くにおくなりすることが出来たはずだ。なにも好きこのんで自分の寝室の入口に兇器をおく莫迦《ばか》はないよ。それにあの男と話をしてよく研究してみると、ごく穏かで常識的で、いろんな感情の要素の調和がとれている。私の長い間の経験によると、殺人犯人というものは、あんなに感情の調和がとれてはいないよ。それに君が磯貝を犯人だと断定するのは、ただあの部屋が、戸締りしてある密室だという理由からだけだろう?」

「そうです」

「ところが、その反対に、磯貝が犯人だったらあすこが密室になっているはずはないのだ」

「なぜですか?」

「磯貝が犯人だったら、美砂子の部屋のフランス窓が開いているにちがいないのだ。なぜというに、もし彼が加害者だったら、犯人が外部から侵入したように見せかけるに決っている。だから、わざとフランス窓を開けはなしておいて、そこから犯人が逃げたように場面を作っておくはずである」

「それもそうですな」

「だから、犯人はやはり外部から来たのだと思う」

「しかし犯人が外部からの者だとすれば、なぜあれだけの惨忍な殺人を犯したのが、隣室に寝ている磯貝に分らなかったのでしょう? 二つの寝室の入口の扉は開け放してあって、まるで一つの部屋のごとくなっていたのです。ですから、それが磯貝に分らなかったというのは可笑しいですよ。それにまた、貴方は犯人は磯貝なら、美砂子の部屋のフランス窓があいているはずだと云われましたが、よく考えてみますと、犯人が外部からの者だとしても、同様にフランス窓が開いていなければなりません。なぜといいますに、美砂子が殺されたのは十時十八分ですけれど、それから五分間の後に女中と磯貝が現場に踏込んでいます。ですから、犯人は犯行後洗面場で手をあらうと、慌ててフランス窓から逃げ出して、外から戸締りなんかする余裕はなかったはず、またその必要もないじゃありませんか。ですから、フランス窓は必ず開け放したままになっているはずです」

「なるほど、そんなら、結局どんなことになったんかね?」

「犯人は内部の者でもなければ、外部の者でもない……あははは!」

「自殺か……」

5

きょうはなんという素晴しい天気だろう。渺茫《びょうぼう》たる海の濃さよ! 空の蒼さよ! それにも拘らず私の心は懶《ものう》い。食べるのはもうなにもなくなった。太陽を仰ぐと目が眩んで、頭がきりきり痛む。どこかで大きな黒い翼の羽ばたきが聞える。死のお迎いが来たのだ。この物語のエピローグもなるべく簡単に切りあげよう。

しかし、切りあげると云ったところで、表面的の事実はもうこれまでに述べてしまったのだ。美砂子の死について世間に知られている事実は、以上でおしまいなのだ。警視庁は美砂子がいままでに関係した男を二三召喚して、一応申訳的に取調べたのだが、なんの得るところもなかったらしい。そして磯貝は一年の未決の後、証拠不充分という理由で放免された。警視庁では美砂子の死因を今でも不明と云っているが、世間の人は自殺だと云っている。白ペンキ塗りのかの女の家は、三年たった今でも、くすんだ貸家札を貼られたまま残り、庭には草が茫々と生茂っている。そしてこの事件はいつのまにか忘れられた。

さて、これからいよいよシャーロック・ホームズを出すわけだが、実は他ならぬ私がシャーロック・ホームズなのである。私は元来このような不可解な事件には、並々ならぬ魅惑をいつも感ずるものだが、わけても、この美砂子の死にまつわる秘密には、特別の興味をそそられて、当時のありとあらゆる新聞記事を切抜いたり、いくども現場のあたりを徘徊したりした。その結果、私の好奇心と苦心とは十二分に酬いられて、ついにこの秘密の核心をつかむことができたのだ。まず私の目についたのは、美砂子の家のすぐ下に三つの鉄橋があることで、このうち東横電鉄の鉄橋と丸子橋との音響は大したことはないが、貨物列車の鉄橋はどうしても考慮のうちに入れる必要がある。私の調べたところによると、女中たちや警視庁の連中が気付かなかったのは無理もないが、毎夜十時十七分になると、数十の重い車輛をつないだ長蛇のごとき貨物列車が、ゆるゆるとあたりを震動させながらあの家のすぐ下を通りはじめて、轟々たる音響をたてて長い鉄橋を通ってしまうまでに一分間二十秒かかるのだ。そして女中がベルを聞いたのが、十時十八分で、貨物列車が通りはじめるのが十時十七分であるとすれば、この犯罪は貨物列車が通る一分間二十秒の短時間を利用して、計画的に素早く行ったものにちがいないのだ。隣室にいた磯貝があれだけの犯罪を知らずにいたのも、ひとつは彼が熟睡していたせいもあろうが、ひとつにはこの音響に邪魔されて何も聞えなかったのである。それからまた、警部は磯貝が犯人でないという理由として（一）殺人を犯す種類の男でない。（二）兇器の落ちていた位置。（三）フランス窓が締っている。この三つを反証として揚げているが、こんど犯罪が汽車の通る時刻を利用して行われているということが分ったら、これも反証の一つとして揚げることができるのだ。なぜというに、汽車の時刻を利用したとすれば、多少計画的な犯罪ということになるが、計画的の犯罪とすれば、磯貝としてはもっと巧妙な殺人方法を選ぶだけの智恵もあれば機会もあったのである。ここで私は一つの結論をつくるために、今までに分っている材料を組立ててみよう。むろん材料はこのほかにもあるが、それはあとの部分を組合せる時に説明する。（一）刺傷の刃が上にむいている。（二）犯罪は一分間二十秒のあいだに電光石火的に行われた。（三）十時十八分にベルが鳴った時には犯人は逃げていた――この仮定が不確実であるにしても、五分間後、女中と磯貝が踏込んだ時には逃げていたことは確実である。（四）美砂子の寝室の出入口の扉は開け放してあった。（五）洗面場の金網の目は六寸と八寸である。これだけ並べて考えてみると、ある特殊な知識を持った人には、すぐに犯罪の真相が頷かれるのである。六寸と八寸の隙間を易々とくぐり得るものはなにか？　それは赤ん坊、犬、猫――なかでも犬が最も大きい可能性を持っている。だが、犬なら刺傷でなく、咬傷がつくべきではないか？　ところがザルツナー太尉の創案になる方法で犬を使うなら刺傷がつくのである。そして（一）の刃が上にむいているという材料ともぴったり符合するのだ。恐らく以上の五つの材料を完全に満足させるのは、よく訓練された稟性《ひんせい》のすぐれた犬であろう。坂道の途中にある家の主人は、当夜十時頃、三十分間置きに二回、いつもは夜分見知らぬ人が通っても吠えない飼犬が、その時にかぎって猛烈に吠えたと述べている。これは犯人が犬を連れて往復その家の生垣の外を通ったことを証明している。むろん犬の個性にもよることだけれど、あんな淋しい場所に繋いで飼われている犬は、よしんば人間を見て吠えない場合でも、よその犬を見ると大抵吠えるものだ。まだある。垢で汚れた美砂子の下着が路傍に棄ててあったというが、あれは犯人が犬の嗅覚を利用した証拠なのだ。いったいザルツナーの方法を実際に応用して殺人を犯した人間は、十年ほど前デュッセルドルフの肉屋が一人あるだけだけれど、その時には窓も扉も開いていたが、犯人は現場に犬の毛を落さない用心から、ぴったり身につく黒い布《きれ》を犬に着せたと云われている。だからザルツナーの方法を応用したのは、こんどで二度目ということになる。

ではザルツナーの方法を二度目に利用して美砂子を殺した人間は誰であろう？　もし警視庁の連中が美砂子のこれまでに関係したことのある沢山の男を一人残らず洗いたてて、そのうちに犬を飼っている男があるかどうか丹念に調べたなら、小川一馬という男を揚げ得たであろうに、彼らは主だった二三の男を召喚しただけで、犬のことまで手を廻して捜らなかった。小川一馬は売れない絵をかく画家の一人だった。自分の部屋のなかにあるものは、灰皿ひとつでも色や形の醜いのをじッと見ていると、ほとんど肉体的の苦痛を感ずるというほど、それほど色や形の美というものにたいして生々しい感覚を持った男なのだけれど、造物主はなんという悪戯者であろう、彼自身は世間にまれな獣人《サテイロス》のような醜い容貌の持主で、厚い唇のあいだから、いつも黄色い二本の出ッ歯を覗かせているのだ。うらぶれた彼のアトリエに、ある日まるで秋風に吹かれる木の葉のように、着替え一枚もたぬ美砂子が転がりこんできたのだが、まだ女というものを充分に知らぬ彼が、渇いた人の前に置かれた一杯の清水のように、かの女に憧憬《あこが》れたのも、無理はないのだ。なよやかな風姿や、容貌のどこやらに、ロゼッチの面影のあるこの女を、彼は女王様のように尊んだ。そして、人生は、結局、そんなに詰らんものでもなかった、神は讃《ほ》むべきかな、と、こう喜んでいたのに、女は僅か一ケ月で、鳥のようにアトリエを飛去ったのだ。女の口から出た甘い言葉の数々はみな嘘であった。それから、日となく夜となく、かの女の影を探して、熱病患者のごとく、街から街と、あてどもなくさ迷い歩く数ケ月が続いた。ふとある人から聞いて、白ペンキを塗った家の扉を敲くと、久しぶりに出て来たかの女は、いつにない不機嫌な顔をして、二度と来てくれるなと、にべもなく追返した。二度目に彼が訪ねたら、女は窓から顔を覗けて、「犬ッ！」と罵ってぴしゃんと窓をしめたのである。根強い、執拗な、怨恨と憎悪が、胸のなかで沸《たぎ》り立った。そしてついに絶望的な復讐を敢行するまでになったのである。

これから当夜小川一馬の行動を追ってみよう。彼は自転車にのり、犬をつれて夜道をとんでくる。坂道の下までくると、自転車を木立のかげにかくし、「あとへ」の命令で犬をぴったり身近くひきよせて、見上げるような大木が両側に鬱蒼としげる暗い坂道をのぼる。バラのアーチをくぐり、家の背後にまわると、そばの櫟林のなかに犬を伏させ、彼のみ金網のある窓から廊下を覗きこむ。むろん廊下も寝室もまっ暗であるが、いくども様子をうかがっているので、家の地理は、手にとるごとく知っている。前夜と同じく今夜も二つの寝室の扉は開け放したままになっていて、闇のなかから時々かすかな磯貝の鼾声がきこえる。明りの漏れる風呂場のほうからまだ物音がする。女中は起きているらしい。彼は櫟林にかえって、革でつくったマスクを犬の顔にはめる。そのマスクには、剃刀《かみそり》のごとく磨《と》ぎすました先のとがったナイフが刃を上にむけ、眼と眼との間からまっすぐに鼻先二三寸のところまで突出している。彼は禁じられているルドウィッヒ・ザルツナーの創案になる襲撃を敢行しようとしているのだ。いくども練習してあるので、マスクをつけると、それだけで犬が興奮し、猛りたって飛上ろうとするが、彼は手まねでそれを制し、また「伏せ」をさせ、湿ったタオルで足先をふき、そのあとを乾いたタオルでまたふいてやる。なんども時計をだして、星明りに白いダイアルをすかして見る。まだ十時十七分にならぬ。怜悧な野獣は両眼を燐光のごとく闇にきらめかし、命令を催促するように彼の眼ばかり仰いでいる。彼は小さいビスケットの空缶の蓋をこじあけ、そのなかから女の体臭のこもった下着をとりだす。一週間前に洗濯屋になりすまして手に入れたものである。胸の動悸が烈しくなる。やがて遠雷のような貨物列車のひびきが段々近くなる。しずかに立上って窓際により、犬をまねきよせる。彼はいつもの練習通り、窓に飛上ろうとする。また彼がタオルで犬の足をふく。それから下着を犬の鼻先に持って行き、女の体臭をかがせながら、「襲え!」と低い力のこもった声で命令する。犬は易々と網目をくぐり、廊下の絨氈の上に飛降り、前と右に暗い部屋が口をあけているので、まず前方の磯貝の部屋に入るが、すぐまた引返し女の体臭をもとめて右側の部屋に入る。闇のなかでも犬は目が見える。ベッドに仰向けに寝ている女のそばまでくると、マスクの下で牙をむき、「フウー」と唸りながら、全身の重みで女の咽喉をめがけて、ぶつかって行く。女が瀕死の呻声をもらしながら起上ろうとすると、またぷすりと突刺す。女がベッドの上に倒れる。格闘はそれだけですんだ。野獣は相手が身動きしなくなると、勝誇ってトロットしながら廊下へ出る。あとで瀕死の女がぶるぶる痙攣する片手を伸し、血だらけの手でベルを押す。それなり片手を落し、相手が何者かということも知らぬまま死んでしまう。そとに待つ小川一馬は、タオルで指先をまいた手を窓から突込み、水道栓をひねって水を出す。犬の足の裏に血がつくかどうか、それは時の運だ。一瞬間の襲撃だから、たぶん血はつくまいと思った。寝室にも廊下にも敷物が敷いてあるから、たとい血がついても明瞭には分るまい。しかし白い陶器の洗面台に血がつくのだけは、外から防ぐことができる。そう考えたので、ふちから溢れるほど、洗面台に水をたたえた。使命を果した犬は、その水を踏んで窓外に飛び降りる。彼は素早くマスクをとり、湿ったタオルで全身をふく。星明りにタオルをすかしてみると、血は頭部にすこしついているだけだった。それがすむと、念のため窓ぶちと金網を乾いたタオルでふく。いつの間にか列車の音が消えて、あたりは深い沈黙にとざされている。用意して持ってきた肉切庖丁の刃に、マスクの血を塗りつけ、指紋がつかぬよう、用心しながら、廊下に投げこむ。庖丁は鈍い音をたてて絨氈の上に落ちる。忘物はないかと幾度もあたりを探しまわる。と、食堂のカーテンにぱッと灯が映って、かすかなスリッパーの足音がする。足音は廊下と居間との中間の扉のところで止って、そこの扉をコツコツ敲く音が聞える。氷のようなものが背筋をはしる。美砂子は完全に死んだだろうか？　生き返るだろうか？　犬ということが分るだろうか？　ままよ、運は天にまかせろ。結果は明日になったら分ることだ。扉を敲いても中から返事がないのは、死んだ証拠ではないか。左側に犬をつけて忍足で窓を遠のく。「奥様！　奥様！」と呼ぶ女中の声が、追っかけるように、いつまでも後から聞える。バラのアーチを抜け、両側に黒々と大木の繁った坂道を半分ほど降りると、片方の闇のなかから、咬付くような狂暴な犬の声がする。彼は声のする方を睨みながら、「犬ッ！」と、真似するように低く罵ってみたが、その瞬間、急に眼頭が熱くなり、拭いても拭いても、新しい涙が湧いて出る。坂道を下りると、揉みくちゃの下着を繁みに投げこみ、空缶を小川に棄てる。それから犬をつれ、自転車にまたがってアトリエへ帰る………

きくところによると、彼はその後、いままでの生活に興味を失い、売れない絵をかくのを断念し、しばらく漁船にのって、鮪を追廻していたが、そのうち船が漂流し、洋上で一切の罪を告白したのち、餓死したということである。神よ、彼の罪を許せ！

×　　×　　×

読者よ、以上の物語は、汚れたノートに、こまごま鉛筆で認めてあるのだが、ある晴朗な朝、エンプレス・オブ・ブリテン号の船尾甲板に、ただ一人でよろめき現れたところの、いずれは死に損ねてこの外国船に救助されたらしい、襤褸《ぼろ》を着た、蟷螂《かまきり》のごとく物凄く痩せた、出ッ歯の日本人が、そのノートを、つぎからつぎと、ずたずたに小さく破ってしまったのである。かくて美砂子の死にまつわる秘密は、誰にも知られることなく、数千の紙片《かみきれ》となって、永久にこの世から葬り去られたのだ。

完全犯罪とは、こんなのをこそ云うのであろう。げに人生の秘密は大きい。それは太平洋の底のごとく、測り知れぬ深さを持つものなのであろう。

朝風に弄ばれる数千の紙片は、さながら春の花吹雪のごとく、ヒラヒラチラチラと飛び散り、舞いあがって、ついに渦巻く波濤に呑まれたのである。

黄昏《たそがれ》の花嫁

1

街の両側には、白い灯や紫の灯や黄色い灯がどこまでも続いていた。

夜風に吹かれながら、街角をいくつもいくつも曲って、当度《あてど》もなく気の向く方へ歩いているうちに、私はいつのまにか、美しい宝石を鏤《ちりば》めた行けども行けども果てしない夢の国の迷路をさ迷っているような、恍惚とした気持にひたされていた。

ふと気がついてみると、明い花屋の潤んだ硝子《ガラス》戸の中にデンドロビユームの花が顫えていて、その隣りに、これはまた妙な対照をして、穢ない古道具屋が、しょんぼり黒い口を開けているのだ。その古道具屋の奥に掲げてある思切って大きい油絵の額が、なぜともなく私の目を惹いた。私は店へ入って、燭光の弱い電燈にほんのり照らされたその絵を仰いだ。

それは若い女の半身像なのだが、ある特別な人の肖像画というより、誰が鑑賞しても楽しめる人物画と云っていいほどの含蓄を持った絵で、背景はどことも知れぬ広漠とした平野で、空の色だけが明るかった。多くの肖像画が写真と大して違わないのに反してどこやら一抹の詩趣の溢れたこの人物画には草の香、夕雲に戯れる微光、頰を撫でる風なぞが躍動しているように思われる。保存が悪いのか、それとも本当に年代が経っているのか、画面一体が妙に燻んで、額縁も処々禿げかかってはいるのだけれど、豪放で無駄のない刷毛の使方といい、潑溂とした生気といい、どうみても正しく一流の大家の、しかも傑作に違いなかった。これほどの名画が、どうしてこんな場末の見すぼらしい古道具屋の店頭に晒される結果となったのであろうと、始めのほどは奇異の感に打たれたのであるが、よく見ると画面のどこを探しても署名のないのが、多分その原因なのであろう。

「お安くしときますよ」亭主とおぼしき眼の落窪んだよぼよぼの老人が、穢い歯並を出して笑うのだ。

「いくら？」と、私がためらい勝ちに訊くと、老人は即座に値段を云ったが、それは莫迦《ばか》げたほどの安値だったので、私は値切りもしないで買取ることにした。

あまり大きいので、下げて帰るわけにも行かないので、額縁にこびりついた埃を雑巾で拭いてもらうと、両側に灯影の飛びかう街を、タクシーに乗って帰った。

翌る朝、妻に手伝わせながら、椅子を踏台にして壁にかけようとしたら、古びた紐が切れて油絵が落ちて、買った時から罅《ひび》の入っていた縁が毀れてしまった。その時、妻が、「あら」と云いながら妙なものを拾い上げたのである。

椅子から降りて、それを取上げて見ると、画布の枠と額縁との間に挟んであったらしい細長く折畳んだ煤けた数枚の紙で、一面に文字がこまごまと認めてある。

以下がその全文なのだ――

2

いまから一月ほどまえの吹雪の夜、私は真っ暗いアトリエで蓼貝《たでがい》小太郎を絞殺し、裏山の松の木の根本に屍体を埋めた。私はこの世でたった三度彼に会ったばかりだ。三度目に会った時彼を殺した。ことの起りは一通の手紙だった。その手紙には、同じ町に住む貴方が描いた絵を展覧会で見て感心した。ついてはぜひ貴方に肖像画を描いて頂きたいから、来る何日に私の家へ来てくれと書いてあった。差出人の蓼貝小太郎というのは、むろん私には初めての名前だった。

蓼貝の邸宅は、私のアトリエとは町を隔てて反対側の、急なジグザグ型の坂道を登った眺望のいい場処にあった。私は何故だかその手紙を受取ってあまり嬉しく思わなかった。なんだか人を呼びつけるような書き振りが気に喰わなかった。もしこの第一印象――虫の知らせに従って、彼の家を訪問しないでいたら、こんな結末にはならなかったろう。そして私は今も相変らず一人で絵具ばかりこねまわしていることであろう。ところが、私も案外商売気の多い男だったので、進まぬ気を鞭撻しながら、ある秋の晩に、そのジグザグ型の坂を登って彼の家のベルを押したのである。

暫くすると女中が出てきて、煌々たる電燈の点いた広い客室に私を案内した。そこで長いこと待たされながら、いっそ今のうちに思い切って帰ってしまおうかと考えていると――私は元来がそんな突飛なことを遣りかねない男なのだ――そこへ短軀肥満血色のいい蓼貝小太郎が、浴衣の上にドレッシンガウンという奇妙な服装で姿を現したが、この服装にも、私はあまり好感が持てなかった。

　初対面の挨拶がすむと、彼はむっちりした白い手で葉巻の箱の蓋をとってすすめながら、絵の話、土地の話、それから身の上話――はっきりしたことは分らんが、彼はアメリカで教育を受け、いまは二つの会社の重役で、結婚したばかりの若妻に死別して、そのご二年ばかりイギリスに遊び、最近帰朝したばかりのところらしい。

　にこやかに微笑しながら話す処を聞いていると、そんなに傲慢な男でないばかりか、むしろ世間慣れた如才ないところさえあって、私が最初に受けた不快な印象は、観世撚《かんぜより》の撚が戻るように、次第に消えて行くのであった。

　私は耳では彼の話を聞きながら、視線は絶えず彼の顔に注いで、明るい電燈に照らされた威圧的な広い額や、意志の強そうな頑丈な顋や、刻々に変化する濃い眉の下の聡明らしい眸――それらのものが一枚の肖像画となった時の効果を頼りに考えていた。

　しかしやがて話が問題の肖像画に及ぶと、彼は意外にも、マントルピースの上に立てかけてあった艶麗な女の写真を持ってきて、

「これがいまお話しした二年前に死んだ私の家内ですよ。この女の肖像画を描いて頂きたいのです」

「ああ、奥さん――」

　主人の肖像画とばかり早飲込みしていた私は、こう驚いたように呟いた。

「私は親威の反対を押切って、この女と結婚したんです。ところが、結婚して一年たたないうち、恰度一昨年の夏でした、この下の海で泳いでいて、溺死してしまったのです。惜しいことをしました。名前はユリエといいましてね、京都の同志社を出た女です。旧式な男なんかも知れませんが、私は当分ほかの女と結婚する気にはなれないのです」

　こう蓼貝が説明して、私の顔を見ながらてれかくしに微笑する。

　静に写真を取り上げて、電燈にかざして眺めると、なるほどそれは稀にみる美人で、恰好のいい額、初々しい目差、品があって、優しくて、蓼貝がそんなにまで魂を打込んでいるのも、無理からんことに思われた。

「この写真の通りに描くんですね？」

「ところが困ったことに、その写真にはユリエの軟ら

かみが、少しも出ていないんですよ。まだアルバムの中に沢山写真がありますから、それを参考にして等身大の半身像を描いてくださいませんか」

そそくさと部屋を出ていったが、まもなく黒い大きなアルバムと、何やら萌黄の風呂敷包みを持って帰ってきた。

「このアルバムの中にユリエの写真が沢山あります。それから――」

と、萌黄の風呂敷包みを解いて、

「――これは初めて会った時ユリエが着ていた着物で、結婚前はいつもこれでした。私に取っては一番思い出が深いのですから、アルバムと一緒に持ってお帰りになって、この着物を着せて描いてください」

こんな難題を持ちかけられると、大抵の画家なら二の足を踏むのだけれど、私は彼の風変りな好みにますます興味を唆《そそ》られて、思わず知らず釣りこまれて行くのだった。

「しかし写真を見て描くのでは、魂の抜けた人間しか描けませんね。生きた人間を描こうと思えば、その人の気質を知る必要があります。いったいどんな方だったんです。奥さんは?」

それには答えないでまた部屋を出ると、一束の手紙を持って帰ってきた。

「これは結婚前のユリエが寄した手紙ですが、ユリエの気質は私が説明するよりも、これをお読みになったほうがよく分ります。これも持ってお帰りになって、なにかの参考にしてください」

私は夫人の皮膚の色、お白粉《しろい》の種類、趣味、日常生活、その他ありとあらゆることに就いて、根掘り葉掘り、根気よく訊いたのだが、それに対して彼のほうでも驚くほどの熱心をもって、痒い処に手のとどくような説明をするのだった。それらを一々ここに詳述するのは煩わしいから、二三の例を挙げるにとどめておこう。

たとえば私が、「香水は?」と訊くと、「すみれ、リラ、ジャスミン、なんでも手に入るものを使っていましたが、特別に好んでいたのは、レモンの木の匂じゃないかと思います。宅の裏にはレモンが五六本植えてあるんですが、ユリエはよくそこに籐椅子を持ち出して、レモンの木の匂を嗅ぎながら編物をしていました」

「音楽は?」と訊くと、「音楽はやりません。ただ学校でならった讃美歌を覚えていただけです。しかしユリエの一番優れていたのは、容貌よりもむしろ、平常話をする時の声が好かったことなんですよ。私は世界一の悲劇女優サラ・ベルナールの声を聞いたことがありますが——あちらの女の声は一般に日本の女の声より好いようですが——サラ・ベルナールの声ときたら、とても何とも云えぬ、甘ったるいような、絢爛《けんらん》な、一度聞いたら誰でも忘れることが出来ないような声ですよ。ところがユリエの声がそれに似ていたんです。なんと云ったらいいでしょうか、まア、科学的に云えば、胸から出る息が、人並以上に軟い声帯に全部残らず触れて、それが最良のコンディションで、上顎と鼻腔に反響するとでも云うのでしょうか、そして、甘ったるい滑らかな声のなかに、たった一つの襞があって、それが却ってユリエの声に、不思議な魅惑と変化を与えているのです。どう、お分りになりますか？」

こういった調子で、こちらが一口訊けば、彼は熱病患者の譫言《うわごと》のように滔々と喋りたてるのである。

もしこの夜、窓外の月光に立って誰かが立聞きしていたとしたら、あまりにも狂気じみた二人の話に、奇異の感を抱いたであろう。そして、その人は、肖像画を描くのになぜ声の説明までするのだ、なぜ一番好きなお菓子の説明までするのだ、と嗤《わら》ったかも知れない。くどくど説明する男も男なら、またそれを根掘り葉掘り訊きただす私も私だった。凝性《こりしょう》の画家と、凝性の依頼人が、鼻を突合したら、どこまで行くか分ったものではない。いまになって、つらつら振返ってみると、あとで私をのっぴきならぬ深淵に突落したのは、やはり子供の時から私のなかに巣喰っていたこの際限もない凝性であったらしい。

ほとんど五六時間も長々と話しこんだあと、萌黄の風呂敷包みを小脇に、蓼貝の玄関を辞したのは、秋の夜が十二時をとっくに過ぎてからであった。

3

そのころ私が借りていた小さい家は、もと、病人の療養のために建てたとかで、南面はサンルームみたいに、屋根の庇が厚い硝子板になっているので、独身者のアトリエとするには恰好の家だった。亭々たる大木が幾重にもあたりを取囲んでいるせいもあろうが、いつも森閑と鎮まり返って物音一つせず、まるで人の住家とは思われぬほどの佗びしさで、夜になると下から海の音が聞えた。

一月で描きあげると約束はしてみたものの、アルバムのなかの沢山の写真に現れた雑多な特徴を綜合して、それを一つに纏めるには案外と骨が折れて、焦れば焦るほど、どうにも手の出しようがなかった。それに精彩を極めた彼の説明が、却って私の頭を悩ませ混乱させて、画布はいつまでたっても白いままであった。

毎日ベッドの上に寝そべっては、かの女の気質、あらゆる物に対するかの女の好み、日常生活なぞを、頭のなかでいじくりまわした。頭が混乱してくると、またアルバムを拡げては、数えつくされぬほどべたべた貼りつけたかの女の写真を見入った。人気ない駅の歩廊《ホーム》に佇んでいるところ、海岸を背景にしてこちらを向いて笑っているところ、毛皮にくるまって冬の木立を歩いているところ——

それから、女が彼にあてて書いた、埃まびれの色の褪せた手紙の一つずつを封筒から出して、一字一句も漏らさぬように味いながら読んだが、小さい悦びと、小さい悲しみが、そこに偽りを知らぬ鳩のように羽ばたきしていて、私には文字の崩し方から、点の打ち方に至るまで、書いた人の人柄を忍ぶよすがとなるように思われて、興味が持てるのだった。

そしてまだ一度もそんな幸福な手紙を受取ったことのない自分自身をかえりみて、荒寥とした気持にならずにいられなかった。いわば私の眼の前には味覚を唆る心臓の料理が盛ってあるのだが、私に許されていることは、ただ美味しそうな匂を嗅ぐことだけなのだ。

そのうち秋が深まって日一日と寒くなってきた。それとともに私の頭には次第にユリエの姿がはっきり見えだして、こんな場合にはかの女はこうする、あんな場合にはああするということまで分るようになった。黄昏時《たそがれ》になると、私は毎日のように理由のない憂鬱に襲われ、その憂鬱のなかでユリエの幻を見た。幻に現れる女の頭の髪には、レモンの木の香がほのかにこもっていた。

私は妄想のなかでコツコツ扉《と》を敲《たた》く音を聞く。私は急いで開けてやる。するとユリエが微笑しながら会釈して部屋のなかに入り、コートを釘にかけて、モデル台に坐る。コートを釘にかける時のかの女の独特の体の動かしかたから、モデル台に近づく時の歩きぶりの癖まで、私にはちゃんと、眼で見るようにはっきり分るのだ。私は木炭でかの女の頸根から肩先へかけての線を写しながら、ああ、なんという恰好のいい肩だろう、と、心のうちで讃嘆するのだけれど、かの女は蓼貝の妻、しかも彼が心から愛している女なのである。私は自分の醜い心を見透かされるのを怖れるように、画布の蔭で長い溜息をもらす。それから暫くすると女を送って扉の処まで行く。

こんな風に、私の怠惰な妄想のなかでは、どんどん仕事が捗って行くのだけれど、実際においてはいつまでたっても描けなかった。

ある夜、ベッドのなかで、例の妄想に耽りながら、うつらうつらしかけていると、だしぬけに扉を敲く音がした。私の家では、勝手口から声を掛ける人はあっても、玄関の扉を敲く人は殆どなかったので、瞬間的に妄想と現実をはきちがえて、ユリエが来たな、と考えたのだが、すぐその莫迦らしい錯覚に気がついた。だが、錯覚であることに気がつくと同時に――ああ、なぜ私はこうも執拗にユリエのことばかり考えるのであろう――今度は本当にユリエの亡霊が訪れたのではないかと思って、むっくり起上って眼を見張った。

「今晩は――」と、男の声がした。

寝床に上半身を起したまま、凝《じっ》と聞耳を立てていると、また同じ声がして、

「もうお休みですか?」といった。

この声には覚えがあった。

扉を開けてやると、東京帰りらしい蓼貝小太郎が、片手にぶらりと折鞄をさげて、外の暗がりに佇んでいる。

「やあ、遅くなってすみません。お休みだったんでしょう?」

「いや、まだ――」

「どうです。出来上りましたか?」

私は、先生から宿題の催促をされた小学生のように首をすくめた。

「まだです」

「一月という約束だったから、もう出来ていると思って来たのです。ちょっと見せてくれませんか?」

「まだ始めていないんです」

「いつ出来ます?」

「もう一月ぐらい――」

「じゃア」

蓼貝は、不機嫌な表情があらわに浮ぶのを隠そうともしないで、折鞄をふりながら、大跨に帰っていった。

私は段々家の中ばかり引籠るようになった。人と口を利くのが億劫になった。あまり散歩にも出なくなった。たまによそから手紙でも来ると、理由もない不安に駆られて、封を切らないまま焼いてしまうようになった。

その間に私はユリエのあらゆる写真に現れた特徴を綜

合して、画布の上に一つの形を描き、それに蓼貝から聞いたあらゆる話を思い浮べながら、徐々に生命を与えていった。絵具が白い画布を浸蝕してゆくにつれて、混沌の中から美と謙遜を表わす形が生れてきた。

ユリエの絵が完成に近づくに従って、毎日きまりきって黄昏時に私を見舞う妄想は、一層精緻な力強いものになった。

私は妄想のなかでかの女に恋いこがれ、妄想のなかでその白い手に口づけした。間がな隙がな、妄想と孤独を噛って生活しているせいか、しまいには、妄想と現実のけじめがつかなくなって、妄想の中であったことを、実際にあったことのように、思い違えることすらあった。

またある時は、夢でかの女に会い、夢から覚めて、現実ではとても会うことの出来ぬ幻の女を自分が恋していることに気付いて、さめざめと泣いた。

世にこれほど儚ない悲しい恋があるだろうか。どんなに憧れたところで、この世でかの女に会える望みは始めからないのである。現実では見ることのできぬ女、幻にのみ現れる女に、私は身も心も魂も焼きつくすような恋をしているのだ。

だが、執拗にまといつく幻影を払い退けることができないで絶望的になった私は、よしんばユリエという女が実在せぬ幻なら幻でもいい、自分はその幻にあくまで恋いこがれようと、悲壮な決心をするのだった。現実の女を愛することと、幻の女を愛することとの間に、どれだけの差別があるのだ。ポーはその詩の中で、「我々の眼に映ずる総ての物も、我々自身の顔かたちも、夢の中の夢にすぎない」と歌っているが、もしこの言葉が本当であるとすれば、生きたユリエを愛した蓼貝と、幻のユリエを愛している私とは、結局、五十歩百歩なのである。

4

やがて三ケ月の努力が酬いられて女の絵ができあがったが、それは私の幻のユリエと生き写しであるのみか、写真ともよく似ていた。私はそれに「黄昏の花嫁」という名をつけて、大きい華麗な額にはめ、朝な夕なに眺められるよう、アトリエの壁の高い処にかかげた。いわばこれは私の家の明るい祭壇でもあれば壁の高い処に作られた窓——永遠の世界をのぞくための窓でもあった。

しかし仕事が終ると新しい不安が私を待っていた。それは蓼貝がいつ絵を取りに来るかも知れぬという不安で、暫くの間はこの不安の囚《とりこ》となって、跫音《あしおと》を聞いてもびくびくするほどだったが、間もなく私の肚に決心ができた。それは、蓼貝に限らず、どんな金持が来て、どんなに堆《うずたか》く金を積んでも、私の「黄昏の花嫁」を手放さぬという決心で、こう決めてしまえば、なんでもないことで、どうして今まで自分はこれに気附かなかったのだろうと、頰笑ましい気持にさえなれた。彼に頼まれて描きはじめはしたけれど、まだ金は受取っていないのだから、どうにでもなる訳のものである。だが、当の蓼貝は、最初の訪問に懲りたのか、いつまでたっても私のアトリエの扉を敲かなかった。もっとも一二度彼から葉書を受取ったことはあるが、どうしても読む気になれないので、病菌でも附いているかのように、マッチの火で焼いてしまった。

こうして、「黄昏の花嫁」を取りに来る蓼貝を追払う方策は思いついたけれど、私の幻想のなかのユリエのそばに黒い影のごとく附纏って、日となく夜となく私を脅かす彼は、追払う方策がなかった。私は幻想のなかで、ユリエに会い、ユリエを恋うてはいるが、彼はユリエの良人《おっと》、しかも死後の現在に至るまでかの女を愛している男なのだ。だから、ことによると彼も——むろん私ほどの念の入った精巧な幻想は織出していないだろうけれど——同じように毎日幻想の中でユリエに会っているかも知れないと思うと、ヒヤリとするほど気味が悪い。

しかし、そんなことよりも、一層私を脅かし、絶望のどん底に突落すものは、もしや私の幻想のなかに現れるユリエが、心の底のそのまた底で、ひそかにまだ蓼貝を愛しているのではあるまいか、愛していないまでも、すくなくも私に会うことを、彼に対して済まなく思っているのではあるまいかという懸念で、この懸念は、私の妄想に一抹の辛味を与えてはいるのだが、どうにも堪えがたいほど苦しかった。それにしても、私はどこまで妄想の世界に深入りしたのであろう。私は妄想のなかで嫉妬の炎を燃やしながら、その炎を消すことも出来なければ、それかと云って、妄想に耽る癖から逃れることもできず、頭の上をぎゅうぎゅう重石で押えつけられるように、ひとり苦悶しなければならぬ羽目になったのだ。

ある日、朝方から陰気な雲が低く飛んで、氷のように冷たい風が梢を吹きまくっていると思ったら、お昼すぎから白いものがぱらぱら窓硝子を打つようになり、とっぷり日が暮れるとともに、この地方では珍しい吹雪となった。私は風の音を聞きながら、煖炉のそばで本を読んでいたが、いつもより早目に灯を消してベッドに入った。

　しかし、時刻も平常《いつも》より早いのだし、それにピューピュー唸る風の音が矢釜《やかま》しいせいもあって、すぐには寝つかれそうもなかったので、こんな場合にいつも催眠薬がわりに使っているコニャックを飲んで、また毛布のなかにもぐりこんだ。ずきずき体の表面が温まって、快い気《け》懶《だる》さが手足の節々に滲みわたってくると、風の音もたいして邪魔でなくなり、いつのまにかとろっとした夢うつつの間で、またしても例の幻を見ていた。――

　銀色の三日月が海上を照らして、縮緬《ちりめん》皺のよった穏やかな波が、魚の鱗のように蒼白かった。しかしこれは木立の隙間から見える背景にすぎないので、近い処の繁みには姥女樫《うばめがし》の老樹が聳えている。その覆いかぶさるように黒々と垂れさがった下に、全身をふるわせ、烈しい息使いをしながら腰かけているのがユリエなのだ。

　私はカサコソ落葉を踏みながら、静かにかの女のそばへよって、

「ユリエさん」

と、聞えるか聞えないかの、微かな声で呼ぶ。

　女はこちらを向きかけたが、途中でそれをやめて、半ばこちらを向いたまま眼を伏せるのだが、私にはそれが精巧な黒いシルエットのように見えた。

　私はユリエと並んで腰を卸し、死人のように冷たいかの女の手を取った。

　しばらく深い沈黙がつづく。

「あれはなあに？」

と、女が耳を澄し喘ぐような低い声で沈黙を破った。

「露ですよ」

「露――」

「木の葉の滴が、落葉の上にしたたる音ですよ」

「ちがいますわ――ほら、あれ――」

「あれは風ですよ」

「そうでしょうか」

「枝と枝とが風に吹かれて擦れあって、あんな音を立てるのです」

「こわい！」また長い長い沈黙がつづいた。

その沈黙のなかで、私は女の烈しい息使いや、心臓の音をきいた。

　ふとユリエに視線を向けると、かの女は石のように体を縮めている。うつむいた白い頬にチラと光っているものが、私には涙のように思われた。

「ユリエさん、貴方は死んだように蒼白くなっていらっしゃる」

「寒いからでしょう」

「なにを考えていらっしゃるんです?」

「幸福だと思っていますの」

「本当に?」

「嘘を云ったことがございますか?」

「私には運命にたいする恨みがたった一つあるのです。それは私が蓼貝よりも早く貴方に会えなかったことです」

ユリエは蓼貝という言葉を聞くと、そッと顔を起して、濡れた眸で私を見た。おお、なんという美しい眸だろう! 私はその瞬間、ユリエを幸福にするためなら、生命《いのち》をすてても惜しくないと思う。訊ねるような、哀願するような、すべてを任せるようなかの女の眸——私はぐらッと目が眩んで、自制力もなにも失ってしまい、木の葉のように顫える両手を女の肩にかけて、氷のように冷たい唇に接吻する。

コツコツ扉を敲く音がしたので、硝子板に石をぶッつけるように幻想が破れた。

いままで、不安と恐怖の錯覚のなかで、私はこの扉を、敲く音を、いくたび繰返し繰返し聞いたことであろう。が、今夜の音は錯覚でもなければ妄想でもなかった。まさしく蓼貝が来たのである。

「今晩は——」

それから私がどういう順序をとったか、はっきり覚えてはいないが、とにかく電燈を点けなかったことだけは、確である。いま考えてみて、なぜあの時電燈を点けなかったか、来客を迎えるために扉を開けるには、どうしても灯をつけなければならないのに、なぜことさら闇のままにしといたか、私にはその理由がはっきりとは分らない。私は蓼貝を殺そうなんて考えたことは一度もなかった。彼を殺したのは、まったく突発的だったのだ。けれども、わざと電燈のスイッチに手を触れなかった点を考えてみると、あるいは私の意識のとどかぬ胸の底の方に、ひたすら牙を磨いていたものがあったのかも知れない。それとも、妄想に耽っていた最中だったので、まだ私の意識のある部分がその妄想から覚め切らずにいたがために、妄想のなかで殺人をたくらんだのであろうか。どうもこのへんの処は自分でもはっきり分らぬ。ただ私が良心に咎められることなしに断言し得ることは、扉を開ける瞬間まで、彼を殺そうと考えたことは一度もなかったということである。

それはそうとして、私はよろめいたり蹉《つまず》いたり、闇のなかを手捜りながら扉のところへ行くと、顫える指先でナイトラッチを外し把手《ハンドル》をまわした——

ところが、ところが、吹雪のために外から千万人力で突飛ばすように扉が勢よく内がわに開いて、私はそのはずみに顔を打たれて後ろによろめき、同時に、奈落の底から吹きまくるかと思われる烈風が、サッと家の中に吹きこんで、奥の方で何やらガタンと床の上に落ちる音がした。これが私の自制心を爆発させるきっかけとなった。外の闇の中には、片手に折鞄をさげ、中折帽を目深にかぶり、ぬくぬくと厚い外套を来た蓼貝が、吹雪に打たれながら塑像のごとく立っている。

私は怒った豹のように飛びかかると、彼の頸筋を両手で力まかせに絞めつけた。その拍子に、二人はからみ合ったまま雪の石段を滑って転んだのだが、厚い外套の蓼貝より、パアジャーマ一枚の私の方が体の自由がきいた。私は彼の上に馬乗りに跨ると、力一杯襟巻で咽喉《のど》を絞め、その上に両手をあてて、全身の重みを加えて押しつけた。彼は始めのほどは咽喉を鳴らしながら、ばたばた藻掻いていたが、間もなく無抵抗な肉塊となってしまった。

これ以上に書くべきことは何も残っていない。私が蓼貝小太郎を殺すにいたるまでの径路《いきさつ》は、以上でつくせているつもりだ。私は彼を殺したことを少しも後悔していない。それどころか、今まで頭の上に載っかっていた重石が取り除かれたようで、久しぶりに晴々として天空を仰ぐ心地になれた。もう誰にも邪魔されることもなく幻の女に会えるのだ。刑務所、死刑、そんなことが何で私に取って問題であろう。どこへぶちこまれようが、私は心のある限り、かの女との甘美なランデヴーを続けて行くことができるわけだし、死刑になったら、それこそ本当にかの女の処へ飛んで行けるのだ。しかし不思議にも私は刑務所へも入れられず、死刑にもならないで、精神病院へぶちこまれた。嗤うべし、彼らは自分と違った精神機能を持つ人間を見れば、狂人にしてしまうのだ。私から見れば、彼らこそ済度しがたい狂人なのである。

5

いうまでもなく、この告白書を読み終ると、私は女の絵について異常な興味をそそられた。そこで事実の真偽をただすべく、方々に手を伸して調べたのであるが、なにぶん古いこととて詳しいことは杳《よう》として分らず、ただ、蓼貝小太郎なる人物がかつてこの世に存在していたこと、そして彼は今から三十年ほど前に不幸な死にかたをしたということだけを知り得た。

それからまた、「黄昏の花嫁」の来歴の一端をただすべく、私は例の古道具屋を探してみたのだが、当日、いつもの癖で当てどもなく歩いていたのだし、それに夜のこととて界隈の目印となるような何物も見ていなかったので、迷路のような街々をいくど往きつ戻りつ深してみても、ついにあの眼の落窪んだ老人のいる店はもとより、その隣りの、潤んだ硝子戸の中にデンドロビュームが顫えている花屋さえ発見することができなかった。

カフエ奇談

謎の女

いまにも雪か雨でも降って来そうな、薄ら寒い冬の晩であった。煌々たる電光に紫色の煙の渦巻く銀座裏のカフェ白猫の騒々しい客のなかに、これはまたあたりとは不調和な、年の頃二十五六、お召の着物に黒の縫紋の羽織という出で立ちの一人の品のいい婦人が、隅っこの卓子《テーブル》に坐って、妙にそわそわした目附で入口の扉《ドア》ばかり見入っているのだ。

私はその夜詩人大村と一緒だったが、昨夜もこの女を見たので不思議に思い、カフェ白猫の定連《じょうれん》である大村に、そっと訊いてみる気になった。

「あの女――ほら、あすこに坐っている女だよ。昨夜もあすこに坐って心配そうな顔をしていたが、あれは一体誰だい?」

「君はまだあれを知らないのか。昼でも晩でも幽霊のように毎日このカフェに来る女だよ。カフェを出ると街を的度《あてど》もなく歩きまわって、疲れるとまたここへ帰ってくるのだ」

「どうして的度もなく街を歩くのだろう?」

「つまり一夜の宿を借りた家を探し廻っているのだが、それがどうしても分らない。ただ分っているのは、その家が麻布の本蓮寺から歩いて三十分の地点にあるということだけなんだ。番地はもとより町名も分らない。しかし家の前まで出れば見覚えがあるそうだ。ところがどんなに探し廻っても、その家が見つからない。だから毎日ここから麻布の本蓮寺というお寺まで歩いて行き、それからまたあの辺の迷路のような小路をさ迷い歩いてはまたここまで帰ってくるのだ」

「このカフェへ帰ってくる理由は?」と、私が訊いた。

「その家――即ち一夜の宿を貸してくれた家だね――その家の人がこのカフェへ来はしないかと思って、それで毎日あの扉を見つめているのだ。もう二人は永久にこの世では会えないだろうと、僕なんかは思うのだけれどね」

好奇心に駆られた私は、執拗《しつこ》く追求せずにいられなかった。

「どうしてこのカフェに、その相手の人が来るのだ?」

詩人大村はウィスキーソーダのグラスをいじりながら、

「よし、そんならカフェ奇談を始めから話してやろう」

そして大村は次のような話をはじめた。

その女は北野リカ子といって、東京の北にある田舎の女学校の教師だが、郷里は西の方だった。もうまる二年も郷里へ帰らないので、この冬休みを利用して、ひさしぶりに帰省することにきめたのだが、恰度かの女の伯母で那須の温泉に逗留しているのがあったので、その伯母と途中の汽車で一緒になり、それから東京へ出ることになっていた。

ところが、伯母は急に約束を変更して、二日遅く帰ろうと云いだしたので、リカ子もそれまで待たねばならなかった。かの女はもと自分が教えた生徒で、いま女子大学にいる生徒と、東京でちょっと会う約束だった。その生徒は水曜の夜八時にカフェ白猫で会いましょうと云って来たのだが、予定日が変更されたので、リカ子は出発前に、金曜の八時にしてくれという手紙を出したのだった。

汽車の旅

汽車に乗った時のかの女は、ハンドバッグのなかに銀貨銅貨をを取りまぜた小銭を入れ、そのほかに十円札を五十枚ハンドバッグのポケットに入れていた。

こまかい処まで世話を焼かずにいられない伯母は、それが気になって仕様がなかった。

「ハンドバッグのなかに五百円も入れる人があるものか。まア、お前は、なんという無考えな娘《こ》だろうねえ」

「伯母さん、大丈夫よ。あたし子供じゃありませんから――」

「盗まれたらどうするつもりなのだ? 盗まれなくても、置き忘れるということもある。百万長者のお嬢さんだって、ハンドバッグのなかに五百円も入れる者はないよ」

「でも、伯母さん、あたし今夜昔教えた生徒と一緒に食事をする約束がありますの」

「だって明日は朝の八時に東京駅を立つのだよ。今夜は疲れているから、宿に着いたら早く休んだほうがいい。一晩しか東京に泊らないのに、昔の生徒と御飯を食べるなんてことがありますか」

汽車が上野に着くと、荷物といっしょに自動車に乗って、伯母がいつか泊ったことがあるという旅館へ行った。しかし年末なので各室とも満員、しばらく帳場で待たされたのちやっと通されたのは、階下の裏の方の薄暗い部屋だった。あまり立派な部屋ではなかったが、二人は疲れてもいたし、時刻もそんなに早くなかったので、他の旅館を探そうともしないでそこに腰を据えた。

そんなことでリカ子の神経はますます焦立って、暫く休んだあとで生徒に会いに出かける時また伯母がハンドバッグのことを云いだしても、頑強に拒む気になるのだった。

「お前、ほんとに会いに行く気なのかい？」

「ええ、約束してしまったんですもの。それに、もう暫らく会わずにいますから――」

「でもそのカフェがどこにあるのかお前知らないのだろう？　銀座裏といっても広いよ。どの電車に乗るのか分っているかね？　乗替えがあったりしてなかなか面倒だよ。迷子になったらどうするつもりなんだ？」

「タクシーで行きますわ」

「また贅沢なことを！　荷物があるんじゃあるまいし」

「あたしの思う通りにさしてください。暫らく東京の電車にのらないので、電車じゃどっちへ行っていいか、分らなくなったんですもの」

リカ子は伯母のおせっかいが五月蠅《うるさ》くなったので、障子を開けてすぐ向うにある顔洗場へ行った。

あとから追っかけるように伯母の声が聞えた。

「行くなら五百円だけは置いといて行きなさい。ハンドバッグに入れて持って行くと、きっと取られてしまうから。銀貨で五円も持っていたら沢山だよ」

リカ子は水道栓を捻って水を出しながら、

「いいえ、持って行きます」

「そんな無茶を云うもんじゃありません。もし盗まれでもしたら、あとでお前のお母さんから、私がどんなに責められるか分りやしないんだから」

「大丈夫ですよ、伯母さん。あたし子供じゃないんですから」

「お前は子供の時から、兄弟のうちでも一番の我儘者だったが、相変らず云いだしたら聞かないんだね」

リカ子は返事はしないで、暫く顔洗場の姿見のまえに

立ってお化粧をした。それがすむと部屋へ戻ってきて、

「もう約束してしまったんですから、今夜は行かしてください。なるべく早く帰るつもりですけれど、遅くなりましたら、お先に休んでください」

いそいで茶色のコートを着ると火鉢のそばの伯母の眼の前に置いてあったハンドバッグを、わざと見せびらかすように取り上げて、悠々と出かけたのである。

夜の都

はやとっぷり暮れた街には、寒い夜風が吹いて、美しい灯が点いていた。伯母に対してあまり我意を通しすぎたので、いささか後悔されたが、でも賑やかな人混みに混ると、いつの間にかそんなことは忘れてしまって籠から放れた小鳥のような晴々とした気分になるのだった。

通りすがりの自動車を呼びとめると、銀座裏のカフェの名を告げて、ふんわり軟らかい座席に腰を下した。自動車が軽やかに動きはじめると、赤や黄色の美しい電燈が両側に流れて、なるべくその気持よいドライブの長からんことを祈らずにいられなかった。


しかし約束のカフェに行ってみると、まず雑然とした光景に驚かされた。カフェに入るのは生れて初めての経験だった。煖炉と人いきれでむッとするほど温くて、煙草の煙がもくもくと立罩《たちこ》めている。どこを探しても生徒の姿は見られない。まだ約束の八時にならぬから坐って待つことにした。かの女はわざと男客を避けて、女が一人座っている卓子を見つけてその前に向合って腰かけた。

だが、腰かけたあとで、改めて相手の女を見たら、なんだかその卓子に坐ったことが後悔された。頭は断髪、ホームスパンのスートの上に黒い外套を着て、若くて、ちょっと綺麗ではあるが、どうやら得態の知れぬ社会の女らしく、病気でもあるのか、気味悪いほど顔が蒼白く、痩せて、片手に煙の立昇る巻煙草を持ったまま、頻りに考えながら小さい字で手紙を書いているのだ。リカ子は刺々しい眼差でその女を見ずにいられなかった。

白服の給仕が来ると、紅茶とお菓子を註文した。時計を見ると約束の八時にはまだ五分をあましている。早く来てくれるといい。来たらここを出て、どこかカフェでない他の場所で食事をしよう。

だが生徒は――文子という名なのだが――八時になっても八時半になっても姿を現さなかった。リカ子は後か

ら出した手紙が文子に着いたかどうか、それが心配になりだした。

　やがて壁の大時計が九時を指差した。リカ子は疲労と不安でその上待つ気になれなかったのでそっと立上った。だが、次の瞬間、頭でも叩かれたように、ふらふらと力なく椅子に倒れかかった。かの女は急いだあまり、自分の旅館の名を聞かずに飛出していたのだった。

「どうかなさいましたの?」

　手紙を書いていた女が顔を起してこう訊いた。

「いいえ」

　リカ子の答は無愛想であった。

　かの女は頻りに宿屋の名を思い出そうとしたが、どうしても頭に浮かんでこない。浮かんでこないのも道理、かの女は伯母の話に碌に耳を傾けてはいなかったのだ。宿を出る時、書き留めておかなかったのは、手抜かりにちがいなかった。こうなったら文子の下宿を訪ねて、そこで一晩泊めてもらうよりほかないが、そうなったら伯母がどんなに気を揉むことだろう！　仮りに今夜伯母が何も知らずに寝入ったとしても、明朝目を覚したら慌てるに決っている。それを思うとリカ子の胸は痛かった。明朝になったら八時に遅れぬように東京駅へ駈付けなければならぬ。その時伯母が荷物を持って待っていてくれればいいが。——リカ子はこんなことを考えながら、ハンドバッグからハンケチを取りだしたが、その時、自分の手が微かに顫えているのに気付いて、自分ながら情なかった。

「行き暮れて」

　また手紙を書いている女と目がかち合った。

「お顔色が悪うございますよ」

　こうその女が真顔になって云った。

「なんだか、あたし、気分が悪くなりましたの——」

　手紙を書いていた女は卓子を叩いて給仕を呼んだ。

「ボイさん、この方に水を一杯持って来てあげてください」それからリカ子に向い、「葡萄酒をお上がりになったらどうですか?」

　リカ子はそんなことよりも、一刻も早く文子の下宿へ行きたかった。

「あの——渋谷の竹葉町というのはどの辺なんでございましょう?　省線の渋谷駅から遠いのでしょうか?」

「さア、竹葉町というのは存じません。頭痛でもなさるんですか？」

「ええ」

「急にお顔色が悪くなりましたわ」

「わたし国へ帰ります途中、今夜一晩だけ東京に泊ったんですけれど、宿屋の名を忘れちまいましたの」ちょっと笑って、「なんでも神田辺のようでしたけれど、夜のことですし自動車に乗っていましたので――」

「それはお困りですね」

「ですから友だちの家へ泊めてもらおうと思いますの」

「男の方？」

「いいえ、女の学生ですわ」

「竹葉町というのは存じませんけれど、省線電車でお行きになるより、タクシーの方が面倒でなくてよくはございませんか？」

リカ子は椅子から立上って、

「ええタクシーにしましょう。どうも有難うございました」

「その方がお留守でしたら、またここへ帰っていらっしゃい。私がなんとかしてあげますから」

リカ子は白猫を出ると、すぐ自動車にのって、竹葉町の文子の下宿を訪ねた。運転手が探してくれたかの女の家は、こじんまりとした素人下宿であった。

「文子さんはいらっしゃいますでしょうか？」

出てきた主婦にこう訊くと、

「一昨日《おととい》お引越しになりました」

「あら、昨日とどくようにお手紙を差上げたんですけれど――」

「昨日お手紙が一つ参りましたんですけれど、お引越しになった後だったもんですから、すぐ郵便屋に持って帰ってもらいましたの。まだ下駄や傘が置いてありますので、近い中取りにお見えになるはずです。その時転居先を知らせると仰有いました」

「じゃ、いまどこにいられるか分りませんのね？」

「ええ」

リカ子はまた自動車を呼んでそれに乗った。あまり気はすすまなかったけれど、カフェの女の処へ帰るよりほかなかった。かの女はまだ片隅の卓子で手紙の文句を考えていた。

「留守で会えませんでしたわ」

「まア」

「貴方はこのお近くなんですか？」

「いつもこの近くのダンスホールへ通っているのですけれど――」

「ダンサーをしていらっしゃるの？」

「この頃は病気で休んでいます」

「近くに宿屋はございません？」

「いま連れて行ってあげます」

「荷物がないので怪しまれはしないでしょうか？」

「大丈夫ですよ。お金さえ先に払えば」

リカ子は卓子の上のハンドバッグを取上げて握りしめながら、五百円の金を伯母に預けなくてよかったと思った。女はリカ子のハンドバックに一瞥を注いだが、すぐまた眼を外らした。

時計を見ると十時半だった。汽車でお弁当を食べただけのリカ子は空腹を感じていた。

「わたしここで何か食べたいと思いますの。貴方も一緒に付合って下さらない？」

初めは嫌だった女と食事まで共にするようになったことが、自分ながら情なく思われるのだった。

見知らぬ女

二人が食事をすましてカフェを出てみたら、外にはいつのまにかそぼそぼ小雨が降っていた。

しばらく街を足早に行くと、

「ここです」と女が立止った。

女は先に立って入りながら、帳場に坐る番頭に向いて、

「泊めてもらえますか？　この方がお一人なんですけれど」

「お気の毒さまです。生憎く満員でございまして――どうも――」

番頭は叮嚀に断った。

二人はまた街へ出た。

「ほんとにお世話になってすみませんわねえ。こんなに雨が降りますのに」

「雨には慣れています。わたし、このくらいの雨には、いつも外套だけで傘なんかさしませんのよ」

堀沿いの電車通りへ出ると、彼らはまた一つの宿屋を訪ねてみたが、年末のこととて、満員ですげなく断わら

れた。雨が次第に本降りとなったので、リカ子はコートの襟を合せ、襟巻で顔を覆うようにしてピシャピシャ歩いた。自動車が後から追越すごとに、立上っては眺めたのだけれど、どの自動車にも、しぶきで潤んだ硝子《ガラス》窓のなかに人が乗っていて、素知らぬ顔で通りすぎるのだった。

やがて二人は橋を渡って、電車通りを折れて、物静な通りへ出た。その通りのある三階建ての洋館の前までくると女がすたすたそこの石段を昇るので、リカ子も怖る怖るあとに従った。外観が立派な割合に洋風の玄関はガランとして淋れていたが、ベルに応じて出て来た女中はまたまた満員という理由で断った。

二人は力なく街へ出た。時計を見ると十二時近くなっていた。もう行くべき処は思いつかれなかった。人通りも次第に少くなりつつある。

「なんなら私の家へお泊りになってはどうですか？狭くて穢なくて、あなたみたいな立派な方のお泊りになる処じゃないんですけれど」

リカ子は初めには躊躇したが、もうその時には軒下でもベンチの上でもいいから横になって休みたいと思うほど疲れていた。

「御遠方なんですか？」

「麻布ですの。六畳一間しかないんですけれど」

「有難うございますが――」

「穢ない処ですが、一晩ぐらいどんな処だって辛抱できるじゃございませんか」

雨はいつまでたっても止みそうもなかった。

「そんなら御厄介になりましょうかしら。でも御迷惑じゃないんですか？」

「そんならすぐ電車に乗りましょう」

「御一人で下宿していらっしゃるの？」

「ええ」

電車を降りると暫らく歩いた。あたりが暗くてよくは分らないが、場末の小路を幾つも折れて、真暗い露地を突当ると、その右側に急な階段がある。階段を昇りきるとそこが狭いヴェランダのようになっていて、薄暗い処にバケツや台所道具のようなものが置いてある。そこを通り抜けて扉をあけると、みすぼらしい狭い部屋が、燭光の弱い電燈に照された。部屋のなかには小机が一つあるだけで、その上に小さい鏡を立てかけ、化粧道具を雑然とならべてある。机の前には赤いメリンスの座布団が敷いてあった。火鉢一つない荒寥とした部屋を見ては、リカ子も思わずぞっと肌寒い思いをせずにいられなかった。

リカ子が扉のそとでコートの滴をはたいている間に、女は素早く押入をあけて、部屋のまんなかに夜具を敷きはじめた。敷布だけは新しいのと取替えたらしいが、二人で一緒に寝るつもりらしい。

「あなたはこの枕をしてお休みなさい」

と、女は赤い座布団を二つに折って、それを新しいタオルで巻いた。

「いつもこの電気をつけたままお休みになるの?」

「いいえ、点けといたほうがいいですか?」

「わたしも暗くないと寝られませんの」

「じゃ消します。窓から処々《ここ》の灯が差しこみますから大丈夫ですよ」

「おさきに失礼」

と、リカ子が着物を脱いで観念して夜具の中に入ると、女も電燈を消して入った。

だが、リカ子の頭には今日一日のことが次から次へ思い浮かべられて、すぐには寝つかれなかった。伯母との汽車の旅、カフェの出来事、明日この家を立つときにはいくらか心附を置かねばならぬが、どのくらい置いたらいいだろうか。幾度も自動車に乗ったので、もうハンドバッグのなかには銀貨は二つか三つしか残っていないはずだ。十円札を一枚置くのもあまり沢山すぎるし、それかと云って明日の朝になって札をくずしに出るのも変である。こんなことを考えているうちに疲れているのでぐっすり寝込んでしまった。

盗んだ金

翌る朝リカ子が目を覚したのは七時頃だった。汽車が出るのは八時過ぎである。東京駅まで自動車で何分かかるだろうか。伯母が東京駅で心配して待っているだろう。

かの女はヴェランダへ出ると水道栓をひねり、なるべく物音を立てぬよう、急いで身仕度をした。

女は骨ばった片手を布団からのぞけ、細い体を海老のように曲げて、すやすや眠っている。それを見ていると、リカ子の胸には、同情や感謝というよりも、もっと温い感情が湧いてくるのだった。で、ハンドバッグを開けて十円札を捜した。

ところが中は空だった!

五百円盗まれたと知った瞬間、リカ子は頭がふらふらして、何も考えることができなかった。やがて正気に返って、いちばんに頭に浮んだことは、昨夜以来の自分が、いかにも易々と罠にかかったということだった。

この女は自分を田舎からぽッと出の女と見こんで、最初から爪を磨いて狙っていたのだ。

リカ子は憤怒で火のようになった。なんとかして早く金を取戻さねば、自分は乞食同様になってしまう。むろん、この女は金を返せと云ったとて、素直に返すような女ではあるまい。それどころか、悪態のありたけをついて、近所中に聞えるような声で罵りながら、自分を叩き出すが落ちだ。だから、自分としては警察へ訴えて出るよりほかに手はない。

リカ子は何も知らずに眠っている女のそばによって、憎らしげにその顔を眺めた。そのときふと見ると、ふさふさとした髪ののっかっている括枕《くくりまくら》の白い覆いを下から、なんだか膨れ上った封筒の端のようなものが覗いている。リカ子がそっとそれを抜き取って、なかのものを出してみたら、予想通り、十円札が五十枚、――五百円の金だった。

かの女はわななく手でそれを自分のハンドバッグのなかに仕舞うと、すぐにも揺り起して責めてやりたかったが、強いて胸の炎を押さえて、急いで階段をかけ降りた。

雨は止んでいたが、空はまだどんより曇って、穢ならしい場末の街路を吹く朝の風が寒かった。小路を二つ三つ曲って、ちょっとした通りへ出たが、まだ早いので自動車は通っていない。かの女は通りすがりの乳呑児を抱えたお内儀《かみ》さん風の女を呼びとめて、タクシーのある処を訊いた。その女に教えられて急足に暫らくまっすぐに行くと、突当りに大きな寺があって、そのそばに自動車があった。

その自動車に乗って東京駅に駈つけてみたら、不安と不機嫌の入混った顔をした伯母が、入口に立って待っていた。

「まア、お前、どうしていたんだ。どこをうろついていたんだ。私はきっとお前が殺されでもしたのかと思っていた。早く切符を買いなさい――あッ、そうそう、お前は金を持っていなかったんだね。昨日お前が顔洗場へ行った留守に、私が預っておいてあげたんだよ」

リカ子は頭をガンと撲られたように、目が眩んでしまった。

それとも知らずに自分は哀れな踊子の金を持って帰っ

た。あとでかの女はどんなに自分を恨んでいるであろう。恩知らず、人非人、泥棒、掏摸《すり》、あらゆる罵倒をあびせているだろう。どんなに罵倒せられても仕方はないのだ。自分はすぐにも金を返したいのだが、当人の名も知らねば、街の名も知らない、ただ大凡《おおよそ》の方角の見当がつくだけなのだ。

むろん、その日、りカ子は伯母と一緒に東京駅から汽車に乗らなかった。伯母は一人で東京を立った。リカ子はどうかあの女に会わしてくれ、あの女の下宿まで行かせてくれ、と涙ながらに神に祈りながら、街をさ迷い歩いた。歩いている間にも、かの女の耳には、哀れな踊子の罵倒が聞えるような気がした。あの女はあれだけの大金を蓄めるのに、どれだけの月日を費したんだろう。十銭を積んで一円となし、それをまた積んで十円とし百円としたのだ。一枚々々とたまる紙幣を、一里塚のように楽しみながら、孜々《しし》として働きつづけたことであろう。その血を絞るようにしてためた金を、一夜にして見知らぬ女に盗まれたのだ。しかも自分が助けてやり、宿まで貸してやった女に！　ああ、病める踊子はいまごろはどんなに自分を恨んでいるであろう！

迷路

あてどもなく、街から街へとさ迷い歩いて、夕暮になると疲れ切った体を、銀座裏のカフェ白猫に運んだ。ことによるとこのカフェでまたあの女に会えるかも知れぬ。けれども店の人によく訊いてみると踊子は時々来はするが、月に一度か二度ぐらいの程度らしい。

「もし今度その人が来ましたら、私が返したい物があるんですから、すぐ知らしてください。今夜の私の宿を紙に書いときます。明日からの住所は明日来てお知らせします」

こう云い残して、かの女は警視庁へ相談に行った。

警官は云うのだった。

「その踊子が持っていた金が、やましい金でないなら、きっと警視庁へ届けるはずです。ですから当分お待ちになるんですね。その間に麻布方面をお探しになったらどうです」

「いくら探しても分りませんの」

「ただ麻布だけでどの辺か見当はつきませんか？」

「それが分らないんです」

「朝踊子の家を出た時、なんか近くに見覚えになるような物はなかったんですか?」

「なんしろ慌てて急いでいたもんですから、狭い露地を出て穢ならしい場末の街角をいくつも曲って、大通りへ出たということしか覚えていませんの」

「その大通りをまっすぐに行った処にお寺があったのですか、どんな寺です?」

「はあ。街が三方に拡がった広々とした処に、大きな朱塗りの山門がありまして、その奥の方に大木が黒々と繁っていました」

「それは麻布日吉町の本蓮寺ですよ。しかし残念ながら、貴方はその寺へ着くまでに、三十分もかかっているんですから、ただその女の家は本蓮寺から三十分かかる地点にあるということしか断言できないわけです。とにかく貴方のお泊りになる処を書いといてください。届けがあり次第お知らせしますから」

その翌る日にかの女は安い下宿に引越したあとで本蓮寺へ行き、それからお寺のまわりのごみごみした界隈を長い間歩きまわした。その次の日も、また次の日も、同じことを繰返しては、帰りはいつも決り切って白猫に立寄った。

×　　×　　×

詩人大村は語り終ると口を噤んだ。私が時計を出して見ると、もう十一時を過ぎていた。カフェの客は一人減り二人減りして、向うの卓子を見ると、縫紋の黒羽織を着たリカ子も力なく立上って帰って行く。

私はその後姿を見送りながら、「可哀そうに!」と、呟かずにいられなかった。

この詩人大村の実話が講談新誌に現れたのは、それから数日たってからのことだった。それと同時にリカ子の評判は素晴しいものとなり満都の人々が、一目でもかの女を見ようとして、昼となく夜となく銀座裏のカフェ白猫めがけて、ワッショワッショと殺到するので、お陰で白猫の亭主はいつもより数十倍の利益を収穫した。

だが、そのうち奇怪な噂がどこからともなく立ち始めたのだ。即ち、この実話は白猫を宣伝するために大村がでっちあげた巧妙な作り話であって、大村はその報酬として、毎日白猫で高価なお酒をロハで飲んでいるというのだ。

では黒羽織のリカ子は誰であるか。毎晩五円で雇われている某マネキンガールだとのことである。

しかしこうした内幕がばれても、もうその時には宣伝の目的は充分に成功して、白猫の名は東京中に知れ渡っていたのでカフェの亭主はすこしも痛痒を感じなかったそうである。

戦傷兵の密書

1

諸君は、数年前、灯ともし頃になると毎日のように銀座のある珈琲《コーヒー》店の二階に現れ、あいている限りいつも決りきって同じ片隅の卓子《テーブル》に一人坐って夕食を取っていた外人を覚えていないだろうか。

三十にはまだ手がとどかないらしく、いつもニギリに金飾のついた笞《むち》のステッキを持ち、髪を真ん中から綺麗に分け、でっぷり肥った顔は酒に酔ったように赤くて、背はそんなに高くないが、肩幅の広い健康そうな体に紺の二重ボタンの服がよく似合った。

これだけ説明しただけで、ああ、あの男なら見たことがあるよと頷く人も、諸君のうちきっと一人か二人はあるに違いないのだ。

この男は最近同じ会社の美貌の日本人ステノグラファーと殆ど前後して東京から姿を消し、しかも、その後杳《よう》として消息がないので、知人間ではいろんな風説を生んでいる。

ある者は、女を連れて故郷和蘭《オランダ》へ帰りチューリップの球根商人になったのだと云い、ある者は、いや、女とは関係ない、彼は上海《シャンハイ》において、神のみが知る不思議な方法で大金を得たのだと云い、某国のスパイなことがばれたので船で女と心中したのだろうという説もある。

だがそれらの説はいずれもヨタなのである。本当はごく最近、バタビアのある病院の一室で、狂人として悶死したのだ。

妙な行きがかりから彼と知り合い、かなり親密な間柄となっていた私は、思いがけなくバタビアの病院にいる彼から、初めての、そしてまた最後の、長い手紙を受け取った。

その文面に驚いて早速病院に問い合せたところ、もはや彼は死んだ後だったのである。

その手紙は、判断に苦しむ乱筆の上に、前後の順序も無茶苦茶で、意味を汲み取れぬ個処も多かったが、大体の真相は苦心の末に想像できた。
それだけ前置きしといて物語に移ろう。

2

ヤコブ・ワン・デーケンはアムステルダム生れの猶太《ユダヤ》人で、八年前に日本へ来て、丸の内ウォークト商会の書記となり、麻布の和蘭人の家に下宿して、そこから毎日会社へ通っていた。無軌道なことは遣らんし、日本語は上手だし、会社における彼の評判は悪くなかった。彼の見る処によれば、日本の女は同国人に対しては慎しみぶかいが、外人に対しては、向日葵《ひまわり》が太陽に向いて花を開くごとく、自由で大胆だとのことだが、それにも拘らず、彼がその種の女に見向もしなかったのは、ひどく理性に富んでいて、すべてが打算的であったためであるらしい。

その物固い彼が、近ごろ会社に入ったステノタイピスト峰子を見るに及んで、はじめて食指を動かしたのである。もってこの峰子なる女が、いかに蠱惑《こわく》的な妖麗な女性だったか、容易に想像できよう。

この女は、やや淫奔なところはあったが、薄絹のような皮膚にむッとするほどの青春をみなぎらせ、スッスと伸びた若木のような水々しさがある上に、どこか情熱的な逞しさも見えて、英語だってかなり物になっていた。

二人が転落する石のような勢で次第に深味へはまり込んで行ったのは、どっちに罪があるとも云えなかった。相方が同時に好きになって、同じように愛し合ったと云うのが一番当っていた。

けれども仮にこの女が淫奔であるというのが、表面的の感じばかりでなく本物であるとしても、その種を蒔いた人間は他にあったのである。それはネッチリとみみずのようなしつこさで峰子の美貌を愛している若い天文学者で、世の中には風変りな趣味を持つ人間もあればあるもので、この男は胸にジリジリ恋のほむらを燃やしながら、また結婚しようと思えば女の方でいつでも同意してくれるに拘らず、いつまでたっても結婚のケの字も口に出さず、女に極度の自由を許して、他の男と交際することを奨励していた。

この若い天文学者は、ある時なぞ、峰子を夜だけカフェに勤めさせ、かの女が嬉々として他の男と騒いでいるのを、隅のテーブルに蟇《がま》のようにうずくまって眺めながら、ちびりちびりコクテールを嘗めずることに、云いようのない快い刺戟を感じたと云う。

猛獣使いの名人が、一本の鞭で猛獣を訓練するように、彼は細心の注意とねばり強さで、峰子を注文通りの女に仕上げようとした。

どっちかと云えば、はにかみ屋で、初心《うぶ》だった峰子は、この男の奨励や、この男が供給してくれる書物によって、段々大胆なコケティシュな女となった。

「おい、峰、近頃はあの毛唐にのぼせ上っているというじゃないか。明日から会社を止めてしまえよ」

ぶらりと峰子の下宿へ訪ねて来た彼が、初めて、ほんとに初めて、こんな弱音を吐いたのは、女がウォークト商会へ入って、そこのデーケンとの関係が次第に目に余るようになり始めた頃のことであった。

「あら、だって貴方は誰とでも交際しろと仰言ったじゃないの。風向きが変ったのね。あの人はあたしと結婚したがっているのよ」

愛撫して育てた仔熊が、いつのまにか手におえぬ荒熊になっていることは彼はまだ気付かずにいる。

「そりゃ俺という男が連いているのをあの毛唐が知らずにいるからだ」

「どうだかね」

女の口元に嘲笑が浮んだ。

「俺もこんな生活には倦《あ》いた。明日から一緒に暮そう。これから直ぐ毛唐の家へ行って俺のことを話して、綺麗サッパリと手を切って来い」

「いいわ。そんならこれから行って来ます」

女が部屋を出かけた。

「待て。俺も家の前までいっしょに行く」

いつにない彼の絡みつきかただった。

二人は夜の街に自動車を飛ばせた。

目的の家の近くで自動車を降りると、彼は闇に佇んで時計を出してみた。

雨が降りだした。

「今六時五十分。早く指環を返して帰って来い。十分間あれば沢山だろう?」

「ええ」

「七時になって帰って来なかったら俺は帰るよ。そうなったら、お前との仲もそれまでだ。分ったかい?」

男には長い経験で裏付けられた岩のような自信があった。

「分ったわ——」

女は小きざみの靴で敷石を踏み鳴らしながら門を入る

と、玄関のベルを押そうとはしないで、建物の横手の小暗い階段を走り登って、そこの扉《ドアー》をノックした。

「お入り」

愉快そうなデーケンの声だった。

扉をあけて入ると、瓦斯《ガス》ストーヴの前で本を見ていたデーケンが笑った。

「雨が降っていますか?」

女の肩に光る滴を見ながら、そう彼が達者な日本語で訊くのだった。

女はそれには答えず、さっさとストーヴのそばへ近よって椅子に腰かけると、指環なぞは返そうともしないで、

「あなた、大変なことになっちゃったわ」

と、多少誇張しながら前置きして、今まで隠していた天文学者との奇妙な関係を、殆んど十分間ほど、立て続けに興奮して喋りたてた。そうして、そのあとで、「あなた、東京にいると五月蠅《うるさ》いから、すぐ二人で上海へ行きましょう。戦争も下火になったから、きっとなにか仕事がありますわ」と、駄々ッ児のようになって熱心に口説きはじめるのだ。

一刻も東京に凝《じっ》としていられぬといった風の焦燥が、女の眉宇や語勢に見られた。

デーケンは峰子の云うことには一度だって反対したことのない男だった。それに根が漂泊児の彼は、日本に対する執着なぞは、爪の垢ほども持っていなかったので、東京から上海へ変ることを、隣りの部屋へ帰るほどの気易さで承諾してしまった。

興奮した峰子はわなわな慄《うつ》える手で、ジャパンアドヴァータイザーの船の広告をランプの下に拡げた。

ひとしきり喰い入るように、デーケンは沢山の船の時間を見比べていたが、

「別々の船に乗った方がよろしいです。私は明後日《あさって》出帆のエンプレス・オブ・キャナダで、一足先に上海へ行って、家を探しときます。貴方は一週間ほど遅れて来て下さい」

「じゃ、あたし、諏訪丸で行きますから、波止場まで迎いに来てください。船を変えたら電報でお知らせしますわ」

二人の打合せはいつまでも続く――

門の外では外套の襟を立てた男が、焦れったそうに往きつ戻りつしていた。七時になった。それでも女は降りてこない。なお三十分待った。それから彼は静に家を去って闇の中に消えた。

3

上海、楊樹浦路《ヤンジプーロ》の滙山碼頭《わいさんまとう》近くの日本人の酒場へ入ったデーケンは、酔っ払った英国水兵の間を通り抜けると、空いている卓子を見つけて力なく腰かけた。ひどく彼がガッカリしているのは、諏訪丸に峰子を発見することが出来なかったからなのである。

「ボイさん、ウイスキーソーダをください」

得意の日本語でそう注文すると、ポケットから電報用紙を出してテーブルの上にひろげ、じッとそれを睨みながら、峰子に打つべき電文を考えた。

もっとも簡単な気の利いた文句で、それを読むとかの女がどんな仕事をも放擲して、直ぐにも船に乗らずにいられぬような名文はないだろうか。

「日本語がお上手ですね」

そういう声がするので、隣りのテーブルに目をやると、船の給仕《スチュワード》であろう、ボタンをはずした外套の下から、白服を覗かせた男が笑っているのである。

デーケンも頷きながら微笑した。

その男はデーケンのテーブルに椅子を引きよせ、手帳の一頁《ページ》を破り取ったような小さい紙片《かみきれ》を出して、

「これになにが書いてあるんですか、英語なので読めないんです。なんと云うことでしょうか?」

デーケンはにやにや笑いながら紙片を取りあげ、暫く長い睫毛のある灰色の目を細くして、鉛筆の走書を読んでいたが、見る見るうちに、その赤ら顔から微笑が消え、恐ろしい相好になった。

じッと眸を据えて、紙に孔が開くほど見つめた。十秒たつも眼を離さず、二十秒たっても身動きもしない。

やがて長い溜息を吸いこんでホッとそれを鼻から吐き出したかと思うと、彼はまるで毛虫でも摑まされたかのように、紙片をテーブルの一番向うの端に押しやって、折からボーイが持って来たウイスキーソーダを細々と床の上に滴しながら、紙片をつまんだ指先を丁寧に洗った。

船の給仕はあっけに取られてそれを見ていたが、

「なんと書いてありますか?」

「貴方はいったい誰です?」

「私ですか?　私は三河丸の給仕の杭瀬という者です」

杭瀬はこの外人の慌て方が可笑しくて堪らないらしかった。

デーケンはハンケチで指を拭きながら、

「貴方書きましたか、この英語は?」

「冗談じゃありません。私には読めないから、読んで下さいとお願いしているんです」

「ほんと?」

「ええ」

「あなた、気は確かですか?」

「えッ?」

「狂人《きちがい》の病院に入ったことありませんか?」

「うふン！　冗談じゃありません」

「お気分はいかがです?」

「なんともありません」

船の給仕は狐につままれたような顔だった。

「では、あなた、いつもと同じなんですね?」

「はあ」

「そりゃ可笑しい」

「なんと書いてあります?」

「これは誰が書いたんです?」

「貰ったんですよ」

「誰から?」

「誰からだっていいでしょう?」

「貴方は不仕合せな人です。この紙を貰ったのは、貴方の運が悪かったのです」

「なんと書いてあるのです。早く聞かせてください」

「大変なこと、書いてありますよ。話したら貴方蒼くなって飛び出すでしょう」

「どんなことです?」

「よろしい。聞かしてあげましょう。しかしその前にこの紙は一時も早くあすこのストーヴへお棄てになった方がいいです」

「焼くのですか?」

「そうです」

「どうして焼くのです?」

「あとで話せば分ります。一時も早く焼いておしまいなさい。それが貴方のお為《た》めです」

船の給仕は始めには何でもないことが書いてあるのかと思っていたらしかったが、段々デーケンの態度から推して、恐るべき大変なことが書いてあるのを察したらしく、もはや笑いもしないで、云われるままに紙片をストーヴへ持って行って焼いた。

「焼きましたか?」

「はあ」

「では話してあげますがね、その前に順序として、どうして貴方あの紙片を手に入れましたか、そのわけを話してください」

「兵隊さんに貰ったのです」

「どこで?」

「船の中で」

「どんな兵隊さんでしたか? その時の様子、もっと詳しく話してください。それを聞いたあとで、あの紙片に書いてあったことを話してあげましょう」

「どうして先にあの英語のわけを話して下さらないんです」

「話したら貴方が吃驚《びっくり》してこの酒場から飛び出すに違いありません。私それを好きません。だから、それより前に、あの紙片を貴方が手に入れた時のことを聞いておきたいのです。ボイさん、ウイスキーソーダを二つください」

4

「じつはただで貰ったのじゃなくて、ビール一本と交換したんです」

「ビール一本と?」

「そうなんです」

「これは驚いた。どうしてあんな厄介な物を背負《しょ》い込むのに、ビール一本出したのです?」

「この前、上海から帰る時、私の船に百人ばかりの白衣を着た負傷兵が乗りこんだのです」

船の給仕は巻煙草の灰を丁寧に灰皿にこすりつけながら話しはじめた。

「ある日——そうです、上海を出た翌日のことでしたな、パントリーから帰る途中、三等の甲板を通っていたら、手摺に寄りかかっていた一人の白衣の兵隊さんが振向いて、

『ボーイさん』と呼びとめるのです。

私は何用だろうと思って立ち止りました。すると、その兵隊さんは——顔はよく覚えていません。兵隊さんと

いうものは、負傷兵であろうがなかろうが、みな赤黒くて元気でどれもこれも同じ顔をしています。名前だけは聞きましたが、林野と云うのです。この兵隊さんは、片手に持っていた紙片を振って、

『これを上げようか?』と云うので、

『なんですか?』と訊きました。

その兵隊さんは、『これには面白い話があるんだ。それを話してあげるから、ここへ坐りたまえ』と云うのです。

私は三等のパントリーで皿を洗ったばかりのところで、当分手がすいていましたから、おつきあいだと思って、兵隊さんと並んで、ロップの上に腰かけました」

「そんなら、ビール一本と交換したんじゃなくて、ただで兵隊さんから貰ったのですね?」と、デーケンが頤を撫でながら訊いた。

「いいや、あとで分りますから、黙って聞いてくださ い。その兵隊さんの話を聞いてみると、こういう順序なんです。

盧山《ろざん》の戦いの時、林野と二人の兵隊は伝令となって右翼部隊の処へ行くことになりました。ところが、それが、真っ昼間のことですし、直ぐ五百米《メートル》突ばかり離れた向うに敵がいるので、まったく生命がけの仕事だったのです。三人は離れ離れに塹壕を飛び出すと、敵のトーチカから吐き出す機関銃の掃射を浴びながら、転ぶように山を降りて行きました。

右翼部隊がいるのは、千米突ばかり離れた谷の向うの山陰です。山を半分ほど降りて振向いてみると、一番あとからついて来ていた兵の姿が見えません。やられたらしいのです。残った二人は機関銃の集中射撃を受けながら、遮二無二降りました。そのうち谷間へ出たので、その谷川の中を百米突ばかり前進し、それから谷川の岸を這上ってまた走り始めたところが、その途端に林野はガンと棍棒で撲られるように打倒されてしまいました。立ち上ろうとしたが、立ち上れません。そこで転ぶように谷川へ下りて調べてみたら、左の太股に貫通銃創を受けているんです。彼は応急手当をすると、暫く谷川を這い廻りました。谷川とは名ばかりで、石ころばかりの河肌が露出して、水はどこにも流れていない一間《けん》はばぐらいの、まるで塹壕みたいな処です。その上、岸の両岸に鬱蒼と樹木が密生しているので、暫く休むには持って来いの場所でした。

先刻《さっき》走った時には夢中だったので気付かなかったが、

よく見ると谷川の石ころの上には、到る処に支那兵の死体が転がっていて、名状しがたい異臭が立ちこもっています。そのうち林野は睡眠不足と出血のために、猛烈な睡気《ねむけ》に襲われました。いま寝たら、それが最後になるかも知れぬと思ったので、一生懸命に石ころの上を、下へ下へと這って行きましたが、どうにも疲労と睡魔には抗しがたく、カタカタ云う機関銃の声を聞きながら、ついぐっすり寝込んでしまったのです。

何時間寝たか分りませんが、暫くして目を覚してみると、空は黄昏《たそがれ》近くなり、機関銃の音も小止みとなって、真近な処で苦しげな唸声が聞えます。むっくり上体を起してその方を見ますと、若い支那の士官が一人仰向けに寝ています。

敵軍の戦闘力を減殺するのが戦闘の目的である以上、一人でも多くの敵兵を倒すのは、兵士としての義務なのです。

で、林野は片手に銃剣を握りしめ、痛む足を曳きずりながら、ギュッと唇を食いしめてその方へ這い寄りました。

ところが――ところが、貴方、その支那の将校は、世にも哀れな顔をして、両手を合して林野を拝んだと云うのです。そばへ寄ってよく見ると、目は血ばしり、額には玉のような汗がにじみ、顔や手足は泥にまみれて真っ黒になり、腹部を遣られたらしく、そのあたりが血みどろになっています。余命いくばくもないことは一目で分りました。

もうこうなったら、敵も味方もありません。お互に傷ついた人間同志です。林野が銃剣を放して見せると、その将校も安心したらしく、頻りに手真似で水をくれと云います。林野の水筒はとっくに空になっていたので、もぞもぞ這いながら、そこらに屍体となって転がっている支那兵の水筒から少しずつ水を集めて持って行って飲ましてやったら、おお、どんなに美味そうに飲んだでしょう。あんなに美味しそうに水を飲む人間は、林野はあとにも先にも見たことがないと云っています。

それから彼は、顔にこびりついた血や泥を拭いてやったり、氷砂糖を口へ入れてやったりしたのですが、すると、将校はすこし元気づいて、途切れ途切れの苦しそうな息の下から、何やら頻りに喋るのですが、それが支那語なのでさっぱり通じません。

その将校はもどかしげにポケットから手帳を出して、それに鉛筆で何やら走り書きすると、その頁を千切って林野に渡しました。それがいまの紙片なのです。

林野は将校が最後の息を引きとるのを見とどけ、日が暮れると岸を這い出して、闇の中をまごまごしている中に味方の兵に救われ、それから野戦病院へ入り、間もなく内地送還ということになったのです。

英語の読めない林野は、病院でも船の中でも、紙片に書いてある文句の意味をいろいろ想像してみました。自分がした小さい親切に対する感謝の文句のようにも思われれば、また支那将校の個人的な遺言を託したようにも考えられる。どっちにしても悪いことは書いてないと思いました。虫の好い想像ですが、ことによるとお礼として何かを譲ると書いてあるのかも知れない。病院の将校に見せたなら、すぐにも読んでくれるとは思いましたが、敵軍の将校に対して何か非常な恩恵でもほどこしたように誤解されるのは心苦しい。そんな気持もあったし、また面倒臭くもあったので、彼は船に乗るまで誰にも見せないでいたのです。

いよいよ内地帰還と決って船に乗ると、たかが一片のちっぽけな紙片のために悩まされ、邪念妄想のとりことなっている自分が馬鹿々々しく思われだしました。万一それに何かの報酬をやると書いてあったにしたところが、そんな物を平気で受け取ることが出来るだろうか。自分は名誉ある帝国の軍人ではないか。たとい感謝のしるしだろうが、敵軍の将校から報酬を受け取るような、そんな寝覚めの悪いことが、日本の軍人として出来るだろうか。一文《もん》の報酬を貰わなくとも、一つの勲章を貰わなくとも、日の丸かかえて陛下のために生死の間を彷徨したという、この誇らしい思い出そのものが、万金に代えがたい報酬ではないか――林野は綺麗さっぱり謎の紙片を海中に葬るべく、甲板の手摺に寄りかかったのです。そこへ通りかかったのが、パントリーで皿を洗い終った私という順序なのです。

私も兵隊さんの話をきくと、なんだか好いことが書いてありそうに思われたので、有難くその紙片を頂戴すると、彼が辞退するのに無理に料理場から徴発してきたビールをお礼として進呈したのです。

貴方は英語も日本語もお出来になります。何が書いてあるか分らんので、滅多の人には見せられませんが、貴方なら大丈夫と思って見てもらったようなわけで――」

船の給仕はこれだけのことを話し終ると、ウイスキーソーダのグラスを取りあげた。

デーケンはまともに彼の顔を見つめていたが、

「なるほど、よく分りました。貴方は、ヴァクシネーションをおやりですか?」と静かに訊いた。

「ヴァクシネーションとは?」

「なんと云いますかね、ほら、天然痘の注射です」

「種痘ですか?」

「そうです。あれを遣りましたか?」

「ずっと前にやったことがあります」

「とにかく直ぐ病院へ行って診察してもらったほうがよろしい。こう書いてありました——『私は天然痘です。御親切に対する感謝として申しあげるのですが、どうかお帰りになったら全身を御消毒なさってください』」

5

空には星がたくさん光っていた。

まっ黒い海のような地平線のはるか向うの夜空に、ぼォーと薄明りが差しているのは上海であろう。

その薄明りを背景にして、大きな怪物のような楡《にれ》の大木の葉のない梢が、冬の夜風に戦きながら、夜の唄を合唱していた。

「ユイ、ユイ」と驢馬を叱咤しながら家路を急ぐ百姓の声が、どこからともなく風に乗って流れてくる。

いまでは平和な驢馬が家路へ急ぎ、しめやかな土の匂のするこの豊沃な野原が、かつては大砲機関銃が遠雷のごとく轟き、いくたの兵士が血みどろになって殺し合う戦場だったと云って、誰がそれを信じ得よう。

ここで戦争があったというのは、果して本当なのだろうか。

星に訊いても答えず、楡に訊いても答えない。

天を焦がす猛火に家を焼かれ、親や兄弟に生別れて、今日は西、あすは東と狩り立てられた当時の人たちが、安心して金銀財宝を託し得る唯一の場所は、地底だけであった。

土地よ、お前はどんなに多くの財宝を呑み、どこにそれを隠しているのか。

神秘な土地は永遠の沈黙で答えるだけである。

だが、人の子が土に埋めたものは、口から口、目から目と伝わって、遅かれ早かれ結局は人の子によって発掘されるものだ。それは埋めた当人であることもあれば、遠い第三者であることもある。

今夜、楡の大木の根元をせっせと掘り始めたのも、じつはその第三者の一人なのである。

冬の夜風に吹かれながら、上着を脱ぎすてた彼が、シャヴェルを踏んでは土を起し、踏んでは土を起しするごとに、湿った土の匂いがプンと漂い、星の光を受けたシャヴェルがピカリと光った。

やがて額からは熱い汗がだくだくと流れ、濡れたシャツがベットリ背中に喰いついたが、彼はその汗を拭いもしないで、一生懸命に掘りに掘るのであった。

云うまでもなく、この男こそデーケンなのであって、天然痘なぞとは真っ赤な嘘、彼が見た支那将校のノートの紙片には、「私には妻も子もありません。上海郊外の八里台《パーリィタイ》の楡の根もとに埋めてある金貨一万二千磅《ポンド》は、我が軍が某国会社から受け取ったものですが、御親切に対する感謝のしるしとして君に贈ります」と書いてあったのだ。

ああ、彼は気が狂ったのか、魔が差したのか。金のためにはこうも人が変るものなのか。いったい地下の金の所有権は誰にあるのだ。むろんそれは外国会社、支那将校、林野、と巡り巡って、いまは船の給仕の手に握られているのだ。

けれどもデーケンはそうは考えなかった。どうせ元をただせば出処の怪しい金ではないか。こんな金に所有権もヘッタクレもあるものか。自分はいま金に窮している。一万二千磅あれば、こんな不景気な支那や日本にいなくても、峰子と一緒にどこへでも行ける。スタンブール、リヴィエラ、ビアリッツ、旅から旅の愉快な生活、おお、神よ。構うものか。掘れ掘れ。

彼はヒイヒイ咽喉《のど》を鳴らしながら、気狂いのようになって掘った。

やがてシャヴェルに手答えがあった。

土を払いのけると立派な箱が出てきた。

大きな細長い木製の箱で、全面に精巧な彫刻がほどこしてある。なんという見事な箱であろう。

箱の蓋を取りのけて、

「あッ！」と叫んだ。

星明りに透かして見ると、箱の中には馥郁《ふくいく》たる芳香の発散する薔薇や白百合の花が一杯に詰めてあるのだ。

そうしてその花を掻きのけてみると、大理石で刻んだヴィーナスの女神のような女が静に眠っているのだ。

デーケンは懐中ランプを点けて、氷のように冷たい女の肌に恐る恐る指を触れてみた。

そうして両眼をとじた蠟人形のように白い女の顔をじ

ッと覗き込んでいるうちに、段々それが峰子の屍体であるという動かすことの出来ぬ、恐ろしい事実に気付いて、

「あッ！」

と、二度目の叫声を、干涸らびた唇から漏らすのだった。デーケンの胸に初めて真相が火を見る如く明らかになった。

峰子は自分の跡を追って上海へ来たのだ。それを待ち伏せしていた天文学者が、この辛辣残忍な復讐を企らんだのだ。今日酒場で会った白服の男、あれが彼でなくて誰であろう。

「峰さん、峰さん――」

そう喘ぐように女の名を呼びながら、デーケンはさながらもう取戻すことの出来ぬ遠い過去の国の心臓の音を聞こうとするかのように、哀れな女の胸に、ピッタリ耳を押しつけるのであった。

赤い眼鏡の世界

久し振りの船出の退屈しのぎに、この一月ほどの不思議な出来事を、一つにまとめて書いてみよう。

もっとも、一月の出来事を書くと云ってみたところで、どこまでが私のグウタラな妄想で、どこからが事実なのか、自分で顧みても区別がつかぬほどなのだ。

さて、ある晩――ニース、キャンヌ、ツーロンあたりの山々を絵具箱を肩にあてもなく歩き廻って、眸に沁み入る紺碧の地中海の波を、堪能するほど眺めて帰った二三日あとだから、やはり一月ほど前のことに違いない――

その晩、ブーローニュ公園の散歩の帰り途、行き当りばったりに灯の点きそめた料理店に入って食事をしていると、一人の老人がのそのそ私のテーブルに近づいて向き合って坐ったのである。

その老人の風采は頗る変っていた。この国の料理店などでは殆ど見られぬシルクハットに燕尾服、しかもそれが二つともかなり年代を経たものらしく色褪せて、袖裏がぼろぼろに破れているのが、こちらからよく見える。頸は不釣合に太く生白く、頬から頤へかけてもじゃもじゃ生えた茶色の鬚は、頤下三寸の処で尖らして刈込み、脂ぎった鼻は鈎型に曲り、きたならしい小皺の寄った頬には、そばかすにしては大きいと思われる褐色の斑点が一面に浮んで、朦朧《もうろう》とした灰色の眼を眩しげに細めているのだ。

その老人は、食事中ひそかに私の食事がすむのを待って、

「貴方にお願いがあるんですが――」

と、抜け落ちた歯の間から、シュッシュッ息が洩れるような声で話しかけた。

私は大抵の場合、不意に話しかけられると面倒なので、この国の言葉が分らぬ風をして空嘯《そらうそぶ》いているのであるが、その晩は相手の奇妙な風態に好奇心を唆《そそ》られたものだか

ら、

「なんです?」

と、即座に調子を合せてしまった。

老人は二十法《フラン》紙幣一枚と、皺くちゃになった紙札とをポケットから出して、私の手に握らせた。

「これは質札なんですがね、こいつを質屋へ持って行って、預けてある物を受取ってきてくれませんか。品物を受取ったら、ペルレー街、十五番、十五号室へ、とどけて頂きたいんです」

拒絶されるのを恐れたのであろう、老人はそれだけ云うと逃げるように出て行った。

呆気にとられた私は、ポカンと老人の後姿を見送っていたが、気が付いてみると、私の掌には質札と金が残っている。

なんという狂気《きちがい》じみた老人だろう。このまま私が二十法を盗んでしまったら、どうするつもりだろう。私が人目につき易い東洋人なので、それで安心して任せたのだろうか。無理無態に厄介な仕事を背負《しょ》わされた私は腹立たしかった。質札を拡げてみると、質屋がソンバクール街にあるということは印刷してあるのでよく分るが、預けた男の名や品物は、乱暴な字で書きなぐってあるので読めない。

料理店を出た私は、すぐその足で地下鉄《メトロ》に乗ってソンバクール街へ向った。物好きと笑われもしようが、私はまるでその時、催眠術にでも掛けられているのと同じ状態だった。

狭い小路の同じ処を、何度も往きつ戻りつ散々たずねあぐんだのち、やっと目指す質屋を探し出した。

五分間ばかり経つと、スリッパを曳きずる音がして扉《ドア》が開き、額の禿げ上った亭主が現れたので、黙ったまま質札を渡した。

亭主はそれを受取ると、胡散くさそうな目つきで、私の頭の頂辺《てっぺん》から、足の先までじろじろ眺めていたが、二三歩後退りすると、薄暗い電燈に質札をかざしてみて、

「八法」と、たった一言いった。

私は用意の紙幣を渡した。

暫くして姿を現した亭主が、おつりと一緒に黙って私の手にのせたのは、眼鏡のケイスにしては立派すぎると思われるほどの、楕円形の、平たい、全面に唐草模様の彫刻のある銀の小箱であった。

電車に乗って、銀のケイスを開けてみたら、中に入っ

ているのは、ルビイのような赤い硝子《ガラス》をはめた美しい眼鏡、試みに釣針のように彎曲した蔓を両耳に掛けて車内を見廻すと、赤い帽子、赤い顔、赤い灯……

これが純粋の赤だったら、こうも明るくは見えないだろうが、桃色かと思われるほど薄いので、案外こまかくはっきりと見える。私は子供の時河へ水を浴びに行き、河原で茶色の硝子壜の破片《かけら》を拾って、それを目に当てながら、茶色の山や河を珍しげに眺めて喜んだことを、その時ゆくりなく思い出した。その壜のかけらは、平でないので、景色がゆがんで見え、それがまた一入《ひとしお》面白さを増すという結果になったが、この眼鏡のレンズも、微妙な凹凸があるとみえて、物の形が曲っているばかりでなく、妙に小さく遠のいて、まるで夢の世界をこっそり覗いて見でもするかのように美しく楽しく見えるのである。私は大人の玩具のような赤いレンズが、すっかり気に入ってしまって、これを老人に返したら、同じ凹凸のある赤いレンズを注文しようとさえ思った。

約束のペルレー街十五番十五号室へ行ってみたら、老人はいなかったが、扉が細目にあいて、円テーブルの上に明々と電燈がついているので、直ぐ帰って来るだろうと思って中に入った。

大きい部屋だが、別室はないらしく、寝台《ベッド》、窓、衣裳棚、部屋の中の家具の配置や窓の位置が私の部屋そっくり、よくもこれほど似た部屋があるものだと可笑しくなる位だった。

だが、そのうち、私は大変なことを発見して吃驚《びっくり》した。それはテーブルのランプのすぐ下に置いてあるカットグラスの灰皿が、私の愛用している品に寸分ちがわぬということだ。改めてあたりを見廻すと、薄暗い片隅に私のと同じ画架が立てかけてある。

私は妙に不安に不気味になったので慌てて椅子を立上り、私の部屋と同じ位置にあるキャビネの扉を開けてみた。ところがその中には、私のラベルを貼ったトランクが、二つ積み重ねてあり、手前の方には、私がお午に食べ残したパンと乾酪《フロマージュ》の皿が、私が置いたと同じ位置に、穢ならしく載っかっているのだ。

私は頭が混乱してしまって、自分の部屋へ帰ったのではないかと思ったが、そこまで辿りついた経路を考えてみると、やはり老人の部屋に違いないし、それに、批判的な目を見張り見ると、私の部屋のベッドは鉄製だが、ここのは木製でシーツも新しい。私の部屋には壁に何の装飾もないが、ここには油絵が一つ掛けてある。

私は門番《コンシェルジュ》をひっぱってきて、誰が荷物を運び入れたのか訊いてみると、運送屋が私に頼まれたと云って、御丁嚀に一月分の部屋代まで前払いして行ったという返事だった。私は開いた口が塞らなかった。


シルクハットは何時まで待っても姿を見せないし、以前の部屋へ帰ってもガラ空きだろうし、仕方がないので私は新しいシーツのあるベッドにもぐりこんで、寝苦しい一夜を過したが、翌る朝、目を覚してみると、私の頭は頻りに夢現《ゆめうつつ》の間で「午前十時四十五分大使館へ行け」という文句を、繰返し繰返し呟いているのであった。

はて、どこからこんな妙チキリンな文句が頭に入ったのだろうと思案してみたら、昨夜地下鉄《メトロ》で赤い眼鏡を掛けて見廻した際どのくらいこまかい物が見えるだろうと、試験的に隣の男の読んでいる本を覗いてみたから、どうもその時拾い上げた文句らしいのである。

なにもこの文句に動かされた訳ではないが、よく宿を変える私は、郵便物はすべて大使館宛で受取っていたし、今度宿が変ったことも届けておきたかったのでどうせ行くならこの文句通りの時刻に行ってやれと、いつもより早目に起きてグリューズ街へ足を向けた。

途中、ポケットから眼鏡を出して掛けると赤い鈴懸《プラタヌ》、赤い自動車、赤い日光――夜も好かったが昼はまた格別である。

午前十時四十五分大使館の前までくると、玄関に立つ男が、私の姿を見て手を振って笑っていた。近づいてみると、以前通った画塾で時々出会ったカタローニア生れの画学生だった。

「よオ！　今恰度君の住所を訊ねに来ていたところさ。大変な話があるんだ」

と彼は、有無を云わさずとあるカフェに私を伴って行った。

「いつやら君は百法貸してくれたっけね」と彼がいう。

「そうだったかな」

「あの時の、僕は死ぬより他に手がないほど困っていたが、君に借りた金の一部でモンテヴィデオの富籤《とみくじ》を買ったら、なんとそれが一等に当って、二十万法さ！　どこかの国の童話にあるね、貧乏人が目を覚してみたら、王様になっていたと云うが、今の僕それなんだ。感謝するよ。君のお蔭だ。だからお礼として一割だけ取ってくれたまえ」

二万法の小切手を書いてくれた。

私の新しい巣の壁に、無名の近代画家が描いた油絵が一つかかげてあることは前にも述べたが、それはどこの国の女とも分らぬ赤銅《しゃくどう》色の皮膚をした女が、巴里《パリー》好みの黒い服を着た胸に白い梔子《くちなし》の花束を挿し、綺麗な靴をはいた両足を長々とソファの上に伸して、上半身だけ起した顔に頬杖つき、白と黒のはっきりした陶器のような眼でじッと私を眺めながら嫣然と微笑しているのだ。

どういうものか、私はその女の陶器のようなパッチリした眼で絶えず睨まれているのかと思うと妙に神経が不安になって、気楽な孤独感をさまたげられるのだった。

それで、なるべく絵の方へ顔を向けないようにしたが、見まいとすれば、見まいとするほど、向うが挑んで来るような気がして、どうかした拍子に、二人の視線がカチ合うとガンと鉄槌の一撃を受けたように、実際、胸のあたりがずきずきと不愉快に痛むのだった。そこで私は新手の戦術を思いつき、逆にじッとこちらも眸を据えて睨み返してやったが、そうすると、凝視を浴びるのが苦痛でなくなった代りに、こんどはこちらが絶えずその女に話しかけているような、変な状態になったことに気がついた。

ながたらしくこのへんの経過を述べれば限りがないが、とにかく白い花を持つ赤銅色の女は、終いには私の友だちとなり、私の妄想の世界で額縁から抜け出し、私と共に話し共に食事をするようになったわけで、灰色の朝の光が微かに窓から差し込む頃、半ば眠りから覚めた私が、夢の名残のように部屋に漂う咽《む》せ入るばかりの芬々《ふんぷん》たる梔子の花の香を、胸の底まで吸い込むようなことはしばしばであった。

さて、このへんから記憶が曖昧で、妄想と現実のけじめがつかないのだが、なるべく確実に覚えている処だけ書くことにしよう。私はうちにいる時は眼鏡は使わないが、散歩の時は、もしやシルクハットの老人に出会ったら、目印になってよかろうと思ったし、また赤いマロニエや赤い犬を見るのが面白くもあったので、必ず眼鏡を掛けることにしていたが、その赤いレンズの迷いであったのだろうか、ある日、例の散歩の帰り、新聞を買おうと思って、街角の売店《キオスク》の前に立ち止って振返ったところ――巴里の売店は日本の自働電話みたいに円い形をしているので目的の新聞を探すためには一廻りせねばならぬ――私はその拍子に、二十メートルほど向うに立つ梔子の女の幻を見てぞッとした。

ぞッとしたというのは、あとから考えてみて自分ながら可怪しい。私は部屋の中では、始終かの女の幻を見、その幻と言葉さえかわしているのだけれど、まだぞッとしたことはなかった。だから、この時ぞッとしたと云うのは、多分その出現があまりに不意だったためと、屋外であったためらしい。とにかく女の幻影は、向うの煌々たる電燈のとぼった飾窓の側に、ぼおッと浮び出して一瞬のまに消えてしまったのである。

これが街頭に現れた女の幻の見始めで、それからはシャンゼリゼエから公園へかけての、黄昏《たそがれ》時の散歩の往くさ帰るさに、二三度つづけさまに同じ幻影を見た。

だが、それが二三度とも、最初の場合と同じように、慌しい雑沓の中だし、かなり距離もあるので、残念ながら近よって言葉をかけることができなかった。

ところが、その次の日には、人けのないブーローニュの森の中、しかも四辻のようなところでパッタリ女と出会ったのである。

私は大胆に近づいて、一生懸命に話しかけた。

「よく会いますね」

「こんばんは！」

「どちらへ？」

「散歩」

「お邪魔でなかったら――」

「どうぞ」

かの女の微笑は絵の中の微笑と同じであった。

私は女と肩を並べて歩いた。なんという好い香！　むろんそれは梔子の花の香である。こうも女が美しく見えるのは、赤いレンズが醸しだす幻覚かも知れないと思ったので、私はそッと眼鏡を取って女の横顔を見た。いいえ、眼鏡の迷いじゃない。やや鼻が長すぎるのが瑕《きず》だけれど、黒ずんだ頰から頤へかけての輪廓の軟らかさ、動物的で野卑な白人の女よりどのくらい上品で美しいか知れやしない。

「あなたのお名前は？」

「知ってらっしゃるんでしょう？」

「いいえ」

「当ててごらんなさい」

「チンタミニ」

たそがれの静な空気を振動させて、金属性の女の笑声が響いた。

それが森の中の奇妙な鳥の啼声のように私の耳に聞えた。

「それはどこの国の名ですの?」

「東の方の熱い国――」

「ちがいます」

「では?」

「地中海婦人と呼んで下さい」

「なぜ?」

「始終地中海を旅行しますから」

「生れは?」

「アルジェール。父が仏蘭西《フランス》人で母がムーア人なんです」

「アルジェールは好い町だと聞いています」

「昔はアルジェールと聞いただけで、地中海の船乗たちは、顫え上ったものですよ」

「どうして?」

「海賊の巣窟だったからです。でも、今はアラビア夜話に出て来そうな平和な面白い港です」

と女は道々アルジェールの街の面白い話をして聞かせた。


数々の不思議な幸運と喜びを与えてくれた魔法の赤い眼鏡を私が失くしたのは、その翌る日のことだったと記憶している。その日、私は公園の帰りに、とあるカフェに寄って新聞を読んだ。新聞を読む時だけ眼鏡を外して、そのまま忘れたのである。カフェを出て暫く歩いて、急に思い出して元のテーブルへ帰ってみたら、早やその時には眼鏡は失くなっていた。給仕《ギャルソン》に眼鏡のことを訊くと、彼は両手を拡げて肩をすぼめたが、私は仏蘭西人がよくやる大袈裟なこの身振りを、この時ほど憎らしく感じたことはなかった。

不思議なことに、魔法の眼鏡を失くしてからは、悪い事ばかりが続きだした。

部屋へ帰ってみたら額が見えない。門番に訊いてみても、雲を掴むような返事で、てんで埒があかなかった。

いくら私が妄想家でも、かの女といっしょに公園を散歩して以来、かの女が絵を抜け出した幻影でないぐらいは知っていたけれど、不思議なことに絵が失くなると同時に、次の日も、そのまた次の日も、ぱったりかの女に会えなくなってしまったのである。

鈴懸の下で新聞を買う時、夕べの森をそぞろ歩きする時、もしや女の後姿でも見えはせぬかと、八方に眼を配ったが無駄であった。ああ、かの女は結局赤いレンズを掛けなければ見えぬ不思議な存在なのであろうか。

だが、それから一時間ほどたって、私はどこからか珍しい一通の手紙を受取った。

なぜ珍しいかと云うに、前にも話したごとく、郵便物はすべて大使館宛で受取り、誰一人私の住所を知った者がないのに天から降ったか地から湧いたか、ポツリと一通の手紙がわびしい私の下宿に舞い込んだのである。

いうまでもなく、私はその手紙に非常な興味をそそられたので、わざと直ぐには封を切らないで、骨董品を鑑賞するような目付で、じッと封筒を眺めていたが、消印がアルジェールとなっているのを見て、飛立つばかりに封を切った。

「親愛なる友よ。

止むない事情でアルジェールへ帰りました。巴里をたつとき急ぎましたので、御挨拶できなかったのは残念です。わたしはこちらで夕方になると、今頃はあなたが公園を散歩していらっしゃる頃だと思っています。アルジェールへ遊びにおいでになってはいかが。私は毎日四時に、トンブクツー街の『金の驢馬』というカフェへ行きますから、そこへ来て下さるなら会えます。

なお、巴里でわたしは可笑しな赤いレンズの眼鏡を拾いましたが、貴方がいつも赤いのを掛けていらっしたので、貴方のじゃないかと思うのです。もし貴方のでしたら、おいでになった時、お返しいたしましょう。

地中海婦人」

私はその日のうちに旅装をととのえて巴里をたった。そして、今日午後メサジェリー・マリチムの船に乗った。

いま地中海の波を蹴る船のサロンの電燈の下で、この日記を書いている。

この船は、明日の夕方灯影美しいアルジェールへ着くはずである。

今夜、私は船で、ソルボンヌの教授、リオン染色化学研究協会顧問という長たらしい肩書を持つ尊敬すべき紳士と近づきになり、その紳士から面白いことを聞いた。私が最近一月の出来事を話して聞かすと、彼はこう云うのである。

「ああ、あのシルクハットの老人ですか！　あれは有名な魔法使のコッペですよ。なに、本当の魔法使じゃない。ただ風変りな金持の道楽で、サンタクロスが子供を喜ばせるように、奇妙な方法で人に幸福を与え、人を煙に巻いて喜んでいるのです、あははは」

鬱陶しい濃霧のように、この一ケ月来私の頭に鬱積していた疑惑は、この一言でカラリと吹き飛ばされてしまった。

私はアルジェールへ着いたら、靴の踵で赤い眼鏡を踏みつぶして、梔子の花をつけた女と、石段のある小路を、夕風に吹かれながら散歩しようと思っている。おお、私は何という果報者だろう。

魔法使のコッペに神の祝福あれ。

＊　＊　＊

読者よ、以上はでこぼこに古びた穢ない手帳に色褪せたインクで書いた日記なのです。その手帳を私に送ってくれたのは、曾て日本に滞在し、いま故国西班牙《スペイン》に帰っている天主教の牧師カルピオ氏でした
カルピオ氏の手紙によれば、この手帳は、一九三九年五月十日午後三時、地中海ミノルカ島、マホンを去る東南二キロの海岸に打揚げられた屍体のポケットに入っていたのだそうです。

同氏は屍体埋葬に立合いましたが、その屍体は、皮膚剝脱全身腐爛、国籍も人種も分らなかったそうです。が、手帳の文字が、どうも日本か支那らしく思われると云って、私の処へ送ってよこしたのでした。

むろん、巴里大使館に照会すれば、行方不明の日本人があるでしょうから、名前は直ぐに判明するでしょうが、そんなことより私が知りたいのは、自殺か他殺か、自殺とすれば、幸福の頂上にある彼が、なぜ死を選んだかという問題なのです。

かつて日本の絹糸貿易商人が、紐育《ニューヨーク》の沖、ベレンガリア号上で行方不明になったこともあれば、サザンプトンから倫敦《ロンドン》へ向う日本技師が、屍体となって発見されたこともありましたが、今度またその奇怪な海外死亡者の記録に、この地中海上の出来事が一頁《ページ》加えられるのでしょうか。

で、私はこの日記を、知人某海軍中佐に示して意見を徴したのです。

中佐は一読すると莞爾と頰笑みました。

「これを読んだだけで、死因は分るじゃありませんか」

「では、なぜ自殺したのでしょう?」

「他殺です」

「犯人は！」

「日記の中にソルボンヌ教授と名乗る男が出ていますね、あれが犯人だと思うのです。あの男が、夜遅く日記を書き終ってサロンから出てくる画家を、真っ暗い地中海に突落したのです」

「殺人の目的はカタローニアの学生から受取った二万法の金でしょうか？」

「違います」

「では何が目的で――」

「それには長い説明が必要です。が、私は本人を知りません。ただ一篇の日記と彼の屍体が発見されたという事実だけを材料にして判断するのですから、私の判断は間違っているかも知れません。だからそのつもりで聞いて頂きたいのです。いいですか？」

「いいですとも」

「この画家は自分でも空想と現実の区別がつかぬと云っていますが、ひどい妄想家であることは事実ですから、こんな男の主観で書いた日記は、よほど警戒して読む必要がある。この日記は、皮一枚剝がすと、徹頭徹尾、純然たる犯罪記録ですよ。第三者がみると、はらはらするような恐ろしいことばかりなのに、本人はそれに気付かず、一歩々々死地に近づいています。もっとも、私だって、日記だけ読んでは、これが犯罪記録だということに気が付きません。この日記には、数々の不可解の謎はありますが、それが最後の一頁でソルボンヌ教授と名乗る男の言葉によって見事に解決されています。だから、その点で、この日記は一個のエピローグの付いた完結したストーリーと云えるのです。だが、カルピオ氏の手紙によって、日記の記述者が屍体となったことが分ったとすれば、この日記は改めて考え直してみる必要があるのです。まず彼の死因に就いて考えてみましょう。死因は（一）投身自殺、（二）過失で海に落ちた、（三）他殺、この三つの中のどれかということになりますが、日記に偽りのない以上幸福の頂上にある彼が自殺するとも思われませんし、船には丈夫な手摺がありますから、過失で海に落ちたとも思われません。彼の死因は（三）の他殺というのが、最も可能性のパーセンテージが多いのです。かりに他殺と仮定して日記を振返ってみると、その中の数々のミステリー、不可解の謎が、一々生きたものとなって躍動してくるのです。


まず第一が、日記の第一頁に書いてある『ニース、キャンヌ、ツーロンの山々を当もなく歩き廻った』という文句です。ニース、キャンヌはいいとして、ツーロンは仏蘭西本土の地中海岸における唯一の軍港です。かりに日本の要塞地帯の山の中を外人が一人でうろついていたとしても、我々はそれを不問に附するようなことはありますまい。この日記のあらゆる不可解の謎はそこから出発しているのですよ。近頃むくむく頭を擡げた防共協定に怯える仏蘭西が、昨今常軌を逸するまでに神経過敏になっていることは、何と云っても動かすことのできぬ事実で、実証を挙げるなら、昨年は一片の市民証を持っていなかったがために、碌々訊問も受けないで数ケ月監禁されていた日本人画家がありましたし、今年になっては飛行機関係の二名の日本人技師が、スパイ嫌疑で巴里に監禁された事実があります。何の理由もない日本人でさえこれです。まして悠々要塞地帯の山をうろついた者がありとすれば、網に掛るのは当然じゃないでしょうか。まア、ざっとそれだけの前置きをしといて、日記中に現れる謎を一々考えてみましょう。……まず画家を殺したソルボンヌの教授と名乗る男、この男は船に乗る早々画家に近づいた処を見ても、唯者でないことは分ります。なるほど、教授の方から近づいたとはどこにも書いてありませんが、この画家のような非社交的な男が気楽に自分の秘密を打明けたということが、教授の方から巧妙に接近した何よりの証拠だと思うのです。そして巧妙に接近した目的は、夜間、機を見て彼を海中に突落すにあったのです。何の痕跡も残さぬ処分法としては、これが一番手っ取り早いですからね。

……つぎにシルクハットの老人ですが、私はこの男は教授と同一人じゃないかと思うのです。画家がそれに気付かなかったのは、前の時、乞食然たる風采で豊な鬚まで蓄えていたに反し、船では何の扮装もせず、鬚も剃っていたので分らなかったのでしょう。しかし遺憾ながらこの日記には、教授の容貌については一口も述べていないので確なことは分りません。もし別人であるとしたら、教授が画家を処分する際にはシルクハットもそばにいたに違いありません。一撃を喰わした後で海へ放りこんだのか、生きたまま放りこんだのか知りませんが、舷側には手摺もあることですから、一対一ではちょっと不安です。

……つぎにシルクハットの老人は、なぜ赤い眼鏡を質屋へ取りに行かせたかという問題ですが、画家はこの眼鏡を非常に神秘なものに思っていますけれど、赤い眼鏡そのものには何の意味もない。強いて云えば、老人が相手を煙に巻くための冗談《ジョーク》に過ぎなかった。では何故わざわざ質屋へ行かせたかと云えば、その暇に彼の部屋を捜索し、持物を調べたかったのです。また彼の下宿を移転させた理由は、（一）その方が全部の持物を調べるのに好都合だし、調べた痕跡も残らない。（二）新しい下宿の方が、彼を監視するのに都合がよかったのでしょう。ことによると、新しい下宿の門番は、買収されていたのかも知れません。この疑惑は、絵が紛失した際の彼の答弁を読むと、一層濃厚になるのです。いくらなんでも、画家の留守中に絵が失くなったのを門番が知らぬはずはないでしょう。だのに、面白いことには、このわざと空とぼけた門番の答弁は、結果においては、妄想画家をして一層赤い眼鏡を神秘なものに思わせるという、予期せぬ効果をあげているのです。

……では何故あの部屋に女の絵が掛けてあったか、これはそんなに難かしく考えなくとも、あの部屋はもと女の部屋だったのでしょう。画家が質屋へ向った短時間に慌てて引越したので、絵を取り外すのを忘れたのでしょう。誰でも押入の中の物や床の上にある物は忘れませんが、壁に掛けてあるものはよく忘れるものです。のちにこの絵が紛失したのは、あとで女が思い出して取りに来たのです。

……それからカタローニアの画学生ですが『大使館へ行け』という文句は、赤いレンズを掛けなくても見えたに違いない。ただレンズを掛けていたために、それが神秘に感じられただけです。彼がその時刻に大使館でカタローニアの画学生に会ったこと、並びに富籤に当ったことは、偶然の暗合に過ぎません。千に一つの暗合ではあるが、科学上不可能のことではないのです。そしてこの出来事は、彼を一層迷信的にはしていますが、犯罪とは何の関係もない、別個の出来事に違いありません。カタローニアの画学生は、この日記の中に出てくる人物の中で、犯罪に関係のない唯一の人物ですが、これは犯罪記録として書いたのではなく、日記として書いたのですから、犯罪に関係のとない人物が出て来ても、ちっとも不思議はないのです。

……最後に梔子の女ですが、この女は最初は画家を尾行して動静を捜る役をつとめ、のちに彼を死地に誘《いざな》う役目を買っています。この女は路上で度々彼と出会っていますが、それは女が彼を尾行していた証拠です。彼が売店の前でぞッとしたというのは、今まで幻にのみ見ていた女を、初めて現実に見たので、軽い恐怖と驚きを感じたのでしょう。

……要するにこの画家は要塞地帯をうろついたために、ある種のスパイ、または秘密結社の団員につけ狙われ、隠密のうちに、闇から闇へ葬られたのです。カペイヤンが組織したラ・フラテルネイユは、単なる決闘の猛者《もさ》を集めた秘密結社に過ぎませんでしたが、今ではあやまった愛国心に統一された結社が、形を変えて闇の中に息づいているのです。画家がスパイであるという証拠は彼らも摑み得なかったでしょうが、最初から暗中に活動する彼らにとっては、証拠の有無なんか問題じゃありません。証拠があろうが、あるまいが、一度彼らに狙われたが最後、魔の蛇に見込まれたのも同様です。世界の風雲が、一触即発の危機をはらんだ今日では、各国の触角となって暗中に跳梁するスパイ対スパイの決闘が、至る処で行われているのです」

暫くの長い沈黙のあとで、私が溜息しながら訊きました。

「では、この画家もスパイだったのでしょうか?」

中佐は手を振って私を遮り、

「いやいや、彼はどこまでも愛すべき美の使徒に違いありません。それはこの日記を読むほどの者は誰だって認めるでしょう。我が国は戦時、斥候や飛行偵察や情報蒐集はやりますが、平時こっそり裏門から覗くようなことはやらんです。日本にとっては、仏蘭西の情報は駐在武官が堂々表門から調べた処を報告するだけで沢山です。スパイは異国的な存在です。二千年の美しいロマンチックな歴史と、香気高い武士道の伝統を持った日本に、なんでそんな卑怯なことが出来るもんですか!」

リラの香のする手紙

一

牛窓《うしまど》から岡山へむかう、内海通いの小蒸汽船のなかだった。

リュックサックを枕にして寝ていた学生は、ひとりでに目を覚した。船が岡山へ着くまで寝るつもりだったのに、一時間ばかりで覚めてしまったのは、疲労のため、神経が苛立っていたばかりでなく、すぐ隣りから、うるさく機関の鼓動が伝わってくるからであった。

顔を横にむけると、緑色の服の紳士が、彼と並んで長々と畳のうえに仰むけに寝そべって、頭上の明りとりから差しこむ光線で、外国雑誌を読んでいる。

短かく刈りこんだ髪の毛は、半ば白髪まじりで、てっぺんが薄くなり、耳の下から顎にかけて、むくれあがったように肥っている。よく見ると、左手に雑誌を持ったまま、右手を時々ポケットに突込んで、ポケットのなかで南京豆の薄皮をむいて口にほうりこんでいるのだ。

学生は思い出した。船が牛窓港を出る時、慌てて駈けつけたのは、この紳士だった。船は一メートルほど岸を離れていたが、また岸につけて、この男を乗せてやったのであった。

――失礼ですが、いま何時ですか？

そう学生はきいた。どのくらい眠ったか、知りたかった。

びっくりしたように、紳士は学生のほうへ顔をむけた。それから笑いながら腕時計に目を移して、

――四時……もう五分で四時です。おやすみになったようですね。

――疲れていたもんですから。岡山へは何時に着くんです？

――慌てて乗ったので、時間表を見なかったんですが、なんでも、日が暮れてから着くそうですよ……六時だったかな……聞いたけれど、忘れてしまった……

そそっかしやで、ピントが外れて、とぼけたところが

ある。とにかく、会社員や実業家ではあるまい、と学生は考えた。教師にしてはお行儀がわるいし……

——お初めてなんですか、この船にお乗りになるのは？——学生がきいた。

——そうなんです、いつも東京にいるんですけど、いま疎開して岡山にいます。

——その雑誌、進駐軍の兵隊からおもらいになったんですか？

——そう、イギリスの兵隊から。

——ちょっと拝見。

仰向けに寝たまま、学生は外国雑誌を受けとって、街の絵を描いた、色ずりの美しい表紙をみいった。

——ストランドという雑誌ですね。

——そうです。世界でいちばん有名なショートストーリーの雑誌で……いま一九四九年でしょう……この雑誌が生れたのが、一八九〇年だから、もう六十年も続いたわけなんです。創刊当時は、モーパッサンなぞの翻訳をのせたけれど、終いには翻訳なぞ軽蔑してのせなくなった。ドイルはこの雑誌の二年目に、短篇の処女作……あれはボヘミヤの何とかいうやつだったかな？……処女作をのせて、それからずっとこの雑誌のため、生涯書き続けました。チェスタートンもメースンもみなこの雑誌に書いたんですよ。探偵小説ばかりじゃない。ゴルスウォージーやキプリング、オーモニアやグレアム・グリーンなぞも、この雑誌に書いたのです。

——そんなら、世界的な雑誌なんですね。

——面白いのはその表紙の絵なんです。もともと、ストランドという雑誌の名は、この雑誌社がロンドンのストランドという街にあるので、それで、その街の名を取ったのですが、その表紙に描いてあるのが、その街の風景なのです。私は若い時から、ずっと続けてこの雑誌を毎月取りよせて読んでいたし、ロンドンの古本屋から、創刊当時の雑誌も取りよせてみたのですが、そのどれにも、ストランドの街の絵が描いてある。六十年も表紙に同じ絵を使うとは、面白いじゃありませんか。

——保守的なのでしょう。

——いくら保守的でも、六十年とは驚くべき年月ですよ。

——でも、六十年たつと、街の風景が変って来はしませんか？

——そこですよ、私が面白いというのは！

——え？

――創刊当時のストランド街の絵には、馬車が全速力で走っているのが描いてありました。馬の曳くバスが描いてありました。女が長いスカートをはいていました。その絵が、なんと、六十年の間に、少しずつ変化してきたのです。馬車が自動車になりました。馬の曳くバスが、自動車のバスになりました。第一次大戦後の雑誌の表紙をみると、いつのまにか女が短いスカートをはいている……そんなふうに、街の風俗は変化しながら、背景はいつも変らぬストランド街の風景で、晴れた空に、聖メリーの尖塔が、六十年一日のごとく聳えている……だからストランドの表紙を見ると、六十年の歴史が分るのです。表紙が一つの小さい宇宙を作って、人々がその表紙に生れ、その表紙に死につつあるのです……私は毎月この雑誌を、直接ロンドンから取りよせていたのですけれど、恰度クリスティーが、『ポアロの冒険』という連続短篇をのせた頃、パールハーバーの攻撃が始まったので、ぴったりイギリスからの郵便が止ってしまった。やがて、ドイツのロンドン爆撃です。戦争がすむと、なにより私は一番にストランドの表紙を見たかった。なぜ？　ストランド

1921年11月

1925年5月

1925年12月

1940年3月

の表紙には、六十年一日のごとく聖メリーの尖塔が聳えていたが、あの尖塔は空爆でつぶれただろうか？　それとも、ストランドの表紙の、青い青い空に……ロンドンには快晴が少ないと聞いているのに、表紙に描いてある空は、眸にしみるほど青かった……その青い空に、空爆をまぬかれた聖メリーが、聳えているだろうか？　まだ通商が禁じられているので、雑誌を輸入することはできない。それで、私は先日岡山の酒場でいっしょになったイギリスの兵隊さんに一杯ふるまって、ストランド誌のことをきいてみたのです。すると、翌日、どこからか探して、持ってきてくれましたよ、こいつを。私は恋人にめぐりあったように嬉しかった。胸を轟かせながら、表紙をみた。ある、ある！　ごらんの通り、目が眩むほどの青い空に、昔のままの聖メリーの尖塔が聳えている。嬉しかったですよ！　なぜだか、ほっとした気持でしたよ！

——そりゃ、そうでしょうね。長い間この雑誌を見ておられたのなら、そんな気がするのも無理はないと思いますね。

ぱらぱら雑誌のペイジをめぐりながら、学生服をきた若い男は、さも同感にたえぬように、心からそういった。

緑の服をきた紳士は、幻でもさぐるように、しばらく黙って天井を見ていたが、

——この雑誌に関係のある、ひとつの出来事を話してきかせましょうか？　ただまとまりもない、思い出話にすぎないのですが、でも、ある一人の男の経験談というものは、まんざら、若い人に興味がないこともないですよ。

——どうしたんです？

——退屈しのぎに話しますかな。どうせ灯がつかないと、岡山へ着かないんだから。

これがその話なのである。

＊　＊　＊

若かった頃の話です。何十年もまえの話です。私は横浜の本牧の、谷間のような場所の小さい古びた一軒家をかりて、ひとりで暮していました。

家具といっては、原稿を書く時デスクとなり、食事のさいは食卓となる、大きな丸いテーブルが一つと、椅子が二つ三つ、それから元町の家具屋に註文して作らせた、楢製のベッド、そのほかに目星しいものはなにもなかった。

裏の木立に雀が鳴きだすと、私は目を覚しました。人と口を利くのが嫌だったので、いつも格子戸のそとの釘に、金網の籠をかけておきました。目を覚して格子戸をあけると、新聞とパンとミルクが、その籠のなかに配達してありました。

朝はきまりきってパンとベーコンで食事をしましたが、昼や晩は散歩にでたり、東京へ行ったりするので、自然外で食事することが多かった。

私の楽しみは、ゲイティー座へ時々、映画や芝居を見に行くことでした。いま横浜に住んでいる人の大部分は知らないでしょうが、いぜんは港を見おろす丘の上に、同志社のチャペルみたいな恰好の、煉瓦づくりのゲイティー座という、外人経営の劇場があって、そこで一週間に一晩だけ、映画や芝居をやっていたのです。なぜ私がそこを好んだかといえば、第一椅子が大きくて掛け心地がよかった。それにどちらをむいても外人ばかり、日本人は私ひとりなので、なんだか遠い国へ来たようで静かな孤独感にひたるに都合がよかった。でも、惜しいことに、この劇場は地震で潰れてしまいました。

この劇場ばかりでなく、山手の居留地も、山下町のオフィス街や南京街も、みないぜんは赤煉瓦だったのですが、それが震災で一軒残らず潰れたのです。横浜がよかったのは、震災前の話ですよ。

毎日のように、波のように起伏する根岸の山や、船の見える波止場のあたりを、当てどもなく散歩しました。海岸のベンチに腰かけて、汚ない貨物船がガタガタ荷をおろすのや白波をけって走るランチを見ました。灯ともしごろの盛場を歩くのも楽しかった。たそがれ時に街ですれちがう人の顔はみな美しく、懐しく、そんな人たちと自由に話が出来たら、どんなに嬉しいだろうと思いました。

その頃の私は物質的には貧しい生活をしながら、精神的には金色の馬車にのって、虹の橋をかけるような、高貴な生活をしていると、すくなくも自分だけでは、自負していたのですから、いわば、生涯における最も尊い、最も楽しい時代だったのでしょう。

私は人生の美しいもの、清いものにたいする、新鮮な憬れを持っていた。無限の力が自分にあるように思っていた。地平線のむこうには、まだ私の知らぬ、なにか楽しいものが待っているようなきがした。

また、私は、ひとりで暮しているうちに、生命のない物質と話をすることを覚えました。これは、むろん、口に出して話すのではなくて、心の中で話するのです。それからまた、物質と物質が言葉を交すことも信ずるようになりました。

あなたは靴や帽子はものを云わぬと思いますか？　ものを云うのは人間だけだと思いますか？　同じ人間でも、目の色がちがい国語がちがえば、意味が通じないと思いますか？　もしそうお考えなら、大変な間違いですよ。童話をごらんなさい。犬がものを云い、猫がものを云っています。純真な子供は、それを不思議に思わない。それは、まだ彼らには、この世に生れる以前の、濁りない自然のいぶきが残っているからですよ。大人になると信じない。人間の作った科学に目が眩み、闇を見とおす力がなくなっているからです。

ほかの童話作家は知らず、すくなくもアンデルセンが靴や帽子にものを云わせたのは決して子供に分りよくするための方便ではなく、自分でも気のつかぬ意識の底で、あの人はあらゆる物質に生命のあることを信じていたのだと私は思う。そうでなくて、なんであれだけのものが書けますか？

あの人は妻もなければ子もない淋しい人で、言葉も通じぬ知らぬ他国に、よく長い旅をしました。そんな淋しいひとり旅の朝な夕な、彼はホテルの部屋のなかで、靴や帽子が、ひそひそ囁き合っている声に、しょっちゅう耳を澄ましていたのだとは云えないでしょうか？

いったい、私たちの世界というものは、一枚の紙のように薄っぺらなもので、ちょっとそこからはみ出すと、もう真っ暗闇で、なにも分らないのです。例えば音響のことを考えてごらんなさい。私たちの耳に入る音響は、ごく限られた範囲内のものばかりで、少し震動の幅が大きくなったり、小さくなったりすると、もう耳に聞えない。色だってそうなんです。世の中にはまだ何千種何万種のもっともっと美しい色彩や光りがあるのだけれど、それが私たちの視神経には、収容しきれないんですよ。私はキリストの奇蹟もキリスト教の信仰があるのです？　奇蹟を信じないで、どこにキリスト教の信仰があるのです？

二

そのころ、街でよく出会った、名も知らねば、言葉を交したこともないあるインド人の顔は、不思議に忘れられない。

ほっそりとした、五十ぐらいの紳士で、やや憂鬱な、優しい目をその人はしていました。ある時はその人も私も、ぼんやり波止場で沖の船を眺めていたり、ある時はケリウォルシュという本屋や元町のカフェで出会ったり、時によると一日に二度も三度も出会うので、吹き出したくなるようなこともあった。

オフィスのある平日でも、金飾のあるステッキをついて、私と同じような、用事なさそうな、ゆっくりとした足どりで街を歩いているのですから、どうせ職業を持たぬ人には違いないが、どんな経歴、どんな世界観を持った人だろう、詩人だろうか、哲学者だろうか、それとも商売で小金をためて、悠々外国で遊んでいる人だろうか、私はそのインドの紳士に出会うたびに、いつもそんな好奇心を感じ、なんだか同類を見出したような、自分自身の影法師を見ているような、一種の懐しさ、親しさを感ずるのでした。言葉をかえて云えば、ふたりは仲のいい無言の友だちになっていたのです。

このインド人を最後に見たのは、神戸でした。震災で神戸に避難して、雑沓したカフェ・パウリスタの空いた椅子をさがして坐ると、すぐ前の向きあった席に、れいの金飾のあるステッキを持ったこの人が、楽な姿勢をとって、しきりに英語の新聞を読んでいる。

私が彼に好意を持っているように、彼のほうでも私に好感を抱いていることは、これまでの顔の表情で分っていたのですから、この最後の機会をとらえて、ひどい地震でしたね、無事でお目出とうとか、なんとか私は話したかったのですが、消極的な気おくれで何も話さず、その時がこのインド人を見る最後となってしまった。

でも、私は一方でこう考えるのです。

言葉を交さなかったのは、表面だけのことで、じつは唇から出る言葉より、もっと簡単、もっと完全な言葉で、二人は出会うごとに囁き合っていたのだと。

たとえば、桟橋のとっぱなに立って、私は沖の船を眺めている、寒い風が吹くので、あたりに人影はない、ただそのインド人だけ、私と同じように船を見ている、そんな場合、たとえ表面の私は気づかなくても、私の心の内部に潜む本当の私は、こう彼に囁いていたにちがいないのです。

——こんちは！　寒いですね。

すると彼の心のなかの、本当の彼がこちらを振りむき、

——やあ、こんちは！　降るでしょうか？

——西をごらんなさい。空が明るい。雨はふりません

……あの船、ノルウェイの旗の出ている船、あれ、なんトンでしょう？

——そうですね、八千トンかな。

——船をごらんになると、インドへ帰りたくなるでしょう？

——インドは詰らんです、私が行きたいのはまだ見ぬ国の港です。父の巻煙草の袋に、港の絵があるのを、私子供の時見ました。その絵のような港へ行きたい。それには煙草の花をもった女や子供が、夕日のさす波止場で遊んでいました。黒人の船乗が、巻煙草をすいながら、海岸を散歩していました。沖に三本マストの帆船が動いていました。美しくて楽しい絵でした。世界のすみのどこかに、そんな波止場があって、私が来るのを待っているようなきがするのですが、私はまだそれを見つけないでいる。私いろんな港を見ました。リオ、ハヴァナ、イスタンブール、どこも駄目です。港の面白さは、その土地の文化と、船が持ってくる外来の文化と、この二つが交錯したところに出来るのですが、その期間はせいぜい五十年か百年、その期間をすぎるとつまりません。あなたの国の長崎、私の国のゴア、みなその期間をすぎました。私の探している、子供の時に見た絵のような港は、むしろ誰も知らぬ、地図にもないところで、私を待っているのかもしれない。

——地図にない港……でも、三本マストの帆船は、フィンランドのアラン群島のへんへ行けば、たくさん走っているそうですよ、なにかの本で読んだのですけれど。

——駄目ですよ、あのへんには、さっき云った文化の交錯というものがない。ところで、帆船で思い出したのですが、私は科学文明というものに、疑問を持っているのです。私は飛行機で旅をするより汽船で旅をしたい。汽船で旅をするより帆船で旅をしたい。バークやブリグやスクーナー。あの頃の航海は、航海そのものがミステリーとアドヴェンチュアでした。船にのりさえすれば、地図にない、不思議な国へ行けました。人類の幸福を破壊したものに、最近ではラジオと飛行機と原子があり、さかのぼって電気と蒸気があります。あなたは蠟燭の灯で読書した昔の人を気の毒がるかもしれない。でも、彼らはその灯を暗いと思わず、近眼もすくなく、私たちより立派な本を読んでいたのです。日本は陶器をたくさん作ります。でも、美しい物の好きな人は、毎日使う茶碗ひとつ、満足なのを買うことができません。百年前には貧乏人でも立派な茶碗を使っていた。蒔絵も七宝も、昔のようなのは出来ません。お酒やカレイ粉や味噌や醤油も、昔のほうが美味しかった。魚も味が落ちた。氷を使うからですよ。家具も織物も質が落ちた。次から次と新しい薬ができても、病菌に追いつくことはできません。これは日本だけでなく、世界共通の悩みなのです。そして、それらのことから引き出せる唯一つの結論は、今の人が歴史の本を覗いて想像するほど、昔の人の生活は貧弱なものでなかった、そして科学文明というものは、これからどんなに発達しようと、爪の垢ほども人間を幸福にしはしないということです……

こんなふうに、インド人の心の中に潜む、本当のインド人の口から漏れる言葉は、縷々としてつきないのですが、あらまし、以上でそれがどんなものであるか、お分りになるでしょう。

魂と魂との対話——あなたはこれを私の馬鹿げた幻覚とお考えになるかもしれない。だが、これは幻覚でなく、事実なのです。動かすことの出来ぬ立派な事実なのです。

いったい、あなたが事実と呼んでいるものの正体は、どんなものです？　かりにあなたが一つの思い出を持っているとする。あなたはそれを事実だと信じている。だが、いかんながら、あなたの記憶に残っているのは、自分に都合のよい事実の一部分だけ、しかもそれが濃厚に主観で彩色され、誇張され、自分に不必要な部分は、畸形的に縮小され、あるいは全然忘れられているので、それはもはや、事実ではないのです。あなたの空想が作りあげた幻影にすぎないのです。そうだとすれば、あなたの持っている事実と、私の持っている事実と、どこがちがうんです？

とんだ議論になりましたが、また話をもとに戻しましょう。インド人のことを、あまり喋りすぎたかもしれませんが、このインド人は、でも、私のこれからの話には、なんの関係もないのです。

ただ、私の生活態度や、ものの考えかたを説明するため触れたにすぎないのですから、話の前置ぐらいに考えていただきたいのです。

三

ある日、外出から帰ると、金網の籠のなかに一通の手紙が配達してありました。宛名をタイプライターで打った、クリーム色の封筒でした。

たぶん暇だったせいでしょうが、その頃の私には妙な癖があった。それは手紙を受けとると、わざと差出人の名を見ないようにし、おもての宛名の書きっぷりだけをみて、誰からの手紙か判断するのです。それでも判断がつかなかったら消印をみる。不思議なもので、この遊戯に慣れてくると、たとい未知の人からの手紙でも、その封筒の好みや、手紙の厚さや、書体から、その人の職業はもとより、大体の用件まで判断できるものなのです。

ところが、そのクリーム色の封筒だけは、どう頸をひねっても、見当がつかなかった。初めには外国の本屋から来た手紙かと思いましたが、切手が日本の切手で、消印が東京の中央郵便局なのです。

私は判断をあきらめて封を切りました。封を切って中味を出すと、ぷんと微かに花の匂いがしました。リラの花の匂いです。紙は白、インキは黒、ローマ字の日本語をタイプライターで打ってある。いちばんに差出人の名を探したのですが、サインすべき場所に、タイプライターでチトラと打ってあるだけ、住所も日附もないのです。

こう書いてあります――

しばらくごぶさたしましたが、お変りございませんか。もう寝る時まで、なにもすることがございませんの。そして、なぜだか、今夜は妙に淋しくてしかたがないので、久しぶりに、ほんとに久しぶりに、お手紙をさしあげることにしました、用事はないのですけれど。

今日はすっかり疲れましたのよ。なぜって、オクスフォード街みたいな、長い長い街を歩いたうえに、三つの百貨店のなかを歩きまわったからです。マダムに買っていただいた、ぴかぴか光る黒いエナメルの草履が気にいりましたので、こんや枕元において寝ることになりそうです。

寝室の窓からみますと、黒々とした森のむこうに、街燈が一つだけともって、それがぼおっと後光がさしたように、夕もやを照しています。久しぶりに帰ってきながら、迎えてくれる親もないわたしを、日本にしかない、なつかしい湿っぽい土の匂いだけが、窓のそとの暗闇から、両手を拡げて迎えるように漂ってきます。

今日はどんなことをお考えになりました？　どんな本をお読みでした？　手紙は中央郵便局私書函一〇五号宛てにしてください。局で番号のぬしをお調べになりませんように。そんなことなさいますと、文通が出来なくなるからです。

これだけにしておきます。この手紙を書いたら、気がしずまって、寝られそうになりました。お休みなさい。

チトラという名には覚えがなかった。したがって私は不思議に思いました。

でも、とにかく、広漠たる都会のなかで、ある未知の女が、はるばるこちらのアンテナに呼びかけてきたことは、なんとしても嬉しい事実なので、私は羽ばたきするほどの胸のときめきをかんじました。

胸のときめきをかんじたのは、ひとつにはリラの花の匂いがしたせいもあるでしょう。春の五月に薄紫の無数の小さい花を房のように咲かせるリラはもとより、沈丁花、くちなし、茉莉花――あんなのを嗅ぐと、誰だってその瞬間、夢幻境にさそいこまれるのではないでしょうか。

それにしても、久しぶりという文句があるのはなぜでしょう。これまでのいろんな時代に接触した人たちを記憶から呼び起こしてみましたが、こんな手紙をくれそうな女はなかったし、悪戯に手紙をよこしそうな友だちもなかった。

あなたはアムニージアという病気があるのを知ってますか？　字引にはただ健忘症と訳してありますが、ほんとは頭を打ちつけたり、熱病にかかったりしたのが原因で、全然記憶を失ったり、または記憶にギャップができて、ある期間の出来事だけ、部分的に忘れてしまう、怖ろしい病気なのです。この病気は外国に多いが、日本にも絶無でないと聞いていますので、ことによると、この女か私のどちらかが、そんな病気にかかっているのではないかとも思ったりしました。

この女が変名をつかったり、住所をかくしたり、タイプライターで書いたりするのは、アイデンティファイされるのを嫌がっているのでしょう。私はむこうが嫌がっていることを強いる必要はないと思った。そんなことをしなくても、この一通の手紙だけでも、多くのことが分るではないか。すなわち、この女は、（一）いま東京の、（二）窓から森の向うに街燈が一つだけ見える家に住んでいるが、（三）久しぶりに日本へ帰った女らしく、（四）その滞在していた土地にはロンドンが含まれ、（五）職業は秘書か家政婦か家庭教師か乳母の類で、（六）タイプライターが出来て、（七）今後黒いエナメルの草履をはく可能性がある……

これだけ分ったら大したものです。東京に何人女がいるか分らないが、この七つの条件に適合しないのを除外すれば、あとに残るのは僅かな数でしょう。一通の手紙ですでにこれです。この調子で今後の手紙を分析して行けば、ついには残るは二三人というところまで漕ぎつけられましょう。

いま、私は条件を七つしか数えなかったが、最も重要なことを一つ抜かしているのに、あなた、お気づきになりませんでしたか？　それは、この女が私の古い知人の一人だということです。久しぶりと云うからには、私の知っている人にちがいない。でも、私の知った女に、この七つの条件にかなう人があろうとは思われなかった。それでわざと除外したわけなんですが、もしこれを素直に受けいれて、よく考えていたら、あるいは、この最初の手紙で、相手を突き止めえていたかもしれないのです。

そんなことはどうでもよいとして、その夜、私はこんな手紙を書いたのです——

お手紙嬉しかったです。

でも、あなたがこちらの住所を知っていらっしゃるのに、あなたのほうでお隠しになるのは、不公平ですね。だが、そのうち当ててごらんにいれますからみていらっしゃい。

なぜだか、あなたのお手紙を見ていましたら、黒岩涙香の「白髪鬼」の原作者マリー・コレリという女を連想したのです。あの人はリラの花と同じ薄紫の紙に、紫のインキで、手紙を書いたと云うではありませんか。

今日はなにをし、なにを読んだかとおたずねですが、新聞以外なにも読まなかったというのが本当なのです。それは、一日あなたのお手紙をいじったり、あなたは誰だろうと、想像するのに忙しかったからで、それだけでも、私がどんなにお手紙を嬉しがったかお分りでしょう。あなたは黒いエナメルの草履を枕元において寝ると云われましたが、私は今夜あなたのお手紙を枕元において、寝ることになりそうです。

また書いてください。お待ちしています。

じっさい、私はその夜、未知の女からの手紙を枕元において寝たのですが、遺憾ながら、開封した瞬間ほのかに匂ったリラの香は、夕方にはすでに消えていたのです。

そのつぎの日から、私は散歩からの帰り、緑の葉かげから小さい見すぼらしい私の家が見えだすと、心配そうに遠くから、金網のバスケットを見る習慣がついてしまったのです。だが、来る日も来る日も、そのバスケットの中には、ほかの手紙はあっても、女からの手紙はついぞ見つからなかった。

それみたことか！　いったいお前のようなぐうたらが、柄にもなく女の手紙をほしがるなんて、ちと虫が好きるぞ。出なおして来るがいい！　そうバスケットが、意地悪く私を罵るのです。

だが、このバスケットは、ほんとはちっとも意地悪でなかったことを、あとで証明してくれました。それから一週間ほどすると、にこにこ笑いながら、手紙を渡してくれたのです。

私は第一回の時とちっとも違わぬ、タイプライターで宛名を打った、クリーム色の封筒を、白いクロスをかけたテーブルの上におくと、おしゃかさまと、ジーザス・クライストと、日蓮さまと、サンタ・マリアに、ひざまずいてお礼を云いたい気持でした。

うっとりとなるようなリラの匂い――

有難うございました。朝から晩までお手紙をポケットに入れて持ちあるいて、仕事のあいまに、何度出して見たか分りません。ポケットにお手紙が入っていることを意識するだけで、世の中が、明るい楽しいものに思われます。今後も時々下さいますように。

でも、あなたのご記憶には、大変な混線がございましたわ。「白髪鬼」を書いたのはコレリですけれど、リラの色の原稿用紙に、紫インキの鵞ペンで、大きな字を書いたのは、コレリでなくて実はウィーダなのです。推理小説をお書きになるかたは、もっと鋭い記憶力を持っていらっしゃる必要があるのではないでしょうか。

もっとも、ウィーダの片親がフランス人であるように、コレリの片親もイタリア人、どちらもイギリスの女の作家、どちらも文学的に水準の低い物を書きながら、その時代のベストセラーになったので、二人を混同なさるのも無理はないのです。

有名なテナーとイタリアの貴族とイギリスの伯爵を順々に愛して、三度とも棄てられた醜い女のウィーダ。若い時、世界一の小説家を自認して、我儘と贅沢の限りをつくし、老いてフロレンスに貧しく淋しく死んだ情熱の女ウィーダ。

ウィーダは面白い女です。でも、わたしの手紙から、あんな有名な小説家を連想なさるのは意外なのです。わたしの手紙にリラの香がこもっているのは、ウィーダのような贅沢な趣味からではなく、コーヒーの実を砕いて売る女にコーヒーの匂いがこもり、看護婦に消毒薬の匂いがこもると同じように、わたしがリラを売る街の花売娘なので、それでそんな匂いがするだけで、いわば、職業的な体臭なのです。

ですから、むしろ、パリの屋根裏に生れて花を造って細々と暮し、また屋根裏で死んだ「ラ・ボエーム」のミミのような女を連想してくださるほうが、嬉しくもございますし、また当ってもいるのです。今日はこれだけにしときます。また……

こんな種類の手紙を、向うからも一ダース、こちらからも一ダースぐらい出したのですが、一々取りあげるのは、煩しいのでよしておきましょう。

私がこの手紙の遣り取りに、すべてを放棄して没頭したことは、云うまでもありませんが、ふたりは妙な状態におかれていたわけなのです。すなわち、こちらでは相手が女というだけで顔を知らないのに、むこうでは久しぶりと云うぐらいですから、私の顔はもとより、恐らくは過去の生活まで知っているのです。もっとも、このこちらの顔や生活を知られているということは、ちょっと不気味ではあっても、いっぽう、安心感をあたえたことも事実なのでした。なぜというに、いよいよ会った時、むこうが失望を感ずる憂いだけはないのです。

では、その点で、私のほうはどうだったでしょう、私はその女に会って、失望するかもしれぬという不安を、いささかでも抱いていたでしょうか?

ノー、不安はすこしも抱いていなかった。なぜというに、これは微妙で神秘な考えかたなので、簡単な説明で、あなたの同意をえることは困難なのですが、元来心と形は一つのもので、ある人の心に全部的に好感を持つ場合は、その人の形にも、美しいものを認めるはず。この逆の場合の例をあげるなら、ウィーダは顔が醜いゆえに、三人の男に嫌われたと云いますが、よしんば顔というものが存在しなかったとしても、かの女の魂の匂いは、三人の性分に合わなかったのです。顔の美しさには一定の標準はない。そこには個性が現れている必要もあるし、好き嫌いということもある。その女が私に美しく見えることは、初めから分っていたので、不安はすこしも抱かなかった。

しかし、不安を抱かなかったということは、なにも好奇心を抱かなかったという意味ではないのです。それどころか、その女はどんな顔形の人だろうと、私は毎日そんなことばかり空想した。なんという楽しい空想だったでしょう！

銀座の人込みを縫っていて、どうかして空想を刺戟するような女に出会いでもしようものなら、私はその女を振返らずにいられなかった。丸の内の舗道を歩いていて、まれに黒い草履にでも出会おうものなら、その草履の主を覗きこまずにいられなかった。

そんな場合、女は私の顔に気づかないだろうか、それともよく知っていて、笑いながら話しかけて来るだろうか、知っていながら、わざと黙って通りすぎるだろうか？　これがいつまでたっても、解答をえられぬ私の疑問でした。

あなたは楽しい夢を見ている時、もっともっと夢の続きを見たいから、どうか目が覚めなければいいが、と、夢のなかでそんなことを思った経験はありませんか？この女との交渉は、私の生涯における最も楽しい夢だったのですから、ひたすら夢が覚めぬよう、慎重な態度をとるべきだったのです。私がもっと夢想家に徹底していたら、今でもその女と、楽しい文通を続けているでしょうに、心の中に夢想家と世俗的な男と、ふたりを同居させていた自分が、今では舌打ちしたいほど口惜しい。ほかでもないのです。郵便局へ行って、ボクス一〇五のぬしを調べると文通できなくなると書いてあったに拘らず、私はその禁を犯さずにいられなくなったのです。

四

銀色の細い雨が降っていました。プラタナスの並木が、牛乳色のもやに包まれていました。私は中央郵便局の大きいベンチに腰かけて、新聞を拡げました。壁際にずらりと並ぶ大きいベンチは、雑談をしたり煙草をふかす人で満員だったので、私の存在はあまり目立たず、したがって安易な気持で待っていることができました。

そのベンチの並んだ壁から、鍵の手に曲った廊下の一方の壁ぎわに、何百というボクスが、ちょっと湯屋の脱衣箱を小さくして、それをいくつも積み重ねた形で並んでいました。

それゆえ、端っこのベンチに坐っている私の位置からは、そのボクスを開けて、郵便物を取り出す人の横顔がよく見えるのです。私はベンチに坐る前に、一〇五のボクスの位置を、よく見さだめておきました。

何人かの人が廊下にはいって、別のボクスから郵便物を出して帰りました。

しばらくすると、白髪の外国婦人が、私の目印をしておいた地点に立止り、ボクス一〇五と思われる高さのところに、鍵を差しこみました。私は外国婦人であることに安心し、果して一〇五のボクスであるかどうか見さだめるため、ベンチを立って廊下にはいりました。老婦人の開けたボクスの蓋には、確に一〇五という数字が、黒々と書いてありました。

その老婦人は、細長く巻いた定期刊行物をボクスから取り出して小脇にはさみ、数通の外国郵便物をバッグに入れると、ボクスの蓋をして鍵をかけ、悠々とした足どりで廊下を出ていきます。

廊下ですれちがう時、私は老婦人の顔をはっきりと見た。胸の突出た、背の低い、がっちりとした、けれども品の好い老婆で、透明のヴァニイルの雨外套の下に、青い点のある半袖の服を着ていたように覚えています。白っぽいまつげのある大きい目が、海のように青く澄んで、頬は健康そうな桃色、そして、微笑しているのではないけれど微笑しているような、人の好さそうな、無邪気な表情で、まともに私を見るのでした。

その、廊下で老婦人とすれちがった瞬間、私は思いがけなく、大変なことに気がつきました。いまのいままで、記憶の盲点に隠れていたものを、はっきりと思い出したのです。

老夫人は正面の出入口でなく、横の小さい出入口から出て行きました。あとを追って、私はその出入口に立ちました。

そとに、三四台の自動車にまじって、イギリス人がギグと呼ぶ、ちょっと日本の人力車みたいな、一頭曳きの小さい馬車がとまっていました。それには、馭者もいなければ、乗っている人もいませんでした。

かるがると老婦人がその馬車のステップを踏み、黒い幌に姿をかくしたと思うと、まもなく手綱が揺れて、しとしと降る銀色の雨のなかを、馬車は静々と走りはじめました。

ぼんやりと私は石段の上に立って、中央郵便局から有楽町につづく、長い丸の内通りのアスファルトを、次第に小さくなっていく馬車を見送りました。馬車は雨に濡れたプラタナスの並木に沿って、一直線に遠ざかり、しまいには灰色のもやに消えて、見えなくなってしまいました。

五

いま私は老婦人とすれちがった瞬間、記憶の盲点に巣喰っていたものを思い出したと云いました。それをここにお話ししましょう。

あれはいつ頃のことだったでしょう。女から手紙をもらう一月前のようにも思えれば、半年前のようにも思えるのですが……

もともと、私は時間の観念のない男でしてね、そのためいろんな失敗をして、自分でも愛想をつかしているんですよ。こないだも自分の歳を忘れて人から笑われた。時間というものは不思議なものですね。ロバート・ネーサンの「ジェニーの肖像」という小説は、時間というものの在来の観念を、痛快に無視している。これは私に打ってつけだと思いましたよ。これは映画でも日本に紹介されましたが、遺憾ながら、映画の批評をみても、翻訳書の序文をみても、あの作の中心興味が、時間の新しい観念に立脚していることが説明してない。それでいてあの作の不合理を指摘する人もなかった。つまり、この作、ならびにこの映画は、立派な批評家がいないため、日本では未消化のまま、葬り去られたのです。ネーサンや、プリーストリーが、新しい時間の観念で小説をかきはじめたのは、イギリスの飛行家ダンの、時間に関する論文を読んでからだと云われています。ダンは時間に関する本を三つ四つ出しているはず、まだ生きている人ですよ。私はこのダンという人の、時間に関する本を、読みたい読みたいと念願しながら、いまだにその幸運にめぐまれずにいるのです……

そんなことはどうでもいい。

なにを話していたのだったっけ?

そうだ、老婦人は自動車にのると、自分でそれを操縦し……いや、馬車だった……いや、女から手紙を受けとるより半年ほどまえ、というところまで話したのでした。

女から手紙を受けとるより半年ほどまえ、私は妙な経験をしたのですよ。

それは横浜から東京へ出かける時の、電車のなかの出来事でした。

吊革にぶらさがっていた私が、ふと五六メートル離れた座席に目をやると、そこに私のごく親しい女が坐って、ぼんやりと正面の窓を見つめているではありませんか。

私はその女に近よって、片手で吊革にぶらさがったまま、

——やあ、お久しぶり。

といって、片手で帽子をとって、軽く会釈したのです。

つばびろの帽子の下から、黒い眸をあげて私を見た女は、にっこり笑って会釈をかえしました。

ところが、つぎの瞬間、困ったことが出来たのです。

誰でも度忘れということをするでしょう。私もその度忘れにみまわれて、その女の名や、その女がどこに住んでいるかということをちょっと思い出せなかったのです。それでいて、よく知っている女……いや、知っているというばかりではない。大変親密に、しかも長い間つきあった仲だということが、はっきり分っているのです。

久しぶりの人に突然出会って、顔には見覚えがあるが、どこでどんな交際をしたのか思い出せないというようなことは、この時が初めての経験ではなく、お恥かしながら、これまでにもちょいちょいそんなことがあった。だが、そんな場合でも、その人と二こと三こと話していると、すぐ今までは思い出したものです。

ですから、この時も、話していれば思い出せると思って、

——どちらへ？

と、きいたのです。

その女はまた黒い眸をあげて私を見ました。そして笑いながら、

——横浜
と、答えました。

その時、どこから漂って来るともない、ふくいくたるリラの香を、微かに私はかいだように思う。ええ、たしかにあれはリラだった。後から考えて、手紙のリラをかいだ時、その女を思い出せるはずだったのですが、それが思い出せなかった。

ポケットから名刺を出して、私は女の手に握らせました。

——こんどここへ引っ越しました。

——ありがとう。

女はゆっくりと名刺をみたあとで、膝の上に持っていたバッグにしまいました。

私は話していれば思い出せると思って、次の言葉を考えました。

でも、次の言葉を口から出す機会はなかった。

というのは、今まで気づきませんでしたが、その女の隣りに、白髪まじりの外国婦人が坐っていて、どちらが先に口をひらいたのか、早口の英語、しかも聞き取れぬほどの低い声で、ひそひそと喋りはじめたのです。雨の日、中央郵便局で私が見た老婦人が、この人であることは、あなたにだってお分りでしょう。

むろん、前後の情勢から判断して、このふたりは私のことを話していたにちがいない。けれども、この老婦人は、話しながら私の顔を見るというようなことはしなかった。それが、いかにもたしなみのいい、教養のある婦人のような印象をあたえました。

私の知った女、すなわち若いほうの女は、つばびろの帽子をかぶり、黒いはっきりとした目をして、あるいは口紅をつけているのか、唇は普通より少しばかり赤いかんじで、地味な紺のスーツに、今は珍らしい縁に房のある、殆んど上半身を包むほどの大きな栗色の肩掛をかけ、ただ頸に巻いたネッカチーフだけが、なんという色なのか、赤味がかった、派手な色なのでした。決して見すぼらしい服装ではないが、どことなく地味すぎて、時代離れがして、あたりの雰囲気と調和せず、遠い古い国から、海を渡って帰って来た旅人を思わせるのでした。うるんだ赤い唇や、つやのいい頰の皮膚が、なまめかしいほど美しく見えたのは、ひとつにはくすんだ服装のため、引き立って見えたのかもしれません。

私の知っている女と、老婦人との早口の英語は、いつまでも続きました。しかも二人とも真顔で、やや興奮しているふうさえみえます。私はその前に立っているのが気拙くなった。それで、黙ったまま位置を変えたのです。そのうち乗客がこんで、そのほうを振りむいても、二人の姿が見えなくなった。

郵便局の廊下で老婦人とすれちがった時、あることを思い出したというのは、この電車で会った女のことだったのです。

さて、雨の郵便局で、古風な馬車を見送った私は、東京で一つ二つの用事をすますと、電車で横浜へ帰ったわけなのですが、その電車のなかで、天国の美酒に酔いしれたような幸福感にひたりながら、昔や最近の出来事のなかから、その電車で見た女の面影を、手捜っていたことは、あなたにも容易に推察できましょう。家へ帰って、ベッドにもぐって灯を消した頃の私は、身も心もへとへとに疲れていた。

だが、灯を消しても、頭だけは考えつづけていました。

とにかく、その女の記憶が、ある爽やかな連想を伴なっていることは、朧ろげながら最初から分っていた。でも、その爽やかなというのが、具体的になんであるか、はっきりしない。

それは、すこぶる漠然とした連想なので、言葉に現すことは不可能なのですが、なんだか、どこかで私の職業と関係があって、それでいて非常に晴やかで、自由で、広々とした視野の開けているような連想……

闇のなかで半ば睡魔に身をまかせながら、私は考えつづけた。

出版社……冬夏社……スリーカスルを喫う直木三十五……白樺演劇社のリハーサル……図書館……博文館……大橋社長……お行儀の悪い歯並をみせて笑う森下雨村……新青年……新着のストランド誌……

そうだ！

うつろうつらと、まどろみかけていた私は、急に目を覚した。

夢とうつつの境を彷徨していた意識が、いっときに表面に浮かびあがった。

ストランド！

ストランド！

毛布を蹴とばし、電燈をつけた。

とんでいって、本棚のまえに立った。

だが、アラース！　一抱えほどまとめて、古本屋へ持って行ったばかりのところだったので、あいにくストランド誌は一冊も残っていなかった。

でも、いまさら本棚から出して見る必要は、すこしもなかったのです。私は見なくても、知って知って知り抜くほどよく知っていた。

あなた、私に手紙をよこした女は、ストランド誌の表紙に描いてあった花売娘だったのです！

六

おお、ストランド！

私はこの雑誌について、かたるべくあまりに多くのことを持っている。私の青春時代の喜びと悲しみは、みなこの雑誌を中心にして、展開していたように思われる。

その頃、私は、博文館の新青年という雑誌の仕事をしていたのですが、この雑誌はストランド誌から大変な影響を受けていたのです。

松野一夫描くところの表紙でさえ、ストランド誌の感化をうけて、今ではなんでもないのでしょうが、新青年の初期の時代にはあのストランド張りの、青や黄色の派手な地の色彩が、店頭に一種清新の気をみなぎらせたものでした。

新青年に翻訳された独特のストーリーは、プレミヤー、キャスル、ロヤル、コズモポリタン、ストーリーテラー、アーゴシー、ピアスン、ロンドン、トェンティストーリーズ、その他、殆んど全部が今は廃刊になった各種の外国雑誌から取ったのですが、なかでもストランドが一番多かった。今でこそ百花りょうらん、まさに日本に探偵小説のルネサンスが来た観がありますが、その根源にストランドが重大な役割を果していることは否めますまい。そして、他の外国雑誌は毎号表紙が変ったが、ストランドだけは、前に話したように、六十年一日のごとく、同じ表紙を使っていた。ですから、私は、来る年も来る年も、朝から晩までストランドの街の風景を見て暮していたわけなのです。

ところで、関東大震災の前後、しばらくその街の前景に、ほかの人物より大きく、花売娘が描いてあった。背景に小さく街を歩く女たちは、頸に毛皮を巻き、しゃれた服装をしているのに、大きく前景に立つその花売娘は、粗末な紺の服の上に、親ゆずりかと思われる時代おくれの大きな栗色の肩掛をかけて、黒いつばびろの帽子の下から、黒い目でじっと私を見つめている。手に持つ重そうなバスケットには、目が覚めるような紫のリラ、赤いバラ、見ただけでも好い匂い！

はっきり覚えていませんが、この花売娘の姿は、すくなくも五六年は続けて表紙に描いてあったでしょう。クリスマスナンバーには、背景の聖メリーの尖塔のあたりから、白いものが降っていましたが、それでも花売娘は傘もささず、いつもと同じポーズで、私を見ていた。

私はそのストランド誌を、昼はテーブルの上におき、夜はベッドのそばにおきました。来る年も来る年も、朝から晩まで、その女を見ました。

街角に立つ花売娘も、黒い眸を外らさずに、いつも私を見ていました。

ひとりぼっちの私は、一年たち二年たつうち、この花売娘と仲よしになりました。

——あなた、なんという名？

——しらない。

——メリーなの？　ベッティーなの？

——名なんか、どうだっていいのよ。

——売れた？

——今日はすっかり駄目。

——ぼくも原稿料を取りそこなっちゃった。

——泣きたくなったのよ。

——レスター農場のほうへ歩いてみたら？

——どこだって同じだわ、こんな日。

——いくら売れた？

——六ペンスが二つきり。

——買える？

——なに？

——パン。

——パンだけでは生きられるでしょうか？

——キリストいわく、野のユリを見よ。

——まあ、そう思って辛抱しましょうね、おたがいに。

——おやすみ。

——おやすみ。

私たちの対話は、日によって違いましたが、まず大体は、こんなものだったのです。

その翌日、私は二度目に中央郵便局へ行って、前日と同じベンチに腰かけて待ちました。同じ時刻に、今日こそストランドの花売娘が現れるかもしれぬ。もし老婦人だったら、タクシーで跡をつけよう。

風の朝、雨の夕、ふたりはどんなに仲よく話し合ったことか！　電車であんな冷淡な別れかたをしたのはすまなかった。こんどこそ胸を割って話しあおう。人生の話、花の話、本の話、ロンドンの話……

郵便局の大時計の針が、一分一分と動いてまわりました。

だが、前日と同じ時刻になっても、老婦人も花売娘も現れません。間もなく局のドアをしめる時がくるでしょう。

私は局の係りの人に、口から出まかせの理由を云ったあとで、

——一〇五のボクスを使っている人の名を知らしてください。

局員は大きな帳簿をあけペイジに指を走らせて調べてくれましたが、

——いま一〇五は誰も使っていませんよ。

——そんなはずはない。

——もと室蘭製材所が使っていましたが、もう一年も空いているのです。

私はその翌日も、そのまた翌日も、同じベンチに腰かけて待ちました。老婦人も花売娘も姿を現しませんでした。

花売娘からの手紙も、その日以来、ぷっつりと来なくなりました。

こちらから出した手紙には、局の附箋がついて返ってきました。

そして、この話もこれでお終いなのです。

おそらく、あなたはこの話を信じないでしょう。絵に描いてある女が、なぜ電車にのったり、手紙を書いたりしたか？　一〇五のボクスが空いていたのに、なぜ手紙が花売娘にとどいたか？　そのボクスを老婦人が開けるのを私が見たのに、なぜ局員は空いていると云ったか？

駄目々々！　私にそんなことをおききになったって駄目ですよ。私にも分らないのですから。私に分っているのは、これが事実であるということだけなのです。あなたが信じようと信じまいと、これは私の全身で経験した事実なのです。信じない人があるなら、それは私とは別な世界に住んでいる人なのです。お望みとあらば、ストランドの花売娘からきた十二通の手紙をごらんにいれてもいい。いまでも私は、妻もなければ、子もないんですよ。

おお、ストランドの花売娘！　いまも亡霊となって街角に立つか、ストランドの花売娘！

ふたりの交渉は、「ラ・ボエーム」のミミとロドルフのように、短かくて実を結ばなかったけれど、私は一生に一度女を愛したことや、その愛が清かったことや、それからまた、普通には覗くことを禁じられているこの世と、もひとつの世界の交錯した神秘な世界を、ほんのちょっとの間でも覗くのを許されたことを、むしろ幸福に思っているのですよ。もう二度とあんな神秘な世界は、覗くことができますまい。

それに、ごらんのとおり、いまは頭もこんなに白くなって、青春の若々しい情熱も、消えてしまいましたよ、リラの香りの消えたように……。

評論・随筆篇

感情のリズム

　昔、ロシヤ語を習っていた時分、私は教科書として使っていたツルギェーニェフの「余計者の日記」の原文を英訳と対照するために、学校の図書館に入って、ガーニットの英訳を出して比べてみたことがあるが、その英訳書には、これは余談だが、長谷川天渓氏寄贈の判が押してあって、同氏が引かれたとおぼしき青鉛筆のアンダーラインも処々にあって、余計に勉強心を唆《そそ》られたものであるが、そのツルギェーニェフの訳者として第一流の評あるガーニットの英訳書に、私は五六行の抜けた処を発見して吃驚《びっくり》したことがある。そして翻訳の難かしさを痛感した。ロシヤ語を英語に直すのさえこれだ。まして英語を日本語に直すのに、どれだけの粗漏があるかは、大抵、想像できよう。

　翻訳に大切なことが三つある。原文がよく読みこなせること、日本語がよく書けること、原文に現れた感情のリズムを生かすこと。しかるに大抵の人が、この三つの中の第一のみに重きを置いて、第二第三を顧みない。第二を顧みる人はあっても、第三を顧みる人は殆ど絶無だ。毎月どんどん出版される文芸物の訳書がこの事実を雄弁に物語っている。探偵小説は文芸物より原文が難解で、また通俗的興味に訴えるものだから、よほど流暢に平明に訳さなければならない、従って以上の三つの資格は、文芸物の翻訳におけるよりも探偵物の翻訳における方が、より多く必要なのである。

　たとえば、富士山はどんなものであるかと聞かれた時、ある人は精密な地図とコンパスを持ち出して説明し、ある人は写真や地質学の書物を持ち出して説明する。けれどもそんな精細な説明より、優れた画家が生々とした手で墨痕鮮やかに描いた一筆の富士山の方が、ある場合により完全に富士山の真実を伝えているかも知れないと云っても、決してそれを否定することは出来ないのである。感情のリズムを生かすことを忘れた翻訳は死んだ翻訳である。

　けれども、この三つの資格を完全に具備した翻訳者が世間に何人あるだろう。二葉亭だの森鷗外だの云う傑出した人物を除けて数えたら、恐らくそれは暁の星の数より少ないことであろう。

ことに私なぞときたら無茶苦茶だ。翻訳のほの字にもなっていない。だから私は新青年を手にしても、自分の翻訳の処だけは眼をつぶって頁《ページ》をはぐることにしている。後で読むとあらが眼に付いて不快になるからだ。私の翻訳を読んで面白くなかったら、訳し方が拙いのだと思って下さい。私の翻訳を読んで面白かったら、原文が好いのだと思って下さい。

あいどるそうと

朝、家の者らが外に出ると私はラヴェンダーを撒いたダフンダフンする寝台に一人寝そべって、小一時間の間も愉快な day dream に浸るのをこの頃の日課としている。私はそこで空想の世界にのみ許された贅沢な生活と虫のいい企画を夢みる。本牧でヨットを飛ばそうか、駒沢でゴルフを始めようか、窮屈な日本には愛想つかしたから外国へ行こうか、支那、印度、エエイ、いっそ思い切ってロンドン！　ここまで考えてきてふと目の前に貯金通帳の幻が浮かぶ。それが私の空想を仕事の方面に持って行く。仕事！　女学校の先生ならいつでも世話してやるとワイフが云う。ちぇッ、沽券が下らア。やはり自己の全部を投入してやれる仕事は探偵物の翻訳だ。翻訳と云って馬鹿にするな。好い翻訳は創作以上だ。探偵物の翻訳はオミットしたり改訳したり出来るように思っている奴がある。いや、私自身そう思っていた。が、時代は変ったぞ。明日の読者は一字一句もゆるがせにせぬ真面目な探偵物の翻訳を要求している。オミットの余地ある原本は、始めから翻訳の価値なし。原本を精選し、原作者と心を一つにして三昧に入って訳したら少くも百版を重ねる好い本が出来るにきまっている。私はそんな真面目な訳をしてみたいと思いながら、まだ一度もやったことがない。本屋が悪いからだ。無名翻訳家の前で彼らが威張ること威張ること！　彼らは金さえ出せば翻訳が手に入るように思っている。糞を喰えい！　そんな領見だから碌な翻訳が手に入らぬのだ。まず礼儀を知れ礼儀を！　それぱかりでなく彼らは本に対して真面目さを欠いている。日本の本屋は頁数と定価を先にきめて、原本をあめ細工のように伸縮しているが、いやはや不真面目なことお話にならん。そこへ持って行くとさすが独逸のレクラムなんか違ったもんですね。あれが世界中に売れるのは当り前だ。どこかレクラムのような叢書を出す本屋はいないか。表紙のデザインや製本を見れば大抵その本の内容や寿命が解るものだ。探偵物、怪談物、冒険物、滑稽物、家庭物の叢書を出すならレクラム式に長篇短篇の別なく頁を基順に定価をきめ、総ルビ付きで小型で、表紙が地味な割に中の用紙と活字に意を用いたらきっといいものが出来る。しかし多少でもプラウドを傷つけまいとする者にとりて、本屋との交渉ほど不快なものはないらしい。そんな意味で、目下のところ、私は新青年の翻訳をやるのが一番気安だ。相手を怒らすことの上手な私は、新青年でも時々雨村氏を怒らしてはいるが、しかしさすが私の育った処だけに（探偵物に関する範囲内で）こちらもどんな事を云われても腹が立たないし、向うでも私の我儘を通してくれる、――day dream が飛んだ罵倒になった。とにかく近い中一家こぞって海外に移住する計画を立てている。ごめん。

新しい巡礼

私が近頃読んだ書物は、あるいは諸君もお読みになったかも知れぬが、クリスチン・タムスンが編輯した「夜読むな《ノットアトナイト》」「続夜読むな《モーアノットアトナイト》」の二冊と、それから古いものでは、ドイルの「海賊雑話《テイルズオブパイレイツ》」なぞである。

前者は無名の作家の怪談を各十五ずつ集めたもので、ポーや近代の独逸《ドイツ》のグロテスクな作家の影響を受けたところが見えるが、それらとは比較にならないほど、荒けずりな、かなり低級なもので、実は読んでから尠《すくな》からず失望した。

それからドイルは、もう皆んなから倦《あ》かれているのに、今さらこんなことを云えば笑われるかも知れぬが、実は私はまだこの「海賊雑話」を読んでいなかったもので、随分長い前から読んでみたいと思っていたのを、やっと最近に果たした訳なのだ。ドイルのものでも昔のものは好い。それに爽快な冒険的なものが読みたいと思っていた私の希望を満たしてくれた。私は探偵物が行き詰ったと云う人がありとすれば、その人が探偵物に倦いたのだと思っている。内田魯庵氏が「探偵小説は一度は誰でも夢中になる読書の一過程だ」（新青年第五巻十号九十二頁《ページ》）と云われたのは私も同感だ。無論例外もあるだろうが、まず大抵の人は、五六年も探偵物を夢中で読むと、そろそろ探偵物に倦いて、もっと高尚な――高尚という言葉を使うのは間違いかも知れぬが――文学を要求して来る。けれども、それだからと云って、低級な探偵小説に存在の価値がないとは決して云われないと思う。探偵小説はそれらの人々を見送ったら、また次の時代の人たちを迎えればいい。探偵小説は童話なぞと共に、文学の巡礼のごく始めのほうに立っているお寺である。始めのほうに立っているからと云って決して軽蔑されるべきものではない。またお寺は動くべからず。探偵小説が巡礼と共に動いて行こうとすれば、探偵小説の破滅になるであろう。お隣りの童話のお寺が動かないように、探偵小説のお寺も、いつまでも動かないものでありたい。動かないで時々修築していれば、また次の時代の巡礼の大軍が訪れて来るであろう。——こういう気持から、私はドイルの初期の作品や、彼が若い頃に書いたシャーロック・ホームズは、童話におけるアンデルセンの如く、古典的な探偵小説として永劫に存在すると思っている。

雑感

探偵小説を書くのは次第に難かしくなりつつある。今の読者は、銀行の金を盗んだ犯人は、その前日火のつくような借金の催促を受けたことを隠している片眼《めっかち》の下村という事務員でないことをよく知っている。殺人の現場にハンケチを置き忘れて警官に詰問されてヒステリーのように興奮して告白を拒む美しいメリー嬢は、ただ嫌疑をかけられた、兄をかばっているに過ぎないのだということもよく知っている。真夜半《まよなか》に金持の老人を殺した犯人は、午後十一時十三分に老人の家を飛び出した甥の放蕩青年でないことも知っている。だからこの頃の作家たるものは手も足も出なくなった訳である。それに作家には皆癖というものがあって、こいつを飲み込むと、大体結末の想像がつくことがある。本格の探偵小説が行き詰ったと云われるのも無理はない。

だが何も昔の型を借る必要はあるまい。ルパンはもはや私たちの心に何の反響も起こさない。シャーロック・ホームズは退屈だ。なるほど涙香に好い処はあるけれどそれは骨董品としてである。今の世にあれと同じものを書こうとしている人があるとしたら、むしろ滑稽であろう。

だから、つまるところ、今の探偵作家は今の人間の感覚で今の世を書くより他にないらしい。そして破天荒の方面への想像力の雄飛、私たちの感情にぴったり当てはまる感情、魂の中心に喰い込む力——だがこんな大変な作家が現れたら、世界の人が帽子を取るだろう。

ピストルが出る探偵小説は悪趣味だ、軽い犯罪や窃盗ぐらいが現代的だと云う人がある。なるほどピストルは日本に少ないのだから、ぴったり来ないに違いないが、しかし、グリン女史も云ったように、一番面白い探偵小説は、やはり殺人を描いたものに多い。殺人は最大の犯罪だ。窃盗は利慾から来るのだが、殺人は多くの場合パッションから来るのだから小説的である。他の各種の犯罪は取り返しが出来るが、殺人は絶対的であって取り返しがつかない。また犯罪の相手が永久に沈黙するのだから、秘密の価値が大きくなる。いろんな理由で、殺人が探偵物の中で一番興味深いのは動かせないところである。

それは佐藤春夫氏の「指紋」と「時計のいたずら」を比較してみても解ることだ。「時計のいたずら」は生々した筆で描かれた立派な作には違いないが、探偵小説としての面白味は前者に遥かに及ばない。つまり「時計のいたずら」の興味は、探偵的興味から来るのでなくて、全く他の方面から来るのである。だから、日常生活に起こる軽い探偵趣味を描いたものが読みたいと云う読者は、はじめから探偵小説以外の小説を読んだらいい。

英国で今最も人気ある探偵小説家エドガー・ウォーレスは云う。「私は性慾描写と血みどろな惨忍な描写だけは断然しないことにしている。恐らく多くの読者が一番興味を持つのはこの二つであろう。この二つはどんなに下手に書いても読者に受けること間違いなしだ。が、私はこの二つで読者を釣ろうとは思わない」

私はウォーレスの小説は嫌いだが、この言葉だけは尊敬する。よく云った！　さすが彼も英国の小説家だ。

それにしても近頃の素晴しいエロの流行は一体どうしたことだろう。新聞に出る雑誌や単行本の広告を見ると、まるで便所の落書のごとく醜怪なのがある。その上こせこせして下品だ。空粗《くうそ》なエロの雑文を専門に書いている男もある。そうした日本の雑誌より、外国の雑誌をひもどくことにのんびりした愉悦を感じつつある人は案外多いであろう。

しかし、それだからと云って、私はウォーレスと一緒に探偵小説の中からエロと血みどろな描写を排斥しようとは決して思わない。私が排斥するのは下品なエロの雑文と、文学にならぬエロとグロの小説である。ただ文学になっているかいないかが問題だ。文学になっていれば、もっともっと掘下げて書いてもいい。雑文にしても、もっと上品に書けていたら、便所の落書のごとく醜怪にはならないであろう。

そう、エロにかぎらず、総ての点においてまず文学になっているかいないかが、探偵小説に取りこの第一の問題である。

探偵小説は通俗小説だから、文学である必要はないと多くの人は云う。ルブランやドイルを読んで満足できる人はそれでいいかも知れない。

私は文学になっているという点で日本における探偵小説、乃至、猟奇小説では、まず谷崎氏の諸作と、佐藤春夫氏の「指紋」なぞを第一に押す。

誰かポーやホフマンのような猟奇小説を書いて見せてくれる者はないか。「レ・ミゼラブル」や「罪と罰」のような探偵小説を書いて見せてくれる者はないか。

剃刀の刃――翻訳漫談――

めったに僕は翻訳物を読まない。どうもぴったり来ないような気がするからだ。

ところが不思議なことには、僕が少年時代に魂が顫えるほどの感激をもって読んだ本は皆んな翻訳である。なかでも夏休みに姉が土産に買って帰ってくれた「三千里」――今から思えばアミチスのダリ・アペニニ・アレ・アンデだ――秋江氏訳のトルストイの「幼年少年時代」それから涙香の、「噫無情《ああむじょう》」「山と水」以下の諸作は、それこそ飯を食うのも忘れて読んだ。

最近に涙香の「鉄仮面」をはじめて読んだが、すくなくも今の新聞小説より面白く感じられたから、やっぱり好いものは、大人になって読んでみても好いのであろう。

だがそれだけの興味をもって読み得る翻訳は滅多にあるもんでない。殊に小説以外の翻訳ときたらまるで、砂を嚙むように無味で、ひどいのになると、どうにも意味の取ようがなくて、暗号みたいに難解なのがある。僕の翻訳なんかさしずめこの口だろう。

いつだったか。米川正夫氏のドスタイエーフスキーはあまりすらすら読めるので有難味がない。もっと難じゅうに、つまり考えさせるように訳したら、原文の有難味が出るだろうに、と云った批評家があるが、こんな批評を聞くと、なるほど世はさまざまだと感心して引退がるより仕方がない。

僕なんか頭の働きがにぶいせいか、電車の釣革にぶらさがってても楽に読めるような文章でなくてはどうも辛抱して読む気になれない。小説は代数の教科書じゃない。これは翻訳に限ったことではない。創作でもあまり筋が複雑なのや文章が難解なのになると、途中でなげだしてしまう。苦しいのを辛抱して読んだって、誰も喜んでくれるわけでもないし、一文になるわけでもない。

もっとひどい読者になると、翻訳は片仮名が沢山出るから嫌いだと、頭から否定するのがある。これもある程度まで尤もだと思う。早い話が、たとえば、ロバート・マンスフィールドという医者があったとすると、これをある処ではロバートと呼び、あるところでは医者と呼び、あるところではマンスフィールドと呼び、ある処ではボビーと呼んでいる。こんなのは原文で読めばちっとも苦にならんことだが、そのまま訳して行くと、不案内な読者は四人とも別々な人かと戸まどいする。すくなくも探偵小説なぞでは、一つの名前だけを訳したほうが親切ではないだろうか。二葉亭の訳を原文と対照してみると、こんなところにも気を配っていたことがわかる。

もっとも今の読者はその頃とは進歩している。大抵の人が横文字を読む。横文字を読まぬ人でも片仮名の名前に親しんでいる。犬の名でさえ、ホランド・バイ・デア・ハルデングロッケなんて長々しいのがつけてある時代だ。そんなに片仮名を気に病むには及ばぬかも知れぬ。

だが、涙香の翻訳が大成功したのは、一つは片仮名を使わなかったためだと云っても誰もそれを否定しはしないと思う。なんと云っても探偵小説の翻訳は今も昔も涙香にとどめを刺す。涙香の文章を名文だなんて云う人があるが、僕はむしろ悪文だと思う。ただ文章の第一の資格——すなわちよく解るという資格は完全にそなえていた。嚙んでふくめるような書方だ。彼の翻訳の成功した原因は——

一、よく解るように筋をはこんだこと、
二、片仮名を使わなかったこと、
三、よい原本を選んだこと、

これにつきると思う。

そして、もしいま探偵小説の翻訳が行きつまっているとすれば、再び涙香から出直す心要がありはすまいか。すくなくとも何等かの暗示を彼から得ることは出来ないだろうか。といって今さら彼の時代の疑古《ぎこ》的文章でもあるまい。たとい涙香から出発するにしても、あくまでいまの時代の翻訳でなければならぬ。

翻訳に必要なのは、第一、原文がよく読みこなせ、第二、日本語がよく解るように書け、第三、原文の中に躍動する感情のリズムを再現することだ。

そして翻訳の種類によって、原文に中心を置く場合と、日本文に中心を置く場合と、感情のリズム表現に中心を置く場合があるわけだが、しかし、煎じつめれば、好い翻訳はこの三つを完全に狙わねばならぬことになる。ここで一つのエピソードを提供する。

僕の学生時代の話、英語の試験の時間だった。突然教室の沈黙を破って、

「先生ッ！　これは直訳するんですか意訳するんです

かア、ちっとは違っても構わんのですか？」

と威勢よく訊ねた学生があった。

すると黙々と机の間を歩いていた吉江喬松氏がにやにや笑って、

「直訳でも意訳でもいけません。本当の翻訳というものは、一字一句も違わぬ剃刀の刃のような文章がたった一つあるだけです」

一同が頭をかきながらどッと笑った。

剃刀の刃！　剃刀の刃！

この言葉を僕は一生忘れないだろう。

それから数年たって、直木三十五鷲尾浩両氏が出版したメーテルリンク全集の一部を翻訳したことがある。その時吉江喬松氏の「貧者の宝」を参考にし、まず自分が先に訳してそれを吉江氏の訳と比べてみた。ところがどんなに自己流に訳しても、吉江氏の訳文に似て来るので困った。どこか違えねばならんと思っても、ちょっとテニヲハを違えるとすぐ原文と離れてくる。それかと云って吉江氏と同じ訳文を出すわけには行かぬ、前の訳書のないほうが、どんなに楽だと思ったか知れぬ。その時にも犇々《ひしひし》と吉江氏の言葉を思い出した。

剃刀の刃！　剃刀の刃！

けすとえくえろ——探偵小説は芸術か——

甲賀三郎氏の探偵小説についての論文は、同氏の小説とおなじく、正直に正面からぶつかったもので、すこぶる読みごたえのあるものだが、正面からぶつかっていられるだけ、部分的には一つぐらい私の考えと違うところがないでもなかったが、これはむしろ当り前で、人間の顔が一人々々ちがうと同じであろう。「今なお探偵小説は芸術小説たり得るという説をしている人があるのに驚く。ある約束に縛られたら、最早芸術ではない。例えば絵画は芸術だが挿絵は芸術ではない」大抵の人はこの甲賀三郎氏の説と同意するだろうか、私はそうは思わない。私には絵画の尺度で挿絵を批判するからこそ挿絵が芸術でないように思われるので、挿絵には挿絵としての別個の芸術があるように感じられるのだが、これは私の錯覚だろうか。

　およそどんな芸術でも約束に縛られないものはないように思う。芝居は舞台の上から眼と耳に訴えるべく約束づけられ、音楽は耳以外に一歩も出ることが出来ず、小説は文字、絵はカンヴァス、和歌や発句は字数まで縛られている。小説だけについてみても、日本の純文芸とやらの心境小説は心境のみを窮屈に掘りさげなければならんわけだし、私小説は必ず自分の経験をかくべく約束され、恋愛小説に一つ以上のラヴアフェアが盛られていなかったら、もはや恋愛小説とは云われなくなる。同様に戦争小説は戦争をかき、探偵小説は犯罪の発見の経路をかくのだとは云えないだろうか。

　私は心境小説に芸術になったのとならんのとあると同様に、探偵物にも芸術になったのとならんのとあるように思う。いちじるしい例をあげるなら、「罪と罰」や「レ・ミゼラブル」は誰でも芸術品と云うにちがいないが、あれは探偵小説の一つであると云っても誰もそれを否定し得ないのである。ここまで云って来ると芸術という言葉の意味を吟味せねばならなくなるが、どうも日本では芸術というと難しいことになりやすいが、私はごく平易なという言葉の一つの意味と同じだと考えている。一つの芸術の尺度で他の芸術をはかろうとするから間違いが起る。「ルパン」「ホームズ」そのたの傑作はみな「探偵小説としての芸術品」だと思う。そしてこの意味から云うと、もはや芸術味のある探偵物には人情味を加えなくてはならんとは云えなくなる。人情味がちっともないフリーマンの小説でも「探偵小説としての芸術」だし、探偵小説は芸術にあらずとおっしゃる甲賀三郎氏もたくさんの芸術品を作っていられるように私は思う。

　詩は十九世紀を最後として死んだ。歌劇はスカラ座においてでさえ客足を断とうとしている。小説の全盛期は十九世紀から二十世紀の初で、今では小説、トーキー共立の形が、やがてトーキー、ラヂオ、テレヴィジョンその他の未知のものに蚕食《さんしょく》せられるだろう。

　探偵物は芸術でないと云う人があるぐらいだから、トーキーが芸術でないと云う人も沢山あるだろうが、やがて小説が死んで、トーキーが暴威を振い出した時、誰がそこにトーキーの芸術を発見しないでおこう。

　芸術の形式は時代とともに変りつつある。恐らくもうロシアからは「死せる魂」や「オブロモフ」のような悠長な小説は永久に生れないだろう。昔のままの文芸の概念を持ってまわるのは死人の屍体を抱いていると同じだ。

イギリスとアメリカの文芸は、二三十年前とはかなり内容が変って来た。純文芸と大衆文芸との区別はまったく見ることが出来ない。そしてその主流は、出版の数の上から云っても、多く愛読されるという点から云っても、犯罪小説、探偵小説、その他のシュリラーが中心になっている。われわれ日本人は二三十年前にロシア文学の中毒にかかったために、文芸というものについて今でも囚われた概念をもっているけれど、公平に現実を正視したら、英米の文芸の主潮が変ったことを、認めずにいられぬだろう。

誰が何と云おうと、いわゆる日本の純文芸愛好者がどんなにせき止めようとしても、その堰を破って大衆的な潮《うしお》がどんどん流れこむのはいかんともなしがたい。そして明日の文学は英米の主潮と同じもの、あるいはそれに似たものとなり、いそがしい人々はシュリルや笑いをもとめるために、電車のなかで肩のこらぬ小説を開くようになるだろう。そして文芸はもっともっとジャーナリズムに近づいて行くにちがいない。

甲賀氏も云われる通り、探偵小説を本格と変格に分けるのは可笑しなものだ。名称なんかどうでもいいようなものの、名称から錯覚を起して一方を軽んじたり偏重したりしやすい。変格物なんて変てこな名をつけないで、犯罪小説、怪奇、復讐、ユーモア、シュリラー、冒険、その他なんなりと名をつけていいわけだし、それらの混血児ができたってちっとも差支えないわけだ。

あすの探偵小説の長篇は単行本と新聞に本拠を見出すだろう。アメリカの週刊雑誌は探偵物で読者を得ているし、涙香が万朝の売行きを一人で背負っていたのをみても、いいものでありさえすれば、探偵小説が新聞の続物《つづきもの》として一番いいものであることは分ろうと云うもの。

英米では二番せんじを単行本にする向きもあるが、大部分の長篇は書卸しの単行本と相場がきまっている。そんな探偵小説の単行本が毎月読み切れぬほど沢山出版されている。日本でもやがてはそんな形勢になるに違いない。

戦争小説についで英米で盛んになったのは国際スパイ小説である。大戦時代の有名な女スパイ、マタ・ハリの各種の実録は随分売れたらしいが、最近ではスパイ小説の叢書なぞ出版されだした。愛国小説や国際スパイ小説もぼつぼつ日本に生れていい頃だと思う。

ぺーぱーないふ

（一）

◎甲賀三郎氏の「月光魔曲」主人が葉巻《シガー》をくゆらしていると召使が未知の女の名刺を持ってくる。その女が客間に通されると許婚《いいなずけ》の冤罪を縷々とのべるという書き出しは、外国作家が何千度となく使った古い手だが、内容は甲賀氏ならではと思わせる独特のものである。しかし縁側の人物を盲点の作用で見そこなうというのは、理窟では成り立つとしてもかなり苦しい弁解だ。ミレイ曰く「例外を描くなかれ」探偵物には例外を書いて効果をあげることはあるが、可能性のパーセンテイジのとぼしいテーマを用いると、多くの場合現実を離れた末梢的なものとなり易い。チビットはアンソルヴド・ミステリーと銘打ったのを沢山書いたが、これはハーフ・ソルヴドと云うべきだろう。

◎大下宇陀児氏「情鬼」初め赤色恐怖症のことを念入りに書いてあったから、これが伏線になるんだろうと思っていたら、ただ新六に眼鏡をかけさせるだけのことだった。他愛もない筋を興味にまかせて書きなぐったもので、前の「月光夜曲」に比べると喰いついたが最後離されないほど面白く書けている点は優っているが、テーマもプロットも全体として見ると稍《やや》落ちる。

◎木々高太郎氏「妄想の原理」犯人が意識を失う痴呆症や夢遊病は探偵作家に便利なものと見えて、いま想出せるだけでもボアゴベ、ビーストン、オースチン、なかでもフランスのメンデが書いた「五十六号」なぞは一番傑出している。がこの作では犯行の後で痴呆症になるのだから、そこに新味があるというものだ。新味はあってもあまりごてごて円運動の方程式が飛出したりフロイドの学説が織込んであっては、生硬で喰つき難い。

◎同氏の「青色鞏膜《きょうまく》」は前作に比べて生気もあるし面白くもある。筋に巧妙なヒックリカエリが沢山あるところは、故渡辺温氏の「嘘」を思い出させた。

◎水谷準氏「司馬家崩壊」どこかメルヘンの香いのす

る、ほのかなユーモアの漂った明るい本格物である。理窟づくめの難解の探偵小説ばかり押つけられていてこの作に接すると助かった気がする。だが「七つのねや」や「空で唄う男」以上ではない。水谷氏はどうして思い切ってロマンティックな耽美的な作を書こうとしないのだろう。

◎横溝正史氏「鬼火」乱歩好みの悪どい題名がちょっと鼻につく。少年時代からの従兄弟同志の争いを精細に書き起したものにディーピングの「争闘」があるが、これはそれ以上に突込んでいる。古典的な文章もここまでくると文句が云えない。直線的で単純で寛《ゆる》みがなくて次第にクライマックスに近づく所はラヴェルのボレロを思わせる近来の名作。仮面を使わなかったらもっと良いものになったろう。

(二)

◎小栗虫太郎氏「鉄仮面の舌」墺太利《オースタリー》の名誉ある男爵艇長未亡人が一日本人と結婚するだろうか。またわが船を撃沈した敵国の艇長未亡人と結婚するような恥知らずの日本船長がいるだろうか。毎日関心を持って眺めている鉢植のアマリリスが、実は毎朝そっと新しいのと取替えられているのに気づかずにいる娘があるだろうか。盲目《めくら》の船員が四人も船に乗るだろうか。数え立てれば限りもない。超自然もここまで来ると、馬鹿々々しくもあるが愉快でもある。この作者はその馬鹿々々しい筋を、巧みに煙幕で蔽っている。

◎だがその煙幕たるや実に煙幕それ自身だけでも存在の価値を持つようなユニークなものだ。難解、かつ曖昧な、まるでポーの直訳みたいな文章で、陰気な、不気味な、不安な雰囲気を作り出すことに成功している。その曖昧模糊たる雰囲気のなかでは、もはやどんな超自然な出来事も、楽々と進展させることが出来る。読者は昔の文人画の山水の超自然を問題としなかったと同様に、この作の荒唐無稽を許すだろう。こうした作家もヴァライティーとして一人は必要である。が、一人で沢山だ。

◎木々高太郎氏「恋慕」この作家が好んで取扱うテーマには、どこか meanness の悪臭がつきまとっている。お上品な読者はそれに不愉快を感ずるだろう。同じテーマを取扱っても、英米の作家にその悪臭が絶対に出ないのは不思議である。但し、この作の構成には木々氏のものとしては珍しい単純美がある。複雑なばかりが構成美ではない。単純な筋でサスペンスを保つことが出来たらそれに越したことはない。文章も読者を曳きずって行く力を持っている。この作者はたしかにストーリー・テリングの術を会得している。

◎海野十三氏「獏鸚《ばくおう》」いったい暗号を骨子とした物語は、暗号そのものに強い謎があるので、ミステリー・ストーリーとしてある程度まで成功するものだ。この作者もそれを第一頁《ページ》から振りかざし、しかも分りのいい如才のない文章でその暗号を処々に小出しに説明して行くのだから、面白くなかろうはずがない。こんなスピードの早い明朗な小説が、ややがさつで落着きを欠くのは止むを得ない処だろう。しかし鸚鵡《おうむ》がトーキーで獏が喰わせるとはひねりましたね。

◎甲賀三郎氏「犯人のない犯罪」（ぷろふいる誌）隣家の主人鳥越が第三者に化けているのを、毎日顔を合せている老医者が見破らなかったというのは可笑しい。それも夜ならまだしも、白昼、面と向き合って数回にわたって会っているのだ。だのに眼で顔を見ても、耳で話声を聞いても、鳥越の一人二役に気附かなかったと云うのは可笑しい。

◎次に鳥越が野々宮を殺したというのなら殺人動機が頷けないでもないが、野々宮というのは架空の人物で実は木津であったと後で読者に分ってみれば、殺人動機が頷けなくなる。木津は鳥越夫婦の生命を狙ってはいない。ただ小使銭を無心するかも知れんという心配があるだけだ。だのにその木津を殺す計画を立て、木津が刑務所から出て訪問するのを待っているというのは、動機が頷けない。それも鳥越夫婦が悪人ならともかく、彼らは弱々しい善人だから、なおさら殺人動機が薄弱になってくる。

◎探偵物に小さい不合理は許されるにしても、以上のような大きい不合理は眼ざわりになる。もし一部の人の主張するように、探偵小説というものは芸術ではなく、ただ読者の推理に訴える読物であるとするならなおさら理性の上で頷けるように書かねばならんわけだ。恐らくこの作は甲賀氏の作としても「月光魔曲」ほど考えて書かれたものではなく、ただ一つのトリックを思いつくと、興味にまかせて楽々と書かれたものであろう。

◎事実そのトリックは素晴しいものだ。この小説にビーストン作と銘打って出版しても、誰もその嘘に気付く人はあるまい。それは、刑務所を出る男に対する恐怖を描いた点が似ているばかりではない。甲賀氏のいつもの処論から推巧みに使っているからだ。

すと、御自身ではこの作より「月光魔曲」を高く評価されるかも知れない。が、そんなに理窟っぽくない過半数の読者は、この作の方を高く買うだろう。

（三）

◎海野十三氏の「疑問の金塊」（キング）は先年新聞を賑わした飾窓《ウインド》の盗難事件と、金塊を酸液のなかに溶解して隠すという科学的トリックとを、巧みに結びつけたもの、可もなければ、不可もない、まず無難の作、毎月の雑誌で読む探偵小説としては、このくらいのところで結構である。

◎とかく不思議な薬液を使ったり、あまり世間にない○○症というような不思議な病気を取扱ったりするのは、作家にとっては都合がよくても、読者にとっては迷惑なことだ。都合のいい薬液を使えば使うほど、それほど作品の価値が下落し、迫力が稀薄になることを記憶するがいい。とかく中途半ぱな医学知識と科学知識とを持った作家は、それを出さずにいられぬものと思われる。一流の作家は一般の読者と同じ程度の科学知識を持っていれば足りる。

◎福岡中央病院の外科々長をしている立林洋一という男は隠れた鬼才だが、この男の曰く「小酒井不木という男はどうも医者のことをよく書くので可笑しいと思って調べてみたら果して医学博士だった。しかし彼の書いた作品に、一つとして本当の医学から論じて合理的に書けたものはない」

◎大下宇陀児氏の「烙印」は、前篇を読んだだけだから何とも云えないが、前篇の終いの方と題名を読んだだけで、後篇の結末が大体想像されぬでもない。これも海野十三氏の「疑問の金塊」と同様に、可もなければ不可もない作らしいが、この方がすこし上手に書けている。

◎大下氏や海野氏に限らず、一般に近ごろの作家は組みたてやスタイルが馬鹿に上手になった。沢山書いているうちに、自然と手法を会得したといったような上手《うま》さだ。初心者だったら取上げないような平凡な筋でも、これらの老練な作家の手にかかると、かなりの長さに引き伸ばされ、かつまたかなりの面白味を持ってくるから不思議だ。大抵の作が可もなければ不可もない。どれも相当に読ませる。

◎だがそれと同時に大した力作がないことも事実である。これだけの腕があるんなら、もっと自重して、時々でいいから横溝正史氏みたいな磨きのかかったものを発表して欲しいと註文したいが、作者のほうで数でこなしたほうが得策だと云うなら仕方のないことだ。またじっさい読者のほうから云っても、ある程度の数を要求していることも事実なんだから。

◎新青年の八つのコントは、どれもみな相当なもの、このなかで城昌幸氏の「模型」が妙に印象に残った。まず書きかたを見て一番に気づくことは、この作家が洗練されたリテラリー・センスを持っているということだ。あまり文章がいいので、なにか終いのほうに巧なトリックが盛られているだろうと思って読むものは、それがないので失望するだろう。が、トリックのないところにまたこの作の面白さがあることに直ぐ気づくだろう。無闇にトリックを期待するのは、いまの読者一般の救われぬマラディーである。それにしてもこの作のテーマに、もっとピリリとした新味があったらと惜しく思う。

訂正、前号「犯人のない犯罪」を（ぷろふいる誌）としたるは、（オール讀物）の誤り。

（四）

◎甲賀三郎氏「探偵劇、闇とダイヤモンド」（日の出）とんでもない比較をもって来るようだが、この戯曲を読んでいたら、なぜだかオスカー・ワイルドの「ウインダミーア夫人の扇」が想い出されて仕方がなかった。一つの物品を中心にして探偵趣味（？）が舞台全面に動くところはあれとこれと同じだ。

◎だが滋味溢るるような人情味においては云わずもがな、観客をはらはらさせるサスペンスにおいても、二つは月とすっぽんほど違う。ワイルドと比べてすっぽんでは甲賀氏も腹も立つまい。それにしても一口に戯曲と云っても、その間に長い階段があることをつくづく感ずる。

◎と云ってなにもこの作をこき卸すつもりは毛頭ない。甲賀氏なればこそこれだけのものが書けたのだ。滋味溢るる何とかはなくとも、その代り陽気なユーモアと諷刺があるし、メロドラマチックな誇張が過ぎるにしても、舞台に動きと変化があって、やっぱりこれだけ演出効果のある戯曲は、誰でも書けるものでない。

◎大下宇陀児氏「烙印」だれが何と云っても探偵小説

としての第一の資格は、面白くてすらすら読めるということだ。そしてこの資格を誰よりも多分に持っているのは大下氏だと云ったら、云いすぎたことになるだろうか。
◎もし科学者に、探偵作家としての何かのハンディキャップがありとするなら、それは不思議な薬品や、○○症と云う不思議な病気を沢山知っていることでなくて、頭が数理的に整理されていて、筋は組立てることが上手なという点である。
◎そしてこの特長は、海野、延原、横溝、小酒井、木々、その他科学立身の探偵作家は数々あることだろうが、甲賀氏と大下氏とに著しく現れている。甲賀氏にいたってはストーリー・テラーと云うより、ストーリー・コンストラクターと云いたいぐらい。
◎大阪圭吉氏「石塀幽霊」これはまた探偵小説らしい探偵小説、恐らく大阪氏なんかが探偵小説の本道を歩いているものであろう。自重をのぞむ。ただ、急行列車にのって、景色のいい処を飛ぶような気がするのが残念だった。
◎水谷準氏「吸血鬼」（オール）豆みたいな掌篇だが、これには水谷氏が持っているものがよく出ている。努力して書いたかも知れぬ氏の最近の作「司馬家崩壊」より、与えられたテーマで無意識に書いたこの掌篇の方が、はるかに面白く優れていた。数年前の「追かけられる男」と同じ範疇に入るべきもの。
◎西尾正氏「床屋の二階」（オール）思い切ってシュ ーパーナチュラルに突進したところを高く買う。もっともっと思い切って突進してもらいたい。ポーの「ウイリアム・ウイルスン」みたいに。書きかたにも一種の魅力がある。
◎橋本五郎氏「G・Mの幽霊屋敷」（オール）ロー イ・ハインズのある種の作品を読んでいるような気がした。
◎木々高太郎氏「死体室の怪」これは前の三つの作とは全く違った実話的興味で読ますもの。したがって木々氏が新青年に書いた連続短篇と比較して、ぐっと落ちると云ったところで始まらぬことだが。

（五）

◎甲賀三郎氏の「黄鳥の嘆き《こうちょう》」は前篇だけ。これだけで批評されては作者が迷惑かも知れぬ。だが読者にしてみれば、前篇だけでも読んだ以上、なにかの感銘は受けるわけだから率直に云わしてもらったって差支えなかろう。

◎まず第一に感心したことは、甲賀氏がこの作で謎の提出に完全に成功しているということ。雪の山を掘るという奇抜な謎を第一ページから振り翳し、それをかなり力強く読者の胸に印象づけている。

◎先々月の大下氏の「烙印」では、前篇において謎の見透しが大体ついたような感じを抱かしたが、一度こんな感じを抱かせたら、たとい後篇でそれを覆してみた処で、もう謎が稀薄になってしまっているから仕方がない。

◎コンプリート・ストーリーなら知らず、ツーパート・ストリートでは飽くまで前篇で謎の調子を高めておく必要がある。後篇の発表まで一ケ月も読者を待たしておくんだから。

◎「黄鳥の嘆き」は他にどんな欠点があろうと、この謎の成功だけで読者は後篇を覗かずにいられないだろう。いまの処この作は甲賀氏のものとしても上の部になりそう。

◎この作の文中に「重行の祖父の弟の曾孫」という馬鹿に念のいったややこしい言葉があるが、これは甲賀氏の筋の組立てと叙述の一面をシンボライズした面白い言葉だ。

◎日本の探偵小説の主人公には、「――文科を出た男」というのがやたらに多いが、これは作者のマンネリズムか偏見か、それとも日本の世相一般が未だにかび臭くて鍛錬の年月を経ていないためか、いずれにしても日本だけに見られる垢抜けのしない臭味である。

◎横溝氏ともあろうものが「蔵の中」で、谷崎氏が「呪われた戯曲」で使った「原稿の中の原稿」というトリックを使ったのは何故だろう。恐らく大家に対する謙遜からであろうが、世間では横溝氏自身をすでに大家と見ているんだから、もっと自重してもらいたい。

◎もっともこのトリックは「蔵の中」の主要なトリックではないのだから、問題にするには当らない。主要なトリックはむしろ九二頁の黒星以下を地の文章と思わせ、最後に一〇〇頁で本当の地の文章を出してあッと云わせる処にある。横溝氏の作としては中どころ。

◎「モダン日本」の水谷準氏の「薔薇と蜃気楼」では、まずアトラクティヴな新味のあるタイトルに胸を打たれる。挿絵も宜し。謎のことを云ったから、ここでもそれに一口触れなければならなくなったが、この作の謎は甲賀氏のほど奇抜ではないが、もっと我々の生活に近いものである。

◎「薔薇と蜃気楼」を読んで感じたことだが水谷氏は横溝氏と共にスタイリストで、言葉が持つ陰影や、パラグラフの微妙な配列に繊細な感覚をもっている。水谷氏のものとして上の部になりそう。近頃小栗、木々両氏の新作に接しないのが淋しい。

（六）

◎小栗虫太郎氏の「人魚謎お岩殺し」（中央公論）一度読んだだけでは、荒筋はもとより、怪談か探偵小説かさえ分らなかった。ホフマンの怪談なんかこんなに悪どく、ひねくれてはいない。もっと素直で清新である。

◎二度繰返して読んだら、この作の傑作だことが分るのかも知れないが、暑さにへこたれているので、その勇気がなかった。ぺーぱーないふは何と云おうと、乱歩氏を始めとして多くの具眼者が褒めているんだから、小栗氏たるもの自分の思う処へまい進するがいい。

◎木々高太郎氏の「完全不在証明」（文芸）まえの小栗氏の作と比べると、これでもかこれでもかと云えるような山気がなくて、平々坦々としているのが有難い。誰が読んでも意味がよく分る。新青年に連載されたものはもっともっとビールの感がある。そのかわり気のぬけたビールの感がある。

迫力があった。

◎夢野久作氏の「S岬西洋婦人絞殺事件」（文芸春秋）これはこの月でもっとも面白く読んだものの一つだが、刺青《いれずみ》で読者を完全にミスチファイしながら、そのしめくくりがやや粗雑なのはものたりない。それから小さいことだが、バンガローには絶対にバルコニーなるものが無いということも記憶しておいてもらいたい。

◎この作にかぎったことではないが、いったい日本には凌辱殺人というやつが平気で横行している。凌辱とまでは云われなくとも、わざと女の屍体を裸体にして読者の好奇心をそそろうとするのが多い。こんなのは英米の探偵小説には殆ど見られぬ現象だ。

◎と云ってなにも凌辱殺人を非難するつもりは毛頭ない。ただこんなのを書かないのが向うの探偵小説の不文律になっていると云うだけだ。

◎水谷準氏の「薔薇と蜃気楼」（モダン日本）ツルゲーネフの甘さとラ・ボエームの幻想とグイン・エヴァンスの掌篇トリックのカクテイル。ラ・ボエームを連想さすのは、必ずしも女主人公の名前からばかりではない。

純文芸と通俗物の探偵小説の中間を狙って、ある程度まで成功した作と云っていい。

（七）

◎木々高太郎氏の「医学生と首」（週刊朝日）

ウインのシュニッツラーは面白かった。妙に記憶にのこる。これだけで見合いの一口噺になりそうだ。

◎この作を読むものは、誰しもスティヴンソンの「屍体盗人」を思い出すだろう。あれに比べると、これは実話的でやや散漫の恨みがある。あれは筋だけは頗る単純だが、焦点がはっきりしていて、しかもその焦点を深く掘り下げている。スティヴンソンも木々氏に比べるとやっぱり芸術家だったわい。

◎小栗虫太郎氏の「紅毛《こうもう》傾城」（新青年）

だれがなんといおうと屁とも思わず、自分の思う道をどんどん進んで行くところは讃嘆に価する。他の作家が持っていないものを、自分だけ持っているということは、作者としての最大の強みだ。

◎人真似ばかりする作家に、小栗虫太郎氏の爪の垢でも飲ましてやりたい。この作者のものを読むごとに感ずることは、小説家となるなら独自の境地を開けということだ。どんなに多くの欠陥を持っていようと、油ぎった強い独自性を備えていればきっと認められる。甲賀氏曰く、「小栗氏の作は分らないなりに面白い」とにかく日本に一人しかない作家ではある。

◎西尾正氏の「青い鴉」（新青年）

刺戟的な場面と力強い文字を使ってあるが、内容が割合に空虚である。どうも西尾氏の傑作とは云われないような気がする。

（八）

◎木々高太郎氏の「幽霊水兵」（新青年）この作は前篇だけで大体犯人の見当がついた。いささかフェアプレイの度がすぎた悩みがある。笠原医師が殺された瞬間、十人の読者のうちの三人までが犯人をさとるのは、なんといってもこの作の惜むべき欠陥である。

◎芝田水兵は軍艦から海へ落ちたことになっているが、その屍体の発見されたとはどこにも書いてない。それどころかわざわざ水泳が上手だとことわってあるのだし、救命器も投げてやったと書いてあるのだから、すこしでも探偵小説を読みなれた人は、この水兵がもとで「生ける屍」となって現れるのではないかという疑いをすぐ起す。

◎前篇で犯人の見当がついたもう一つの理由は、題名のつけかたが拙劣なためである。これではまるで水兵が犯人だことを広告しているようなもんだ。探偵小説では結末を暗示するような題名は絶対に避けるべきである。

◎但し、前篇で犯人をさとっても、後篇を読まずにいられぬほど、それほどこの作は巧みに書けている。こんなのを見ると探偵小説は謎だけが全部じゃないんだなと思う。書き方も素直でなによりも読者の胸に喰い込む力をもっている。近来の傑作。すくなくとも甲賀氏の「黄鳥の嘆き」以下ではない。

◎葛山二郎氏の「情熱の殺人」（新青年）だんだん読んで行くうち、この作がオルチー夫人の The Passionate Crime にとてもよく似ていることに気がついた。木々氏の「医学生と首」なんかはスティヴンソンの「屍体盗人」とよく似てはいても、真似たものでないことはすぐ分るが、この作は複雑な筋がかなりこまかいところまで似ているし、結末のあたりの手法まで似ているように思われた。

◎ドイルの「小さい黒い箱」はポーの「長方形の箱」をそのまま焼き直したものだし、同じくドイルの「新発見の墓塋」はポーの「アモンチラド」を模倣したものである。模倣大いにやるべし。ただし原作以上に出ること。

◎だがオルチー夫人のあの作は短篇ながら同夫人の作品中でも王座を占めるもの。情味ある香気といい、完璧をきわめた形式といい、実に渾然として芸術品で、あれ以上に書ける人があったら、ぺーぱーないふの首を進上してもいい。芸術味は日本の方が進んでいるなんて云う人の気が知れんよ。

◎城昌幸氏の「宝物」（新青年）以上二作のような大物ではないが、軽い掌篇風の作、こんなのを書かせると城氏はいつも相当に読ませる。結末のトリックも効果的だ。但しそのトリックはやや作り物の感があって凝固している。

◎甲賀三郎氏の「ものいう牌」（講談倶楽部）これは甲賀氏が調子を落して書いたものだから、アラを探すのはどうかと思うが、いまどき紐をひっぱってピストルを射《う》っていう古い手の小説を読まされようとは思わなかった。

黒瀬を殺そうとする人間が同時に四人も次から次と現

れるのも可笑しなものだ。但しこれは甲賀氏の探偵小説として批評したので、大衆雑誌の読物としては上の部類だ。

（九）

◎渡辺啓助氏の「悪魔の指」（新青年）はじめとなかほどの叙述とリリシズムは、非常な魅力をもっている。あの調子で終いまで押しすすめていったら、波瀾はなくとも、好ましい短篇になったろう。

◎惜しいことに終いの方の楽長を刺し殺すあたりから、やや低級なメロドラマ風になり、迫真力を失った。

◎どうせ混血児というものは、一目見たら判るのだから、それに対する主人公の疑惑のようなものでも、はじめから出しておけば、もっと誰にでも首肯できるように、結末がむすべたろうに。

◎大阪圭吉氏の「燈台鬼」（新青年）この作者は筋だけはいつも非常によく考える。筋に使うだけの努力を、会話や叙述にも使ったら、もっともっと味のある作になる。

◎同じ燈台の重錘《おもり》を使った小説を、二三年前に大下氏が週刊朝日かなにかに書いたことがあるが、あれに比べると、これは念を入れて筋を組立ててあるけれども、面白さの点ではあれに及ばない。それは文章の問題であるらしい。

◎夢野久作氏の「巡査辞職」（新青年）誰かが云ったように、どうも読みごたえのある探偵小説は、ツーパアトストーリー（二回連続）に限るようだ。しかし面白くすらすら読める割合に、そんなに苦心して考えた作ではないらしい。

◎実際だったら、警官が兇器を探す場合には、堆肥の下なぞは一番に調べるところだが、小説の有難さには、山の中の小さい石の祠《ほこら》まであばいても、すぐ裏の堆肥には故意《わざ》と手をつけないでいる。

◎角田喜久雄氏の「蛇男」（ぷろふいる）読切りの短篇にもこんな素晴しいのもある。僅か二十枚ぐらいの短い小説だが、ここにはポーやアンブローズ・ビアーズの恐怖がいみじくも織りこまれてある。芥川流に云えば、「短いのに」でなくて、「短いから」書けたのだろう。

（十）

◎横溝正史氏の「かいやぐら物語」（新青年）作者自身はどんなつもりか知らんが、はたからみてこの作者ほど、谷崎、乱歩に陶酔し、その養分をたくみに吸収し、その上に独自の個性を築いて、そいつをすくすく成長さしてゆく作家はすくない。この作の結末は「蘆刈《あしかり》」を想わせる。しかしそれはこの作の瑕《きず》でない。

◎真珠を鏤《ちりば》めたような名文、蚕が吐く絹糸のような夢幻的な光沢、それらはもう行きつく処へ行きついた芸術の極致だ。横溝氏よ、この次も、そのまた次も、こんな宝石を刻んでくれ。忘れても邪道に陥ちて、本格物なんか書こうとしてくれるな。

◎大下宇陀児氏の「偽悪病患者」（新青年）これはこの月の探偵小説のなかで、一番よくできたものと云ってよい。「烙印」よりもまとまっている。コクのある本格物は長篇でなければ書けぬというのは嘘だ。この作を見ろ。五六十枚の短篇だ。

◎森下雨村氏の「襟巻騒動」（新青年）臭味や嫌味をかなぐりすてて、云うに云われぬ滋味のみが残ったこの作のようなのを面白いと思うようになったら、ははア、僕も大人になったのだなと思ってよろしい。

◎ユーモアにも種類がある。言葉や動作から来るユーモアは一番感覚的で分りやすいが、そのかわりもっともプリミチヴなものである。次が小さい筋の喰い違いから来るユーモア、最後が筋のすべての組合せから来るところの、読後振返って初めて微笑されるユーモアである。この作は大体においてその第三段のユーモアの上に立っている。

◎ところが「偽悪病患者」（ほめたあとでこき卸すのは口惜しいけれど、手っとり早いから例として持ってくるわけだが）を読んでもこの快感は得られない。それは肉身の妹の罪をあばいたり、病める良人《おっと》の額をピストルで射貫《いぬ》いたりして、一般大衆が持つ正義感を裏切るからだ。こうしたストーリーはいくら探偵小説として完ペキを極めていても、また一部のファンがどんなに賞讃しても、到底一般大衆のポピュラリティーを獲得することはできない。

◎海野十三氏の「彷徨《さまよ》う霊魂」（サンデー毎日）と、同氏の「急行列車の花嫁」（講談雑誌）第一頁から読者の好奇心をあおり、次から次と煙に巻いて行く腕前はどうだ！　こんなのを喰いつき易い小説というんだろう。
海野氏はすっかり読物を書く手法を会得したといってい
い。しかしあまりそいつを濫用するので、大下氏に比べると粗野《グロス》の感がある。「急行」よりも「彷徨う霊魂」の方がぐっと優れている。

◎大倉燁子氏の「眼の指示」（週刊朝日）大変よくかけている。二十枚やそこらの短篇にこれだけの筋を盛り得たのも素晴しいいし、ジ・エンドの結びかたも気が利いている。

（十一）

◎木々高太郎氏の「印度大麻」（ぷろふいる）エキゾティシズムを取り入れた新方面への試みであるが、この種の読物は、この作者の本格物とちがって、木々氏でなくては書けないものではない。こんなものを書き得る人間は、ほかにもある。もっとも第二第三作で、木々氏が案外この方面に優れた才能を持っていることを証明するかも知れないけれど。

◎森下雨村氏の「父よ憂うる勿れ《なか》」（新青年）爽快な読物である程度は、谷譲次の「メリケンジャップ」に劣らない。現代物にこんなテーマをどんどん掴むことができるなら大衆文芸もいつまでも曲げ物にうろついていなくてもよかろう。

◎親が肉身の子を惨殺するというような探偵小説を書いたら、社会認識の範囲をひろめると云う評論者がある。へへい、探偵小説にはそんな深遠な使命があったんですか、これは初耳、まったく驚きましたよ。ひとつ「偽悪病患者」を例にとって、あれがどの位社会認識を拡めるか聞かしてもらいたい。

（十二）

◎夢野久作氏の「人間腸詰」（新青年）十年ほど前のこの雑誌に「人肉の腸詰」という探偵小説が出たことがある。十年たっても探偵小説の機構や好みは、そんなに進歩したとは思われない。ただ気の利いた話術と、如才ない文章が進歩しているだけ。

◎森下雨村氏の「四つの眼」（新青年）の連載物はいままでのところ三つとも海洋の匂いのつよい男性的なユーモラスな物語である。こんなのを纏めて一冊にして出版したらきっと版を重ねるだろう。探偵小説愛好者だけにしか向かぬ探偵小説でなくて、もっと広い読者層に呼びかけるあるものを持っているからだ。

◎木々高太郎氏の「女と瀕死者」（モダン日本）淡々たる筆致でごくあっさり書いてあるが、内容はどうしてどうして、深いところまで掘りさげてある。瀕死の良人をじっと見守る場面や、それから、かの女がその瞬間から烈しい性格変化を受けるところなぞ、作者の眼は鋭い洞察力を持っている。

◎一年一作ぐらいの作家が、こんな深味のあるテーマを摑むのは易いが、多作の木々氏がこんなのを考えたのは不思議である。スフィンクスの謎を解くエディパスの物語を現代化したら、正にこんなものになるだろう。

◎それにしてもこんな物語を素材のまま投出したのは惜しい。素材とは云い過ぎかも知れぬが、木々氏の名文も、こんな立派な内容を盛るうつわとしては、やや見劣りがする。もっとチョータクを加えて欲しかった。

（十三）

◎横溝正史氏の「蠟人」（新青年）は諏訪シリーズの一つ、「鬼火」につぐ巨弾で、この月のもっとも読みごたえある佳作にはちがいないが、「鬼火」ほどの迫力はもっていない。

◎珊瑚が蠟人形を抱くとこなぞはこの物語の骨子で、作者がかの女を盲目にしたのも、その効果を狙ったためだろうから、もっと精密、鮮明に描写して、調子を高くした方がよい。

◎筋が複雑でない割合に、後半の描写が複雑で曖昧なのも、この作を「鬼火」ほどのものにしなかった原因のひとつだ。たとえば蔵のなかの屍体は、本物の今朝次だと読者が思いこんでいるのに、最後から二行目に蠟細工と書いてあるので、さては前の長持のなかの人形が、本物だったのかな、と、読者に戸まどいさせるたぐいだ。

◎甲賀三郎氏の「四次元の断面」（新青年）は平易で、垢抜けがしていて、着想にも話術にも新味がある。人ちがいの写真を見て、貞女を殺すなんて、よほどのそゝっかしやだが、それが不自然でなく、頷けるように描けているから妙だ。

◎大下宇陀児氏の「老院長の幸福」（新青年）この作者にしては恐ろしく短いもの書いたもんだ。まさか神経の太い大下氏がひき伸しがうまいという定評に遠慮したわけでもあるまい。面白くありさえすれば結構なわけだから、どんどん長いのを書いてもらいたい。
◎ま夜中に老院長が商売敵手のうちへ忍びこむところなぞ、じっと躍動するように生々と描けている。それから自分の子の舌を診察するあたりも、眼に見るごとく巧に、ユーモラスに描けている。
◎そして読んでしまうと読者は老院長とともに、やれやれと急な峠を下りたような安心を感ずる。前の甲賀氏の作とくらべると、一つは悲劇、一つは喜劇だがどちらも短いながら、甲乙のつけられぬ佳作である。
◎西尾正氏の「海蛇」（新青年）こうずらりと一流どころを並べてみると、どうもやっぱり、やや落ちるのがはっきり分る。しかしにきびくさいということは、同時に進歩の過程にあるという証拠でもあるのだ。
◎西尾氏の強味は、思いきって力強く、ウイアドな世界へ突入していることだ。しかし、もしこの作の主人公黒木が、ややカリカチューア化しているとしたらその罪は、息をつくひまもないような、せっぱつまった刺戟的な、最上級の形容詞にあるのかも知れない。
◎城昌幸氏の「想像」（新青年）なにかあるようで、なにもない。なにもないようで、なにかありそう。そこで初めて題名を振返ってみて、ははア、作者の狙いどころは、こんな処にあったのかと、はじめて頷けた。
◎森下雨村氏の「隼太《はやた》の花瓶」（新青年）いままで連載された三つの作にはユーモアがあったが、この作には淡いペーソスが盛られている。
◎夢野久作氏著「悪魔の祈禱書」（サンデー毎日）形式が単純で一本調子で、緊張していて、寛みがなくて、それでいて肩がこらないところが大変よろしい。

（十四）

◎木々高太郎氏の「人生の阿呆」（新青年）長篇として傑作とは云えぬかも知れぬが、決して駄作ではない。この作の美点は創作態度の真面目さが作品に浸み出ていることと、作中の人物を作者がいたわっているために読者がそこから来る快感にひたり得ることだ。欠点は筋の運びが乱雑なことと、良吉をあまり主感的に描きすぎたことである。
◎複雑はかまわんが乱雑は困りものだ。読者の興味の中心点は倦《あ》くまで不動であってほしい。良吉だけ主観的に描いてあるので、この人物に作者が自己を投入しているのかと思った。どうせ一人だけ主観的に描くなら、良吉を全然ワトソンにしてしまうか、でなければ老母を主観的に描いて犯罪小説にしてしまうか、でなければ総ての人物を客観的に描くかだ。それをごっちゃにしたところにこの作の描写上の破綻がある。

◎夢野久作氏の遺作「女坑主」（週刊朝日）これは「悪魔の聖書」ほど精彩のあるものではないが、痛快で、大風呂敷で、無邪気なところ、夢野氏一流のものである。本人が仏様になってしまったんでは何を云ったって鞭撻にもならんので張合いがない。

◎木々高太郎氏の「人事不省」（週刊朝日）この作の第一頁に名刺のことが書いてあるが、同じ週刊朝日の室生犀星氏の「この母親を見よ」にも第一頁に名刺のことが書いてある。木々氏が武者小路式の素朴な云いまわしで日記風実話風に名刺を取扱っているに反し、室生氏の名刺の取扱方はあくまで探偵小説的で非常にスリルに富んでいる。

◎「この母親を見よ」にはトリック一つあるではないし、そのテーマだって探偵小説愛好者にとっては陳腐きわまるものだけれど、迫真力ときたら実に素晴しいものだ。ぺーぱーないふは敢えてこの作に、「近来の立派な探偵小説」の名称をかぶせたい。

◎水谷準氏の「屋根裏の亡霊」（文芸）これは伸ばしたら中篇になる作である。この作者の美点は構成以外のものにあると思っていたが、この作の構成は骨組の強いがっしりしたもので、その構成の謎だけで充分読者をひっぱっている。その点で珍らしい作である。「司馬家」なぞより太い線で描けている。

◎海野十三氏の「心臓が右にある男」（キング）ビーストンの有名な作に医者になった宝石泥棒が患者の傷口に宝石を縫込んで隠すのがある。だからこの作の犯人が手術室へ逃込み医者に変装するあたりへ来るともう結末のトリックが分ってしまった。そしてあのトリックがどんな風にアダプトするか、むしろその点に興味を感じながら後半を読んだ。しかし海野氏がビーストンを読まれたことがあるかどうかそれは知らん。

◎甲賀三郎氏の「哲学者と驢馬《ろば》」（キング）これは迫真力なんてものは爪の垢ほどもない。ただもう机上で巧みにこねあげた西洋菓子みたいな代物だが、それだけ図構えはよくまとまっている。探偵小説に迫真力がそんなに大切なものでないことは、ある程度まで事実なのである。

（十五）

◎海野十三氏の「深夜の市長」（新青年）各頁にスリルを盛ろうとしたために、かえってどこにもスリルのない平坦な退屈な作になっている。こんな長たらしい小説で、なんのとがもない読者の忍耐力をいじめるのは、二十世紀の死罪《ママ》のひとつである。

◎夢野久作氏の遺稿「冥土行進曲」（新青年）これは「深夜の市長」と同じ種類のスリルを狙ったものだが、二十世紀の犯罪だけは犯さずにすんでいる。ことに書きだしのへんがよく書けている。土よ、夢野氏の上に軽かれ。

◎森下雨村氏の「救われた男」（新青年）この作にも一つのトリックはあるけれど、読者の心を打つものは、むしろそのトリックと結びついたほかのものである。

◎こんなたちの良い小説は、妙に偽悪的にひねくれて、技術万能主義で、人間性の美しさなんてものを軽蔑しきっている日本の探偵文壇には割合にすくない。最近では「人生の阿呆」があっただけだ。

◎蘭郁二郎氏の「魔像」（探偵文学）これは渡辺啓助氏の傑作「写真魔」と同じような写真道楽を主題としたもので、それとはまた別種の趣きのあるものである。文章もいいし、まとめかただって悪くはないし、こんなのがもう一息捨身になって突込んだら「写真魔」程度のものが書けるはずである。

◎横溝正史氏の「妖魂」（講談倶楽部）前号までの梗概をしらずに一回分だけ見たのだから大きいことは云えないが、同じ人形を取扱った中篇小説「蠟人」なぞより手のこんだ面白い怪奇味のある探偵小説である。

◎江戸川乱歩氏の「緑衣の鬼」（講談倶楽部）前号までの梗概をしらずに読んでも面白いし、かつ次号を覗かずにいられぬように書けていて構想には「レドメイン」を想わせるものがある。

◎横溝氏の描写が繊細であるに反し、これはどこまでも太い力づよい線だけを使ってあるが、それはよく云えば通俗物のコツを会得したこの作者が、不用なものを篩《ふるい》にかけて惜気もなく捨ててしまったのであって、そのへんが涙香を忍ばせる。

◎ぷろふいる九八頁の「実をいうと探偵小説はあまり好きではありません」うんぬんの新居《にいい》格《たる》氏の言葉は正直なだけに胸を打った。いちど熱病みたいな探偵小説の鬼を殺してみることだ。殺したあとでもいちど探偵小説に帰って書いたら、普遍性をもったものが書けるかも知れぬ。

◎横溝正史氏の「マスク」（週刊朝日）着想も奇抜で面白いし、最後の指紋もよく利いているが、こんなのは「かいやぐら姫」のように思い切って夢幻的にかいたら、もっとぴったり来るものになったのではあるまいか。

◎大下宇陀児氏の「鉄管」（サンデー毎日）完全なアリバイ、密室の殺人と、道具立だけはそろっているが、どうも他の人がかいたら下らないものになるだろうと思われるような筋である。

（十六）

◎久生十蘭氏の「金狼」（新青年）まだいまのところ海とも山とも判らんが、最初のデビウは完全に果したと言ってよい。どんな人か知らんが、久生氏が達筆の人であることだけは確だ。この達筆が「深夜の市長」みたいな単なる騒音にならぬことを切望しながら、今後の発展を楽しみにしている。

◎森下雨村氏の「上海の掏摸」（新青年）この連載物は七篇とも形式から言っても内容から言っても粒がよく揃っている。こう粒が揃って初めて連載物と言えるのだろう。しかし機関士が船長になるのは可笑しい。運転士とすべきである。

◎妹尾アキ夫氏の「深夜の音楽葬」（新青年）長い間、探偵物の翻訳で鍛えただけあって、さすがにソツがない。近頃での佳作だ。ただこの作の僅かな欠点は殺人動機に必然性がないことだ。盲目を殺さなくても、ペンダントは盗み得たはずである。

◎大阪圭吉氏の「三狂人」（新青年）いままでの大阪氏の作は、探偵小説の論理から言って非難の打ちどころのないものでも、通俗的な面白さという点が閑却されていたが、この作はほとんど大下氏に肉迫するほどの文章で書けている。

◎城昌幸氏の「間接殺人」（新青年）心臓の弱い人間を電話で殺す作は外国に沢山あるが、それを真似たものではないらしい。ウイットだけで短いものを書こうとすると、よく他の作とダブるものだ。けれどもビアズやルヴェルになると類似品がすくない。それは彼らの作は表面ウイットだけの如く見えても、実はウイット+《プラス》リアリチーであって、誰でも真似るわけに行かないからだろう。

◎大倉燁子氏の「鳩つかい」（富士）とにかく組立てが下手だと言われている日本の女が、これだけの物を組立てたのは讃嘆してよろしい。女らしいものを持っているという点や、文章の自由さでは勝伸枝氏が優れているが、構成の巧みさではこの作者が優れている。慾を言えばもっと新味がほしい。もう日本にもライナートやクリスチーが飛び出していい頃だ。

◎大下宇陀児氏の「犯罪者と妻」（婦人倶楽部）同じ雑誌にのっている吉屋信子氏の人情小説なぞと比べてみて、甘美なものも清新なものも感じられない。それは探偵小説だから当然だというなら、探偵的興味があるかというにそれも薄弱で、読後に残るのは夫婦喧嘩を垣間見たような不快感だけである。探偵小説はこれでいいのだろうか。

◎横溝正史氏の「蜘蛛と百合」（モダン日本）適当な時期に人形趣味や谷崎趣味に左様ならをしたのは賢明である。この作には横溝氏が真から持っている好いものが充分に出ていて、最近に書いたもののうちで一番の佳作になりそうである。エーウェルスの「蜘蛛」とはまた別種の味がある。題名も清新である。

◎橋本五郎氏の「双眼鏡で聴く」（ぷろふいる）船中の密談を陸から双眼鏡で眺めて、読唇術で密議の内容を知るというのが、このスパイ小説の謎の解答で、かなり面白くは書けているが、第三章を読むと、もう第五章で明されているこの解答が判ってしまう。ノンビリと題名に解答を書くなんて、愛すべき作者ではある。

（十七）

◎今月だけ作品に評点をつけてみよう。サスペンス、謎、組立て、描写、その他あらゆるものを綜合して評価したつもりだけはつもりだが、勿論、これは本当の作品の価値には関係ないので、ただぺーぱーないふだけの見解を示したものに過ぎない。

◎評点をつけるのは失礼とも言えるが、どうせ人の作品を褒めたりけなしたりして批評するのは、昔から失礼と決っている。その点は五十歩百歩だ。ただ短い批評で、表しがたい処を表したに過ぎないのだと思って頂きたい。

◎大下宇陀児氏の「凧」（新青年）陰惨、猜疑、嫉妬、ゆがめられた少年性、あらゆる悲惨と醜悪を描いても、十九世紀の北方文学の微光、または南方文学の美があったら、却って醜《しゅう》ゆえに陰影のある立派なものになっただろうに、こうやたらにドブを掻き立てるだけでは、どんなに描写がよくても、読んで不快を感ずるだけである。百点満点の七十点。

◎池田忠雄氏の「アルプスの女」（新青年）興味が稀薄で迫力にとぼしいが、すらすら楽に読めて軽い味があるところは大変よろしい。可もなければ不可もない。割合に無難にまとまった作である。六十点。

◎大阪圭吉氏の「白妖」（新青年）後半より前半がよく書けている。最後の誕生日の説明は大変面白くはあるが、ちょっと落語のオチみたいで、本格物の説明としては物足りない。八十点。

◎伊志田和郎氏の「火死」（探偵文学）地の文章が一つもなくて全部会話、しかも二人だけの会話にしたところがこの作の特徴である。無駄がないところがよろしい。掌篇として六十点。

◎木々高太郎氏の「盲いた月」（ぷろふいる）妙に無気味なスリルを持っているのでマルガが黒いお月様を見る処ではゾッと寒気がした。解決篇が待ち遠い。この作者はこの不思議な出来事を、荒唐無稽でなく科学的に腑に落ちるように説明してくれるだろう。前篇だけとして九十点。

◎蒼井雄氏の「瀬戸内海の惨劇」（同誌）文章がカサカサしてうるおいがないのが疵だけれど、それにも拘らずどんどん読ませる力を持っている。場面の選びかたでも得をしている。風光明媚な場面を選びさえすれば、読者の心にある程度の風景の印象を残すに違いないのだ。長篇のプロログとして八十点。

◎九鬼澹氏の「報酬五千円事件」（ぷろふいる）軽快で明朗で潑剌としているのがこの作の良とところだが、あまりフィルムを早く廻転するので、付いて行くのに息切れがするのが恨めしい。中篇として六十点。

◎横溝正史氏の「蜘蛛と百合」（モダン日本）前篇で期待したほどのものではなかった。やっぱり「鬼火」のほうが良い。近頃の横溝氏の作はどうも浪漫主義と現実がぴったり融合して渾一なものとなっていないような気がする。中篇として九十点。

◎木々高太郎氏の「緑色の目」（週刊朝日）これは「盲いた月」の姉妹作で、前者のような無気味なスリルはないが、そのかわり、文章から来るのか、リリシズムから来るのか、処々マヨネイズをかけたアスペルジのような軟い香気がある。九十点。

（十八）

◎甲賀三郎氏の「虞美人《ぐびじん》の涙」（新青年）この作に限らず、近ごろの連載物は筋の運びが乱雑で、はじめの一回から摑みどころのない謎を、矢つぎばやに三つも四つも投げかけるのが多い。時間的にはちっとも進行せず一処に停滞している癖に、むやみに空間的にだらしなく拡がろうとする。

◎なるほど空間的な複雑な拡がりということは、長篇にのみ許された特権には違いなかろうが、それは単行本として発行される時にのみ言われることで、月刊雑誌の連載物としては、あくまで謎を一点に集中し、強い一つのサスペンスだけで進行するのが望ましい。すくなくともこちとら読者にとってはそのほうが有難い。

◎大阪圭吉氏の「あやつり裁判」（新青年）これは筋から言っても今までの大阪氏の二つの連載物より落ちるし、文章から言ってもまだこの作者が文章模索時代にあることを暴露している。妙に持ってまわったような言いまわしは城氏の匂がするし、いやにくだけた一人称に終始して点線を沢山使ったところは夢野氏を彷彿させる。作家たるものは自分の体臭のある自分の言葉を持つべきである。

◎小栗虫太郎氏の「二十世紀鉄仮面」（新青年）明治時代の覗き絵、乃至赤や青の強い色彩を塗りたくった浮世絵の巻物を見るような気がした。それはこの作の筋がひどい通俗的な誇張にみちているからであろう。筋は通俗的でも表現の手法はあくまでハイブラウ、高踏的で、その一見矛盾した交錯のなかに、なつかしい駄菓子のような不思議な味が漂っている。第一回が一番よかったように思う。

◎光石介太郎氏の「梟」（新青年）この作者のものを読んだのは初めてだけれど、もしこの作者の他の作もこんな物だとすれば、立派な作家だと言える。こうした小品には小手先の器用だけで作り上げたものが多いものだが、「梟」にはそんな処も見えない。一滴の恐怖、一滴のウィット、一滴のリリックとエピック、一滴のスリルを持った小品である。

◎海野十三氏の「モナリザの毒唇」（富士）海野氏が、久しぶりにこの本格物で帆村探偵を登場さしている。かなり長い本格物なるに拘らず一気に読ますのは構図、人物の配置、その他の諸要素の調和がうまく取れているからであろう。モナリザの絵が非常に印象的でよく利いている。

◎海野十三氏の「雷」（サンデー毎日）モナリザの毒唇もいいにはいいが、どうもやはりこの作の方がよく書けているように思われる。嫌味や誇張がなくて、科学的でありながら、ごく平易になだらかに、誰にでも頷けるように書けているところなかなか大した手際で、あらゆる階級の人にむく作品である。佳作。

◎小栗虫太郎氏の「皇后の影法師」（文芸春秋）この創作を読む時の感じは翻訳を読む時の感じと同じであった。しかも翻訳としてもかなり生硬な翻訳だ。どうせ「紅はこべ」に刺戟されて書いた作なんだろうから、翻訳に似てるのも仕方なかろうが、創作ならもっと違った味を出すのが至当ではあるまいか。

◎翻訳で思い出したが新青年夏季増刊にあるビーストンの「虎の顎」は、確に昔どこかで翻訳を読んだ記憶があるので、心当りを探したが見つからず、ただ証拠だけ発見することができた。（探偵趣味昭和二年五月号五十二頁）

◎しかし編輯者にしても翻訳者にしても、こうした重複は避けられないのだから（月刊探偵創刊号六頁）なんと、どこかの探偵雑誌で、明治初年からのあらゆる探偵翻訳の表を作って、原作者をアイウエオ順に並べ、題名と雑誌名と巻号を記してくれるなら、編輯者翻訳者のみならず、我々一般読者にとっても参考になって頗る便利がよいのだが。

（十九）

◎横溝正史氏の「真珠郎」（新青年）こんな作品を見せられては、誰だって文句は言えないだろう。読者をして思わずアッと言わせる結びは、これからの予測しがたい波瀾を約束している。分量が相当にあったのも嬉しかった。まさに直木賞物である。

◎木々高太郎氏の「文学少女」（新青年）この作者がドンキホーテ式の元気をもって主張しつつある論理が、この作者の書く小説の上に着々と実現され、次第に水準を高めつつあるのは、見ていても痛快なほどである。妥協なしに面白く読める作である。

◎大阪圭吉氏の「銀座幽霊」（新青年）第三回でちょっと落ちたと思ったら、また盛り返して来た。七転び八起きか。

◎渡辺啓助氏の「血のロビンスン」（探偵春秋）この作を読んで解ったことは、この作者がいつまでも中堅作家と呼ばれ、一流と云われないのは、あまり数を書かないからであるということだ。あの文章の香気はどうだ。

（二十）

◎大阪圭吉氏の「動かぬ鯨群」（新青年）この作者の作品として一歩進んでもいないし、一歩退いてもいないが、いつもながら大阪氏が各方面の事実をよく調査した上で筆をとるという態度には感心している。場面を海に選んだのも好感がもてる。

◎日本は世界三十三ケ国のうちで、汽船の隻数では第五位、帆船の隻数では世界一であるのに、海洋小説はごくすくない。これは開国後まだ間がないからだと思う。地図から判断すれば英国ぐらいの海洋小説があっていいのである。

◎だれか潑溂とした志願者で、海の生活を体験して来る人間はないか。もっとも平凡な人間では始まらない。せめてコンラドぐらいの感覚とペンを持った男を船に乗せて、二三年ミッチリ苦労させたい。

◎大下宇陀児氏の「痣《あざ》」（週刊朝日）はじめの書出しのあたりに何かしら木々氏と共通のものがあるのが感じられた。この作には木々氏のある作に見える気品や迫力はないが、そのかわり一層完成されていて無駄がない。

◎節子という女が痣のある赤ん坊を生むであろうことは始めから想像できたが、その想像は大した邪魔にもならなかった。この人のものとしても上の部類に入る佳作である。イヤ、本当に。

◎小栗虫太郎氏の「青い鷺」（ぷろふいる）はじめの方はごてごてしてちょっと喰いつきにくかったが、読んで行くうちに次第に面白くなってきた。横浜の外人のオークションは本当は日本貨でやっているのだが、それをわざと磅《ポンド》にしたところなぞも、この人の趣味なんだろう。筋のはこびは牧氏の丹下左膳なぞよりも、むしろハリス・バーランドが沢山書いたものと大変よく似ている。

◎中島親氏云う。「連載物は一月も置いたのでは前の分は忘れてしまうし、前から読み直すのじゃ復習みたいで面倒くさい」連載物に弱っているのはぺーぱーないふだけではないらしい。あの活字の行列が旅行記や戦争実記だったら、もっと愉快に気楽に読めるのだが。しかしこんどの「青い鷺」はことによると苦痛なしに読めるかも知れぬ——であろうことを希望する。

◎正木不如丘氏の「生理学者の殺人」（モダン日本）こんなストーリーとしての面白味が稀薄な作品は、科学的な面白味があれば、それでどうにかこうにか救われるわけである。ぺーぱーないふには前者の面白味が稀薄なことだけは分ったが、後者がどのくらい真実に根ざしているかということは、残念ながら分らなかった。

◎延原謙氏の「銀狐の眼」（モダン日本）英国では昨今国際スパイ小説の氾濫時代を来たしているらしいが、日本では最近には橋本五郎氏が「双眼鏡で聴く」をひとつ書いただけである。海洋小説やスパイ小説で読物のスコープを拡大し、ヴァライティーを豊富にしたいものだ。延原、海野、橋本氏らにこの方面への進出を希望する。

◎それと同じ意味で酒井嘉七氏の航空小説にももっと馬力をかけて立派なものを生産してもらいたい。日本の探偵物がいつまでも医学小説ばかりに引っかかっていなければならんことはないだろう。しかし海洋、スパイ、航空、こんなのは机の上で書いては駄目だ。医学小説がとにかく物になったのも、実はお医者様が書いたからである。

◎水谷準氏の「エキストラお坊ちゃま」（モダン日本）この作は「さらば青春」なぞとともに、この作者が持つ明るいユーモラスな一つの傾向を表現したものには違いないが、月光に乗って空をかける幻想のような他の一つの傾向に比べると、文学としていささか劣るものであることは、誰しもみとめるであろう。

◎木々高太郎氏の「四緑《しろく》木星」（モダン日本）これは前月の「文学少女」ほどのスサマジイちからはないが、女性心理の一つのデリケイトな秘密に向って全力をもってぶつかっている点で、「女と瀕死者」の姉妹作と云える。今月ではこの作と大下氏の「痣」とがもっとも読みごたえがあった。

批評への希望・感謝・抗議

大下宇陀児

最近に私は、私の作品に与えられた三つの興味ある批評を読んだ。一は井上良夫君の〈大下宇陀児論〉であり、二は中島親君の〈凧〉についての批評であり、三は同じく〈凧〉について胡鉄梅君の批評である。作者が自分の作品を賞められた時喜ぶのは当然であるから、この三つの批評のうちで、私は中島君の批評で大変に喜び、井上君の批評には痛く感心し、胡鉄梅君の批評に対してのみ、どうも納得出来ぬものがあったわけである。

井上良夫君の〈大下宇陀児論〉は、実によく書いてあった。私の推察するところによると井上君は、本格探偵小説の最大なる愛好家であって、こういう愛好家は、ややともすると甚だ偏狭な好みしか有っていないものである。事実好みの上においては、井上君と僕と相当の開きがあると私は見ているのであるが、これに対しても井上君は、実に懇切に私を解剖している。これだけの解剖があり、かつまたあれだけの公平さがあるならば、譬え私の作品が非難されようとも、私は氏の批評を愉快に読むことが出来る。況んやして井上君は、私のこれからについて、私が気まりが悪くなるほど、私を高く買っていてくれるようだし、ある私の作品に対しての非難も、私をしてよく納得させもし、新たなる発見、新たなる反省をも与えているのである。

井上君に比し中島親君の批評は、少し私を喜ばせ過ぎているのであるが、この批評のうちで私を最も喜ばせた点は〈凧〉において私の試みた探偵小説臭味の脱却を、ピッタリ指摘していてくれたことである。（誤解を避けるためにいうが、私は探偵小説臭味というものを、常に必らずしも脱却せねばならぬという主張は有っていない。自分でも殊更らこの臭味を強くさせようという意志のもとにある作品を作ることもある。それは探偵小説である以上その臭味こそ魅力となる場合も十分あるからである。ただついでにいえば、臭味だけで魅力のないものは嫌いである）作者は、自分の意図が正確に認識された時ほど嬉しいことはない。〈凧〉は、中島君以外幾人かに賞めてもらえたが、あそこまで突込んでものをいってくれたのは、中島君だけである。前に中島君は私の「老院長の幸福」について、作中の欠陥を鋭く指摘し、同時にその欠陥が、作のエフェクトに関聯して、あるいは已むを得なかったものであろうといったが、それも私は感謝して読めた。（偽悪病患者）ではフェアプレイに欠けていると指摘し、これもあるいはそうかも知れぬと作者を思わせたところである。

次に胡鉄梅君であるが、胡鉄梅君は（夙）をかなりひどくやっつけた。いとも簡単に、陰惨でドブを引っ掻き廻したようで不快な作品だと断定してしまった。

作者として、どうやらこれは、黙っていられぬところだと思うのである。

いったいが胡鉄梅君は従来といえども、私としてはやや納得し難い批評をしているのであって、例えば（偽悪病患者）においては、一旦作品を賞めたあとで、この作品にユーモアの無きを非難し、また兄が妹の罪をあばく残忍さが怪しからぬという言分であった。ありていをいえば私は、私の作品が、しばしば陰惨であり暗くなり過ぎることについて困却しているのであるから、そういう点を指摘したのはさすがでもあるが、（偽悪病患者）においては、兄の心理がよく出ているとの別者からの批評もあった。そうして作者は、兄の妹に対する愛を描くことにかなり力を入れたつもりだった。この点を胡鉄梅君は、全く見ようとはしていないのである。またあの作品にユーモアが無いといって非難しても、これは困る。狙いが違うのであるから、そういう非難が許されるものならば、ポオの（奈落と振子）も同じくユーモアがないといって非難出来ただろう。更に評者は（妻が夫を殺すなどという話は、決して大衆にアッピールするはずがない）と断じ去ったが、その議論は、探偵小説をして立つ瀬のないところへ押し詰めてしまうものではなかろうか。（夙）においても、評者は殊更らに眼を背けているものがある。いかなる点に眼を背けているか、それは作者としていえば、聊か自画自讃の気味になってしまうから何もいわぬことにするが、親は我子を庇わねばならない。作者は、我子が決して完全無欠なものだとは思っておらず、片輪者であることも知っているが、片腕の無い子を、両腕ともないといわれたり、跛であるとまでいわれては、我子のため、この不当なる噂さに対しての抗議を申さねばならぬのである。ついでにいうと、胡鉄梅君は、翻訳家Ｋ・Ｈ君であろうと私は思っている。Ｋ・Ｈ

君どうだ！

興味深く思われることは、文学の批評が常に甚だマチマチであるということである。甲の批評家と乙の批評家とは、しばしば、正反対なことをいったり、まるで違ったものを互いに抽出して来ている。自然科学でなら、まずこういうことはないが、文学では、読む人の感受性、好み、感情といったようなもの、その日の気分までが影響するのである。

井上良夫君は、私の（鉄管）と（偽悪病患者）を面白くなく読んだといっているし、何誌であったかは（鉄管）を大変賞めてい、私自身も（鉄管）に案外自信がある。中島君は（偽悪病患者）を面白く読み、胡鉄梅君は（偽悪病患者）を多分面白く読んだことだろうが前述のような非難をし、更に胡鉄梅君は（鉄管）を、大下宇陀児でなかったら、とてもつまらないと思うような筋だといっている。（情鬼）を（面白いがつまらない）といったのは胡鉄梅君でこれだけだと作者は、（面白ければそれで我慢してくれ）とだけ答えたくなるが、井上君になると、（情鬼）の長所も欠点もハッキリ指摘し、そこに作者を納得させるものがあるから（なるほど面白くてつまらないというのは、ここから来ているな）と、胡鉄梅君の批評が解って来る。

さて、以上私は、私の個々の作品についてのみ、批評への感想を述べたわけである。井上、中島、胡鉄梅、三君のほかに、探偵小説では彩倫虫君、中風老人君、秋野菊作君の批評があるが、彩倫虫君は、時々大いに光ったことをいう代り、少し鉄火肌で、それも面白いが、作者を怒らせることがありはしないか。私は、幸いまだ怒らせられていないので、いずれお鉢が廻って来ると覚悟している。怒らせ方が気に入らなかったら、こっちからも訂正を申込む。中風老人君は、少し無精者じゃないかと思われる。無精もので勉強しなくて、ろくにものをいわないから、勉強をお勧めしたく、秋野菊作君は少々鋭さが足りなくて、これは日本の探偵小説などあまり読まずにいて、いわば大局からの批評というものを心懸けているせいかとも思う。大局からの批評もいいし、六つかしいことではあろうけれど、これをもっとズバリとやってもらいたい。譬えば九月号で、良い探偵小説よりは面白い探偵小説が欲しいといっている秋野君の言葉は、珍らしくハッキリしている。これは賛成だ。良い探偵小説で同時に面白い探偵小説、ここへ行き着くのが探偵作家の勤めだということが、よく印象される。この調子がもっと氏のものに欲しいのである。話は別だが私自身についていうと、秋野君は〈ホテル・紅館〉で、毎月連載の枚数が少ないのを怒ったのだろう。〈ホテル・紅館は別宅の二棋客悠々として云々〉と野次を飛ばした。私は、これは面白かったので〈ホテル・紅館〉の完結篇で早速この言葉を利用しておいたから、野次の返礼は済んだわけである。

最後にいうならば探偵文壇では、今のところまだ批評家が、手ぬるい批評をしていると私は思うのである。なぜもっと厳正にやらないか。

厳正にやっつけることを、悪罵と混同しては困るけれど、譬えば胡鉄梅君が、私の〈爪〉を非難している。この非難を黙って聞いておられないとあれば、私は直ちに抗議を申込むことも出来るのである。

私は、長いうち、探偵小説に対するいろいろの不満を感じていて、しかもこの不満を、実はほんの僅かずつしか言って来ていないがそれにはいろいろの理由もあることで、その理由の一つとしては、私は作家であり、理論よりもまず実行ということを心懸けているからである。

水谷準君など、私が喋らないのを気に入らぬらしいけれど、それはもう暫らく私のこのやり方を我慢してもらうとして、しかし、批評家は、もっと力を入れて厳密であるべきである。

探偵小説には、やはりまだ駄目なものが、随分入っていやしないか。

譬えば〈探偵小説だから、こういう不自然な点は大目に見られる〉などということが、もうこれからは、少なくとも批評家としては無くなっていい。作家としては、どうも実際仕方がなしに、あるいはまた職業としての作家の立場で、大目に見てもらいたいと云う考えで、いけない部分を無理に押し切ってしまうのだが、批評家の立場では、何も大目に見ることはない。作家を甘やかすことは禁物である、遠慮なし、悪意なき非難を加うべきである。

もう一つ、長篇に対する批評が、最近新青年のものではあったけれど、ほかは、大変に乏しいと思う。雑誌連載中は、正しい感想が得難く、さりとて一面には、連載が終った時纏めて読み返すだけの熱意あるものが発見されないというようなことがあるのかも知れないが、慾をいえば、読んで慾しい。私は、報知へ〈毒環〉を書いていた時、誰も何ともいってくれなかったのが淋しかった。海野君だけが、私を励ましてくれたのを記憶している。

では批評家諸君。

卿等と闘いながら、探偵小説を、もっと広く大きくし、同時に質を向上せしめようではないか。

批評の批評の批評――大下氏の抗議に答ふ――

「探偵春秋」十月号にある大下宇陀児氏の僕に対する抗議を読んだ。あの抗議のなかに、すこしの悪意も混っていなかったことに対し、まず敬意を表しシャッポを脱ぐ。そんな紳士的な非難ならなんぼでもしてもらいたい。相手に対してある程度の尊敬さえ失わなかったら、どんなに争論したたって差支えなかろう。

大下氏は、「偽悪病患者」にユーモアがないと僕が非難したと言っているが、僕はそんな非難をした覚えは少しもない。だから大下氏の抗議を読んだら、狐につままれたような気がした。で、さっそく新青年二月号のぺーぱーないふを調べてみたら、果してそんな文句はどこにも見つからなかった。嘘と思うなら調べてごらんなさい。

だが、大下氏があんなそそっかしい誤解をしたのには、まんざら理由がないことはないのだ。じつはあのユーモアを論じたパラグラフの前後には、まだ二つのパラグラフが挟まっていたのだが、そいつを水谷準氏が一頁《ページ》にちぢめるためにカットしてしまったので、僕もあの文章が活字になったのを読んだとき、どうも前後のつながりが少し変だと思った。

お説の通り、ユーモアがないのは「偽悪病患者」の欠点ではない。あの作品にユーモアが混ったらそれこそダイなしだ。白熱的スリルを盛った作品には、ユーモアなんて混り得ようはずがない。

といってユーモアを排斥するわけでは決してない。大下氏の「老院長の幸福」なぞは、ユーモア作品としてどこへ出しても肩で風を切って通れる傑作である。

これでユーモアの誤解はとけたことと思う。

さて……

そうだ、ついでだから説明しとくが、同じ「探偵春秋」の四十六頁に「ウルサ型の胡鉄梅が海野十三に死刑を宣告した」とあるし、いつやらの「ぷろふいる」にも、「海野が死罪」になったとあるが、あれは七月号のペーぱーないふに、「こんな長たらしい小説で、なんのとがもない読者の忍耐力をいじめるのは、二十世紀の犯罪の一つである」と書いたのを誤植されて、犯罪が死罪になったのである。

が、そんなことはどうでもいい。

由来、作家が批評家を批評する場合、「鑑識が高い」だの、「眼が鋭い」なぞといって感心するのは、大抵は褒めた批評に対してだけである。すこしでも歯に衣《きぬ》きせないで批評すると、喰ってかかるに決っている。しかしこれは人間として当然なことで、僕だって同じことだろうと思う。ただあまり露骨にその人間味を発揮すると、やや興ざめでないこともない。あらゆる褒めた批評に一理あるごとく、あらゆる悪く言った批評にも少しの真理はふくまれているのだけれど、それを認める作家なんてめったにあるもんじゃない。また、じっさい、それだけの自惚《うぬぼれ》と図々しさがなければ、とても今のジャーナリズムの荒波にのって一流作家まで漕ぎつけることは出来ないのかも知れない。だから批評というものは褒めさえすれば間違いはない。しかし褒めるばかりでは割合利き目がない。丁度おはぎの砂糖を利かすために、小量の塩を加えるごとく、賞讃八分に非難二分といった処が一番喜ばれるのだ。大下氏も御他聞にもれず、この処方が一番よく利いているということは、あの大下氏の文章を熟読すれば誰にでもわかるのである。

以上は批評される人の心理をいったまでだが、では、批評の本質はどんなものかと考えてみるのに、よい批評というものは、作者の主観に潜りこみ、作者と同じ気持になって作品を検討し、欠点にはあまり眼をくれないで、ひたすらに特徴と美点を味わおうとする。これはテイヌ一派の科学的批評にしろ、ペイターやアーノルドの鑑賞批評にしろ同じことだ。手っとり早く言えば褒めるのである。もっともこれはあらゆる作品を嫌でも応でも取上げる月評と違い、興味ある作だけ拾うのだから、無理もない話だが、それにしても批評の使命が美の発掘にあることは事実で、平林氏の批評が人気がいいのも、実のところは利巧なる彼が、どんなに非難する場合でも一方で特徴を揚げるコツを忘れなかったからである。

では何故「ぺーぱーないふ」はあまり褒めないで毒舌を弄するか。

その答は簡にして単である。

「ぺーぱーないふ」は厳密な意味で批評ではないのである。

ひとが一生懸命に書いた作品を、僅か五六行で批評できると思ったら、そう思う人の方が間違っている。賞讃八分に非難二分とすべきところを、ぺーぱーないふがわざと賞讃四分に非難六分としたのは、打明けて言えば読物としての寸評にピクアンシーを加えるためであるにすぎない。諸君が街をあるく。明るい窓からふと諸君の作品の噂が聞える。君は立止って耳を澄す。が、囁きはそれきりで、耳に残るただ一言……これがぺーぱーないふの使命にすぎない。

なるほどこれも批評には違いなかろう。また嘘のまじらぬ率直な言葉には違いなかろう。が聞えなかった部分に、どんな言葉があるか判らないのだ。だから、そんなものを他の純粋の批評と一緒にして、批評に批評をやられてはこっちも少々困る。

せめて水谷準氏が十枚のスペイスをくれるなら、やや目鼻のついた批評らしいものが出来るかも知れないが、それにしても作家の腑に落ちるような純粋の批評をするには一作について二枚は必要だし、好きな作品だけ取上げるならとにかく、多数の作品を取上げ、その上ときどき単行本にも触れるとすれば、多少の無理ができる。

大下氏は一口も触れなかったけれど、「凧」の評点だけは苛酷だったように思う。良きも悪きも誇張の伴うのが、ああした寸評の常道ではあるが、あの評点が不当であることは僕も後になって気がついた。

　つぎに面白いという言葉には、いろんな意味があるように思う。人によって別な意味で使うこともあるし、同一人でさえ時と場合で別な意味で使うことがある。

　僕としてはなるべく無名作家に温く、一流どころに厳密にというような、多少不自然な工作は混っていたかも知れないが、どんな場合でも何よりもまず自分の好みと趣味を基として、感ずるままを率直に語ったつもりである。良い批評を書こうと思ったことはない。良い批評と悪い批評は、その好みの高下、鑑賞力によって決ることだが、それは平素の心がけの問題であって、批評する際に念頭に置くべきではない。

地図と探偵小説

「近頃、また、流行り初めたように思うが、探偵小説の中に、地図や図面を挿入することは――」うんぬんの文句には参った。

　むろん、僕をやりだまに上げるつもりじゃないんだろうが、しかし、最近の拙訳「赤色館」に図面を麗々しく出してあるので、僕も真甲から遣っつけられた一人には違いないのだ。なにもそれだけなら参りはしないのだが、実のところ僕も今の今まで、迂闊にも、地図不要の考えを抱いていたので、ちょっと図星をさされた。

　しかし、それにも拘らず、あの小説には図面があった方が、分りもよいし、面白くもあるのは事実だ。それは何故だろうか――と僕は考えてみた。それは一つには、我々の翻訳が、涙香の程度にまで、独創的であるのを許されないので、従って創作ほど、日本の読者にぴったり喰い入ることが出来ないので、自然、文章以外の説明が必要となってくるんだろう。が、それだけではない。あの図面は「エヴェリボディ誌」に初めて原作が発表された時のった図面だから、英国人に取っても必要だったのだ。

ドイツの警察犬の本を見ると地図がのっている。その地図には、森、道路、線路踏切、小川、一軒家、が明細に書いてあって、それに屍体発見の場所、警察犬が臭跡を追った足跡を点線で印し、犯人を探しあてた地点も記し、それに一々詳しい時刻が記入してある。地図だけ見ていて実に興味シンシンたるもの、ここに地図の探偵小説がある！　と感嘆した。

地図の探偵小説！　面白いではないか！

僕は地図不要論を読んで却って地図有用論に改宗した。探偵小説と地図とは、切っても切れん親類だ。

地図不要の説を徹底させると、文章だけという結論になり、したがって挿絵も不要ということになる。だが、日本でも向うでも、多くの名作が初めて新聞雑誌にのった時には、必ず挿絵が伴なうもので、ポーの作でさえ挿絵と共に、進水式を行っている。「乱歩を見ろ」と仰有るが、乱歩の作にも、マークのようなものが自筆で出たことがある。あれも文章以外の説明である。フリーマンに至っては顕微鏡写真つきで発表された。探偵小説は一口話でもなければ、落語の速記でもない。純粋の探偵小説に地図がついたといって、誰がそれを真面目に非難し得よう。構うことはない。必要な場合には文章以外のあらゆるものを使え。自由に！　自由に！

だが、「嘘の世界」の筆者も、そんな徹底的な意味で、地図不要論をとなえられたんではなかろうと思う。ただ、小説はどうせ嘘だから、地図まで出して、本当らしい顔をするなというのが詮じつめた結論だろうと思う。そんなら僕も、ある程度まで賛成だし、誰でも同感だろう。もっとも、どうせ小説のなかの地図だから、嘘を一層嘘らしくするために入れるので、本当と思ってもらうために地図を入れるような馬鹿は、世界中探したってありはしないけど。

嘘が大きいほど、途方もない作品を作り上げる——これはいまさら論ずるまでもなく、訳りきったことだ。

リアリテイ

杉山平助氏が、「探偵小説というものは、リアリテイの欠除を、構成で補っているものらしい」という意味のことを、どこかに書いていたが、この言葉はある程度まで当っている。

どうも、やむを得ないことだが、探偵小説の批評となると、探偵小説愛好者という一つのサークルの中に住む人の批評だけで、一般文芸の批評家の説は滅多にきかれない。一般文芸の批評家というものは、あまり探偵小説の論理を知らないので、時々飛んでもないことをいうようだけれど、多くの場合、なかなかうがったことを云って、他山の石となるものだ。

そして、この事実は——つまり探偵小説の論理をあまり知らぬ文芸批評家が割合にうがったことを云うという事実は——探偵小説というものが、けっして一部論者の色眼鏡で見ているような特別な読物ではなくて、ほかの文芸と同じ使命をもっているものだということの、ひとつの証拠でもある。

日本の探偵小説は、いまや一室にたてこもり、扉を締めてその中で犇めきあって窒息しようとしている。「中央公論」や「文芸」なぞの雑誌に、時たま探偵小説をのせることはあるが、それはただ新味を出すために、好奇的に取り入れるだけで、とてもサタデーイヴニングポストや、ストランドが、全面的に探偵小説を支持しているとは、同日の談ではない。

探偵小説家よ、扉を開けろ。思い切って外へ出ろ。一室に立ちこもって、夜っぴて議論をしていたって、仕方がないではないか。

かりに五百枚の書卸しを出版したとしてもこれがいつも顔のきまった探偵ファンに読まれるだけでは救われない。いくら、ファンたちが「新しい乱歩が生れた」の、「新しい彗星現る」のと、随喜の涙をながしたところで、一般読書界は蛙の面に水だ。たかだか三千部売れるのが関の山だ。五千、一万、と売りだすためには、どうしても大衆性を持っていなければならぬ。

なるほど、英米の読書界には、探偵小説が圧倒的ではあるが、純粋の探偵小説は案外すくない。ウォーレスやオプンヘイムを知っていても、ヴァンダインやクイーンを知らぬ人はざらにある。大部分は、秘密、窃盗、殺人、復讐、争闘などをとりいれた、所謂、探偵趣味のあるストリーである。

そして、この大衆性の上に立ちながら、ちょっと高い水準にたっしたものにオーモニアがある……僕の訳したものを持ってくる失礼を許されよ――。これらのうちで最も高い水準に達したもの、そしてまた最も日本になじみが深いものにドスタエフスキーなぞがある。

探偵小説も、このあたりまでくると、杉山平助氏あたりから、リアリテイがないなどと云われる心配はない。いまのように構成一点ばり、トリック一点ばり。要するにハートを忘れて、頭だけで探偵小説をでっち上げていては、リアリテイもへったくれも、あったもんじゃない。

探偵小説家よ！

扉を開けろ！　ちまたにでろ！　ほかの文芸と手をにぎれ！

そしてもっとリアリテイのある、もっと僕らの魂に喰い入る力のあるものを書いてくれ。

夢想

私が今まで書いたものは、編輯者が迷惑するのに無理に押つけたようなものばかりですし、数もすくないようなわけで、処女作と云えるようなものはありません。私はこれから処女作を書こうと思っています。そのためには自由な一年が必要です。まずはじめの三ケ月に世界で一番よく読まれた犯罪味のある十冊の小説を、精読し、味倒し、分析し、つぎの三ケ月に筋をつくり、つぎの三ケ月に六百枚の長篇を書き、最後の三ケ月にそれを書き直します。けれどもその自由な一年というやつが、私にはいつ持てるやらわからないのです。ですからまるで夢の話をするようなものです。

ホフマン・その他（アキ夫随筆・1）

こないだの新聞にホフマン全集が出版されるという広告が出ていたが、ホフマンは好きな作家である。

あの広告を見た瞬間、僕は十二年前の懐しい幻を思い浮べた。

十二年前の寒い晩、井汲清治氏と二人で、やはり同郷人で慶応の英文科の教授をしている石井誠氏を訪問したことがある。用件は紅玉堂から出す探偵小説の翻訳のいい原本はないかと訊ねるためであったように思う。

すると、当時まだ講師であったかも知れない処の、この若い英文学者は、火鉢の火を掻き立てながら、そして生徒が持ってきた賄賂の美しい箱入の西洋菓子を食べながら、滔々として独逸後期浪漫派の驍将ホフマンのことを論じだしたのである。終いには仏文学の井汲氏まで尻馬にのってホフマンを褒めだした。

もしエルンスト・ホフマンの幽霊があの晩あすこに来ていたら、自分の文学が日英仏の国境を超越したことを知って、蒼白い顔に満足の微笑を浮かべたであろう。

そのとき石井氏がどんなことを喋ったか殆ど忘れてしまったが、これは自分が訳そうと思っていたとっときの本だ、けれども君に譲ると勿体をつけたことは確だった。それから探偵小説のなかに加えるには惜しいような本だとも云った。そして最後に、ホフマンは音楽家だったから、音楽の術語がたくさん小説のなかに出てくる、それがちょっと素人には六か敷いから、そんな時には誰か音楽通に聞きたまえと親切に注意してくれた。

それから数日たって、僕は慶応に井汲氏を訪問して、図書館からホフマンのゼラピオンの兄弟を借出してもらった。二三寸もあろうかと思われる厚いこってりした本で、なかに小さい活字がいっぱい詰っていた。持って帰って読んでみると、なるほど紅玉堂の探偵本としては高級すぎるし、それに短篇を沢山つづり合せて一つの長篇にしたような妙な形式をもっているので、四百枚ぐらいにちぢめるのに困難を感じたので、結局、訳さずじまいだった。僕はその本を長い間もっていた。そしてそのなかの「ファルンの礦坑」を、新青年の七巻十号のために訳した。同じ新青年の八巻十号に、向原明氏が、ホフマンの「砂男」を訳した。「探偵趣味」の昭和三年一月号に、秋本晃之介氏が「運」を訳した。僕の知る限りでは、探偵小説としてホフマンが訳されたのは、この三つだけであるらしい。

ちょっと話が飛ぶが、昔、伊庭孝氏が演出した「プラーグの大学生」という芝居を見て大変感心したことがある。それから暫くたってエーウェルスの脚本による「プラーグの大学生」という長い映画を、始めから終いまで身動きもしないで見た。ところがこの、エーウェルスの「プラーグの大学生」は、ジョージ・マクドナルドの「鏡中影」（新青年十巻三号）を書き直したものに違いないということを、最近になって知った。誰からも聞いたわけではないが、同じように鏡に映った影が、本当の人間になって出てくるのだし、それに年代から考えてもマクドナルドは（1824—1904）だから独逸のエーウェルスより昔の人だし、第一「鏡中影」には主人公をプラーグの大学生と断ってあるのだから、「鏡中影」が「プラーグの大学生」の祖先であることは動かせないと思う。独逸の怪奇作家エーウェルスは、「鏡中影」に少しばかりのポーの「ウイリアム・ウイルソン」と、少しばかりのシャミソーの「影を売る話」(新青年九巻三号)を混合して、あの驚嘆すべき「プラーグの大学生」を作ったのだろうと思う。

そしてこの似たり寄ったりの四つ子であるところの、マクドナルドの「鏡中影」と、ポーの「ウイリアム・ウイルソン」と、エーウェルスの「プラーグの大学生」と、シャミソーの「影を売る話」の大元の祖先はホフマンの「失われた映像の物語」なのである。この物語はホフマン全集とは別に、昭和十一年八月、石川道雄という人が山本書店の十銭文庫のなかに「鏡影綺譚」として訳している。ポーがホフマンの影響を受けたことはあらゆる書が明記しているし、マクドナルドがホフマンの影響を受けたことは、年代を調べてみると、ホフマンの死後二年たって彼が生れたのを見ても、大抵想像できるのである。

なにはともあれ、僕はホフマンやポーやエーウェルスに共通した味いが大変好きである。エーウェルスは浅野氏たちがもう七篇も新青年その他に訳してくれたから、かなり我々に親しみが深い。最近では怪奇作家オリヴァー・オニアンズの「招く美人」というのをこの種類の物語として大変面白く読んだ。

卑劣について　(アキ夫随筆・2)

先月のぷろふいるのどこかで、小栗虫太郎氏が、妹尾はあらゆる点から見て Meanness 排撃の本山であるという意味のことを云っていられるが、僕が本山などという大物でないことは、蒼龍窟主人も御存じのはず、あの本山はむしろ渋谷栄通へんにあったように僕は記憶している。

Mean という言葉には、下品、きたならしい、卑しいといったような意味があるが、お前はそんな要素のまじった探偵小説が嫌いかと訊かれると過去の僕は知らず、現在の僕はちょっとまごつかざるを得ない。

こまかいことは抜きにして、探偵小説に現れる低劣な要素を大ざっぱに考えてみると二つの種類に分けることができる。(一)極端にエロチックな描写。(二)極端に卑劣な性格の描写。

第一のエロチックな描写は、徳川時代の江戸軟文学の伝統を持つ日本の国産品で、例外はあろうが、西洋には概してすくなく、ことに英米にすくないように思う。エロチックな描写は多くは婦人を侮辱したもので、米国にそれがすくないのは婦人が権威を持っているからだろうが、大陸文学でも日本ほど寛大ではないようである。西洋の古典的エロチック文学は多くはペルシャや印度から来たものらしい。

が、このエロチック文学はむしろ誇るべき国産品だから、どんどん自由に書きたいことを書いたがよかろう。もっともこれも程度問題で、木々高太郎氏の作に、布団のなかで患者のモンス・ヴェネリスを指で押してきゃッと云わせるのがあったように思うが、(違ったらごめんなさい、いま正確に調べることができないのです)あのくらいが限度で、あれ以上突破するのは危険であるらしい。文芸にはなにより第一に自由ということを尊びたい。あれはいかん、これはいかんで発芽を踏みにじるのは良くないと思う。

第二の卑劣な性格の描写も、西洋のほうがすくないようだ。この事実に気付いている人は割合すくないようだが、助平にしろ卑劣漢にしろ、日本より西洋のほうがずっと多いのだが、文学の上でそれらのものが排斥されている点は、実に驚くべきものがある。殺人のうちで一番卑怯なのは毒殺であるが、それらの死人でさえそんなに卑劣でないように性格描写がしてあるし、その他の犯人にしても、堂々とまでは行かなくも、少くなくも読者をしてひどい嫌悪と不快を感ぜしめないように描いてあるように思う。向うでは部屋の構造から、鍵穴から覗くということが盛で、同時にそんな行いを蛇蝎視する風習があるが、これなんかも探偵小説からシャットアウトされているらしい。探偵が鍵穴から覗くなどはいささか幼稚だろうが、女中が鍵穴から寝室を覗く場面ぐらいは当然でて来なければならんのだが、それが滅多に出て来ないのである。犯罪には美があるが、卑劣な行いには何の美もないように思う。シャーロック・ホームズがあれだけの人気を獲得したのは彼の探偵的手腕ばかりでなく、ひとつはあの紳士らしい、沈痛な、男らしい性格描写に人々が心をひかれるのであって、その点は我々が机龍之助や宮本武蔵に心をひかれるのと同じものがある。現にルーズヴェルト大統領は、「私はホームズの性格が好きだ」と云っているし、牧野前内府にしても、「私が探偵小説を読むのは、ホームズの人物が好きだからだ」と云っているのである。

ひるがえって日本の探偵を見るのに、どうもホームズだけの魅力を持った男はいないようである。犯人が卑劣なのは云わずもがな、探偵でさえどことなく影のうすい見すぼらしいのが多い。

日本でいちばんに卑劣な人物を描くのは、僕の敬愛する谷崎潤一郎氏であって、この人はむしろ卑劣そのものを描くことに快感を感じているらしいが、エロチックにしろ、卑劣な性格に対する趣味にしろ、源泉は遠く徳川時代の江戸文学にあるのであって、人間の血統のなかに流れている伝統というものは、一朝一夕に洗い去ることができるものでもないし、また洗い去る必要もない。谷崎氏のあの趣味は、あれですっかり完成されて立派なものになっているのだから、はたからとやかく云う必要はなかろう。

これに聯関して、僕は二十年前に何かの雑誌で見た武者小路氏の言葉を思い出さずにいられない。「ロシアの小説を読むと、ロシア人というものが好きになるが、日本の小説を向うの言葉に翻訳したら、日本人が嫌われ者になるだろう」この短い言葉は、味うべきいろんなことを持っている。日露戦争に勝った日本は、その後洪水のごとく押よせたトルストイやツルゲーニェフによって、どんなにロシア人を愛したことか。いままで日本人が、下品な、きたならしい、卑劣な人間として描いていた街の女の心の中に、ドスタイェーフスキーはなんと宝石のごとく輝しいものを見出していたことか。日本は戦争でロシアを征服し、ロシアは文学で日本を征服したのであった。

いま外務省あたりで、どんな小説を翻訳しようかと首をひねっているとか聞いたが、どうせ功利的の目的で日本を紹介するのなら、そのへんのことも少しは考えるべきであろう。源氏物語を読んで日本に来た外人は、二三の学究の徒にすぎなかったが、あの蒼白い漂泊者のラフカジオ・ハーンを読んだ外人は何万となく日本になだれ込んだのである。

要するに僕は、美でさえあるなら、あるいは美を表現するための手段でさえあるなら、どんな醜いことを書いてもいいと考えている。

批評の木枯

（アキ夫随筆・3）

二月号の各誌にあらわれた諸家の評判を綜合してみると、探偵小説の批評家としては、中島親氏と野上徹夫氏が、もっとも傑出しているということになるらしいが、僕もいままでのところそれには大体同感である。一つは寸評、一つは長い評論で、形式が根本的に異っているので、内容もおのずから形式からくる影響をうけているために、二つを正確に比較することはできないが、中島氏の批評が剃刀のごとく峻烈明快なるに反し、野上氏のはあくまで繊細で軟い陰影に富んでいる。ただあまり陰影にとんでいるので、同氏の「悪魔と論理」なぞは、一二度くりかえして読まぬと、はっきりした意味がくみとれないような個処がところどころにあるのが、わずかな欠点であるように思った。

◎

中島氏の匿名排斥論を読んだら、僕がちかごろ考えていることがそこにまるで書かれているように思われた。じっさい堂々と本名をなのるぐらいの責任感がなければ、本当のいい批評というものは出来るものではないらしい。本名をなのったって、誰も撲りに行く者はあるまいと思う。

僕は一歩すすめて、作家のペンネイム排斥論をとなえたい。ひどく読みにくい名前なら仕方がないが、そうでなかったら、なにを書くにもたった一つしかない本名を使うのが本当のように思う。ちかごろ探偵小説の本質についての議論が方々で戦わされるとともに、殆ど純文芸畑でも見られぬような、妙に真面目な、一生懸命なものが探偵小説に芽をふき出してきたが、こうした気運がしだいに盛になるにつれて、これからの新人は、ペンネイムを使うような趣味から、しだいに遠ざかるのではないかと思う。

◎

一月から某誌に匿名月評をかきはじめた人があるが、

その人が同じ月の他の某誌に、本名で評論を書いている。別に詮索するつもりはなかったのだが、ふと妙に似ていると思って二つの文章を比べてみたら、見解、文章、仮名使い、用語にわたたって十個処ばかり共通の点があるのがすぐ眼についた。だから僕は最初の一回で、ほぼ匿名の主の正体を知ったわけだが、二月号の二つの雑誌を見るに及んで、いよいよ自分の推察にまちがいないことを確めた。これに気付いた人は、僕のほかにもかなりあることと思う。だから、もし匿名で月評をかくひとが、自分の本名を知られたくないなら、すくなくも月評を書いている間だけは、ほかの批評を本名で書かないほうがいいという結論になるらしい。

◎

木々高太郎氏の新泉録のなかに「批評家が作品をよく読みもしないで、トンチンカンな批評をぶつけるほど厭なことはない。何もそんなゾロッペイな読み方をしてまで、批評の頁を埋めるには当らんじゃないか」という言葉がある。

これは一応ごもっともな言葉で頷けることは頷けるが、僕はあれを読んだ瞬間、自分だったらこんな気持で批評を読みたくないとつくづく思った。

どんなトンチンカンな批評であろうが、批評する人は感じたままを正直に云っているのである。その作品の読者が、かりに一万人ありとすれば、すくなくもその批評は一万分の一の反響を現しているにちがいないのだ。言葉をかえて云えば、つまりその作品の一万分の一の絶対的な価値評価を現しているのであって、これは厳とした動かすことのできぬ事実なのである。だから、もし批評家がトンチンカンな批評をしたら、世の中には自分の考え方とは違った考え方があるのだということを覚りたい。もし批評家がゾロッペイな読み方をしたら、自分の作品には、あらゆる人が丹念に読んでくれるだけの面白さがなかったのだということを素直に認めたい。

それからまた批評家は、いろんな理由から故意に白いものを黒いと云うこともあるだろうし、黒いものを白いと云うこともあるかも知れない。我々は月評においては一つの鍵をあたえられるにすぎないのだ。そんな場合に、言葉の奥の言葉を読むのを忘れて、ただ活字に現れた言葉だけしか汲もうとしないのは、それこそゾロッペイな急批評の読み方ではあるまいか。

木々高太郎氏は、「性急な、同情のない、早合点の批評」と云っているが、月評者が一々同情の安売ばかりしていられないのは分りきった話で、それが駄作ぞろいの時なんかになおさらのことだろうと思う。

探偵小説は温室でそだっているのではない。春風も吹こうが、冷たい木枯も吹くのが当りまえである。自信のある奴は、どんな木枯に吹かれても、びくともしないはずだ。自分と同じ考えを持った人の批評ばかり聞いて、甘やかされている、それで成長のみこみがあるだろうか。いったい探偵小説家というものは、社会が狭いせいもあろうが、今まであまり甘やかされ過ぎていたのだ。ほかの文壇には作品を一本一本なぎ倒すような冷酷な木枯がときどき吹いている。

僕なぞは、作家の数にもはいらぬ存在だけれど、もし批評を受けるような場合には、もっとへりくだった素直な気持で、その鞭を受けたいと思う。


（アキ夫随筆・完）

文章第一

こないだ土手をあるいていたら、妹尾アキ夫氏に会った。

その折り彼が云うことに、

「とうとう柳香書院が、拙訳『矢の家』を出版してくれましたが、あの本は私にとりて鬼門です。あれには祟られ通しですから、これを境にあの本と縁を切ろうと思っています。あれを、ずっとまえに四百枚を訳して、いま廃刊になっている博文館の『探偵小説』という雑誌に渡しましたら、註文で訳したに拘らず、場面の動きがすくなくて面白くないという理由で握りつぶされ、やっと一年ほどたったあとで、前半二百枚を百枚にちぢめて使ってくれました。こんどは柳香書院のために、新に四百三十枚に訳したのですが、電報で催促されながらフルスピードで訳したに拘らず、また二度目の握りつぶしで、小一年の間やっさもっさで、関係者たちにも心配をかけました。こまかいことは云いたくありませんが、まだ『矢の家』には不思議なほど不愉快なことが重なっているのです。いまでは『矢の家』と聞いただけで、ぞっと身顫いするほど嫌になりましたよ」

そこで僕は彼に云って聞かせた。

「同名のよしみで無遠慮に申上げますが、そんなつまらんことを云う暇にひとつ文章でも勉強して、もっと気の利いた御翻訳をなすったらいかがです。君のような素人くさい文章で飯を食おうというのは虫がよすぎますよ。いまにはじまったことではありませんが、君の文章は稚拙で、古臭くて、味いがないです。分りましたか。あれじゃ、握りつぶしも、当然の運命というものですよ」

こう云いすてて妹尾氏と別れると、僕は嫌な人に会ったように顔をしかめ、路傍に唾をペッとはいて、さっさと歩きだしたものである。

批評家は作品の文章のことはあまり云わぬ。探偵小説というものは、元来が文章よりも筋の組み立てに重きをおくものだし、ことに最近は探偵小説の風潮が、いちじるしく理智的に傾いてきたために、批評家にしろ、一部の探偵小説愛好者にしろ、筋の組み立てからくる印象だけを問題にして、その他を顧みないことが多い。

だが、実際においては、この文章というものがよい作品と悪い作品とを決定するのに、非常な役割をつとめているように僕には考えられる。外国においては、ことに一般の読者が文章というものに無関心である。それはひとつには、欧米の国語というものが、表面は素晴しい発達をとげているようでも、日本の国語ほどの複雑な多様性や、深い奥行きを持っていないからではないかと思う。世界広しと云えども、古代の支那や日本ほど、内容をはなれて文章そのものを尊重した国はない。書家がかいた文字を芸術として尊んでいる国はほかにはあるまい。日本語で書かれた探偵小説が、ある場合に文章一つで生きたり死んだりするのには理由がないことはないのだ。我々はもっと文章というものに苦労をしたい。その証拠に、探偵小説家として頭角をあらわしたような人で、文章の拙い人は一人もないのである。

江戸川、横溝、水谷、渡辺啓助、城氏などは、うるおいのある、味のふかい、美しい文章をかくし、大下、海野、夢野氏は表現の妙をきわめた適切な言葉を選んで、生々とした文章を書く。

小栗氏の文章には、魅力ある個性が現れているし、甲賀氏は科学者らしい歯切れのいい文章をかき、木々氏はプレインソーダみたいな新鮮な文章をかく。もっと突込んで諸家の文章を批評してみたいが、まあ遠慮しておこう。

とにかくこれらの作家がかいた小説は、たとい署名がなくても、そのかきぶりによって、だれでも作者を判別することができるほどそれほど文章というものが完成されているのである。書くたんびに文章がぐらぐら違ってくる僕みたいなのは、まだペンを持つことに慣れていないのだ。

自分一人の好みを云うなら、僕は死んだ渡辺温氏の文章なども好きなスタイルのひとつで、あんなのを書いてみたいと思ったこともあるが、どうにもひとの文章だけは真似ができないので、いまでは綺麗さっぱりあきらめた。あんなすっきりした文章は、好きは好きでも、残念ながら僕の柄でないのであろう。

所詮、自分の文章は、自分が苦労して発見し完成するよりほかに手がないらしい。苦労しないで発見する人もあるにはあるだろうけれど。

僕なんかは自分のアラを見るのが嫌なので、自分がかいたものが活字になったのを、つとめて見ないようにした。創作がのった雑誌などは、チチキトクの電報みたいに怖いので、封を切らないままそっとしまっておくことが多かった。これがいけないんだ。これからは何遍も読み返し、うんと文章に苦労するつもりである。

好きな外国作家と好きな作中人物

一、あなたの大好きな外国作家とその作品
二、あなたの大好きな作中人物
（共に、なるべくならば探偵小説の範囲で）

私は文学的装飾をほどこした探偵小説には余り関心を持ちません。探偵小説である以上は、なるべく無駄な要素を絞り取りかなぐり棄て、ただ戦慄すべき深い謎と、その謎を縷々とほぐして行く論理的な、純粋な、息詰るような推理だけが、全面に逞しく躍動しているのが望ましいです。例えばクロフツの「樽」同氏の短篇「寝台急行の秘密」ポーの「マリー・ローヂェ」オースチン・フリーマンの諸作。その他考えればまだあるでしょう。探偵小説においては、文学的装飾、その他の数多《あまた》な装飾が、少なければ少ないほど、すっきりした好い作品になっているように考えます。要するに私はあくまで論理だけに終始した探偵小説を好ましく思います。

つぎに、これまでの探偵小説に出て来た人物だけに就いて云いますと、シャーロック・ホームズに心をひかれます。それは、ひとつにはあの人物の輪廓がはっきり描かれていて、どの挿絵を見ても同じ印象的な顔をしていますので、実在の人物のごとく鮮明に思い浮かべることが出来るからでもありましょうが、それにもまして、何よりも私たちの心を打つのは、あの沈痛な、男らしい、どこやら東洋の英雄と一脈通ずる処のある彼の性格です。

ストランド誌の表紙

新青年にのせた二十数年間にわたる探偵小説の翻訳物は、大部分英米の雑誌からとったもので、その雑誌を手に入れる苦心、掘出物をしたときの悦びなど、くわしく話せばかぎりもない。横浜代官坂の小さい古本屋には外人がよんだあとの珍らしい雑誌がほこりだらけになって出ていた。神戸三の宮の狭い小路の夜店のような本屋には表紙のちぎれたプレミヤー誌がうずたかくつみかさねてあった。その代官坂の本屋にしろ三の宮の本屋にしろ、関東大震災以来消えてなくなってしまって、いまそのへんを歩いてみても昔を思い出す手びきになるものすら残っていない。震災後しばらく上海にあそんだころは、北四河路の電車交叉点にある古本屋によくいったが、恐らくこれも今いってみればあとかたもなくなっていることであろう。

がんらい探偵小説ののった外国雑誌は、神田あたりの日本人相手の古本屋にはみつからず、外人のすむ区劃の小さい古道具屋や本屋の片隅に無造作につみ重ねてあるのがつねだったので、それを探すのにも特別の苦心を要したわけである。そのかわりよい雑誌を見つけたときには胸がわくわくするほど嬉しく、まずゆっくりと目録をあけて目星い作家の名をさがす。それからページをめくって挿絵をぎんみしたり、ところどころ拾い読みするときの楽しさ！　だが、おお、そんなに精選したのを五六冊かかえて帰って念入りに読んでみると、物になるのは一篇あるかなしという状態だったのである。のちには英米からインキの臭いのする新しい雑誌を直接送ってもらうようにしたが、それでも私の古本屋あさりの癖はやまず、むしろ楽しみはかびくさい古雑誌のほうにあった。

そうして手に入れた古雑誌を整理する方法として、私は作者のアルファベット順のカード目録をつくった。たとえばメースンという名のカードをめくれば、そのひとの何という作は何という雑誌の何年何月号にあると記入してある。まれには作品が一つしかない作者もあるがたいていは二つ以上、多いのになると五十も六十もあったし、また探偵作家がほかのストーリーをかくこともあれば、普通の作家がまれに探偵物に手を染めることもあったので、目録を完全なものにするためには、自然探偵物にかぎらずあらゆるストーリーや随筆、作者の写真のありかまで書きこんだので、この目録は大変な数にのぼり、雑誌を五六冊一時に手に入れたときなぞわずらわしいほどの手数を要したけれども手数をかけただけのかいはあった。ある作家のひとつの作品をよんで、これは珍らしい傾向の作家だと思うと、その人のほかの作品をたちどころに調べあげることも出来たし、その他色々の便宜を得た。

この外国雑誌のカード目録と並行して、新青年そのたの日本雑誌にのった翻訳探偵小説の原作者名によるアイウエオ順の目録をノートに書きこんだが、これは外国雑誌の目録ほど興味ふかいものでないにせよ、それでも新しく翻訳する場合、その作がかつて訳されたかどうかを調べるためには、貴重かくべからざる役割を果してくれた。

私は戦争をさけて郷里に疎開する際ストランド誌以外の外国雑誌や和洋の書物のほとんど全部を古本屋に売ってしまった。壁の一隅を占領していた二十数年間の新青年もきれいさっぱり手放してしまった。外国雑誌を売ってしまえばカード目録も用をなさないので灰にしてしまった。ただアイウエオ順の翻訳目録だけは一冊のノートにまとまって足手まといにならなかったので今にのこっている。いまから思えば馬鹿らしいが、そのときは生命の安全以外になにも念頭になかったのである。ストランド誌だけは苦心して集めた唯一の記念として半分ほどのこしてよそにあずけた。いま手元にないので何冊あるかわからないが、つみ重ねて二メートルほどはあったろう。

この雑誌はいまから五十八年前の千八百九十年のクリスマスに初号を出した雑誌で、私はロンドンの古本屋に注文してその翌年に発行したのを六冊手に入れた。それから十年後二十年後のも何冊か手に入れた。空の一角に彗星のごとくあらわれたドイルが、その処女作「スキャンダル・イン・ボヒミア」をストランド誌にかいたのは千八百九十一年――すなわちストランド誌の二年目であった。この処女作ならびにそれにつづく数篇の作も、有名なペジェットの挿絵と共にそれにのっている。私は九十二年生まれだから、シャーロック・ホームズの誕生のほうが一つ古いわけである。古きをほこる英国でも、五十年以上もつづく雑誌はめずらしかろうと思う。よい雑誌がでたと思うと五六年たつうちにつぶれたり、つぶれないまでも傾向が変ったり、ほかの雑誌と合併したりするのが多い。いつも読者に仰合したり、嶄新のうえに嶄新をもとめて猫の目の如く傾向のかわる雑誌に長つづきのするのはすくない。始終大臣がかわる国は戦争にまけるのと同じなのかもしれない。

ストランド誌は半世紀のあいだ編輯ぶりがかわらないばかりか、その表紙がいつも同じである。五十年前のストランド誌の表紙を見てもロンドンのストランドという街の絵がかいてあるが、いまのストランド誌の表紙を見てもストランドの街の絵がかいてある。街の背景には五十年一日のごとく聖メリー寺院の尖塔がそびえている。だがよく表紙を見ると変っている点がひとつある。それは昔のストランド街の絵には馬車や乗合馬車がかいてあるのに、いまの表紙には自動車や乗合自動車がかいてあることである。それからまた昔のストランド街の絵には街を行く女が曳きずるほどの長いスカートをつけているのに、第一次大戦ごろからそのスカートが短かくなったことである。それでいて街の背景には聖メリーの尖塔が厳として聳えているのである。無理もない。ストランド誌ができたころは自動車はもとより飛行機もラヂオも電話も活動写真もなかったのである。

だが、馬車が自動車に変っても同じ街の風景を表紙に用いるとは、なんという驚くべきことであろう！　なんという頑迷さであろう！　保守頑迷もここまで徹底すれば後光がさすほど尊いとは思わないか。この雑誌はサー・ジョージ・ニューンズによって初められ、いまその子のサー・フランク・ニューンズによって続けられている。私はよく変る他の雑誌の編輯ぶりを見るにつけても、このニューンズ親子をしみじみ偉い男だと思わざるを得ない。

このストランド誌は疎開するとき、よそにあずけたままである。支那事変のときは毎月英国から送ってよこしたが、パールハーバー以来ぷっつりととまり、それ以後の雑誌はまだ一度も見たことがない。だから戦争でストランド誌がつぶれたかどうかそれさえ知らずにいる。しかしもしまだこの雑誌が存在するとすれば、なによりもまずその表紙を見たいものである。なぜ？

ストランドの街の背景にみえた聖メリーの尖塔は、ドイツの飛行機に爆撃されて消えたであろうか？

それともまだ厳として青い空に聳えているであろうか？

翻訳雑談

むかし田中早苗が新青年に訳したバルザックの短編、題名は忘れたがなんでも嫉妬のため相手の男を壁のなかに塗りこめる話、あれはバルザックが三度も書きなおしたと云うだけあって、大変な興味をもって読んだ。あまり面白いので同じその短篇を東大フランス文学の教授が訳して岩波文庫から出しているのを買って読んでみたところ、これが同じ作かとあきれるほど無味乾燥で、潤いもなければ艶もなく、死んで退屈な読みづらい物になっていた。

最近岩波の少年文庫の「宝島」を読んで、それと同じ感じを受けた。「宝島」は冒険小説として指おりの名作なるに拘らず、よほど気をつけて読まないと、筋でさえ分らぬ難渋なものになっているが、あれでも岩波と銘を打ってあれば売れるから不思議である。あれは研究社あたりから、英文と対照して、語学研究の書物として出したほうが似合った翻訳である。

ちかごろは翻訳のあらを探すのがはやって、みんなが誤訳を指摘しだした。したがって原文に忠実でありさえすれば、ほかのことは顧みなくなってきたが、翻訳に必要なことは⑴原文に忠実なこと、⑵好い日本語になっていること、⑶原文の精神や感情のリズムが生かされていることで、岩波あたりの翻訳が面白くないのは、この⑴ばかり問題にした結果、⑶が没却されているからである。

原文に忠実であろうとして、一語一語気をつけて訳していると、原文の精神や感情のリズムの死ぬのは止むをえないことで、また実際、近頃の翻訳物の批評家で、感情のリズムなど問題にする人は絶無のありさまなのである。だがやはり翻訳の本道は、この⑴と⑵と⑶を、同じように尊重するところにあるように思う。

むかしの新青年なぞでは、⑴をあまり問題にせず⑵と⑶を尊重した。それどころか、編集者は翻訳者にむかって、この作を何枚に縮めて訳してくれと註文したものである。だから、自然、その作の精神だけ抜萃されて、読んで面白いものになったわけだったが、近頃はこんなのはこっぴどく悪罵を浴びせられる時代となった。

　朝日だったか毎日だったか忘れたが、数年ほどまえ、某大学教授の訳した本に、「池でかますやたいを釣る」という文句があったので、ひどく非難されたことがあった。日本の辞書にはパイクをかます、ブリームをたいと書いてあるが、これは辞書が悪いので、パイクは背に線のある淡水魚、ブリームはちょっと鯉に似た淡水魚なのである。どちらも海の魚ではない。日本のたいはシーブリームと云うが向うの人はたいをあまり食わないので、シーブリームいう字は滅多に出てこない。とにかくパイクをかます、ブリームをたいと訳したのは辞書の誤りなのである。こんな辞書の誤りは他にも多いと思うが、辞書の誤りこそ、もっともっと指摘して、悪い辞書は発行を停止させるべきである。辞書の批評が盛んになれば、したがって立派な辞書が出てくるのではあるまいか。

　これも毎日だったか朝日だったか忘れたが、同じ頃、とちの木を栗の木と訳したと云って攻撃した人があった。栗はスイートチェスナットで、とちの木はホースチェスナット、原文に正確にそう書いてあれば訳すのに迷うようなことはないが、大抵は略してただチェスナットと書くので、訳す時に戸まどいするも無理はないのである。パリの街路樹のマロニエは誰でも知っているだろう。だがこのマロニエを英語ではホースチェスナットと書かないで、大抵略してチェスナットとだけ書く。だからパリの街路樹に栗の木があるなんて妙なことになるのだ。

　魚類学者は魚類のあらを探し、植物学者は植物のあらを探す。翻訳者は天文学や法律や哲学のあらゆる部門に通じているわけではない。翻訳で飯を食うのも六つかしいかなである。坪内さんのシェクスピーアの訳にも誤訳があるという。ひとの誤訳を探すぐらい易しいことはない。私なんか私自身が一月前に訳した物を読み返してみて、誤訳を発見することすらある。だから人の誤訳は指摘しないことにしている。


　しかし私がチャタリー夫人の翻訳を読まなかった理由だけは、ここに書いておいても差支えなかろうと思う。私はあの本を読まずじまいだった。あとであまり有名になったので買って読もうと思ったら、もうその時には発売禁止になっていた。なぜあの本を初め読まなかったかと云えば、チャタリーと発音すべき本の名を、チャタレーと発音してあったので尊敬する気になれなかったのである。

英語に苦心した人なら、固有名詞のエルイーワイはリーと発音すべきで、それをレーと発音するのはローマ字式の百姓読みだというぐらいのことは誰でも知っていると思う。それも文中に時々出てくる人物の名ならともかく、いやしくも本の題名にまでなっている主人公の名なら、もっと慎重に取扱うべきであった。そう思ったので、私はつい読まずにしまったのだが、あとで有名な翻訳者であるということを知って、自分のそこつを恥じた。私なぞはもっと非道い誤訳をしているだろう。

チャタリーをチャタレーと発音するのは、根本的な間違いだから、誰にも異存はないと思うが、むつかしい人はディケンズをディキンズ、アーノルド・ベネットをアーヌルド・ベニットと書かないと承知しない。しかしどうせ片仮名が不完全なのだから、そこまで徹底しなくてもいいように思う。

話題をかえて、私の翻訳のやりはじめは、学校を出てしばらくして、冬夏社の仕事をしたことだと記憶しているが、この冬夏社は今に時々懐かしく思い出される。冬夏社には使用人は一人もおかず、植村宗一の自宅で、植村宗一と鷲尾浩の二人だけの経営で、私といっしょに翻訳をやっていた男に、平林初之輔や丹稲子の弟の丹潔なぞがあった。予約出版でツルゲニェフ全集、ロマンロラン全集、ダヌンチオ全集、マーテルリンク全集なぞを出していた。

初めは植村と鷲尾が仲よくやっていたが、のちに鷲尾は冬夏社の名前といっしょに飛び出して、あとに残った植村が、人間社を名のって、「人間」という文芸雑誌を出していたりした。鷲尾がいた頃はきちんきちんと小切手を書いてくれたが、植村がひとりになった頃は、貧乏のどん底で原稿料は払わず、友は去り、当時三番町の植村宅に出入をしていたのは私ひとりだっただろう。

植村宗一はとにかく異彩のある男だった。洋服は絶対に着ず、いつもりゅうとした和服で、金は一文もなく、首が廻らぬほどの借金をせおいながら、電話のある大きな家に住み、朝は十二時に目を覚して、朝食と午食とを一緒に食べ、三尺四方もある大火鉢のそばに坐って、スリーカスルというはくらいの煙草をふかしながら、東京と大阪の六つか七つの新聞に目を通していた。

あらゆる意味で、当時の彼は模索時代だったらしい。青野季吉と二人で、時事問題の月刊パンフレットを出しかけて青野に逃げられ、しばらく私と二人で出していたこともあった。私は青野という人とは交渉がないが、ある日彼のところへ外国新聞の切抜きを受取りに行ったら、植村といっしょに仕事をするなら、よほど気をつけて用心していないと、非道い目にあうよと忠告してくれたことがあった。

鷲尾に逃げられ、また青野に逃げられた文なしの植村宗一を、私はそんな悪い男だと思ったことは一度もなかった。貧乏時代の彼はずぼらで、だらしなかったので、みんなから誤解されたのだろう。「人間というものは、困ったらどんな悪いことをしてもいい」と云った彼！　カフェでろくに口もきかないで、コーヒーの中にウイスキーを入れて啜っていた彼！　「広津和郎がモーパッサンの女の一生を訳すことになったが、一枚五十銭出すから君下訳をしてやってくれんか」とある日彼が云ったが、私は下訳は嫌だと云ってことわった。その後あれを誰が訳したか知らずにいるが、ごく最近、広津和郎の「女の一生」が版をあらためた広告を見て、「ふふん、あの時のやつだな」と、私は何十年も昔のことを思い出すのである。

「要するに君が森下雨村につくか、僕につくか、が問題なのだよ」と云った彼は、関東震災で三番町の家を焼け出されると、大阪へ飛んでいってプラトン社に入り、映画に関係し、それからまもなく直木三十五という筆名で、大衆小説を書き出した。私は有名になった直木三十五よりも、貧乏時代の植村宗一のほうが懐しい。

直木三十五を振りすてて、一時冬夏社の名でハヴロック・エリスの「性の心理」なぞを出していた鷲尾浩は、その後おでんやをやったりしていたが、直木の死後、鷲尾雨工と名のって、これまた大衆物を書くようになって、不思議にも直木賞をもらった。運命は皮肉である。

紙魚双題

　古本に残っている前の持主の名前や、蔵書のハンコや、公共団体のゴム判や、ブックプレイトや、蔵書票《エクスライブリス》のようなものを見るのは面白いものである。古本に書いてある名前のパーセンテイジは、日本人の名より、外人の名のほうが多いように私には思われる。それは必ずしも日本人より、外人のほうが、名前をよく書くという意味ではなく、日本人は本を手放す時、自分の名を削るけれど、外人はどうせ知らぬ人の手に渡るのだという観念があるので、そんなことを構わぬせいもあるだろう。そのへんの理由は、私にもはっきりとは分らない。

　わりあい多いのは、公共団体の卵型のゴム判で、インドや、ホンコンや、シンガポール、アジアの東部の海岸のゴム判が多い。戦争中、横浜の有隣堂の二階で、古本を売っていたことがある。私はそこでミュディー貸出図書館の蔵書票のある雑誌を、十冊ほど手に入れた。

　ミュディーの蔵書票は、煙草ピースの箱ぐらいの大きさ、良質の真っ黄色い紙、絵や模様はなく、大小各種の文字を、調和よく配列してあるだけだが、表紙の下方に貼ってあっても目触りにならぬのみか、却って美的効果を強めている。ブックプレイトや蔵書票の色は、黄色に限るように思う。外国の本の表紙は、海老茶や濃褐や暗青色なので、それに黄色を貼ると、浮かび上ってみえるばかりか白ほど冷たくもないし、また表紙裏の白いところに貼ってあっても赤や青ほど強くなく落着いているのである。

　くだらない物に興味を持つようだが、私はミュディーの蔵書票がとても気に入って、大変珍重している。雑誌はかなり古びているがその表紙に貼ったレモンがかった黄色は昨日貼ったばかりのように新鮮で美しく、それを見ていると、いろんな空想や連想が湧いてくるのだ。

　ミュディーは怪物の茸のような驚異的な発達をとげた、世界で一番有名な、世界で一番大きい、ロンドンの貸本屋――正確にいって貸出図書館なのである。鯨骨で大きなスカートをふくらませた貴婦人の馬車が、毎日何台となく、この貸本屋の前にとまったと云われている。イギリス全土はいうに及ばず、はるか海外にまで、小包で貸出していたと云われている。

一八五五年、マコーリが「英国史」の三巻と四巻を出版した時、ミュディーは二千五百冊という大量の註文をして、出版者ロングマンをびっくり仰天させた。一八五七年「リヴィングストンの南亜紀行」が出た時には三千五百冊の註文をした。その他の大口註文を拾ってみると、一八六一年のジョージ・エリオトの「サイラス・マナー」が三千冊。一八八〇年のビーコンスフィールドの「エンディミオン」が同じく三千冊。スタンリーの「アフリカ暗黒地帯」が、ちょっとさがって二千五百冊。

いまの日本の出版社の数字と比較すれば、これがどんなに驚くべき数字であるかが分るはずだ。しかも出版後の世評をみてこれだけの註文をしたのならとにかく、冒険心に富み、読書界の事情に通じていたミュディーは、この大量の部数を出版前に予約したのであった。

だから、コンコードの哲人カーライルは、アシュバーナム夫人の夜会で、ミュディーといっしょになった時云ったのである。

「ミュディーさん、あなたが世界中に本をまき散らしているおかげで、人々がどんなに啓蒙されているか分りません。あなたのお仕事はじつに立派なものです」

ミュディーはロンドンの読書界の支配者とまで云われていた。首相グラドストンもよくこの図書館のギャラリーに姿を見せた。有名な画家ホイスラーもそこの常連だった。

このミュディー貸出図書館が、戦前まで存在していたことは知っているが、今あるかどうか私は知らない。あったところで、どうせ衰微の一路を辿りつつあるのだろう。世の中はあれも一時これも一時だ。ある機構、ある組織が、波に乗ってぱっと驚異の花を咲かせても、星霜うつり世がかわれば、なにもかも消えてしまって、残るはたった一片の黄色い紙ということになる。

だから、その一片の黄色い蔵書票を静に眺めていると、どうしてこんな雑誌が十冊も船につまれ、青い海を渡って、はるばる東洋の古本屋の店頭にさらされるに至ったのだろうと、私の空想は果てしなく刺戟されるのである。

もひとつ古本の話――

戦後、私は教文館の古本部で、掘出物を一つした。それは黒岩涙香の「山と水」の原本「ジ・アドミラブル・レディー・ビディー・フェイン」である。

「山と水」の原本の名を「ハイアンドディープ」と記憶していた私は、最初その本を棚から抜き出した時には気がつかなかった。だが、ところどころ抜き読みして、それで「山と水」であることを発見するに及んで、胸が轟くのを覚えた。

こんなことを自慢しても始まらないが、いま「山と水」の原本を持っているのは、日本で私が一人なのである。いや、ロンドンやニューヨークの古本屋を、一軒ずつ巡礼したって、この本が出て来っこあるまい。

それは一九〇三年のケスル社出版、いまの日本の雑誌と同じ大きさ、同じ厚さの、私たちが昔六ペンスライブラリーと呼んだ、紙表紙の廉価版である。いまは見るからに俗悪な、毒々しい表紙絵のついた、ポケットライブラリーとかいう、小型のアメリカの叢書が巷に氾濫しているが、一時代まえに流行したのは、それとは比べものにならぬほど品のよい、落着いた、この六ペンスライブラリーだったのである。

それにしても、原作者フランク・バレットというのは、どんな人だろうと、私はCIE文化センターへ行って、二十世紀作家名簿、十九世紀作家名簿、人名辞書、フーズフー、百科事典、その他あらゆる参考図書を調べてみたが、彼の名はどこにも発見することが出来なかった。この作以外あまり作品を出さず、闇から闇へ葬られた作家のひとりなのであろう。

少年時代に耽読した涙香もののなかで、私は「噫無情」「岩窟王」についで、この「山と水」に深い感銘をうけた。私が手に入れた原本は、時代を経ているので、紙は黄変しているが、鉛筆の書き入れもなく、ペイジをあけた形跡もないので、涙香が使ったものでないことはもとより、恐らく誰も目を通さず、どこかの書庫に埋没されていたものにちがいない。

しかしこの原本をケスル社が出版したのが一九〇三年、涙香が「山と水」を万朝報に連載しはじめたのが一九〇四年だから、年代的にみてすこぶる順当、涙香はこれと同じ版の本を使ったと推定されるのである。

ただひとつ、私の腑に落ちないのは、原作の題名が「ハイアンドディープ」だというのに、私の持っている原作の題名が、「ジ・アドミラブル・レディー・ビディー・フェイン」となっていることである。これにたいして私はこんな解釈を下してみた。(一) 私の持っているのは初版だが、一年のうちに改名して出版したのかもしれない。(二) 一九〇三年頃、同じケスル社から、クイヴァー、ケスルマガジン、ケスルズ・サタディ・ジャーナル、ペニーマガジン等の雑誌を出していたから、それに「ハイアンドディープ」として連載したのを、のちに一冊にまとめたのがこれなのかもしれない。

それはそれとして、次に涙香の翻案ぶりを、原文と比較してみよう。ちなみに、私がいま使う「山と水」は、昭和十二年の春陽堂文庫で、江戸川乱歩氏の懇切な紹介文のついたものである。まず、冒頭の文句を比べてみよう。

〈原文〉ちかごろは、身上話をするとき、語りての肖像を飾るのがはやりだから、これから諸君に数々の不思議な物語をするベニト・ペンギリーの風態を、あたかも巻頭にかかげた写真のごとく、ここに詳しく説明するのも無駄ではなかろう。

私がどんな男か、それは諸君がこの物語を読んでしまってから、勝手に想像するにまかせるとして、ここには当時の私の風態のみを記しておく。まず、革のジャケツ、革の半ズボンという出立ちの、三十近い男を想像してもらいたいのだ。

身のたけは六フートをこすこと数インチ、飢えた狼のような、痩せたどうもうな顔をして、くしを当てぬ髪の毛、茫々と伸びた顎髭は、雑木林のように乱れ、インキのように黒い。目は落ちくぼんで血走り、日やけのした皮膚は、人々の打投げた卵の黄味や赤い血でよごれている。

こうした男が、トルーロの町の、聖メリー寺院の境内で、頸手架《くびてかせ》をはめられ、その板の孔から、両手と顔を出して、晒しものになっているところを想像してもらいたい。

その頸手架には、

「性こりもない悪人ベニト・ペンギリー」

と書いてある。

涙香はそれを次のように翻案している。――

読者よ、余は失恋の人である。余が伯父の家にビディー姫という養女が有ッた。姫は幼い時からの余の昵《なじ》みだから、当然に余を選ぶべきであるのに、余を嫌うて色の白い若紳士ハルリーという者を選んだ。追てはハルリーの妻となるのだ。

余は怒りもした、泣きもした、恨みもした、その果が自狂《やけ》となって、身を持崩し、家をも潰した。

世間の奴等はそれを笑う。余の通る姿を見ると目引き袖引きして嘲けるのだ。余は嘲けられるのが忌々しいから遂に山に入り、独り森の中に寝起し、鳥や果物を食って、要らぬ命を繋ぐ事となった。それでも自狂半分の放蕩は止まず、兎一匹を殺して五十銭に売れば町に出て五十銭の酒を呑み、酔って人と喧嘩をする。制止に来た巡査を擲る、そのような咎で晒し台に載せられることになった。

今思うても「晒し台」に立されるのは実に不愉快だ。平生余の乱暴を恐れている町の子等が、余を馬鹿にするのは今だと思い、馬の草鞋を拾ッて来て投付ける、猫の死骸で顔を撫でる、またそれを面白がッて見物し、噺し立てて笑う奴も沢山ある。

次は前篇二十四章の初め。

（原文）意識を恢復してまず気づいたのは、私の体の上に、非常な重みがのっかっていることだった。みると二人の男の死体が直角に私の上に倒れている。ひとりは肩で私の咽喉を抑えながら、胸の上に横たわり、ひとりは私の腹の上に倒れて、片手を隣りの男の上に伸ばしている。ありったけの力で、私はその二つの死体を払いのけた。

私が意識を失ったのは、倒れた時の打撃ではなく、二つの傷口——一つはもも、一つは腕——から、夥しい出血をしたためらしい。戦闘の際には、傷を受けたことさえ気づかなかったが、死体を払いのけようとすると、そこに激痛を感じ、シャツが皮膚にくっついているので、初めて負傷していることに気がついたのである。

死体を取りのけて、自由に息が出来るようになると、私はただ疲労のためデッキに横になり、静かにその時までの戦闘の経過を考えはじめた。片方の船から喜び騒ぐ声が聞こえるのに、こちらの船が鎮まり返っていることから判断して、もはや戦いが終ったことは、すぐに分ったが、私はなによりビディーの安否が気になったので、血だらけの両腕をデッキにつき、上半身を起こして、後甲板の部屋へ目をやった。私の目についたのは、ロドリゲスの姿だった。彼は部下にむかって、生きていようと死んでいようと頓着せず、そこらに散らばっている「腐った肉」を、みな海へ棄ててしまえと命令している。

（涙香）余は死骸の如く打仆れて、暫くは全く生気を失ッたと見え、何事をも知らなんだが、軈て夢の如く人の声が聞える。何事かと耳を聳てる気力も無い、ただその声の自から耳に入るに任かせるのみだ。

初は誰の声とも知らなんだけれど、実は尖り歯のロドリゴの声である「死骸を海の中へ投込んでしまえ。ナニ死骸の中に未だ死切らぬ奴が有ても構わぬ。海へ投込めば死でしまうのだ」アア余と同じく仆れたる味方の者等を、悉く水葬する所である。未だ死切らぬ者が有ても構わぬとは、何たる惨酷な言葉だろう。これで見ると戦いはもう大方決着したのだ。味方の敗となって決着したのだ。

こう思うと、骨髄に徹するほど残念で無くてはならぬ、けれど余の心は未だ残念などを感ずるほどには気が確で無い。単に茫乎《ぼんやり》とその声の聞えることを感ずるのみだ。果して味方が敗たとすれば、余の伯父はどうしただろう。伯父より大事のビティー姫はどうなッただろう。かような心配が胸を衝て起らねばならぬはずだが、これも起らぬ。

ただ感ずるのは、胸の一方ならず重い一事である。何か目方のある品物が余の胸に載っているのか知らん。そうならば取り除けたい。余は心の中で悶いた。けれどやはり夢中で悶くのと同じ事で何の功も無い。手も動かぬ、足も自由が利かぬ。全くの所、未だ生気が充分に帰らぬのだ。

間も無く急に重さが取れた。アア分ッた。誰かの死骸が余の死骸――では無い、死骸のような余の身体――の上に乗っていたのだ。それが今取退けられて、海中へ投込まれたのだ。胸の軽く覚えると共に生気はまた幾分か増して来た。この次は余が投込まれる順番だと感じた。

次は後篇一〇章。

（原文）やがて女は目を覚して、もう起きる頃ではないだろうかと私にきいた。

「まあ、ゆっくり寝ていらっしゃい。ぼく密林に入って、なにか獲物をとってきます。一時間ほどしたら帰ってきますから」

「一時間のあいだお帰りにならないの、ベニト？」

「あなたが一人いるのが恐いんでしたら、ぼくどこへも行きませんよ」

「そうじゃないのよ。恐くはないの」くすくす笑う。

「そんなら、一時間帰らないことにしましょう。その留守に水を浴びたいのなら、お浴びなさい。危なくはないと思いますが、河へ入るまえに、河蛇やコッカドリルがいるかどうか、よく見たほうがいいですよ」

かの女は用心すると約束した。

私は弓と矢をもって、喜び勇んで密林に入った。ツカーナという体と同じぐらいの大きさの嘴をもった鳥は、残念ながら逃がしてしまったが、ツマンドゥアという、毛の長い蟻喰は、最初の矢で仕止めることができた。これは細長い鼻をした獣で、革紐みたいな舌で地上の蟻をペロリとなめて、口のなかにいれる。私はその皮を剝ぎ肉のいちばんよいところを木の葉に包むと、その他の部分は棄ててしまった。

（涙香）姫より先に起きては宜しく無いと思い、静に控えて居ると、やがて姫から声が掛り、

「ベンよ、もう起ねばいけませんよ」

眠いような振をして余はよほど姫よりも後で起きた。今朝は陸上で鳥か獣を狩て来て、姫の口に新らしい肉を入れたいと、夜前から思案していたので、

「姫よ、私しは一時間ほど猟をして来ます」

「キッと一時間ほど？」

「ハイ一時間ほど――それとも貴方がお淋しくば、もっと早く帰って来ますが」

「ナニ淋しくは無いのよ、一時間より早く帰らぬようにして下さい」

さては余の見ぬ所で何事をかする積りに違いないと思い、

「ハイ一時間より早くは帰って来ません」と云い、余はインガ種族から贈られた、弓と矢とを以て舟を出た。

やがて山に登ると、樹の枝に身体よりも嘴の大な鳥が居たから、それを射たけれど射損じた。この鳥はチューカナと云うのだ。次に蟻食獣という余り大きく無い獣を見うけ、直に矢を放ッたが旨く仕留めた。この獣は大抵の英語字書の真先に図が出ているから、誰も形だけは知ているだろうが、よほど美味だと聞て居る。間もなくその皮を剝ぎ、肉の好い処を切取て、木の葉に包んだ。

以上三つの例は、最も原文に似ている部分を選んだのである。他の部分はもっと原文から離れて殆ど比較出来ないくらいだ。ことに対話の部分が甚だしく、対話のない場所に、勝手に対話を作って入れてある。

涙香の文章を、ある人は名文といい、ある人は悪文という。私は少年時代に面白く読み、多少は感化を受けたと思われる先輩の文章の批評はしたくない。あれだけ大量の仕事をし、あれだけ多くの読者の心を動かした人の文章は、名文だの悪文だのというより、もっと角度のちがった方面から、観察すべきではないだろうか。

鋳造機が銅の塊から同じ銅貨を何千となく造りあげるように、浪花節が沢山の物語を同じ味のものにするように、デューマがいろんな方法で入手したデータを、デューマ一色で塗りつぶしたように、涙香は「ああ」という感歎詞を盛んに挿入しながら、沢山のストーリーを、生々しい涙の香のする、多情多感な「涙香物」にしてしまったのである。

どんなに彼の翻案を悪文とけなす人でも、彼の翻案が、（一）誰にでも分る文章であり、（二）寝転んで読んでも頭の中で複雑な筋が混乱しないよう、巧みに筋を運んであり、（三）その文章に個性が濃厚に出ていることは否定できないと思う。

翻訳に個性が出るのは考物かもしれない。だが翻案には、当然創作と同じように、その人の個性が出るべきものである。無教育な人にも分る文章で分り易く筋を運んだという意味で、むしろ悪どいと云っていいほどの濃厚な体臭を持っていたという意味で、大量の仕事を完成し、多くの読者を楽しませたという意味で、私は彼を偉大な涙香と呼ばずにいられない。

けれども、今の時代に、あの翻案ぶり、あの文章を真似るのは考物だと思う。あの時代だったから、あんな翻案あんな文章が許されたのだ。今私が初めて涙香を読んだとしても、昔ほどの感銘は受けないだろう。それは年齢だけの問題ではない。かりに今の少年が読んだとしても、当時の少年ほどの感銘は受けないにちがいない。すでに時代が変っているのだ。今の読者の感覚は、もっともっと繊細になっている。

あの翻案ぶり、あの文章——すべては、明治時代のものなのである。

牛鍋

はっきり思いだせない。大震災より前だったのか、後だったのか。場所はたしか赤坂見附へんの、濠を渡った、暗い森の中の料理屋の離れだった。

集まったのは十五六人、誰々だったか、正確には分らない。司会者は森下雨村だった（探偵作家クラブの名誉会長は、二人でもいいのだから、この人もすいせんすべきで、この人が名誉会長でないのは、間違っているのだ）。こんな時よく顔を出す長谷川天渓は見えなかったが、馬場孤蝶はいたようなきがする。大阪神戸から、江戸川乱歩と横溝正史が遊びにきたので、みんなですきやきをつつきながら、飲もうと云うのであった。

その夜、赤ら顔の肥った甲賀三郎は、畳の上をあっちへ行って坐ったり、こっちへ来て坐ったり、テナーのようなキンキンした声で、無邪気な冗談をとばして、みんなを笑わせた。森下雨村は、朝日の保篠龍緒と、毎日の星野辰猪《たつい》を並べて坐らせ、名も顔もよく似ていると云って驚かせた。報知の巨勢洵一郎は、座敷のまんなかに立って上着を脱ぎ、網の目のように破れたチョッキの背を出して、「博物館物だろう」と自慢した。早稲田フランス文科の平林初之輔は同じ科の学生で、当夜学生服を着て来ていた、どこかの坊ちゃんみたいなはにかみ顔の水谷準の手を、いきなりむずとつかんだと思うと、「すもうを取ろう」と座敷のまんなかで、どたんばたんと暴れだした。延原謙は私の牛鍋のそばに来て坐ると、水谷準を呼びよせ、「おい、都の西北をやろう」と云ったが、誰も歌は歌わなかったように記憶している。

田中早苗や松野一夫もいたのだろうが、どちらも畳の上を歩きまわらぬ人なので、記憶に残っていない。

ところで、主ひんたる江戸川乱歩は、のっぺりと色が白く、いかにも非凡らしい額の広い男で、黒い羽織をきてあぐらをかき、二三人離れたところに、まだ学生らしい大阪弁の、紺がすりをきた横溝正史が坐っていたのであるが、二人ともあまり喋らず、また他の人も、喋らせようともせず、始めから二人をそっちのけにして、勝手に騒いでいる観があったので、私は二人の歓迎会なら、もっと違った形式をとるべきではないかと、心ひそかに憤りを感じたほどだった。

やがて、大阪へ帰る二人が、途中名古屋に立ちよって、小酒井不木に送るべき寄書きを、一同で書く段になると、江戸川乱歩は墨くろぐろと芸者の顔をかき、そのそばに流麗な草書で、「ついにこれは姿を見せ申さず候」といったようなことを書いたが、私はその達筆や世慣れた趣味に、及びがたいものを感じた。その頃横浜の本牧に住んでいて、夜のふけぬうち帰りたいと思った私が、一人早目に座敷のそばの濡縁で靴をはいていたら、かなり酔って疲れていたらしい森下雨村が来て手を握り、「よく来てくれた」と、滅多にこうした会合に顔を出さぬ私を、ねぎらってくれたのを覚えている。

さて、この二人がそのご捲土重来の勢で東上し、日本の探偵文壇を席巻したことは諸君もご存じの通りであるが、私はあの時の黙りこくった、世をすねたような、ひょっとしたら気むずかしい人ではないかしらと思われるような江戸川乱歩を、現在の社交的な、人間として円熟した、賑やかなことも嫌いでない江戸川乱歩と比べて、その変っていることに気づくと同時に、なぜだか当時の同氏が、尊とく、なつかしく思われてしかたがないのである。座談の下手な私は、大抵の人と同席すると、話のたねがなくて困るのだが、江戸川乱歩と対座するといつもくつろいだ気分になれて、一度だって気拙い思いをしたことがない。だから、むろん私は現在の円熟した彼も好きなのだが——でも、やはり、あの蒼白い凛然とした彼に心をひかれる。

私がこんなことを云うのは、理由がないことはないのだ。当時の彼は、劃期的な作品を、次から次と、世に送りだすべく張り切っていた時代なのだ。私の受けた初印象は、ちょっとぼんやりしているようだが、実は彼の内部に鬱積した作家としての気魄や、それに伴なう苦悶を洞察し、それに圧倒され、それに気押されたものにちがいないのだ。

そうは云うものの、もともと人間というものは、そんなに変るものではない。当時の彼にも、現在の彼が潜んでいただろうし現在の彼にも昔のものが残っているだろう。

だから、今の江戸川乱歩が、回顧的なものや、研究論文や、少年ものをやめて、再び世間をあっと云わせる、特色あるものを次から次と書きまくりだしたら、その時こそ、その時こそ、私にとりてなつかしい、あの蒼白い、淋しそうな、気むずかしげな顔が、戻ってくると思うのである。

解題

横井司

1

第二次世界大戦前・戦後にかけて数多くの訳筆をふるい、日本の探偵小説文壇に寄与した妹尾《せのお》アキ夫は、一八九二（明治二五）年三月四日、岡山県津山市に生まれた。本名・韶夫《あきお》。鮎川哲也がまとめた未亡人へのインタビューによれば、妹尾家は津山藩士で、長兄は職業軍人だったという（鮎川哲也「気骨あるロマンチスト・妹尾アキ夫」『幻影城』一九七六・五。以下、引用は『幻の探偵作家を求めて』晶文社、八五から）。そのため音楽学校の声楽家を受験しようとしたときは、父親から強硬に反対されたそうで、そのため早稲田大学の文学部英文学科に志望を変更した。卒業後、親の決めておいた会社に入社したが、一日で辞めてしまい、翻訳家を志すことになる。早稲田大学の英文科の同期に、後の作家・直木三十五として有名になる植村宗一がおり、一九二〇（大正九）年に里見弴、久米正雄らによって創刊された雑誌『人間』の編集を担当していたが、妹尾は同誌の二一年一一月号にリタ・ウェルマンの戯曲を「三味線の糸」と題して翻訳している。『新青年』に、妹尾名義の翻訳が載ったのが、確認できた限りでは二二年八月増刊号であるから、翻訳家としてのデビューは一般文芸のものからということになる。

植村宗一は、やはり早稲田大学の英文科卒業生で、後に作家・鷲尾雨工となる鷲尾浩と共に、翻訳出版を主とする冬夏社を経営するが、その翻訳陣に妹尾も加わっている。そのころのエピソードは、エッセイ「翻訳雑話」（五一）に詳しい。冬夏社は、ハヴェロック・エリスの著書やツルゲーネフ、ダヌンツィオ、ドストエフスキー、ヴィクトル・ユーゴー、メーテルリンクなどの全集を刊行したが、妹尾はその内のツルゲーネフの翻訳を担当している。妹尾は、植村宗一に「要するに君が森下雨村につくか、僕につくか、が問題なのだよ」と言われたと回想しているが、雨村もまた早稲田大学文学部英文科に在籍していたから、自然と当時から名前が知られており、刺激を受けていたものと思われる。雨村の追悼文「最初と最後――妹尾君を悼む」（『宝石』六二・六）には、妹尾と出会ったのは「僕が飯田町にいた大正七、八年のころ、かれも同じ飯田町の下宿にごろごろしていた時代」だと書いている。雨村が博文館に入社したのは一九一八年の秋だから、ちょうど入社する前後に知り合ったことになる。

なお、新青年研究会の黒田明の調査によれば、『新青年』に翻訳が載ったのと同じ二一年に「行違ひ物語」を『淑女画報』に、翌二三年には「乳母車」を『少女世界』に寄稿している。いずれも博文館から発行されていた雑誌で、翻訳を通してつながりができたものか、他誌への紹介の労を誰かにとってもらったものか、詳らかではない。両作ともユーモア小説なので、本書への収録は見合わせたが、探偵小説の創作デビュー作である「十時」（二五）よりも早くから、創作の筆を執っていたことは記憶されていて良いだろう。

独身時代は「一日も早く洋書を手にしたいという気持から」（鮎川、前掲書）横浜の本牧に住んでいたというが、先の雨村の回想を信じるなら、それは翻訳業に精を出すようになってからのことだろう。この本牧で関東大震災に遭遇し、九死に一生を得た妹尾は、被災者の便を図って無料で利用できた交通機関を利用して神戸に向かい、そこから上海向けの船に乗り、日本郵船の上海支店に務めていた義兄の許に身を寄せたという。鮎川のインタビューにおける妹尾夫人の説明だと、神戸からすぐさま上海へ渡航したように読めるのだが、実際はしばらく神戸に留まっていたようである。関西探偵作家クラブの三周年を記念して編まれた同会の会報（五〇年一一月号、通巻第三二・三三合併号）に寄せた無題のエッセイの中で、紹介してくれる人がいて「兵庫の湊川のすぐそばの市立実業補習校とかいう夜学校」で、震災のあった年の

「年末まで二三ケ月」、英語教師を勤めていたと書き記しているのである。そして「元町の本屋や海岸のトムソンには新着の外国雑誌、三宮の古本屋には古いプレミヤー誌。カフエパウリスターのライスカレー。神戸は今でも私の夢の中の懐しい町なのである」という件りは、まるで「リラの香のする手紙」の一節であるかのようだ。

　義兄の許に何年まで寄宿していたのか不明だが、おそらく帰国後に攻玉社学園の英語教師の職を得たものと思われる。妹尾の子息にインタビューして「『妹尾アキ夫』年譜」をまとめた若狭邦男は、その尋訪記の中で子息の「父は、この家が完成した、昭和七年九月には、攻玉社学園を退職していますから。当時は、学校で、四年も働ければ、家が建てられた時代ですから……」という発言を紹介しているが（引用は『探偵作家追跡』日本古書通信社、二〇〇七による）、この発言を踏まえるなら攻玉社学園に勤めはじめたのは一九二八（昭和三）年からで、若狭が作成した年譜によれば、この年はまた結婚した年でもあった。

　ただし、二六年に発表されたエッセイ「あいどるそうと」には「女学校の先生ならいつでも世話してやるとワイフが云ふ」という件りがあり、これに従うならすでに結婚していたことになる。それとも一種の韜晦であろうか。また、二七年に掲載されたエッセイ「感想」（『探偵・映画』掲載）では、中学生の探偵小説好きに驚いたことが書かれていて、その中に「私は教室では探偵小説のことは一切喋らぬことにしてゐる」という件りがある

昭和初期

自宅近辺
妻・馨（かおる）と

自宅にて
妻・馨と

ので、この時点ですでに攻玉社学園に勤めていたことが分かる。年代のズレが気になるところだが、いずれにせよ、結婚を機に家を立てる資金を貯めるための就職ではなかったかと想像されるのである。

話は前後するが、教職に就くのに先立つ二五年に、最初の創作探偵小説「十時」を『新青年』に発表。その後、四一年までのうちに、翻訳と並行して散発的に『新青年』に創作を発表していくことになる。三五年の五月からは、胡鉄梅《こてつばい》の筆名で、『新青年』に探偵小説月評を連載。その寸鉄人を刺す筆法が話題となり、執筆者の正体をめぐって憶測がなされた。三六年には木々高太郎「盲《めし》いた月」問題編の解決を募集するという『ぷろふいる』誌の企画に応じて、一般読者に混じって投稿し、みごと当選している。その後も、「密室殺人」（三七）のような異色作を発表しつつも、探偵小説の創作は三九年の「赤い眼鏡の世界」を最後に、いったんは途絶える。同年の「Uボートの魚雷」は「米国参戦秘話」と冠した、また四一年の「山頂のピッケル」は「ヒマラヤ登攀秘話」と冠した、それぞれ実話ものであった。

四三年には、津山の生家に疎開し、そのまま当地で終戦を迎えた。時期ははっきりしないが、疎開先では岡山県の牛窓《うしまど》にいた橋本五郎を、息子を連れて見舞ったことがあり（鮎川哲也「一人三役の短距離ランナー・橋本五郎」前掲『幻の探偵作家を求めて』、若狭・前掲書）、四七年には、岡山に疎開していた横溝正史を江戸川乱歩が訊ねた際、『夕刊岡山』の主催で開かれた座談会に、妹尾も出席した。当時、米軍の通訳としての勤務に従事していたが、この座談会に刺激されたものか、同年のうちに東京に帰京。東京郵便局で私信検閲の仕事に従事しながら、創作や翻訳の筆を執った。この帰京年は若狭作成の年譜によるが、乱歩の『探偵小説四十年』（桃源社、六一）によれば、『夕刊岡山』主催の座談会が一一月一五日のことであり、若狭の記す通り四七年のうちに帰京したのだとすれば、ずいぶんと慌ただしかったことだろう。

この頃の創作に関しては、たとえば『ロック』に発表した「黒苺《ブラック・ベリイ》」（四七）や「蛇皮バッグ」（四八）が、本文タイトルに「ほんあん」と記される一方で、『宝石』に発表した「宿雨催晴」（四六）が、ジョン・ディクスン・カー John Dickson Carr（一九〇五～七七、米）の「軽率だった夜盗」The Incautions Burglar（原作は『ストランド・マガジン』四〇年一〇月号に「ハント荘の客」A Guest in the House と題して掲載された）の翻案であったにもかかわらず、どこにもそれが記されないということもあり、創作と翻案の区別が判然としない。もっとも戦前の作品であっても、「カフエ奇談」（三八）などは「創作ではなくてタネがある」（「ハガキ回答／昭和十二年度の気に入つた探偵小説二三とその感想」『シュピオ』三八・二）そうだから、こうした問題は戦後だけに限ったものではないかもしれない。いずれにせよ、今後の調査が待たれる。

郵便局勤務が何年まで続いたのかは分からないが、若狭の著書には四九年当時の同僚との記念写真が掲載されているから、少なくともその頃までは勤めていたことになる。あるいは定年まで勤め上げたものであろうか。

五〇年頃から長編探偵小説の翻訳に尽力するようになったが、それと入れ替わるようにして創作は減っていき、五二年の「リラの香のする手紙」を最後に創作方面の筆を断っている。ちなみに、黒田明の調査で妹尾アキ夫名義の短編「生者の墓標」（『別冊笑の泉』五九・一）が確認されている。掲載誌のどこにも翻訳とは明記されていないが、舞台や登場人物の名前がすべて外国名であることから、同作は翻訳と判断して良いのではないかと思われる。創作以外の仕事では、五二年に小原俊一名義で『宝石』に単発で掲載され、さらに五三年から五五年まで、時に休載をはさみながらも長期にわたって連載された「探偵小説月評」がある。戦前の胡鉄梅名義での時評と並ぶ評論関係の仕事であった。

五五年には『アサヒグラフ』五月四日号で「探偵小説翻訳者告知版」と題した特集が組まれ、その際にインタビューを受けている。同時に取り上げられたのは保篠龍緒・延原謙・乾信一郎・西田政治・黒沼健・宇野利泰・村崎敏郎ら七名で、宇野と村崎以外はいずれも戦前から活躍している翻訳家である。乱歩は『探偵小説四十年』でこの記事にふれて、「そのころ代表的翻訳家と見られていた人々である」と書いているが（引用は光文社文庫版全集、二〇〇六から）、完訳主義などが主流となるにつれ、戦前派の訳者たちは淘汰されていく運命にあった。五九年あたりから妹尾の訳業が見られなくなるのは、個人的な事情もあったのかもしれないが、おそらくは世の趨勢というものではなかったか。ところが六二年になって、『宝石』の一月号からA・E・マーチ A. E. Murch「推理小説の歴史」*The Development of the Detective Novel*（五八）の連載が始まり、『別冊宝石』にメーベル・シーリー Mabel Seeley（一九〇三～九一、米）の「耳

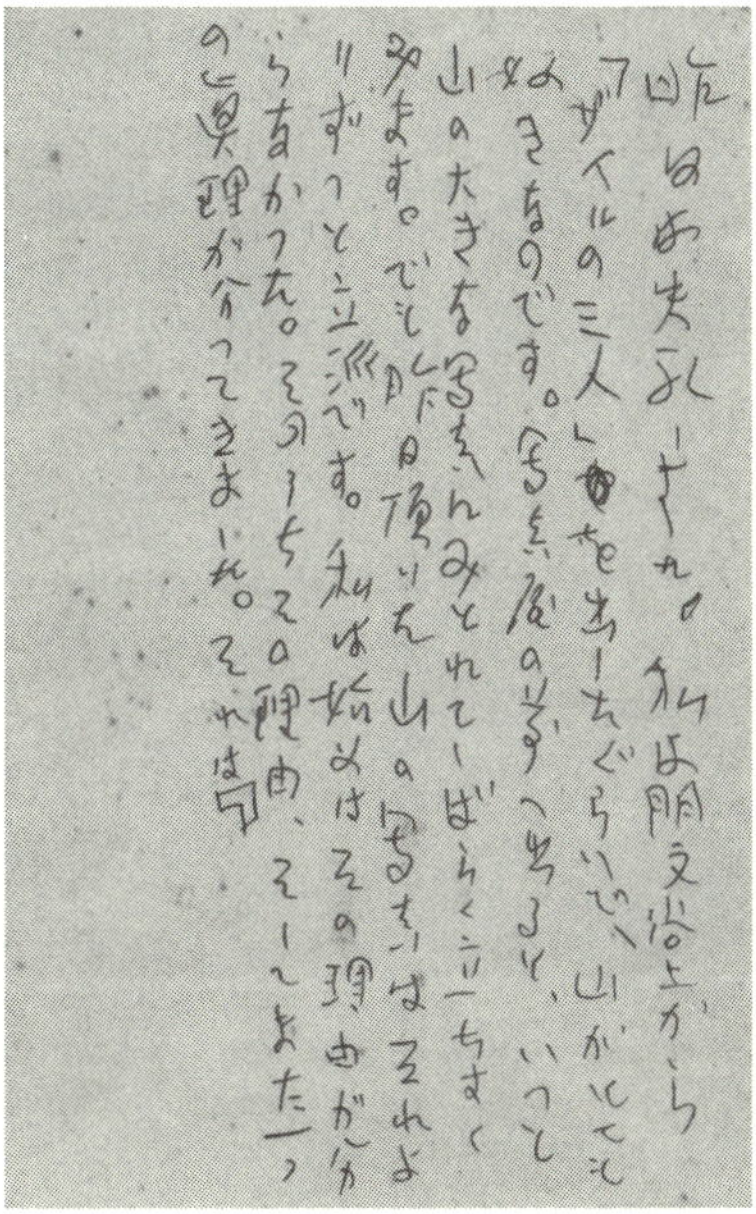

昨日は失礼しました。私は朋文堂から
「ザイルの三人」を出したぐらいで、山がとても
好きなのです。写真屋の前へ来ると、いつでも
山の大きな写真をみとれてしばらく立ちすく
みます。でも昨日頂いた山の写真はそれよ
りずっと立派です。私は始めはその理由が分
らなかった。それからその理由、そしてまた一つ
の真理が分ってきました。それは字

すます家」*The Listening House*（三八）という八百枚の長編を訳載するなど、翻訳家としての復活を印象づけた。だが、右のマーチの翻訳中に倒れ、一日ほど小康を保った後、一九六二（昭和三七）年四月一九日に亡くなった。翌二〇日には、文芸家協会から古稀の祝いを贈られることになっていた矢先のことだった。

当時、マーチの著書から写真を転写するために、『宝石』から藤沢修カメラマンが妹尾家に毎月訪れていた。その藤沢の追悼文「妹尾先生の絶筆」（『日本探偵作家クラブ会報』六二・六）によれば、四月一九日もその用事で訪れ、病気で倒れたことを知って、山好きだった藤沢が撮ってきた日本アルプスの写真を見舞い代わりに残してきたという。やはり山好きだった妹尾はその写真を額に入れて枕元の壁にかけ、その夜、藤沢への礼状をしたためている際に急逝したのだった。その写真と絶筆は、今も妹尾の遺族によって保存されており、今回拝見する機会を得たので上に掲げておく。なお、礼状中に見える、朋文堂から出した『ザイルの三人』というのは、妹尾の編になる海外山岳小説のアンソロジーである。一九四二年に同社から刊行した『青春の氷河』の再刊だが、旧著から五編の作品を差し替え、題を改めて五九年に刊行したもの。

中島河太郎は追悼文「故人五氏」（『日本探偵作家クラブ会報』六二・六）の中で、「生前自選作品集を編み、あとがきまで添えておられたものを、過日江戸川先生の許で拝見した」と書いている。その自選集がいつごろ計画され、また作品として何が選ばれていたのか、今となっては知る由もないが、「いささか時勢に合わぬかもしれぬこういう珠玉篇を刊行する篤志家の出現を望まずにはおれない」と中島が書いてから五十年後にして、ようやくここに一書としてまとめられることとなった。

2

本章以降、本書収録作品のトリックや内容に踏み込む場合があるので、未読の方は注意されたい。

江戸川乱歩は、『日本探偵小説傑作集』（春秋社、三五・九）の序文として書き下ろした「日本の探偵小説」の中で、「文学派」の内の「怪奇派」として位置づけて、次のように評した。

妹尾アキ夫は延原謙などと共に探偵小説翻訳界の先駆者の一人であるが、創作にも優れてゐて、その作風なり態度なりは前記渡辺啓助に酷似するものがある。理智探偵には関心が少く殆ど純粋に怪奇文学の作者と云つて差支ない。「本牧のヴィナス」は怪奇と戦慄への郷愁を漂はし、「凍るアラベスク」「恋人を喰《ママ》ふ」「人肉の腸詰」などは「悪」と美への異常なる興味を示し、「アヴエ《ママ》・マリア」は犯罪と情操の作品である。多作ではないけれども、特殊の風格ある作家として注目さるべき一人であらう。

こうした乱歩の評言を受けてであろう、中島河太郎は「妹尾の作品は世に容れられない人々の哀愁を、怪奇と幻想を中核にきめのこまかい文体で描いて、独自の世界を築いている」（『日本推理小説史』第二巻、東京創元社、九四。執筆は六四年）と述べており、近年の東雅夫・石堂藍編『日本幻想作家事典』（国書刊行会、二〇〇九。初出は九一）においても、「凍るアラベスク」（二八）、「恋人を食ふ」（同）、「本牧のヴィナス」（二九）にふれて、「いずれも猟奇的な事件を扱いながら、洗練された筆致によって、洒落た幻想コントの味わいを醸し出している」と評されている（ここでいう「コント」とは、フランス語でいう「短い物語」を指している。念のため）。

こうした評価に否やはないのだが、もう少しテクストに即して丁寧にその作品世界を見ていっても良いのではないかと思われる。

例えば、探偵小説の創作第一作というだけで、あまり注目されない「十時」（二五）だが、その出だしでは語り手の「私」と友人の巣守との間で次のような話が交わされている。

「ねえ、巣守君」と私が云つた。「僕のたゞ一つの願ひは、刺戟が欲しいと云ふことだ。僕は余りに平和な人生に退屈した。人情小説にあるやうな感激や、探偵小説にあるやうな緊張味は、現実の人生にはないものだらうか？」

「あるとも〳〵、大ありだ。現実には小説以上の感激や、緊張味が、至る処に転がつてゐるのだが、たゞそれを一般の人が要求しないから、従つてその扉が開かれないだけだ。この扉は人生を芸術化することを知つた非凡な人にのみ、開かれるのだ。」

ここに見られるような、いわゆる佐藤春夫の言葉に由来するところの猟奇趣味は、妹尾の作品の基調をなしている。「人肉の腸詰《ソーセイジ》」（二七）の出だしでは、主人公である楠田匡介を紹介する地の文で、最近は「いさゝか不良に近い猟奇者《ロマンスハンター》」になっており、「外国の犯罪実録や小説を読んで、新聞広告による千種万態の犯罪があることを好く知つてゐた」ので、「日本にもなにかそんな面白い広告がありはせぬかと思つて、毎朝都下十五六種の新聞を買ひ込んで」「眼を皿の如くして広告欄を渉《あさ》つた」ところ、奇妙な広告を見出したことから事件に巻き込まれていく。こうした展開は、「林檎から出た紙片《かみきれ》」（三一）にも見られる奇談趣味である。

先に引いた「十時」の冒頭に出てくる「緊張味」という言葉は、妹尾が『新青年』に初めて寄稿したエッセイ「ビーストンの特質」（二五）にも見ることができる。そこで妹尾はビーストン L. J. Beeston（一八七四〜一九六三、英）の特質として

一．「緊張味に富んでゐること」

二．「奇想天外から落ちる式の構想」

三．「描写が徹頭徹尾、客観的だと云ふこと」

四．「彼が好んで描く人物は」「明るい、冒険的な、何

処か床しい英国紳士の面影のある男性的人物」であり、「それらの人物が、生か死か、危機一髪と云ふ、クライシスに直面した場合の動作を好んで描いてゐる」、すなわち「男性的と云ふのが、彼の作の総てに冠せられるべき名前である」。

ここであげられている「緊張味」や、「冒険的な」人物が「クライシスに直面した場合の動作」を描くという特質はまた、妹尾の短編のほとんどに共通する特質でもあった。後に渡辺剣次が妹尾の作風を指して「リリカルなタッチで、ビーストン風の意外性をもったもの」(『13の凶器』講談社、七六)と評したのも、よく頷けるのである。

また、渡辺がいった「リリカルなタッチ」は、妹尾が専属で訳したステイシー・オーモニア Stacy Aumonier(一八八七〜一九二八、英)からの影響によるものではないか。「オーモニアーに就いて」(『探偵趣味』二六・四)において妹尾はオーモニアの特徴として「作中の人物を熱愛してゐること」、「ユーモアと暖い皮肉」をあげ、そして「アトモスフイアを描くことが得意」であり、「醜い事件でも彼の筆になると美しくなる」といって、その味わいを賞賛している。

中島河太郎は「深夜の音楽葬」(二六)を評して、「作者はオーモニアを愛していたが、温い愛情をさぐり求めていた両人を引きあわせ、悪人に計られたとはいうものの、かえってそれぞれの魂を安らかな世界へ導いてやるやさしさを忘れなかった」と書いているが(『新青年傑作選2』立風書房、七〇・三)、ここであえてオーモニアを引き合いに出しているのも、妹尾の作品との共通性を感じたからであろう。

同じくオーモニア的なものを感じさせる作品として「アヴェ・マリア」があげられよう。暴行によって生まれた出自を知るという「醜い事件」を「美しく」描くことに斟酌していることがうかがわれる作品である。ビーストン的といえそうな「スヰートピー」(二七)にしても、転落死した男にスィートピーの花を散らされていたという結末が、「醜い事件」を「美しく」描こうとした試みといえるかもしれない。「人肉の腸詰《ソーセイジ》」について中島河太郎が「グロテスクを正面に押しだして、一転して機智でかわす技巧は、海外のショート・ストーリーの骨法を会得した作者にふさわしい」(『日本探偵小説ベスト集成・戦前篇』徳間書店、七六・七)と評するのも、ビーストンとオーモニアを念頭に置いたものだと考えれば腑に落ちよう。

ビーストンに関しては戦後になって、『別冊宝石』においてビーストンの訳業がまとめられた際に書き下ろしたエッセイ「ビーストンに就いて」（『別冊宝石』五三・九）で、先の「ビーストンの特質」ではあげなかった特色として、次のようなことが述べられている。

時間的に順をおつて話せばなんでもない事件の筋を、自由自在にひねくつて〔、〕中程に書くべきことを初めにもつていつたり、初めに書くべきことを結末にもつていつたりして、読者をびつくりさせ、面白がらせ、楽しませ、そのためにはあらゆるものを犠牲にしていることである。

ここでいわれているプロット意識というべきものは、現代の読者からすれば当たり前の技巧と思われるかもしれないが、ビーストンが日本に輸入された時代においては新鮮な魅力であったということは、妹尾も証言している点である。右に引いた同じ文章の中で妹尾は「今までの日本には、こんな種類の物語は絶無だつた」といい、それまでの日本の読書人は「多くはロシア、フランス、ドイツあたりの、まつ正面から主題に斬りこむ、いわばオーソドクスのストーリー」に「親しんできた」のだったと回想する。これは、探偵小説の翻訳に軸足を移す前の、冬夏社での翻訳を通して、強く実感されていたことでもあったろう。

ところで右にあげたビーストンから学んだプロット意識は、「壜から出た手紙」（二九）や「戦傷兵の密書」（三九）といった作品によく顕われているように思われる。二重三重に語りの位相を重畳させたこれらの作品は、意外性という点でも成功した部類に入るだろう。これらの作品が不思議とあまり言及されないのは、妹尾の作風を文学派の怪奇派に属するものとした江戸川乱歩の評言を源流として、リリシズムやロマンティシズムという側面でしか読まれてこなかったためではないだろうか。鮎川哲也が『怪奇探偵小説集』（双葉社、七六）に採録した「恋人を食ふ」ですら、フィクションをフィクションと知りつつ聴く、しかも当のフィクションの作り手が聴くという構造を持っていたことを思いだすべきだろう。テクストの重畳化や相対化がどんでん返しにつながるという作例は妹尾に意外と多く、その最も完成度が高い例が、「探偵小説が圧迫された頃の作品」（鮎川、前掲「気骨あるロマンチスト・妹尾アキ夫」）であると目されている「赤い眼鏡の世界」（三九）であることは、探偵小説のプロットという問題に関して何がしか示唆するものがあるように思われる。

妹尾は『新青年』の一九三五年八月増刊号に「外国作家のプロットの作り方――ストーリーのからくり公開」というエッセイを寄せている。十九人の作家が創作法について述べたエッセイやインタビューなどから摘録したものと思われるが、こうした作物をまとめる意識のありどころを重視するところから、妹尾アキ夫作品の復権が始まるのではないかと考える次第である。

3

以下、本書収録の各編について簡単に解題を付しておく。

【創作篇】

「**十時**」は、『新青年』一九二五年一二月号（六巻一四号）に妹尾韶夫名義で発表された。単行本に収められるのは今回が初めてである。

「**ピストル強盗**」は、『探偵趣味』一九二六年三月号（二年三号、第六輯）に妹尾韶夫名義で発表された。単行本に収められるのは今回が初めてである。

「**スヰートピー**」は、『新青年』一九二七年六月号（八巻七号）に掲載された。単行本に収められるのは今回が初めてである。

「**人肉の腸詰**《ソーセイジ》」は、『新青年』一九二七年九月号（八巻一一号）に、連作「楠田匡介の悪党振り」第三話として発表された。その後、探偵趣味の会編『創作探偵小説選集』第三輯（春陽堂、二八）に連作が丸ごと収録されている。さらに、中島河太郎編『日本探偵小説ベスト集成』戦前篇（徳間書店、七六／徳間文庫、八四）に、妹尾の執筆回が単独で採録された。

「**凍るアラベスク**」は、『新青年』一九二八年一月号（九巻一号）に妹尾韶夫名義で掲載された。その後、探偵趣味の会編『創作探偵小説選集』第四輯（春陽堂、二九）に再録された。さらに、ミステリー文学資料館編『幻の探偵雑誌10／「新青年」傑作選』（光文社文庫、二〇〇二）に採録されている。

「**恋人を食ふ**」は、『新青年』一九二八年五月号（九巻六号）に掲載された。後に、鮎川哲也編『怪奇探偵小説集』（双葉社、七六／ハルキ文庫、九八）、『怖い食卓』（北宋社、九〇）、ほんの森編『恐怖ミステリー BEST15』（シーエイチシー発行、コアラブックス発売、二〇〇六）に採録された。

「本牧のヴィナス」は、『新青年』一九二九年二月号（一〇巻二号）に掲載された。後に、中島河太郎編『ひとりで夜読むな／新青年傑作選集Ⅳ』（角川文庫、七七／角川ホラー文庫、二〇〇一）、同編『新青年ミステリ倶楽部』（青樹社、八六）、長谷部史親・縄田一男編『日本ミステリーの一世紀』上巻（廣済堂出版、九五）、『新青年傑作選／爬虫館事件』（角川ホラー文庫、九八）、ミステリー文学資料館編『江戸川乱歩と13人の新青年〈文学派〉編』（光文社文庫、二〇〇八）に採録された。

なお、右の『新青年傑作選／爬虫館事件』に収録されたテクストのみ、なぜか冒頭のポオ Edgar Allan Poe（一八〇九〜四九、米）の詩「鴉」The Raven から引かれたエピグラフが欠落している。

「壜から出た手紙」は、『新青年』一九二九年一二月号（一〇巻一四号）に掲載された。単行本に収められるのは今回が初めてである。

「夜曲《ノクターン》」は、『新青年』一九三〇年九月号（一一巻一二号）に掲載された。単行本に収められるのは今回が初めてである。

後出の「アヴェ・マリア」「深夜の音楽葬」と合わせて、音楽三部作ともいうべき一編。冒頭でチャイコフスキー「夜曲《ノクターン》」のレコードを蓄音機でかけている場面が出てくるが、鮎川哲也がインタビューした際、夫人は「音楽は好きでございました。毎年避暑にいくときも、ポータブル蓄音器はかならず持ってゆきました」と答えている（前掲「気骨あるロマンチスト・妹尾アキ夫」）。また、今回本書の刊行に合わせてお話を聞かせていただいた御息女の中村サラさんも、父親が蓄音器でよくレコードを聴かせてくれたということで、「螢の光」、「庭の千草」、「故郷の空」、「ローレライ」、「ダニー・ボーイ」、英米仏の国歌など、思い出すままに曲名をあげられていたが、子どもに聴かせるということを意識してか、いわゆる翻訳唱歌ばかりなのが興味深い。

「高い夜空」は、『新青年』一九三一年五月号（一二巻六号）に掲載された。単行本に収められるのは今回が初めてである。

「林檎から出た紙片《かみきれ》」は、『新青年』一九三一年一二月号（一二巻一六号）に、「百円懸賞作者あて／猟奇館夜話集」の一編として匿名（作者A）で掲載された。単行本に収められるのは今回が初めてである。妹尾の他に延原謙、吉岡龍（乾信一郎）、田中早苗が参加しており、延原の「幸蔵叔父さん」は『延原謙探偵小説選』（論創社、二〇〇七）に既収。

「アヴェ・マリア」は、『新青年』一九三二年三月号（一三巻四号）に掲載された。単行本に収められるのは今回が初めてである。

「夜曲《ノクターン》」に続く音楽三部作の第二作。いったんは音楽学校を目指した妹尾が、父親の反対にあって進路を変えたことは先に述べた通りだが、夫人によれば「四十をすぎましてから、声楽家の処に通いましてレッスンを受けたことがあり」、「散歩にでかけまして誰もいない場所にさしかかりますと、大きな声で発声練習をして」いたという（鮎川、前掲「気骨あるロマンチスト・妹尾アキ夫」）。四十を過ぎた頃といえばちょうど本作品を発表した時期と重なり、作中で「アヴェ・マリア」の歌詞が引用されているのも、レッスンを受けたことの反映なのかもしれない。また中村サラさんのお話によれば、散歩の際は近所の中学校で合唱の練習などがあると、その近くを歩くようにしていたということである。

「深夜の音楽葬」は、『新青年』一九三六年七月号（一七巻八号）に掲載された。後に、『新青年傑作選2／怪奇・幻想小説編』（立風書房、七〇／七四／九一）、尾崎秀樹・中島河太郎・和田芳恵編『大衆文学大系30』（講談社、七三）、鮎川哲也編『戦慄の十三楽章』（講談社文庫、八六）に採録された。

本作品をアンソロジーに再録した鮎川哲也は、ヴァイオリニストの主人公が「悪意の存在を遂に知ることがなく死んでいったのだから、ある意味でそれが救いになっているわけだが」といい、「読者が注意深く本篇をよめば、作者が主人公を盲人に設定した理由が二つあることに気づく筈である」と述べている。ここでその二つの理由を考えてみるのも一興だろう。

作中のモチーフである「ジョスランの子守唄」については鮎川の「解説」において詳しく説明されているので、以下に引用しておく。

「ジョスランの子守唄」はフランスの作曲家ベンジャミン・ゴダール（1849―1895）のオペラ「ジョスラン」に出てくるアリアで、一般に子守唄は母親が嬰児を眠らせるために歌うのだから女性の声楽家の一手販売になるのだが、このオペラでは、戦場で子供と道づれになった兵士がその子のために歌って聞かせるという設定だというから、もっぱらテノールが歌うことになっている。同時にまた、メロディが美しいためバイオリンやチェロで奏されることが多く、本篇がその例である。このオペラは上演される機会がめったにないそうで、ただ右のアリアだけが独立した形で取り上げられている。

「黒い薔薇」は、『新青年』一九三七年二月号（一八巻二号）に掲載された。単行本に収められるのは今回が初めてである。

黒い薔薇は、ここでは象徴的な存在に過ぎないが、中村サラさんのお話によれば実際にバラとリラは好きな花だったそうで、また家の周りにはそれらの花の他、アカシア、クチナシ、ナツメ、タイザンボクなどが植えられていたということである。そうした植物好きの側面が、「スヰートピー」の結末に顕われたり、「リラの香のする手紙」のような作品となって結実したのだともいえる。

「密室殺人」は、『新青年』一九三七年九月号（一八巻一一号）に掲載された。後に、渡辺剣次編『13の凶器』（講談社、七六）に採録された。

本作品をアンソロジーに採録した渡辺剣次は、「氏としてはめずらしい本格物で、ポー、ドイルのながれをくむトリックを緻密に組立てている」と評した。「ポー、ドイルのながれをくむトリック」とは動物犯人というアイデアを指したものと思われるが、そうしたアイデアを扱いながら、「世間にまれな獣人《サテイロス》のやうな醜い容貌」だが「色や形の美といふものにたいして生々しい感覚を持つた男」が、彼を翻弄した「ロゼッチの面影のある」女を殺害するというロマンティックな設定を背景としている点や、自らの犯行を手記として記すという枠組みを設定しながら、最後になってその手記をずたずたに引き裂いてしまうという語りの不整合性や、被害者となる女性を二度目に訊ねた際に「犬ッ！」と罵られた犯人が、まさに犬を使った犯行に及ぶという倒錯的な設定が、いわゆる本格ものとしての整合性に亀裂をもたらし、作品としてのバランスを欠いているあたり、作者の面目躍如というべきところかもしれない。

「黄昏の花嫁」は、『新青年』一九三七年一二月号（一八巻一七号）に掲載された。単行本に収められるのは今回が初めてである。

「カフエ奇談」は、『新青年』一九三八年一月号（一九巻一号）に掲載された。後に、海野弘編『モダン都市文学Ｉ　モダン東京案内』（平凡社、八九）に採録された。谷崎潤一郎の「秘密」（一一）を連想させなくもない作品だが、先にも紹介した通り、『シュピオ』三八年一月号のアンケートにおいて「創作ではなくてタネがある」と述べられている作品。

「戦傷兵の密書」は、『新青年』一九三九年四月号（二〇巻五号）に掲載された。単行本に収められるのは今回が初めてである。

目次に「探偵小説」と角書きされた作品で、いくつもの語りの位相が重なり合い、読者の思いもよらないところへと落としていくあたり、いわゆるビーストン流の特色がよく出ている。

「赤い眼鏡の世界」は、『新青年』一九三九年八月号（二〇巻一〇号）に掲載された。単行本に収められるのは今回が初めてである。

目次および本文タイトルに「探偵小説」と角書きされている。フランス在住の貧乏画家の奇妙な体験に、合理的な解決を与えるというプロットは、高木彬光の「鼠の贄」（五〇）から島田荘司の「発狂した重役」（八四）にまで連なるタイプの、いわゆる本格ミステリーと比較しても遜色のない出来映えを示している。鮎川哲也は「深夜の音楽葬」の解説において「この短篇には最後に至って真相が判明するという凝った趣向があって、妹尾氏が本質的にミステリー作家であったことがよく解る」と述べているが（前掲『戦慄の十三楽章』）、それは「赤い眼鏡の世界」にこそ当てはまる評言であるように思われる。

「リラの香のする手紙」は、『宝石』一九五二年八月号（七巻八号）に掲載された。その後、探偵作家クラブ編『1953年版探偵小説年鑑　―探偵小説傑作選―』（岩谷書店、五三）に再録された。さらに、『恐怖への招待』（新人物往来社、六九）、『現代の推理小説・第三巻　ロマン派の饗宴』（立風書房、七一）、『宝石推理小説傑作選2』（いんなあとりっぷ社、七四）、ミステリー文学資料館編『シャーロック・ホームズに再び愛をこめて』（光文社文庫、二〇一〇）に採録された。

戦後の妹尾作品を代表する幻想小説として当時から評価が高い作品。『ストランド・マガジン』の表紙絵をモチーフにしたアイデアがすばらしく、従来のアンソロジーなどでは初出紙に挿入された四枚の表紙（一九二一年一一月号、一一五年五月号、同年一二月号、四〇年三月号）がカットされていたが、今回は初出紙からそのまま再掲した。本作品をアンソロジーに採録した中島河太郎は「幻想的な物語がややもすると、作者の独りよがりの夢に終って泡沫になる無惨な場合もあるが、長年の作者の技巧は、浮わつくことを引き緊めて、地面から脚元を離さぬことに成功している」（前掲『現代の推理小説・第三巻』）と評している。

本作品で注目されるのは、ロバート・ネーサン Robert Nathan（一八九四〜一九八五、米）の『ジェニーの肖像』*Portrait of Jennie*（四〇）や、戯曲『夜の来訪者』An Inspector Calls（四五）の作者として知られるプリーストリー J. B. Priestley（一八九四〜一九八四、英）、そして彼らに影響を与えたジョン・ウィリアム・ダン John William Dunne（一八七五〜一九四九）の時間論に言及している点だろう。『ジェニーの肖像』は本国で一九四八年に映画化され、五一年に日本でも公開されている。翻訳も、映画公開に先立つ五〇年に、山室静の訳が鎌倉書房から刊行された。『ジェニーの肖像』は現代を生きる画家と、それとは別の流れの（ないしは画家からすれば過去の）時間を生きる少女ジェニーとが出会い、ジェニーが成長しながら画家の時間に追いついていくという物語で、その二つの時間の流れが交差するというプロットに、雑誌の表紙絵として描かれた世界に生きる女性との交感というプロットを絡ませた物語は、本作品をアンソロジーに採録した新保博久がいうように、ジャック・フィニイ Jack Finney（一九一一〜九五、米）の作品集『ゲイルズバーグの春を愛す』*I Love Galesburg in the Springtime*（六〇）所収の短編「愛の手紙」The Love Letter に「独自に先がけたような恋愛ファンタジー」（前掲『シャーロック・ホームズに再び愛をこめて』）として、愛すべき秀作たり得ている。

妹尾が当時、ダンの時間論を読めなかったにもかかわらず、独自の世界を展開し得たのは、作中で語られるインド人の認識論が交錯させられているからでもあろうが、それと同時に妹尾の経歴がそれとはなしにテクスト内に散りばめられていることにもよるのではないか。学生が「牛窓から岡山へむかう、内海通いの小蒸汽船」の中で不思議な紳士と乗り合わせるのは、若狭邦男が子息へのインタビューで確認した、牛窓に疎開していた橋本五郎を訪ねた体験が踏まえられているのであろうし、不思議な紳士が「横浜の本牧の、谷間のような場所の小さい古びた一軒家をかりて、ひとりで暮らしてい」たのも、妹尾の経歴のままである。紳士が謎の女性から受け取る手紙の中には「推理小説をお書きになるかたは、もつと鋭い記憶力を持つていらつしやる必要があるのではないでしようか」とあるから、紳士が推理作家であることが分かる。さらに後半になると、「その頃、私は、博文館の新青年という雑誌の仕事をしていたのですが」とあり、また老婦人の正体を探る意識の流れの中で「冬夏社……スリーカスルを喫う直木三十五……白樺演劇社のリハーサル」といった言葉が出てくることから、明らかに紳士は妹尾アキ夫その人であること、すなわち今現在読者が読んでいるテクストの書き手であることが露骨に示されている。こうした私小説的スタイルは、本牧時代の回想部分で語られる「いわば、生涯における最も尊い、最も楽しい時代」をめぐる述懐を、妹尾自身の当時への想いとダブらせて考えさせるし、そうした過去と現在とが「妹尾アキ夫」という書き手の身体を通して交錯していることが、ストランド・マガジンの表紙の女性が生きる時間軸と、今を生きる紳士の時間軸とが交差するというプロットを、読み手に受け入れられやすくしているのである。

【評論・随筆篇】

「**感情のリズム**」は、『新青年』一九二六年四月号（七巻五号）に妹尾韶夫名義で掲載された。本エッセイも含め、以下のすべてのエッセイが、単行本に収められるのは今回が初めてである。

「**あいどるそうと**」は、『探偵趣味』一九二六年六月号（二年六号、第九輯）に掲載された。

奇妙なタイトルは英語でIdle thoughtすなわち「怠惰な思考」というような意味である。

「**新しい巡礼**」は、『新青年』一九二八年二月増刊号（九巻三号）に、特集「近頃面白く読んだもの」の一編として、掲載された。

「**雑感**」は、『新青年』一九三一年二月増刊号（一二巻三号）に、コラム「探偵小説作家に望む」の一編として掲載された。

「**剃刀の刃――翻訳漫談**」は、『新青年』一九三四年八月増刊号（一五巻一〇号）に掲載された。

「**けすとえくえろ――探偵小説は芸術か**」は、『新青年』一九三五年三月号（一六巻四号）に掲載された。

探偵小説文学論争が盛んだった渦中に書かれたエッセイ。奇妙なタイトルはイタリア語でQuesto e quello すなわち「あれこれ」というような意味である。また本文中に見られる「シユリル」とは現在でいうところの「スリル」に相当する言葉だろうが、妹尾の場合Thrillではなく Shrillと綴っていた（『新青年』二五年一一月号に掲載された妹尾のエッセイ「ビーストンの特質」その使用例が確認できる）。もちろん Shrillという用語が小説ジャンルを指す言葉として当時あったのかもしれず、一概に誤用ともいいきれない。

「ぺーぱーないふ」は、『新青年』一九三五年五月号（一六巻六号）から翌三六年一二月号（一七巻一四号）まで、胡鉄梅名義で掲載された。

細々とした註釈を与えている紙幅の余裕はないが、二点ほど注記しておく。第十五回の冒頭で「二十世紀の死罪のひとつである」とあるのは、続く文章から「犯罪」の誤植であることは容易に想像がつくのだが、この「死罪」という表現にそのまま反応して、「海野十三が死刑を宣告された」という反応もあったようなので（中島河太郎『日本推理小説史』第三巻、東京創元社、九六の記述による）、そうした反応があったことを示すよすがとして直さずにおいた。また、第十六回において「ライナート」と表記されている作家は、メアリー・ロバーツ・ラインハート Mary Roberts Rinehart（一八七六〜一九五八、米）であろうと思われる。発音通り、耳に聞こえる通りそのままに書き取ったものか誤植なのか、判断がつかなかったので原文ままとした。

胡鉄梅の正体をめぐっては、木々高太郎「胡鉄梅氏を探偵する」（『探偵文学』三六・四）など、当時の探偵作家が何人か推理を試みている。木々の場合は「『ぺーぱーないふ』の批評は、ひどく短いものであるが、僕としては、非常に教訓的であつた。中でも『幽霊水兵』の批評と『印度大麻』の批評は図星であつた。この二つの批評はどつちかと言へば酷評に属するが、僕は少しも気持を悪くしない。それのみではなく、これからの作に非常に役立つものを与へられたと感ずる。その他、僕以外の作家に対してもこの人は相当毒舌を弄してゐるが、然し、恐らくひどい悪感情を与へてゐることはあるまいと想像する。其処に、胡鉄梅氏の批評には、少しではあるが一種の指導性があるからであると言つてゐゝであらう」と比較的好意的に受け取っていると見てよい。

これに対して、『探偵春秋』一九三六年一〇月号（一巻一号）に掲載された大下宇陀児の「**批評への希望・感謝・抗議**」は、胡鉄梅の自作への批評に異議を申し立てたもので、直接的な反論は、管見に入った限りでは、この大下のものだけであった。大下があげた匿名書評家の内、彩倫虫は『探偵文学』誌で「毒陣放言」欄を担当。中風老人は『探偵文学』誌で「薬草園」を担当、正体は中島親である。秋野菊作は『ぷろふいる』で「雑草庭園」および「毒草園」欄を執筆し、さらには『シュピオ』で「移植毒草園」欄を執筆した。正体は西田政治であった。また大下が胡鉄梅の正体だとしたK・Hは黒白書房の発起人の一人である広川一勝であろう。大下によって糾弾されたK・Hは翌月の『探偵春秋』に「濡衣返上の辞――大下宇陀児氏へ」を寄せて誤解を解こうとしている。

この大下の反論に対して、胡鉄梅自身が再反論したものが「**批評の批評の批評――大下氏の抗議に答ふ**」である。『新青年』一九三六年一一月号（一七巻一三号）に掲載されたもので、胡鉄梅の批評観が垣間見えるのが興味深く、また、甲賀と大下、甲賀と木々との間で交わされた論争とは違い、批評そのものをめぐる論争として注目されるので、大下のエッセイともども再録した。

K・Hや胡鉄梅のエッセイが載ったのと同じ一一月号の『ぷろふいる』におけるコラム「大玉小玉」では、「彼氏の本名はA・S。古き頃よりの名翻訳家！」とすっぱ抜いた。胡鉄梅の正体を妹尾アキ夫だと示唆した記事はこれが最初で、慌てたA・Sが翌月の『ぷろふいる』誌上で「胡鉄梅を捜る」と題したエッセイを寄せ、濡れ衣であると弁明している。

このA・Sの文章を受けて書かれたのが小栗虫太郎の「胡鉄仙人に御慶を申すの記」である。『ぷろふいる』三七年一月号に寄せた同エッセイの中で小栗は、A・Sが胡鉄梅であると推理したのは自分であること、そしてその推理の根拠を縷々語った上で、これが濡れ衣で迷惑をかけたのであれば謝りたいといいつつ、「だが妹尾氏よ、初期の胡鉄梅は、貴方ではなかつたのか。私は胡鉄梅の正体が、決して一人ではないと信じてゐる」と述べている。

後年、これら一連の騒動をまとめて紹介した中島河太郎もまた、胡鉄梅が妹尾の短編「深夜の音楽葬」を誉めていることから、執筆者は一人ではなかったのではないかと推理している（前掲『日本推理小説史』第三巻。記事の初出は『推理文学』七七・五）。江戸川乱歩は妹尾への追悼文「第一期『新青年』グループの先輩」（『宝石』六二・六）において「戦前『新青年』誌上の月評家として非常に有名であった『胡鉄梅』が妹尾君の匿名だったことなども、われわれには忘れがたいものがある」とはっきりと書いているし、若狭邦男『探偵作家追跡』（前掲）では、自宅に残されていた、胡鉄梅の号が入った掛け軸の写真が掲載されているから、妹尾が少なくとも執筆者の一人であったことは疑いをいれまい。

なお、胡鉄梅名義の文章としてはあとひとつ、三六年度の探偵小説界を総覧した「展望」（『探偵春秋』三七・一）があることを付け加えておく。

「**地図と探偵小説**」は、『月刊探偵』一九三六年二月号（二巻二号）に掲載された。

冒頭に引用されているのは、城昌幸「嘘の世界」（『月刊探偵』三六・一）からの引用で、ダッシュの後は「尠くとも僕には、さつぱり、興味の持てないことなんだが」と続く。なお、「赤色館」とは当時、妹尾が訳したA・A・ミルンA. A. Milne（一八八二～一九五六、英）の『赤色館の秘密』*The Red House Mystery*（二二）のことである。

「**リアリティ**」は、『探偵文学』一九三六年四月号（二巻四号）に掲載された。

「**夢想**」は、『探偵文学』一九三六年一〇月号（二巻一〇号）に、特集「処女作の思ひ出」の一編として掲載された。

「**ホフマン・その他**」は、『ぷろふいる』一九三七年一月号（五巻一号）に「アキ夫随筆・1」として、「**卑劣について**」は、同年二月号（五巻二号）に「アキ夫随筆・2」として、「**批評の木枯**」は、同年三月号（五巻三号）に「アキ夫随筆・3」として、「**文章第一**」は、同年四月号（五巻四号）に「アキ夫随筆・完」として、それぞれ掲載された。

「**好きな外国作家と好きな作中人物**」は、『新青年』一九三八年二月増刊号（一九巻三号）に掲載された。

このアンケート回答の内容は、従来怪奇幻想の作家として捉えられてきた妹尾の作風とは対極をなすように思われるかもしれない。ひとつには「なるべくならば探偵小説の範囲で」という質問の条項を厳密にとったためであろうか。

「**ストランド誌の表紙**」は、『新探偵小説』一九四七年四月号（一巻一号）に妹尾韶夫名義で掲載された。

ストランド・マガジンはこのエッセイが書かれた当時も刊行されており、終刊を迎えたのは三年後の一九五〇年三月号であった。

「翻訳雑談」は、『作家』一九五一年九月号（通巻四〇号）に掲載された。

冬夏社時代を回想した貴重なエッセイ。冒頭の「むかし田中早苗が新青年に訳したバルザックの短篇」とは、『新青年』の二二年三月号に掲載された「廃屋秘話」だと思われるが、本誌には田中訳であると記されていなかった。岩波文庫には『海辺の悲劇 他三篇』（三四）に「グランド・ブルテーシュ綺譚」La grande breteche という邦題で水野亮訳が収められている。妹尾が読まなかったという「チヤタリー夫人の翻訳」とは、伊藤整が小山書店から『ロレンス選集』の第一、二巻として五〇年に刊行した『チャタレイ夫人の恋人』*Lady Chatterley's Lover*（二八）であろう。

「紙魚双題」は、『宝石』一九五三年八月号（八巻九号）に掲載された。

妹尾が黒岩涙香訳『山と水』の原本だと確定したフランク・バレット Frank Barrett（一八四八〜一九二六、英?）の *The Admirable Lady Biddy Fane* は、手許のアレン・J・ヒュービン Allen J. Hubin による *Crime Fiction II : A Comprehensive Bibliography*, 1749-1990（九四）によれば、一八八八年にロンドンの Cassell 社から刊行されている。

「牛鍋」は、『別冊宝石』一九五四年一一月号（七巻九号）に掲載された。

初出誌は江戸川乱歩還暦記念号で、「乱歩万華鏡」と題したコーナーに寄せた諸家のエッセイのひとつとして掲載された。妹尾は「はっきり思いだせない」と書き出しているが、乱歩の『探偵小説四十年』の記事によれば、一九二五（大正一四）年一一月二日のことであり、参加メンバーもほぼ妹尾の記憶通りである。

ルパン同好会を介して、ルパンの翻訳家として知られる故・保篠龍緒の旧蔵書に含まれていた『関西探偵作家クラブ会報』を、ご子息・星野和彦氏の御好意で拝見することができ、神戸時代の妹尾の動向を知ることができました。記して感謝いたします。

［解題］**横井 司**（よこい つかさ）
1962年、石川県金沢市に生まれる。大東文化大学文学部日本文学科卒業。専修大学大学院文学研究科博士後期課程修了。95年、戦前の探偵小説に関する論考で、博士（文学）学位取得。共著に『本格ミステリ・ベスト100』（東京創元社、1997年）、『日本ミステリー事典』（新潮社、2000年）など。現在、専修大学人文科学研究所特別研究員。日本推理作家協会会員。

妹尾《せのお》アキ夫探偵小説選《おたんていしょうせつせん》　〔論創ミステリ叢書55〕

2012年9月5日　初版第1刷印刷
2012年9月10日　初版第1刷発行

著　者　妹尾アキ夫
叢書監修　横井　司
装　訂　栗原裕孝
発行人　森下紀夫
発行所　論 創 社
〒101-0051 東京都千代田区神田神保町2-23 北井ビル
電話 03-3264-5254　振替口座 00160-1-155266
http://www.ronso.co.jp/

印刷・製本　中央精版印刷

Printed in Japan　ISBN978-4-8460-1171-0

論創ミステリ叢書

①平林初之輔Ⅰ
②平林初之輔Ⅱ
③甲賀三郎
④松本泰Ⅰ
⑤松本泰Ⅱ
⑥浜尾四郎
⑦松本恵子
⑧小酒井不木
⑨久山秀子Ⅰ
⑩久山秀子Ⅱ
⑪橋本五郎Ⅰ
⑫橋本五郎Ⅱ
⑬徳冨蘆花
⑭山本禾太郎Ⅰ
⑮山本禾太郎Ⅱ
⑯久山秀子Ⅲ
⑰久山秀子Ⅳ
⑱黒岩涙香Ⅰ
⑲黒岩涙香Ⅱ
⑳中村美与子
㉑大庭武年Ⅰ
㉒大庭武年Ⅱ
㉓西尾正Ⅰ
㉔西尾正Ⅱ
㉕戸田巽Ⅰ
㉖戸田巽Ⅱ
㉗山下利三郎Ⅰ
㉘山下利三郎Ⅱ
㉙林不忘
㉚牧逸馬
㉛風間光枝探偵日記
㉜延原謙
㉝森下雨村
㉞酒井嘉七
㉟横溝正史Ⅰ
㊱横溝正史Ⅱ
㊲横溝正史Ⅲ
㊳宮野村子Ⅰ
㊴宮野村子Ⅱ
㊵三遊亭円朝
㊶角田喜久雄
㊷瀬下耽
㊸高木彬光
㊹狩久
㊺大阪圭吉
㊻木々高太郎
㊼水谷準
㊽宮原龍雄
㊾大倉燁子
㊿戦前探偵小説四人集
(別)怪盗対名探偵初期翻案集
51守友恒
52大下宇陀児Ⅰ
53大下宇陀児Ⅱ
54蒼井雄
55妹尾アキ夫

論創社